场域的角力：文学及其周边

廖斌 著

闽派批评新锐丛书

南帆 刘小新 主编

海峡出版发行集团
海峡文艺出版社

图书在版编目(CIP)数据

场域的角力:文学及其周边/廖斌著. —福州:海峡文艺出版社,2019.3(2024.3重印)
(闽派批评新锐丛书/南帆,刘小新主编)
ISBN 978-7-5550-1450-8

Ⅰ.①场… Ⅱ.①廖… Ⅲ.①中国文学－当代文学－文学研究－文集 Ⅳ.①I206.7－53

中国版本图书馆 CIP 数据核字(2018)第 252867 号

场域的角力:文学及其周边

廖 斌 著

出 版 人 林 滨
责任编辑 林 颖
出版发行 海峡文艺出版社
经 销 福建新华发行(集团)有限责任公司
社 址 福州市东水路 76 号 14 层
发 行 部 0591－87536797
印 刷 三河市兴博印务有限公司
厂 址 河北省廊坊市三河市杨庄镇大窝头村西
开 本 787 毫米×1092 毫米 1/16
字 数 275 千字
印 张 16
版 次 2019 年 3 月第 1 版
印 次 2024 年 3 月第 2 次印刷
书 号 ISBN 978-7-5550-1450-8
定 价 79.80 元

如发现印装质量问题,请寄承印厂调换

文学批评正在关心什么

◎南帆

一段时间以来，文学批评的话题有所升温。这不是因为某种新的理论观念带动或者某种理论命题的纵深展开，相反，恰恰因为文学批评的乏善可陈。当代文化之中，文学批评的退却、边缘化乃至缺席引起了普遍的焦虑。人们纷纷开始谈论，这种文化症候意味了什么。目前为止，文学批评听到了各种冷嘲热讽，但是，考察这种文化症候的前因后果，人们不能不涉及更为广阔的背景。

中国文学批评史证明，文学批评是一个古老的存在，并且在漫长的历史演变之中不断地与各种文学观念相互呼应。如同许多人已经描述的那样，现代性为文学观念带来了巨大的转折，一种称之为"现代文学"的新型文学出现在地平线上。相近的时期，文学批评也出现了深刻的变异。诗、词与散文的研究曾经在中国古代文学批评之中占有很大分量，例如诗话或者词话。无论是"诗言志""诗缘情"还是"文以气为主"的传统，古代批评家时常乐于表述精微的内心体验，从"温柔敦厚""风骨"到"滋味""神韵""意境"均是这些表述引申出来的理论范畴。即使是感时伤世的忧国忧民之作，骚人墨客仍然擅长于处理为内心经验的事实。这与中国传统文化，尤其是儒家文化讲求内心的修为或者精神参悟是一致的。另一方面，古代批评家同时认为，言为心声，气盛言宜，语言的推敲是为了更为精致地展示独特的体验；不同的动词、音调、音节无不与某种内心波动息息相关。这是个人，也是社会，不论是"内圣外王"的观念还是"修身齐家治国平天下"的命题都表明了这一点。然而，当现代性形成了另一种性质迥异的社会之后，这些传统观念逐渐失效。民族国家的崛起是现代性的一个标记。现代政治、经济以及科技三驾马车愈来愈明显地主宰了民族国家，另一方面，坚船利炮愈来愈频繁地成为国家交往的基本语言。这种历史格局之中，文学又有什么意义？浅吟低唱也罢，恩怨情仇也罢，阅读之后的种种感叹、悲哀、喜悦或者愤慨也罢——如何解释这一切与现代政治、经济以及科技具有同等的价值？近代一些思想家开始从这种意义上理解文学，例如梁启超。五四新文化运动带来了一个划时代的文学阶段。与现代文学的转向相仿，文学批评也出现了相当彻底的转换。短短的二三十年之内，另一套概念术语开始全面地改造文学批评，例如时代、国民性、意识形态、人民性、党性、阶级、民族文化，如此等等。显而易见，与"神韵""意境"比较，这些新的概念术语更多地指向了社会历史。这种状况表明，文学批评更多地参与了社会历史的建构。

当然，对于文学批评来说，这些概念术语所表示的社会历史必须与文学作品的解读联系起来。通常，一部文学作品在公众的阅读之中显示出意义，文学批评是一种特殊的阅读，批评家的分析、阐释、引申从事的是意义再生产。现代文学批评的视野之中，文学作品提供的各种人生故事时常被放置于社会历史的坐标体系之中重新衡量，重新核定具有什么价值。一饮一啄、一颦一笑、一个人物的起伏沉浮、一种叙述方式的选择，这些表象背后各种历史意义的发掘成为众多解释关注的重点。譬如，"典型"这个范畴的出现就是对于历史意义的强调。从个别、特殊到普遍、一般即是阐述个人在某种历史境遇之中的作用。不论是贾宝玉、阿 Q 还是于连、安娜·卡列尼娜，这些文学人物被称为典型的时候，文学批评所要解释的就是，他们在历史潮流之中意味了什么。

相当长的时间里，社会历史的批评模式始终占据主流。许多人已经意识到，强势的社会历史模式形成了过于狭窄的视野，以至于文学之中另一些重要的问题遭到了无形的屏蔽。例如，强势的社会历史模式热衷于把所有的文学细节——从街道上的一盏路灯到主人公脸上的一条皱纹——纳入历史的框架给予分析，仿佛人生的一切经验无非派生于某些社会学概念，背诵这些概念的定义就是抓住了最重要的东西。这种文学批评往往忽视了一点：人生是一个相对自足的观念，文学所描述的许多人生经验不一定都能在社会历史的坐标之中显示。一个微笑的和蔼与否不一定和一个王朝的倾覆有关，正如嗜好哪一种牌子的香烟不一定和一场战争的结局有关。许多时候，这些细节的解释毋宁诉诸另一些视野，例如精神分析学。许多人还指出，强势的社会历史模式多半没有认识到语言形式的作用，文学作品实际上等同于粗糙的社会情报。不同的语言形式可能产生何种奇特的魔力？没有语言形式的专题研究，文学批评可能始终意识不到这一点。当然，社会历史模式的威信急剧下降的首要原因是，批评家的社会历史判断出现了重大误差。20 世纪五六十年代，大量批评家依据一个虚幻的历史整体构思评判文学、打击文学。这种文学批评带来的危害至今阴影犹在。可以看到，历史并未按照当时的设计抵达预定的目的地，因此，当时文学批评所确认的一批典型人物——例如李双双、梁生宝、朱老忠等——现今都出现了问题。然而，尽管如此，多数人还是坚持认为，文学批评对于社会历史的关注始终不可或缺；尽管语言学批评模式或者心理学批评模式可圈可点，社会历史从未脱离视野。与那些平静的小国家生活不同，一个多世纪以来，中国的社会生活进入"三千年未有之大变局"，无数问题迫在眉睫，思索和解决这些问题几乎成为日常的功课。从启蒙、革命、改革到教育公平、"三农"问题、房价居高不下，社会历史似乎迟迟无法进入一个风平浪静的航程。可是，各方面的思想交锋在公共空间如火如荼的时候，文学批评不见了。许多人清楚地记得，20 世纪 80 年代的时候文学批评还站在身边，似乎一直是思想领域的一个重要声音，现在的文学批评溜到哪去了？一旦文学批评撤出了前沿，整个社会立即感到了不适。

当然，人们经常还可以在各种大众传媒看到，文学作品的介绍和引荐层出不穷。这不是文学批评吗？的确，这也是文学批评——人们常常称之为"媒体批评"。当大众传媒成为商业环境的组成部分时，许多人抱怨说，"媒体批评"之中商业广告的成分太多了。商业广告没什么错误，然而，这并不是文学批评的职责。文学批评与商业广告的差别不仅体现为思想含量，更重要的是保持另一种价值判断的依据。强大的资本与成熟的市场不仅可以配备一个完善的销售体系，同时还可以配备一整套相关的价值标准。例如，现在的许多商品不一定是生活必需品，但是，商业广告会及时地暗示人们：如今的时尚是什么；缺乏时尚商品带来的最大问题是，再也听不懂别人在说些什么。目前文化市场的氛围表明，娱乐正在成为最强大的时尚。笑声的音量与销售量之间无疑构成了正比。大部分媒体批评都在灌输一种观念：销售量证明了价值。大众的关注程度必定显示出一个产品的重要程度，所以，市场持续展开的一项激烈竞赛就是抢夺大众的注意力。按照目前的排名，文学显然远远落后于足球、流行歌曲、八卦新闻以及一切时髦的玩意儿。当然，今天没有理由贬抑文化市场与商业广告的巨大成功，但是，文学批评的解读、阐述必须表明，另一种考虑问题的方式并未完全淹没，遭受放弃。资本、市场、利润可以特别青睐文学的娱乐意义，但是，销售量标志的商业成功不能直接等同于美学的成功。印数、票房或者点击率并不是入选文学史的首要原则；文学批评要做的是，显示乃至发掘娱乐之外的另一些文学意义。例如，文学隐含了哪些道德或者心理的能量？文学在什么时候改造或者撼动了社会与历史？当然，文学批评也可以研究，如此旺盛的娱乐渴求具有哪些意识形态背景？显然，谈论美学或者谈论历史的文学批评提供的是另一些远不相同的意义鉴定，显示出另一种视野。如果文学批评放弃这种视野而和颜悦色地混迹于商业广告，人们有权利认为批评家失职。

如果说，目前的资本、市场已经有力地介入了文学批评，那么，另一个影响文学批评的重大因素就是学院。可以看到，20世纪90年代以来，许多昔日的批评家转入学院，中规中矩地当起了教授。在学院机制和学术评价体系的共同作用之下，教授更多地热衷于制作四平八稳的研究论文，文学批评的锐气大幅度削弱。学院内部推崇的是"硬知识"，古典文学、语言学或者文学史的研究似乎更为靠近"硬知识"，介入争议多端的当代文学如同不务正业。我想指出的是，学院与文学批评的关系相对复杂。一些人因为回避熙熙攘攘的世俗尘嚣而躲入学院静地，沉浸于某种专门的特殊知识；相反，另一些人试图依靠学院更为充分地解释身边这个时代。他们已经意识到，持续展开的社会历史不是一张一览无余的平面；各种传统、文化脉络或者多重力量纠结在背后，前现代社会、现代社会以及后现代社会彼此交织，这一切形成了迷宫似的结构。这时，简单的口号或者表情激烈的表态显然解决不了问题，学院可以提供必要的知识积聚和开阔的理论视野。成功的学院训练并不是空降几个陌生的概念，也不是根据某种分析模式的理论程序做"应用题"；这种训练带来的是察觉问题的犀利和连续展开问题的能力。这时，文学批评可以在当代文学内部遭遇许多深刻的课题。一批故事、一种语言叙述形式或者一种美学风格的集中出现可能意味了社会文化的某种转移，一种文学潮流的起伏或者一份文学经典名单的增删可能表明了新的思想动向；城市与乡村的博弈不仅表现为粮食或者蔬菜的价格，表现为工地上的民工数量与春运时期的交通拥挤，还表现为文学之中乡土叙事的前景以及城市文学的兴盛；性别之间的对立不仅显示为薪酬的差别、高级岗位的竞争或者家务事的分配，还会演化一种文学观念，甚至一种表述形式。此外，从阶层、族群、生态环境到文化传统、家庭关系以及年轻一代的成长环境，这些故事不仅发生在社会上，不仅进入了社会学或者经济学的视野，而且以某种形式进入当代文学。或者说，作家正在以文学的独特形式探索这些故事，并且展示特殊的发现与想象。所以，这些课题保存了当代文化的尖锐和紧张感，介入许多人的生活。另一方面，学院训练的文学批评通常拥有一个强大的理论架构，力图对当代文学进行严谨缜密的学术处理。人们常常说，考察一部文学作品质量的依据常常是"怎么写"而不是"写什么"；相似的是，判断一种研究质量的依据是怎么研究，而不是研究了古典文学还是当代文学。对于文学批评来说，学院知识的指向是当下世界的分析，而不是巩固一种脱离社会的成见。

文学批评必须清晰地意识到，周围存在一个尚未完全定型的社会。批评家提交的各种观点多少有助于影响最后的定型——哪怕极为轻微的影响。至少到目前为止，历史仍在大幅度地调整。所谓的"中国模式"可能是一个有待于论证的提法，但是，"中国经验"这个概念无可争议。"中国经验"表明的是，无论是经济体制、社会管理还是生态资源或者传媒与公共空间，各个方面的发展都出现了游离传统理论谱系覆盖的情况而显现出新型的可能。现成的模式失效之后，不论是肯定、赞颂抑或分析、批判，整个社会需要特殊的思想爆发力开拓崭新的文化空间。这是所有的社会科学必须共同承担的创新职责，文学批评跻身于这个队列之中。文学批评的特征不是阐述各种大概念，而是通过文学作品的解读发现，各种大概念如何潜入日常生活，如何被加强、被改造或者被曲解，一方面可能转换为人物的心理动机或者言行举止，另一方面也可能转换为作家的遣词造句以及修辞叙述。文学批评就是在这种工作之中积极地与世界对话，表述对于世界的理解与期待；与此同时，批评家又因此认识了真正的作家，察觉一部又一部杰作，甚至发现这个时代的经典。当然，文学批评之所以愿意孜孜不倦地谈论这一切，当代文学存在的意义首先是批评家业已肯定的前提。

"闽派批评"曾经是批评家之中一个引人注目的群体，在改革开放中成长壮大。"闽派批评"的历史证明，由于批评家不懈的呐喊、辩驳、阐发和倡导，文化空间得以开拓，某种程度上，文学批评的贡献甚至超出了文学范畴。如果说，"闽派批评"的称谓曾经贮存了丰盛的文学记忆，那么，许多闽籍批评家即将开始面对另一个新的故事：这个称谓如何内在地织入文学的未来？

新生代批评家的加盟，即是这个故事的最新发展。唯有新生力量的持续涌现并且不断发出独特的声音，"闽派批评"才能真正重新出发，发扬光大。新生代批评家大多具有严谨的学术训练，理论视野开阔，他们代表了"闽派批评"的未来。编辑出版"闽派批评新锐丛书"，即是集中展示这些新生代批评家的实力与个性，注释"闽派批评"这个称谓的崭新内涵。

是为序。

（南帆，本名张帆，现任全国政协社会和法制委员会副主任、福建社会科学院院长、福建省文联主席、福建师范大学文学院博士生导师，出版学术著作和散文集多种，曾获鲁迅文学奖、福建省社会科学优秀成果奖多项。）

目　录

第一辑　台湾文学观察

第二辑　文学史论

第三辑　作品解析

附　录

后记

第一辑

台湾文学观察

论台湾文艺期刊《文讯》的
文学史料保存与文学史建构

　　众所周知，期刊是文学的主要载体，也是当下中国现当代文学研究的热点。本雅明在《发达资本主义时代的抒情诗人》一书中论述 19 世纪欧洲文学的状况时，曾就作家、文体与传播媒体的关系发表过如下的观点："在一个半世纪中，日常的文学生活是以期刊为中心开展的。"所谓文学期刊，"包括纯文学期刊与准文学期刊两系列，纯文学期刊指发表各体文学创作（小说、诗歌、散文、戏剧文学、电影文学等）、文学理论、文学批评、文学研究、文学译介、民间文学、儿童文学等作品的期刊；准文学期刊主要指由文学家参与策划、编辑、撰稿、发行的开设专栏或以相当篇幅发表文学类作品的综合性文化类期刊，以及主要刊登书目、刊目、书刊书评、刊评、读书指导、读书札记的出版消息等书评类刊物、摘登文化—文学类稿件的文摘类刊物"[①]。按台湾学者郑贞铭的考辨和定义：文学杂志是指规律性发行的成册书刊，刊载内容包括各式各样的文学作品。[②] 在台湾，既有纯文学期刊，如《联合文学》《中外文学》《皇冠杂志》等；也有"准文学期刊"（文艺杂志），如《文星》《人间》和后来逐渐转向的《文讯》等。如果说报纸的出现是对传统媒介——书籍的一种革新，那么，期刊则是一种超越，它综合两者的优点，既有报纸的快捷与大众化，又不受报纸版面篇幅对文学生产的限制，具备了一定的系统性，能够相对完整地表达作者的文学观点，体现编者的意图，作者群和读者群较为明确固

---

　　① 刘增人. 中国现代文学期刊史论，北京：新华出版社，2005. 16.
　　② 郑贞铭. 文学杂志功能之探讨：文讯（27）. 90.

定，不像报纸那样芜杂难以把握，也不像书籍一般冗长，因此，当期刊作为一种全新的传播媒介于晚清被引入我国，以其鲜明的时代气息，清晰的办刊旨趣，大众化的传播特质，新鲜的出版样式，彻底打破了书籍的长期垄断，并由于晚清新式学堂、大众教育的普及，迅速成为文化传播的有力工具。而文艺期刊更由于它的休闲娱乐、教化审美等功能，成为期刊发展史的中流砥柱。正是由于期刊这种独特的媒介特征，所以能够将时代背景、地域文化、作家作品、读者以及围绕它产生的社团流派等看似分散的环节以文化传播的运作方式整合起来，形成一个时代、地域、刊物、社团相互影响，相互促进的良性文化生态。

在台湾，期刊发展十分迅速，各种刊物繁荣共生、竞争激烈，受到学者专家的重视和研究。有学者率先提出"报纸副刊学"和"文艺杂志学"的概念①，试图通过科际整合使其学科化，以建构全新的交叉学科。据 1997 年统计，当时台湾登记在册的期刊有 5600 多种，对人口仅 2200 万的台湾来说，平均每 4000 人就拥有一份杂志，号称"世界上杂志最密集的地区"②。20 世纪 90 年代的台湾，面对市场经济，文学商品化成了最明显的取向，严肃文学在商品经济浪潮的冲击下，沦为花瓶，显得无足轻重；另一方面，20 世纪七八十年代以降，广播、电视、网络等传媒在传播速度、传播声音、传播影像、传播内容，以及构建网络平台在开放性、交互性、匿名性等方面，都远优于印刷媒体的文学传播，因此，电子声光媒体的冲击，使阳春白雪的文学丧失优势，静态的小说、诗歌、散文远没有动漫、电视剧、网络文章更能引起读者的阅读兴趣，文学人口大幅流失，文学边缘化已成为不争的事实。作为作家、文学研究者与社会联系最直接的文学传播载体，文学杂志也进入了惨淡经营的时期。③这一时期最值得重视的台湾党营文艺刊物是属"中国国民党文工会"的《文讯》月刊，它创刊于"戒严令"尚未解除的 1983 年 7 月，期间历经孙起明、李瑞腾、封德屏等几位总编，进行过办刊方向的调整，从赠阅到征订，从月刊到双月刊再到月刊，从党营到民间资本捐助出版，二十余载的风雨飘摇，《文讯》已逐渐成为台湾文学的史料中心，成为研究台湾文学最重要的参考期刊之

---

① 李瑞腾. 文艺杂志学导论：文讯（213）. 6.
② 辛广伟. 台湾出版史. 河北：河北教育出版社，2002. 108.
③ 古远清. 当今台湾文学风貌. 江西：江西高校出版社，2004. 26. 58—85.

一。《文讯》杂志以文学评论、文学史料、文化评论、文艺人物评介为主，内容包括艺文杂谈、文学评论、书评书介、出版资讯、专题策划、文学人物、艺文动态等，创刊至今 260 余期，注重文学史料收集、整理、保存，重视对文学人物立传、贴近文坛现实，及时报道艺文动态，从过去和当下两个时间向度，对文学史料进行抢救发掘、跟踪报道，它通过专题企划的方式，推出过"大陆伤痕文学""现代文学史料之探讨""60 年代文学""当代散文"等 200 多个文学、文艺专题，力图阶段性、整体性或区域性、文类性地从多方面、多角度勾勒中国现当代文学和台湾文学的历史轮廓，进而形塑台湾文学乃至中国现当代文学的地图，真正成为它自己宣称的"观测站""查号台"。已有台湾专家、学者对《文讯》办刊史料保存、整理方面的特色进行过评述，本文试图从文学史料发掘、抢救、整理、保存和跟踪文坛，全方位及时反映艺文动态两个方面，揭橥《文讯》企图参与对于台湾文学、文化的宏大历史建构及其动因。

一、文学史料保存与深厚的历史意识

《文讯》创刊以来，形成了自身鲜明的办刊特色，主要表现为以文学史料发掘、整理、保存、出版为主而呈现的深厚的历史意识；以每期专题企划为统摄而呈现的文学研究的"问题"意识、前瞻意识；从文学到文化，办刊方向从文学"专志化"向文化"综合化"位移而呈现的切近现实，关怀民生的人文意识；巨视性的视野，试图建构中国文学，包含大陆、台港澳、世界华文文学的整体意识、开放意识、自觉意识；努力参与社会现实，构建准"文化公共空间"的责任意识、忧患意识等等，这些印记鲜明的办刊风格，使《文讯》有可能成为台湾当代文学生态环境和文学—文化期刊格局中独树一帜的榜样。

1. 历史意识与学术自觉。

历史意识，或者说建构文学史，试图获取文学史阐释的话语权，是《文讯》办刊的最鲜明特色和历史冲动。1986 年 6 月，时任《文讯》总编的李瑞腾写了《〈文讯〉信念》，其中的一段话似乎可作为《文讯》办刊宗旨的最佳注解。他说："综观已出版的《文讯》，可以发现这一份杂志至少有两个明显的特性：第一，它企图以一种历史的眼光、运用学术的方法去综摄过去中国人的文学表现，对象不只摆在台湾的中国新文学，而且包括中国大陆以及海外华人地区……皆能灵活而有效的运用人力，以一个知识的大架构去收集散布于各处的材料；第二，它以宽容而客观的态度去面对复杂纷呈的文学现象，比如它对于戏剧、现代诗、当代散文、电影与文学、传统诗社、报纸副刊、文学选集等问题的探讨……探源溯流之余，亦提供了很多可资讨论的基础。"这段话毋宁看成是《文讯》的办刊宣言，其中透露出的几条信息现在还可加以印证：首先就是强烈的"创世纪"的历史意识和学术自觉，其次是由文学而文化、由岛内而世界的开放眼光，试图用文化研究去建立"大文学"研究框架的巨视性眼光，再次是超越意识形态藩篱的包容胸襟，善于发掘文学研究的问题意识，以及开基立派、保存文学史料的淑世情怀。

笔者觉得，在《文讯》构建"文学史"的努力中，实际上就隐含了这样的历史时间意识和基于文学无史、阐释权旁落而带来的焦虑与冲动；同时，对文学的认识，沟通了文化场域持不同意见人士的思想，最重要的是，《文讯》本身成为台湾文坛纷繁复杂原生形态的一部分，成为台湾文学丰富多样的文学版图的一部分，并完善了以现代性和文学史料为核心的台湾文学发展的思想方案。

2.《文讯》文学史意识的表现。

表现之一，文学史料的抢救、发掘、整理、保存、出版、传播和研究。史料是指可以据以为研究或讨论历史时的根据的东西。一般将史料区分为第一手史料以及第二手史料（secondary source）。前者是指接近或直接在历史发生当时所产生，可较直接作为历史根据的史料，后者是指经过后人运用一手史料所做的研究及诠释。一般中文所称史料，主要是指第一手史料而言。常用的文字史料的种类如：史书、档案文书、思想或学术著作、文学作品、日常生活中的文字遗留（如古代的农民历、商店账薄、土地契约书，以及私人书信等。国内著名的人文类杂志《天涯》就开辟了类似的专栏"民间语文"，用私人日记或书信来切近和研读"历史"。由于这些大多不是刻意留传下来的东西，常能更真实地反映当时的实际生活及想法）、报刊（为近现代史的重要史料）、口述史料等等。非文字史料有图像类、实物类、风俗类等。马良春先生提出了"文学史料学"的观点，他认为现代文学史料包括以下七项：1. 专题性研究史料，包括作家作品研究资料、文学史上某种文学现象的研究资料等；2. 工具性史料，包括书刊编目、年谱、文学大事记、索引、笔名录、辞典、手册等；3.

叙事性史料，包括各种调查报告、访问记、回忆录等；4. 作品史料，包括作家作品编选、佚文的搜集、书刊的影印和复制等；5. 传记性史料，包括作家传记、日记、书信等；6. 文献史料，包括实物的搜集、各种纪念活动的录音、录影等；7. 考辨性史料，考辨工作渗透在上述各类史料之中，在各种史料工作的基础上可以产生考辨性著述。①

20世纪80年代，国民党行政建设委员会成立，"文建会"从20世纪五六十年代将文艺工具化，对文艺实行意识形态宰制的政策泥沼中脱身，不再像提倡"战斗文艺""反共文艺"那样，一厢情愿地制定文艺政策，推行效忠教育，灌输作战思想，或者举行全岛文艺座谈、推行国军新文艺运动；而把创立地方文化中心和保存、发掘台湾民俗放在重要位置，使台湾的文艺政策由过去的批判、破坏，转为以建设为主。为适应这个要求，1982年7月，"文工会"内部成立文艺资料研究与服务中心；1983年7月《文讯》创刊，这是国民党的文艺工作从政策管制、指导向服务、建设转型的重要标志。因此《文讯》从诞生之日起，就秉持文艺资料研究与服务的宗旨，"这是一份服务性重于一切的杂志，在文艺界与社会大众之间搭起一座桥梁，……对国内的文艺活动作广泛的报道"②。从此《文讯》走上了以文学研究、文学史料保存、艺文报道、推动文化建设为主要任务的道路。纵观《文讯》的文学史料保存，和"文艺资料研究与服务中心"的建设，上述几点基本都做到了，并且取得了不俗的成绩，形成了该刊独特的办刊个性和鲜明的编辑风格，得到了文学界和期刊出版界的广泛称道。

《文讯》不仅为从五四以来的新文学写史，也为刚发生的文学活动立传，这是一项功德无量的工程。如"光辉十月专辑"（1983年10月第4期）、"大陆伤痕文学专辑"（1983年12月第6期）、"抗战文学口述历史专辑"（1984年2月第7、8期）、"现代文学史料整理之探讨"（1984年5月第11期）、"文学社团特辑"（1987年4月第29期）、"庆祝台湾光复五十周年专题"（1995年7月第117期）、"一九九六·台湾文学界"（1997年5月第139期）……这些专题或栏目网罗了众多文史专家，提供了许多详尽的资料，其中钟丽慧、秦贤次、薛茂松、应凤凰、陈信元等学者专家为文学史料保存、整理而筚路蓝缕、

① 马良春. 关于建立中国现代文学史料学的建议：中国现代文学研究丛刊. 1985 (1). 46.
② 编者的话：文讯 (1). 1.

甘于寂寞且功不可没，无疑成为台湾文学期刊竞争激烈的场域中，《文讯》借以吸引了同行，提升品牌档次，铸造办刊特色的"文化资本"。《文讯》还与旗下的"文艺资料研究及服务中心"，二十多年来同气连枝，在文学、文化建设，文艺史料意识的强化以及文艺资料的发掘、整理、保存、出版、研究方面做出了实实在在的贡献。台湾学者陈芳明指出："《文讯》应该得到它应该有的尊敬，因为它为台湾文学保存了丰富的'历史记忆'。"[①] 在《文讯》改版前的40期，这种为文学立传的历史意识显得尤其明显和峻急，这从其栏目的设置和每期专题策划中可以看出，比如"文宿专访""资深作家""社团介绍""笔墨生涯""书目提要""出版史话"等。台湾作家姜穆指出："新文学史料不但有过去，也有现在，更有无穷无尽的未来，它是宝库，也因此《文讯》是一本新文学史料的好书。"[②]

表现之二：紧密跟踪文坛动态，切近文坛现实，形塑文坛当下史。《文讯》不仅通过固化过去时态来形塑历史，同时也重视和观照正在发生和即将发生的历史，打通了历史、现实和未来。在栏目设置上表现为：逐步加大对文坛动态，出版动态、书评书介的报道介绍，其文学资料的完整性，为读者提供了充足的资源认识文学领域，记录了台湾文学发展的历程。到第40期革新版后，开辟了"艺文月报""人文关怀"等与文坛、艺术结合很紧密的栏目，并在时效性上进行了加强，对文坛、艺坛、会议出版、作家动态的报道迅捷全面；改版成为月刊后，每期的"读书评介""出版消息""艺文动态"等栏目所推出的基本都是前一二个月的新书、文坛动态。巫维珍指出："《文讯》每期皆有文学新书内容提要，该专栏详列每月出版新书，部分新书并有提要，具有观察文学书籍出版生态之功能，形成《文讯》重要的文学资料库，具有整理、累积文学史料的意义。"[③] 从传播学角度看，期刊和报纸副刊属于不同的传播渠道，副刊是报纸的一个版面，杂志是书刊的形式。副刊每天见报，时效性快但淘汰速度也快，承载量少；相对而言，期刊出版周期较长，但承载量可观，内容较具有保存和史料价值。但作为出版周期一个月的刊物，《文讯》在时效性上能如此紧密追踪艺文资讯实属可贵。台湾"国立中央图书馆"编辑张锦郎称《文

讯》是"中国现代文学史料学的奠基者"，他运用图书情报学中的引文分析法认为，"《文讯》上刊登的文章被引用在同类杂志中名列前茅，而且《文讯》所提供的信息量之多、快、全，在中国杂志史上是罕见的"①，正是通过跟踪记录台湾文坛的动态，《文讯》本身才有可能形塑台湾文学的历史，在芜杂纷繁的文学事件、文学人物报道的表相中，清理文学发展脉络。需要指出的是，该刊虽然对文坛、艺文资讯的报道十分贴近，信息量大，内容丰富，但这些资讯零散、琐屑，正如台湾作家、尔雅出版社发行人隐地指出："种种和文有关之讯息、脉动、介评和报道，使得有'富裕中的贫穷'之当前台湾社会，多少也显现出一些艺文活动、一些文化气息……可惜从第 40 期起改为 16 开薄薄的一本，减少了书评书介，增多了国内和大陆的通讯稿。新闻性增强，有时像各种类型的节目单，有一阵子又好像是几个地区文化中心的简报宣传资料，和最初书评型的文学刊物大异其趣。"② 应该说，隐地作为资深出版人的洞见是一语中的，道出了《文讯》办刊的方向调整。而且《文讯》也较少有报道或刊载反映台湾文学宏观把握、规律分析、格局走向、流派思潮的宏文，使得境外读者不易从中把握和梳理台湾文学的总体走向和基本脉络。换言之，恰如大陆学者古远清所指出的："《台湾文学观察杂志》（笔者注：总编同为李瑞腾）远比《文讯》更有理论自觉。"③ 虽然这种宏观把握台湾文坛、文学可能会通过某一专题策划以阶段总结，断代回顾的方式，如"60 年代文学专号""20 世纪台湾文学的回顾与反思"的方式呈现，但即使这样，学术性、思辨性也不够强，代际的总结也有遗漏，比如就缺少 20 世纪七八十年代的专题回顾；同时人物报道栏目，多为个人回忆或人物侧写与采访，这当然有助于增强文学的现场感，便于重返文学的历史语境，然而正由于个人回忆，加之年代久远，因此趣味多于理性，主观倾向强于学术梳理，显得浮泛感性。微拉·施瓦支在《中国的启蒙运动——知识分子与五·四遗产》中提到变化莫测的"五·四回忆史"，认为五·四运动的参加者、观察者和批评者都是"有选择地运用自己的回忆"④，

① 张锦郎. 中国现代文学史料学的奠基者：文讯（93）. 29.
② 隐地. 十年文讯：文讯（93）. 12.
③ 古远清. 当今台湾文学风貌. 江西：江西高校出版社 2004. 26. 58—85.
④ 陈平原. 思想史视野中的文学：大众媒介与中国现当代文学. 北京：人民文学出版社，2005. 95.

这在于《文讯》同样适用；其次，《文讯》一度增加了《文讯副刊》作为作品刊发的园地，虽然未坚持多久，但这似乎反映出革新前办刊向着"纯文学"方向的尝试，试图描绘台湾文学发展史的努力。

表现之三：企划文学专题、固化文学史；阶段性回顾、总结分体文学史、文学断代史、区域文学发展。文学要有历史，就必须通过编纂文学史的方法，将文学现象、文学运动、文学思潮、作家作品等用文学史观贯串起来。文艺期刊不是教科书，却能独辟蹊径，借助文学场域中众多的文史专家、作家、学者等"文化资本"来建构文学史，比如它就是通过选择、企划、关注、强调某一文学专题，通过对每10年（台湾文坛多称"世代"）的台湾文学发展进行阶段性总结，来融入编辑者、主事者的文学史观，讨论并建构起"自己"的文学史，确立期刊在文学场的位置。从《文讯》的表现看，文学专题策划呈现相当的丰富性和多样性，内容以文学为主体，广泛涉及影视、广告、曲艺、教育、期刊、流行歌曲等当下热门的文化研究的对象，区域涵盖了海峡两岸以外的世界华人社会，对世华文学表现了强烈的关注。上述这些，一方面体现了《文讯》办刊朝"大文化"方向的调整，走向"文教的、文学的、文艺的、文化的、文明的"新阶段。因此，文学专题策划、文学阶段回顾固然是期刊策划的结果，也生动地反映了编辑的文学使命、历史责任和自觉参与意识。据笔者粗略统计，在创刊号至200期的专题中，涉及文学或直接就是文学的专题108期，占54%，其中文学断代回顾，文类发展总结，作品书目汇编、作家年表著作一览表、文学人物、文学社团绍介占了相当比重，这充分说明《文讯》的文学史意识的自觉。从这个意义来说，《文讯》的主定位还在于文学史料收集、系统化整理记载并加以呈现。

表现之四：通过文学评论会、座谈会、研讨会来建构文学史。除了通过专题策划、栏目设置有意识地收集、整理、刊发文学史料以外，《文讯》开始借助召开座谈会的方式——以这种动态的方式弥补刊发文字史料静态方法之不足——来制造热点，引发争论，达成共识且构建历史。据统计，在1992年6月的前80期出版之前，《文讯》举办了一般性的座谈会近40场，如：中文系与新文艺、散文类型的再探讨、报纸文化版的功能和编法、海峡两岸儿童文学的比较、"文化中国化"的多角度观察等；举办学术研讨会七个主题，22个场次，如：当前大陆文学研讨会、第二届诗学研讨会、当代文学问题讨论会、抗战文学研讨会、近代学人风范研讨会等。^① 除体现在专题策划中的这些研讨会，还在刊物之外，办过不少文学座谈会、文学奖、文艺界重阳敬老活动等。通过这些活动聚集了当下文学研究的众多专家、学者、作家。这种动态的方式，以及热心文学的姿态无疑使得《文讯》在众多的文艺期刊中显得独特，尤其是"文化资本"的聚集，使得座谈会看起来虽然"众声喧哗"，其实更是一个掌握了"资本"的权力场，文化精英们正是通过所拥有控制资本的权力，对文学场域进行区隔和对"象征资本"予以颁发；在这里，杂志编辑和"文化资本"达成一致，以举办文学会议的运作策略，使得编辑们深沉的历史意识得以融入其中，他们的编辑理念得以贯彻和落实。

表现之五：通过文宿回忆、专访资深作家、文学尖峰对话、文坛新秀等栏目试图切近历史，透过文坛亲历者"文学活化石"来建构文学史，这也是《文讯》非常突出的办刊特点。孟樊指出："《文讯》曾两度执行文建会委托的《中华民国作家作品目录》编辑计划案，根据其第二次执行的《中华民国作家作品目录：一九九九》上所载，收有1800多位作家的资料档案，足见《文讯》'文艺资料研究与服务中心'的抬头，并非浪得虚名。"^②

表现之六：刊载文学社团、书店的回忆，作家年表、著作表及各类文体、硕博论文书目提要来记录历史。

必须指出的是，上述各种办刊理念并不是相互独立的，它们常常纠结在一起，共同蕴含编辑为文学立史的意识，体现出形塑中国文学地图的不懈努力与追求。

二、文学场域的斗争与现代性焦虑

场域（field），法国社会学家皮埃尔·布迪厄文化社会学的中心范畴之一。他在《场域的逻辑》一文中说："从分析的角度看，一个场域也许可以被定义为由不同的位置之间的客观关系，构成的一个网络或一个构造。由这些位置所产生的决定性力量已经强加到占据这些位置的占有者、行动者或体制之上；这

---

① 封德屏. 文讯活动目录：文讯（80）. 58.

② 孟樊. 以文学史料建构文学史：《书评书目》《新书月刊》及《文讯》的历史意识：文讯（213）. 46.

些位置是由占据者在权力（或资本）分布结构中，目前的或潜在的境遇所界定的，对于这些权力（或资本）的占有，也就意味着对这个场域的特殊利润的控制。"文学场是文化生产场域的次场域，布迪厄用"文学场"来表达文学的社会化过程，他认为"场的概念有助于超越内部阅读和外部分析之间的对立……文学场和权力场或社会场在整体的同源性规划、大部分文学策略是由多种条件决定的，很多'选择'都是双重行为，既是美学的又是政治的，既是内部的又是外部"[①]。

他还描绘了参与艺术生产的体制性力量："文学场域是一个力量场域，也是一个斗争场域，这些斗争是为了改变或保持已经确立的力量关系：每一个行动者都把他从从前获得的力量（资本），交付给那些策略，而这些策略的运作方向取决于行动者在权力斗争中所占的地位，取决于他们所拥有的特殊资本。"[②] 布氏指出："发生在文学或艺术领域的斗争中的一个主要问题是对场域的局限性的定义，即对斗争中合法性参与的定义。诸如：'这根本不是诗歌'，或'这根本不是文学'这样的论断，实际上意味着拒绝这些诗歌或文学的合法存在，把它们从游戏中排除出去，开除它们的教籍。这个象征性的排除仅仅是对一种努力的颠覆，这种努力企图征集一个对合法化的实践的界定，譬如，建构一个作为永久的和普遍的本质的艺术或流派的历史性定义，而这一定义是与那些掌握了某种特定资本的人的利益相一致的。这一努力成功的时候，策略和特定意义上的艺术性和政治性就会密不可分……对统治性定义的颠覆，是在这些普遍性中进行的革命所呈现的特殊形式。我们也就更容易理解有关学术分析或论争的对象的冲突，是如何被积极的参与者当作生死存亡的问题来体验的，那些古今之争、有关革命的争论、有关浪漫派的争论等等都可以从这一角度来理解。"[③]

笔者之所以大段地引用布迪厄的话语，是为了表明布氏的文学场域理论，接下去对理解台湾的文学生态，理解在台湾高度发展的工商社会所构建的文化

① 皮埃尔·布迪厄. 艺术的法制：文学场的生成与结构. 刘晖译. 北京：中央编译出版社，2001. 116—283.

② 皮埃尔·布迪厄. 艺术的法制：文学场的生成与结构. 刘晖译. 北京：中央编译出版社，2001. 116—283.

③ 皮埃尔·布迪厄. 艺术的法制：文学场的生成与结构. 刘晖译. 北京：中央编译出版社，2001. 116—283.

生产场中，《文讯》办刊所进行的编辑、策划、出版、营销，对文学话语权力的争夺，文学经典的重建、文学现代化的启蒙与追赶等等，都有很好的帮助。

《文讯》作为文学期刊是当代文学生产的一环，纠结了多元、复杂的参与力量，编辑、发行、作者、读者以不同形态互相制约，如编辑立场、发行方的宰制、读者的喜恶、作者队伍的文化惯习相互纠集缠绕，形成动态变化的办刊和文学场域内部斗争，以及政治场、经济场对文学场的挤压，特别是《文讯》曾由政党主办，初期带有党派色彩，（尽管它尽量淡化"政党"色彩）有着一定的文学宣传、意识形态国家统制的意图。与此同时，作为现代后发地区的文学、文化刊物又多少带有了对文学现代性的焦虑，这些渴望追赶先进国家文学的认知，最终形成台湾文坛的集体无意识（如 20 世纪 60 年代存在主义文学思潮在台湾的影响以及"20 世纪八九十年代西方文学理论在台湾文坛的狂欢宴"现象），很自然地投射到文艺代表性期刊《文讯》中来。

1. 阐释焦虑与话语权的斗争。

布迪厄指出：在文学场域内，由谁说话，站在怎样的位置发言，说什么话，都是关涉文学的地位、性质和对文学的解释。对于台湾文学亦如此；因此把海峡两岸当作统一的整体，其中政治、经济场域的斗争自然会投射到文学场中，政治场对文学场的挤压，则往往会引发对"文化资本"和"命名权力"的争夺。正如布迪厄宣称："命名，尤其是命名那些无法命名之物的权力，是一种不可小看的权力，当命名行为用在公开场合时，它们就因而具有了官方性质，并且得以公开存在……命名的艺术，对于那些热衷于与其他群体进行斗争的群体成员来说，本身就是一种很重要的策略。"[①] 的确，对中国文学（包括台湾地区文学）的诠释就是这样一个"命名"的象征物。

自 1949 年中华人民共和国成立，其间虽不断有文学史问世，如周锦《中国新文学史》（1976 年长歌出版社）、尹雪曼的《中华民国文艺史》（1975 年正中书局）、陈少延《台湾新文学运动简史》（1987 年）等，和叶石涛、彭瑞金等"独派"学者的台湾文学史著述，但面对大陆文学的繁荣发展，特别是 20 世纪 80 年代以来为中国现当代文学写史的风潮，研究台港暨世华文学的热潮也扩大到大陆许多高校，社科研究机构，推出若干研究台湾文学的专著或论文

① 皮埃尔·布迪厄. 艺术的法制：文学场的生成与结构. 刘晖译. 北京：中央编译出版社，2001. 116—283.

集，如王晋民的《台湾当代文学》、古继堂的《台湾新诗发展史》、公仲与汪义生合著的《台湾新文学史初编》等多达十多部，所有这些不能不引起台湾文坛、学界的焦虑和触动。对台湾新一代文学史家与文学研究者来说，作为台湾文学史话语阐释（知识建构）的一环，大陆的这些文学史传达了什么？它们是由谁人编纂？撰写者的背景观念与写作策略如何？又如何擦去、掩盖与压抑了台湾文学的另一面？这些史传又导引了怎样的历史想象？台湾读者的种族、性别与阶级差异又如何影响了他们的阅读方式？这些差异又将造成何种不同的历史认知？他们的历史认识是否会成为今后强大的"主流"意见并左右下一代人的思维？该如何阐释台湾新文学运动以来的历史？立场与理念是什么？采用怎样的文学史观？……因此，他们警惕于"失语"的危险，焦虑于命名话语权的丧失。正如朱西宁认为："中共编印有《新文学史料》杂志，相当于第八期的《文讯》，那是中共出版的文学史实性质的杂志。近年来，中共在文学史料上所花费的金钱绝非我们所能想象，单说如此类型的文学史料杂志，就不下有几十种，再加上研究专书更是多如牛毛，而反观我们，却好似仅有《文讯》。"① 周玉山则用《文学失地齐收复》这样指向性很强的标题，来针对大陆有关台湾文学研究和台湾文学历史的梳理进行贬抑，恰恰不经意地暴露出了这种内在的紧张，他指出"搜集、整理、研究出版中国新文学史料的意义，就在于理解其真貌，并收复我们的民国史失土……中国新文学史因为它原本就是民国史的一环，（要避免）偏安中成长的青年，一出国门，即入左道，任由共产党来涂红抹黑……急待信而有征的历史填补"②。此间传递的是这样的焦虑：谁的文学？如何失去的？失去的是哪块文学版图？该如何收复？由谁收复，又怎样收复？等等。又如在台湾诗学方面，大陆自新时期以来，兴起台湾诗学的研究热潮，仅诗歌而论，出版了不少诗选、诗赏析、专论乃至诗歌史、批评史，还有台湾诗歌鉴赏辞典之类的书刊，引发了台湾学界的轮流炮轰，进行了"满含敌意""毫无情面的痛批"，在部分台湾学者看来，大陆诗评家"要和台湾诗评家赛跑，争夺台湾诗的诠释权，此岸诗人不能不有所警觉"③。特别是进入到20世纪八九十年代，大陆因为琼瑶、席慕容作品引发的对台湾文学研读的热潮，和

① 朱西宁. 视履考祥　其旋元吉：文讯（13）. 15.

② 周玉山. 文学失地齐收复：文讯（11）. 98.

③ 古远清. 当今台湾文学风貌. 江西：江西高校出版社，2004. 85.

大陆学者撰写的研究台湾文学的论著如雨后春笋，构成了海峡两岸一冷一热，彼此的研究和良性沟通相当不对称的局面，给了台湾学界很大压力和紧迫感，又因政治敌对和意识形态不同，加之两岸长期分离造成的隔膜，这种阐释的焦虑和话语权旁落的担忧就显得尤其强烈。孟樊在《文讯》第 182 期"20 世纪 90 年代台湾文学观察"专题中总结道："其实，文学诠释权之争不仅出现于宝岛之内，世纪末络绎于途的两岸作家及评论家，彼此为了文学史评价（及更敏感的地位）问题，十年内已过招数回……"

2. 审美争霸与经典塑造。

经典更准确的译法是"典律"，即一部作品能够被确认为经典的某种规划、标准或尺度。陈晓明认为，典律作为语话权力，其背后隐蔽着不同时期处于强势地位的社会集团的审美领导权（也称为审美霸权），不同时期典律的变更显示不同社会集团争夺审美权的斗争。^① 洪子诚也指出："经典"是帮助我们形成文化序列的那些文本，某个时期确立哪一种文学的"经典"，实际上是提出了思想秩序和艺术秩序的范本，从"范例"的角度来参与左右一个时期的文学走向。^② 大陆学者的洞见清晰地指出文学场带有普遍性的规律：经典焦虑和迫切的立史（命名）冲动。

这在布迪厄的理论中可找到依据，他认为："作品科学不仅应考虑作品在物质方面的直接生产者（艺术家、作家等），还要考虑一套因素和制度，后者通过生产对一般意义上的艺术品价值和艺术品彼此之间差别价值的信仰，参加艺术品的生产。这个整体包括批评家、艺术史学家、出版商、画廊经理、商人、博物馆馆长、赞助人、收藏家、至尊地位的认可机构、学院、沙龙、评判委员会等等。此外，还要考虑所有主管艺术的政治和行政机构，它们能对艺术市场发生影响；或通过不管有无经济利益（收购、补助金、奖金、助学金等）的至尊至圣地位的裁决，或通过调节措施（在纳税方面给赞助人或收藏家好处）。还不能忘记一些机构的成员，他们促进生产者（美术学校等）生产和消费者生产……"^③

---

① 陈晓明. 经典的焦虑与建构审美霸权：山花. 2000（9）. 77.

② 洪子诚. 问题与方法. 北京：三联出版社，2002. 156.

③ 皮埃尔·布迪厄. 艺术的法制：文学场的生成与结构. 刘晖译. 北京：中央编译出版社，2001. 116—283.

对于《文讯》来说，把文学史料收集和整理作为办刊的主要任务，通过文学断代如 20 世纪 50 年代至 90 年代文学观察、回顾等专题来试图评价、凝固台湾文学发展的每一段；对资深作家、文宿专访来确立和巩固作家，特别是台湾地区作家的文学史地位；通过召开研讨会、纸上公听会等动态形式的活动，以及出版作家书目提要、文选作品、社团介绍等较专业性的史料整理，暗含着文学史家、学者、批评家盘点文学家底、梳理文学脉络，叙述文学发展历史的努力，进一步促使文学经典的形成。《文讯》持续推出的"经典"，不仅有作品（如"怀念老书""书评书介""密密书林""文艺论衡"等栏目），还有作家、社团、文学思潮等文学史的构成要素。总体来说，《文讯》的经典塑造，具有"学院批评"和"媒体批评"结合的特点。《文讯》旗下，聚集了一大批学院派知名的专家学者，如叶石涛、彭瑞金、刘绍铭、沈谦、陈万益、何寄澎、龚鹏程、白先勇、余光中以及台湾各大学的教授、博硕士；此外撰稿者中也有不少来自媒体，如报纸、杂志的时评员，编辑，资深出版人，正是这两股力量汇流在一起，形成了台湾文学场域具有相当影响力的"文化资本"，他们凭借媒体帝国主义的权威和学院派精英的首肯，向一批作家、作品颁发"象征资本"，从而塑造符合自身审美规范和艺术秩序的经典。正如布迪厄宣称："文学场域像其他所有场域一样：文学场域涉及权力（例如，发表或拒绝出版的权力）；它也涉及资本，被确认的作者的资本，它可以通过一篇高度肯定的评论或前言，部分地转到年轻的、依然不为人知的作者身上，在此，就像其他场域一样，人们能观察到权力关系、策略、利益等等。""资本生成了一种权力来控制场域……资本还生成了一种权力来控制那些界定场域的普通功能的规律性和规则，并且因此控制了在场域中产生的利润。"[①]

《文讯》的许多相对固定和资深撰稿人来自台湾各大学的学者、教授，如：李瑞腾、颜元叔、郑明利、吕正惠、康来新、廖炳惠、张健等，他们既是文学研究者，又是大学教育体制内文学教育的组织者、实施者。他们用自身的文学观念，对学生进行文学教育，往往深刻地影响了未来的这一部分文学研究者和期刊读者。这种由学院派专家在大学体制内所参与遴选、建构的文学观念、审美意识、批评标准、文学"典律"、文学史，潜在而深远地规约了大学生、期

---

① 皮埃尔·布迪厄. 艺术的法制：文学场的生成与结构. 刘晖译. 北京：中央编译出版社，2001. 116—283.

刊读者对台湾文学、中国文学的认知。因此作为《文讯》的"文化资本"，这些撰稿人假《文讯》为阵地大量地发表文章或召开座谈会，他们的文学观念、审美话语、批评范式自然影响着公众对文学作品、文学规律、文学研究的判断，在生产台湾文学"经典"和建立某种筛选标准方面具有特殊的意义。同时，《文讯》推出的专题策划、文学人物、作品社团、学术会议和文学年鉴，创办"五·四"文学奖，① 都具有塑造经典的示范意义，这一运作方式对台湾文学的生产和操作及其文本效果，有较大的影响。在台湾，除了《文讯》选编文学年鉴，各出版社也争相编撰年度文选，② 犹如一场文学选本的战争，如：九歌本、尔雅本、前卫本、洪范本，这透露出文学场内，不同文学集团、持不同的文学标准的研究者对文学阐释权的争夺，为塑造各自认可的文学"经典"而斗争，比如：尔雅出版社发行人的隐地就认为只要作品本身好看，趣味性浓一些就可以入选，不必太学院化，而九歌出版社的蔡文甫则认为：只要有一家出版社做文选就行，其他出版社不必做重复的工作……③这反映了台湾文坛、学界对文学经典塑造的焦虑与苦心经营。年度文学选的编撰工作，往往汇集了整年度具有指标意义的文学作品，因此成为极具分量的文坛出版品，大陆学者黄万华提醒我们说："文学选本实际是一种最初的文学史筛选，日后治文学史者往往会把这种年度文学选作为自己的典律构建的基础，这在我们进入境外的文学史研究中会更明显。文学史叙述如何既充分利用这种文学资源，又不被这种资源遮蔽，是应该有所思考的。"④ 因此，文学选本的编辑、生产，向我们

---

　　① 1998年5月，国民党文化工作会为纪念五四运动，发扬省思传统和创新精神，设立"五·四"文学奖，以奖励长期投入创作以外的文学工作者，由《文讯》承办，设文学编辑奖、文学教育奖、文学交流奖、文学活动奖、文学贡献奖、青年文学奖，已经举办数届。

　　② 文学年鉴和文学选本虽不同，但编撰上具有相似的权力关系的镶入。《文讯》自1996年至1999年主编《台湾文学年鉴》包括文学大事、年度选书、年度文学人物、年度选书的书评等，由"行政院文化建设委员会"出版。《文讯》编辑总监李瑞腾在《关于一九九六年台湾文学年鉴》（《文讯》第139期）一文指出："所谓年鉴，是一个国家或区域其整体或特定的领域的社会现象在一个年度的记录，最主要的目的是为未来留下完整的历史资料。但是年鉴不只是资料的罗列，也包含编辑者的角度和观点，具有总结历史经验的意义。"

　　③ 封德屏. 文学与时代的脉络—关于"文学选集"：文讯（23）. 122.

　　④ 黄万华. 第十三届世界华文文学会议论文集·序言. 山东文艺出版社，2003.（3）.

释放了重要的信息：在某种意义上，经由哪些专家来参加遴选？这些专家所代表的"文化资本"在文学场域内是否具有足够的权威？怎样建立文学评价的标准？楔入怎样的权力关系？怎样根据自己的知识背景和文学史观，又怎样排定作家作品的地位，给哪些作家诗人以更多的篇幅？压缩哪些作家的叙述空间，要重点强调、选择或有意遗漏、忽略哪些作家作品？怎样根据社会环境的变化、人文氛围的调整和偏移，对当下文学发生史进行形构，对已经排定的作品作家的次序加以颠覆、复原或删节……这些都是选本工作的主要内容。《文讯》一方面加入了关于如何生产文学选本的讨论，另一方面自身也进行文学年鉴的生产。

3. 时间意识与文学现代化。

"现代性概念首先是一种时间意识，或者说是一种直线向前、不可重复的历史时间意识，一种与循环的、轮回的或者神话的时间认识框架完全相反的历史观"[①]，这就意味着，现代性对于个体精神向度的塑造，首先在于形成特定的时间感知方式。西历（亦即"公历"）以耶稣诞辰作为起点，包含着时间向未来无限延伸的观念。这一时间观念蕴含着对于进步的信任，并由此建构了一种目的论史观，从而使现代成为"一个向未来的新敞开的时代"。在欧洲社会走向世俗化的过程中，伴随现代性成果的历史性展示——"新世界"的发现，文艺复兴、工业革命等——直线时间观便逐渐被植入关于进步的信念；因为在时间的每一步进展中，都会生成新的超越以往的历史成果，都昭示着令人激动、可期待的进步。自然，这种信念成为关于现代性的宏大理论的基石，这一认知也影响到中国，随着严复译介《天演论》传播到中国后，进步、进化的理念自然也被代入中国社会变革的追求中。

台湾也不例外，更加之由于现代性在台湾的展开始终伴随帝国主义的侵略殖民，腐朽清政府的割让和祖国母体文化的失落，所以基于进步的焦虑尤为强烈和复杂。进入20世纪80年代，台湾也由农业社会进入到发达的工商社会，工业文明的高度发展带给了台湾人普遍的自豪，但是精神文明建设和文学现代化的进程，都令台湾知识人并不感满意。我觉得，是否可以认为，透过《文讯》办刊的总体过程来看，基本沉潜和贯穿了台湾文学界的一个核心情感体验

---

① 汪晖. 韦伯与中国的现代性问题：批评空间的开创. 王晓明主编. 上海：东方出版中心，1998. 56.

和基本命题：焦虑。比如：基于文学无史的焦虑，基于社会文明进步的焦虑，文学话语权的焦虑；文学理论的焦虑，文学经典的焦虑……从《文讯》"文化现象""人文关怀"等栏目和学术研讨会以及若干专题策划所开辟的"准话语空间"的讨论中，我们不难看出，台湾知识界对社会文明、文化建设和文学的不自信，诸如批评各地区文化中心的建设成绩不佳，文艺理论建设、创作落后于西方现代化国家，文学批评够不上是真正的、严肃的批评，文学会议贪大求全；对中文系新文艺教育的反思，有关儿童的传播媒介的探讨，外国文艺理论创作的译介等，都反映出台湾知识者对于物质文明现代化和精神文明滞后，两者发展不平衡的隐忧。当然这其中最核心的还是赶超时间，追求文学现代化的焦虑。比如：《文讯》的编辑者在二十年如一日高扬文学理想、守望文学价值，勉力支撑中就蕴含了对文学的狂热又务实的姿态，隐含了文学的启蒙意识和精英心态，只是越到后来，随着办刊方向突入到社会、教育、文化层面，这种精英启蒙心态才逐渐由"化大众"转为"大众化"。这约略从"文学术语""文学之窗"等"专业化"栏目的设置到取消可以窥见。（从第1期到第30期，后改成资讯型的"国际文讯"，远非昔日文学研究型的栏目。虽在后面的若干专题、专栏中也有外国艺文的介绍，但文学研究的目的大为弱化）这两个栏目的功能主要是介绍外国作家作品和文学理论，它们的出现和消失，我觉得意味深长。它们的功用不仅是介绍外国文学或译介西方新的文学理论，其实还潜在地表明一群文学"小众"推动"文学现代化"的企图，特别是《文讯》曾经在第一期《编者的话》中声称："（报道要）旁及世界各国文艺现状的介绍"①，但是在随后的期刊实践中事实证明这一思想并未一以贯之。这一点上《文讯》又似乎与"五·四"时期的某些文学期刊在精神上有牵扯不断的联系，从它们那里继承了精神滋养与文学基因的遗传，比如：重文学进程的设计，重文学主导倾向，重理论和外国文学的译介，更关键的是潜藏在深层的精英心态和启蒙意识一脉相传。只是这种启蒙已经不再衡定地与建立现代民族国家，解放劳苦大众相联系。在中国知识人眼里，西方与现代思想是合二为一的，用西方新思想武装起来的大众是"新民"，是最终实现知识分子理想和复兴文学的主体与基础。作为文学期刊编辑，他们的责任是推广和普及西洋文学，教育读者；而读者在他

---

　　① 编者的话：文讯（1）．1．

们看来也充满了接受西方现代思想的义务与渴望，通俗说，读者至少是需要文学启蒙和文化洗礼的。"富裕中的贫穷"的台湾社会至少是需要建设"书香社会"的①；需要文化气息的②；中国的文学至少是需要追赶现代化的③。于是，读者的形象已经成型于编辑的心里，编辑的任务随着想象中的读者群体的清晰而清晰，那就是要在刊物中，借助西洋文学和西方先进的文学理论，对民众进行文学文化启蒙。因此以西方为范本，迫切追赶西方的愿望，是编者的现代意识的强烈体现。现在看来，这两个栏目的短暂存在与夭折，其中原因不得而知，但这种昙花一现的启蒙结局颇令人遗憾和深思。

---

① 如《文讯》第 134 期、第 177 期的专题策划。

② 如《文讯》"文化台北""文化高雄"等近 30 个"文化建设"专题策划。

③ 如《文讯》"古典文学现代化""文学新生代""开发台湾文学的新领域"等专题策划。

大众传播学与文艺杂志学视野中
《文讯》的专题策划

一、倾斜的文学场：20 世纪 90 年代台湾杂志的生存状态

20 世纪 90 年代，台湾的期刊市场竞争形势异常严峻复杂，一方面，杂志办刊方向大大加强了有针对性的分层，并对读者市场进行细分，从"大众传播"走向"小众传播"。所谓市场细分，是指以消费者需求为立足点，透过消费者购买行为的差异性将总体市场加以细分的目标市场；每一个需求特点类似的读者群体就是一个细分市场。台湾杂志对特定人群和预设读者的份额进行细分和占领，几乎涉及各种专业与人们生活的各个方面：休闲、养生、娱乐、体育、旅游、汽车、少儿、外语等杂志层出不穷。另一方面，严肃杂志、人文杂志则普遍生存困难，跌入低谷，一些历史悠久、享有盛名的杂志相继停刊，如《东方》第五度停刊，有 30 多年历史的《幼狮月刊》及复刊后的《文星》杂志先后画上句号；《文艺月刊》《台北评论》等陆续向读者告别；《当代》《文讯》则经历了"数度的死亡与再生"。在文化界人士的强烈呼吁下，1998 年 8 月国民党终于同意让近两年命运多舛的《文讯》与《中央月刊》分离，恢复独立出版。（1997 年，由于经济危机，作为党营刊物的《文讯》被纳入国民党中央机关刊物《中央月刊》之中，作为"别册"形态出现，随着国民党成为在野党而导致经费紧张，2003 年 1 月宣布对《文讯》停止经营，后《文讯》转为"财团法人台湾文学发展基金会"捐助出版，《文讯》由党办遂成民营刊物。）因

此，20 世纪 90 年代末台湾杂志生存场域中，各种杂志的诞生与消亡屡仆屡起，竞争呈现白热化，纯文学刊物在娱乐休闲、实用快餐、教育等杂志的围剿下，左冲右突命悬一线，文学人口急剧流失市场份额迅速萎缩，"文学场"受到了"经济场"的严重挤压。与此同时，大陆在 20 世纪 90 年代也经历了类似的重大变革，有学者称之为"倾斜的文学场"①。

现代文学的传播语境是在大众传媒与文学的共生和相互改造的复杂结构中形成的。大众传媒是各种用来向公众发放信息的重要通路，它具有形成信息环境的力量，并透过人们的环境认知活动来制约人的行为，这是大众传播发挥其社会影响力的主要机制；对文学无远弗届产生影响的现代传媒毋庸置疑首推报刊。从近代以来，在现代文学作品商品化的基础上，作为一项文化产业，期刊必然要被纳入商业运行的轨道，遵循一定的运营规律。这个运营规律就是期刊策划。期刊策划具体指的是对整个出版活动的事前谋划，是为了达到特定的办刊宗旨，制定有关策略、政策和详细的运作计划并付诸实施的过程。期刊策划的具体内容和形式很多，有总体策划、专题策划、专栏策划、版面策划等等。期刊策划具有前瞻性、系统性、可操作性、独创性、时机性等特点，从本质来说期刊策划是大众传播理论和文化建设与发展理论的实践与操作。期刊策划主要遵循三大规律：一是以信息处理、内容策划为核心的期刊编辑规律；二是以期刊产品制作为核心的出版规律；三是以出版物出售和媒体售卖为核心的营销规律。编辑、出版、营销三个环节环环相扣，三大规律相互制约，共同维持期刊产业的正常运作。在通俗与严肃、休闲与人文、知性与理性、党营与民办、集团化与孤军作战、求生存发展与停刊改版等多重、复杂胶着的关系中，《文讯》办刊多年，生存步履维艰又维系文学命脉，描绘台湾文学版图的发声管道，要想在多元竞争、工商社会高度发达的台湾社会，在人心浮躁、文学边缘化的时代中站稳脚跟，谋求发展，势必要在办刊的思路上既要坚持文学的"自主性原则"，又要跟上"市场化原则"，努力创新办出特色。事实证明，《文讯》办刊 20 多年来，几易总编，但办刊方向明确、思路清晰、特色鲜明，善于抓住文学—文化的热点，既富前瞻又能顾后，既关怀社会现实又为文化建设担纲，显示了十分坚定且持续不变的办刊理念，得到了台湾学界、出版界的赞

① 邵燕君. 倾斜的文学场——当代文学生产机制的市场化转型. 南京：江苏人民出版社，2003.

赏。这其中之一，就是始终具有很强的文学—文化研究的"问题意识"，始终善于制造学术热点，创设出文学研究的"新话语"，提供引发文坛关注的文学—文化的专题策划，因此，《文讯》的栏目设计形成了鲜明的个性。当然，《文讯》的办刊也历经了从"纯文学""专志化""史料性"向"报道类""大文化""综合性""生活化"的重大调整和变化，在此存而不论。下面，笔者就援引大众传播学和文艺杂志学的若干理论，对《文讯》杂志的专题策划进行探究。

二、专题策划的传播心理学基础

任何编辑承接一份杂志时，都应有明晰的编辑宗旨。编辑宗旨是编者在审视出版文化、读者对象、社会发展等多种因素的基础上形成的，特别是读者的欣赏趣味、文化层次、艺术品位，这是编者考虑的首要因素，编辑宗旨一旦形成，就具有规范与制约的作用，也决定了刊物的基本风貌。对读者的定位，确立编辑宗旨，也就奠定了刊物的基本品貌。《文讯》办刊的一项重要特色，就是有着充沛的文学研究的灵感并在实践上有一以贯之的专题策划。《文讯》总编辑封德屏认为："一本杂志最吸引人的就是当期的'专题策划'，是动员比较大的人力，花费比较多的时间，对一个问题的深度、广度报道。一个文学杂志经过长期思考，周密策划，谨慎执行所完成的专题设计，提供给读者、文学工作者的已经不是单纯的作品欣赏，而是进一步提供一个完整的信息，有助于读者的思考，甚至可能从这些已建立的基础上，引发许多人对该问题的研究兴趣，进一步去探讨，所以杂志的'专题设计'不仅可以看出一个杂志的风格与特色，也可以看出编辑用心之所在。"①

专题策划的传播学理论基础是议题设置。1963 年，伯纳德·科恩在《报纸与对外政策》一书中提出：新闻媒介"在告诉读者产生怎样这一点上大多不怎么成功，但在想告诉读者想什么方面却异常有效"②。这就是后来人们所说的大众传播媒介的"确定议题的作用"。从 20 世纪 70 年代起，美国传播学家 M·E·麦库姆斯和 D·L·肖，以及后来的许多传播学者，对此进行了多年的研究。他们发现：公众的注意力与大众传媒的报道有着密切的相关，传媒报

① 封德屏. 精神与风格的展现——文学杂志的专题设计（座谈）：文讯. 1986（27）. 94.
② 马飞孝. 美国媒体集团化及其影响：当代传播 2001（3）. 30.

道的侧重点决定了百姓注意力的主次。这项研究被概括成一种理论假设，即所谓"议程设置论"。在比较传媒的话题设置和公众的话题设置后，他们还发现：公众对当前重要问题的判断与大众传媒反复报道和强调的问题之间，存在着一种高度的对应关系。也就是说，大众传媒作为"大事"加以报道的问题，同样也作为"大事"反映在公众的意识当中；传媒给予的强调越多，公众对该问题的重视程度也就越高。传媒的新闻报道，通过赋予各种"议题"不同程度的关注，影响着人们对周围世界"大事"重要性的判断。因此他们认为，大众媒介具有一种选择并突出报道某一问题，从而使这些问题引起大众重视的功能，这种功能也是大众传播最重要的社会效果之一。调查结果表明，大众传播对某些议题的着重强调和这些议题在大众中受重视的程度，都构成强烈的正比关系，或者说，在大众传播中，越是突出某议题或某事件，就越会影响公众突出地议及此议题或事件。传统的、客观的新闻媒介就不会确定议程，而只是记录议程，从这个意义上说遵循大众传播规律自觉而科学地、精心地选择、确定议题，进行专题策划是期刊现代化的标志。

专题策划作为信息"集束化"传播和公众心理系统的接受过程，可在心理学找到依据。传播心理学研究表明：传播作用点是人的心理。用这个观点来审视传播对人的作用，就会发觉它与皮鞭、拳头作用于人的肌体不同："传播是使观念形态的信息通过人的视觉器官或听觉器官或触觉器官（辨认盲文时）作用于人心理系统。传播信息运载着传播者的意志，作用于受传者的心理系统并与心理系统的原有构成（认知、思维、情感、态度、意志、甚至个性心理质量等）进行反应，反应结果产生一种涌动着精神力量的源泉——我们把这种源泉称为心理能，心理能是传播作用于受传者所产生的直接效果或叫第一级效果；心理能外化为受传者的行为，有些心理能所外化的行为还要作用于社会，使之发生相应的变化。"① 与此同时，人的视觉器官、听觉器官具有选择的生理机制，人对信息具有先天的选择性，保证它们面对当今"信息爆炸"所形成的传播信息洪流时，正常接收信息。这是人的信息接收系统在生物进化和社会化的过程中形成的选择机制。

从传播心理学的视角看，《文讯》专题策划运作因而成功的，正是它充分

---

① 林之达. 大众传播心理学. 北京：北京大学出版社，2004.

认识和利用了大众传播中信息传播的二级效应和心理系统的选择机制因而成功的，是它认准了受众心理系统的需求的成功，是它传播的信息在受众心理系统第一道关口上领到了"参与权"证书的成功，是它传播的信息在"心理反应"炉内冶炼出它所期望的传播效果的成功。它的成功在于围绕受众心理需要运转，巧妙地进行议题设置。因此《文讯》以专题策划进行运作，归根到底就是认准了它的具有较高文化—文学修养、较专业化的受众的心理系统需要什么信息、选择什么信息；了解了当媒介传播的信息进入心理系统时，怎样的信息能够顺利通过这些受众的关卡，又是怎样的信息可以与杂志读者群"市场细分"后，所划分出的文艺研究者——这些个体的心理系统发生质的反应，从而产生传播者所希望得到的效果。因此，准确的议题设置、受众心理系统的需要乃是传播媒体为之运转的隐形轴心。

三、"大文学"研究—文艺杂志学视野中的专题策划

"国立中央大学"中文系教授兼主任李瑞腾（本身也是《文讯》的前总编辑）继"副刊学"之后，提出了"文艺杂志学"的概念，他指出：文艺杂志学就是研究文艺在杂志的表现，当文艺创作或者文艺报道、评论，以杂志作为载体时，必然受到杂志的传媒特性的宰制，他提出了理论、批评、历史三大范畴作为创设这一学科的基本框架；认为文艺杂志与台湾文学的发展关系十分密切，将文艺杂志学科化是十分重要的；文艺杂志学是一门整合性学科，可以是传播学的分支，进行类型杂志研究，也可以是文学的分支，进行文学的传播媒介研究。[①] 在此，笔者援引文艺杂志学的若干论述，以《文讯》为标本进行研究。因为《文讯》作为文艺杂志，既要遵循传播媒介的一般规律，即传媒在现代工商社会的生产、出版、流通和消费；又受到文艺这一特殊表现对象的内在属性的支配，如：文学的特定范式、表现手段、审美规范、批评标准、文艺思潮乃至政治意识形态、等等。《文讯》本身就是台湾文学—文艺，特别是文艺杂志学范畴内研究的一个很好的标本，有属于杂志的通性部分，如杂志编辑学、期刊策划、营销手段、专题营建，也有属于文艺部分的特性，有别于其他

---

① 李瑞腾."文艺杂志学"导论：文讯. 2003（213）. 6.

杂志的编辑考虑，如着重促进文艺发展、提供发表园地，记录作家动态，策划文学运动、组织培养文学新人等特殊功用。

精心营建专题是期刊创名牌的有效途径。国际上享有盛誉的美国文学杂志《纽约人》的专题策划就颇有特色，而且几十年一贯坚持形成传统。与此相仿，《文讯》的专题策划就是其文学——文化方向办刊的主打品牌和拳头产品，20年来几乎从未中断。《文讯》前总编李瑞腾说："任何杂志专题构思的产生，主要配合杂志的宗旨而定。杂志的宗旨影响专题的设计，（有）两个基本的方向：一是长期的整体性规划，另一是配合文学的现实环境。《文讯》专题设计大体朝这两个方向进行。因为《文讯》本身的性质属于文学报道、文学评论、文学史料，在性格上和许多文学性杂志有很大不同，基本上《文讯》更接近一个现代文学研究中心，……（《文讯》的）最终目的是文学史整个系统的建立。到目前为止，《文讯》所有的专题设计，任何一个题目都可以拿出来当作文学研究的课题，所以学术研究方法整体的运作可以运用到杂志的专题设计上。早期的《文讯》在做专题方面比较接近丛书的做法，如：'抗战文学口述历史'……内容的丰富及所附注的资料方面，都是一个专门的做法，比较不像杂志的编法。现阶段《文讯》专题设计的特点是'问题的讨论与史料并重'，……我们以更大的视野来观察现代中国文学或整个华文文学的发展，大体上《文讯》的专题设计等同一个文学研究的整体规划。……《文讯》的专题有做长期渐进的工作，如：20世纪五六十年代文学，这是整个文学历史的工作，文学现实的问题我们也在做。"①

因此，专题策划是《文讯》的一项长期坚定不移的编辑战略，是该刊在文学研究和史料保存两个向度的名牌工程。通过专题策划的形式，《文讯》开发几乎所有与文学有关的"话题"，形成外延和内涵都相当庞大和"含混"的"大文学"概念：既钩沉文学史中的作家作品、社团、思潮，又展望文学发展的趋势，还记录当下的文坛风云。纵观20多年《文讯》的专题，可以说是忠实记载了台湾近20年的文学发展脉络，从20世纪五六十年代文学、20世纪90年代文学、20世纪台湾文学的回顾与反思到文学新生代、女性书写、文学奖、现代文学史料抢救、现代文学会议，到儿童文学、诗歌、散文、短篇小

① 李瑞腾. 精神与风格的展现——文学杂志的专题设计（座谈）；文讯 1986（17）. 94.

说、传记文学、科幻文学、移民文学、武侠小说……每一专题无不关涉台湾文学的薪火相传，没有这每一期的专题，《文讯》就失去了招徕和凝聚读者的招牌。从期刊编辑学的角度来看，"任何期刊都有可读性的定性和定量指标。可读性是指报刊内容难易程度，意为值得读，可以读得懂。而耐读性和易读性是其两个层面，是可读性在实践过程中的努力实现的两个向度。耐读性是期刊及其文章在一定长度时间内可供反复揣摩、回味的内在特质，加强期刊的耐读性是开发和强化期刊传播功能的根本要求"①。由于期刊出版周期较报刊长，便于在时间上充分组织、策划内容，适于收藏，但正因为周期长，在当今生活节奏快，现代人追求轻、薄、短、小等快餐文章的基础上，特别是在大众报刊发达的今天，八卦、休闲、旅游、娱乐等报刊大行其道充塞市场，如果不加强期刊的内容、形式的耐读性建设，期刊就容易被遗忘，严重削弱其内在质量，丧失在传媒市场的竞争力。《文讯》的专题策划在定性的标准上做到了价值与趣（品）味的统一；在定量的标准上，做到了适用性、持久性的兴趣（即要求读者在一年后阅读起来，仍能感兴趣）与建设性的统一。陈芳明先生认为：他的硕博生可以去《文讯》寻找论文选题和灵感，而他自己则在文学研究中，常常倚重这份刊物。"这份精悍的杂志每期都推出专辑，这些专辑，开启了观摩台湾文学的窗口，有时我跟学生讲，如果找不到硕士论文的题目，都可以在《文讯》的专题中获得启示与灵感，由于《文讯》的嗅觉特别敏锐，它往往比一般的更早发现文学发展的特性与走向，我甚至跟我的学生说，如果，把每年12期的《文讯》装订起来，它就是一本完整的文学年鉴，而年鉴，正是保存历史记忆的最佳方式"②。而诗人痖弦对《文讯》"十二个平衡"的品评，可说是对《文讯》"耐读性"建设的中肯鉴定。这12个平衡即：新与旧、今与昔、老与少、静与动、冷与热、城与乡、保守与激进、学院与草莽、国内与国外、此岸与彼岸、乡土情怀与民族意识、官方文化理念与民间文化的平衡。③ 可见，《文讯》的专题确乎在价值体现、适用（精英、专业）、趣味，持久性等"耐读性"方面，做到了较高的水平。

---

① 李频. 期刊策划导论. 石家庄：河北教育出版社，2005. 162. 173.
② 陈芳明. 应该赢得应有的尊敬：文讯 2002（200）. 17.
③ 俞金凤. 鲜花·笑语和爱—文讯十年会场侧记：文讯 1993（94）. 74.

结论：《文讯》专题策划的特色

1.概况。

纵观《文讯》的专题，"强化针对性，找准出发点"是其专题策划的主要手段。大众传播心理学认为充分照顾读者的实际需求是专题策划的出发点。《文讯》前200期专题针对本刊读者的心理需求主要分为以下几类：一类是以纯文学为指标的，涵括各种文类、文学理论、文学奖、作家、断代史、文学选本、区域文学、文学史料、文学社团、题材文学等与"文学本位"密切相关的约83个专题，占全部专题的近41.5％；第二类为与文学相关的专题约17个，涉及文学与艺术（如与戏剧、电影等）、广告、民俗、出版、网络、艺文教育、杂志副刊等，超出"纯文学"范畴，而广泛与政治场、经济场、艺术场联姻的专题，纳入了与文学有关联的，进入文学场域并在其中发挥作用，占有权力和资本的上下位阶要素；极大拓展了当代文学研究的领域：如载体和生产园地的杂志、副刊（如"文学杂志专题"），宰制文学教育的大中学国文教育（如"大学中文系课程设置""国文教育"专题），使文学发生革命性变化的网络（如"当文学遇到网络"专题），处于文学文本下游的出版（如"文学与出版"专题）……文学与政经、文化、传播场域的广泛交叉，在深广度上强化了读者对文学的认识，启发了读者的思维，开阔了视域转换了观念，使文学研究被放大与增殖，不再囿于狭隘的文学文本本位，颇具引导和缔造之功。此类约占8.5％；第三类是与文学没有关联，主要是一般意义上的文化观照，诸如广播、电视、图书馆、县市文化建设、文化行政体系、封面、乡土教材、儿童才艺教育、漫画、科技等现实性、针对性、参与性很强的专题，此类专题约占50％。这也符合其改版后的"大文化"办刊方针。

从整体来说，《文讯》专题既瞻前又顾后，文学与文化、社会现实、政经、教育、传媒等都被深化为文学性议题，既宏观探讨又知微而著，形成精良化、学院化、专业化、人文化的刊物风格。但是专题策划由于规划宏大，四面出击，广辟战线，因而显得缺乏系统性与延续性，个别专题浅尝辄止，泛泛而论，只是提出问题或思路，未能呈现出结论性、建设性的成果。

2.《文讯》专题策划的特点。

作为现代传媒的期刊，其生态格局中的角逐较量，主要就是内容上的一争高下，而内容的策划重中之重就落实到专题的策划，一种期刊的文化含量、品味层次，独具匠心和编辑理念集中体现在专题文章上，从某种意义上说，也集中体现期刊的现实意义与历史价值，有学者指出："杂志的生存与发展，主要依靠它们的方针，即独特题材和表达风格。"①

①"不薄古人爱今人"②。

这是借鉴《文讯》200 期纪念专辑中徐锦成博士文章中的一个小标题，它十分恰切表达出了《文讯》在办刊和专题策划过程中的基本思路：重历史也重当下，努力构建台湾文学的历史。如前所述，《文讯》对文学史料的发掘、搜集、整理、出版、研究不遗余力；同时对已发生的文学历史也给予巨大的关怀，更从学术研究的道路进行盘点，既有分体文学史，又有断代文学史；既有区域文学观照，又有题材文学探究，成为一座研究台湾文学的史料库和富矿。时任主编封德屏曾经撰文指出："自创刊以来，《文讯》即有计划的呈现台湾文学史料，不仅在杂志中多次呼吁文学史料的重要，更借着每一期的专题策划及专栏设计来贯彻这个理想……面对台湾文学历史的研究，却非得回顾过去的作品，在不断地累积中，建构台湾文学研究的不同的风貌。人会凋零，数据会损坏散佚，有什么比抢救台湾文学史料更急迫的呢？"③ 与此同时，《文讯》更重视当下的文学发生发展的过程，"以它为媒介全方位进行当代文艺信息及史料工作，重点放在现当代文学上面"④，充分把握文艺杂志作为传播媒介的特性，发挥报道、介绍、探讨当下文坛的功能，精心策划各种专题，囊括了文类、区域文学、文学代际、文学批评、文学现象、文学新人等，如"台湾儿童文学观察""文学新世代""一九九六·台湾文学界""文学批评的理论与实践""世界华文文学研究概况""高行健现象反思"等，每一专题在在关乎台湾文学的命脉存续；而长篇累牍和持续不断的"书评书介""密密书林""文学出版""艺文月报"等栏目则把台湾文坛当下的原生形态纤毫毕现加以呈示。此外，它还选择一些当下发生的关乎文学、文化建设、社会民生方面的重大题材、热点事件制作专题，着力发挥媒介的新闻效应，汇集各方力量，形成集群式、全方位

① 李频. 期刊策划导论. 石家庄：河北教育出版社，2005. 162. 173.
② 徐锦成. 繁花似锦—《文讯》专题 200 期：文讯 2002（200）. 38.
③ 封德屏. 有什么比抢救台湾文学史料更急迫：台湾文学馆通讯，2003（2）. 13—14.
④ 同上。

的观照，既发挥宣传报道的作用，又构建了一个能较自由和充分发表意见的"准文化公共空间"。如"各县市艺文环境调查"系列、"台湾原住民的文化与生活""正视文化教育""电视剧的反思"等专题。

②开发专题的"后新闻效应"。

特别需要指出的是《文讯》的编辑极其重视深度开掘专题的"后新闻效应"，遵循期刊本身固有的规律，发挥期刊的优势和特点，调动一切可资利用的积极因素，在内容的深度和广度上再创特色。"后新闻效应"指的是对某件新闻事件的新闻价值和衍生热点进行后续的追踪报道，持续地挖掘新闻的后发意义，利导受众关注和聚焦，形成长效的、连续性的效应。"后新闻效应"是优秀的媒介人对新闻看点的敏锐和有效的把握。张伯海先生曾说："期刊的优势体现在'后新闻效应'上，它可以在相对从容的条件下对于一件刚刚发生过的事件进行更为周密详尽地报道，更加深刻透彻地评述，更加多角度地分析观察，因而带给读者更多的思考余地和更加丰富的参考价值。"[①] 张伯海虽是大陆期刊、出版方面的专家，但他提出的期刊策划规律对于台湾同样具有普适性。

《文讯》在挖掘"后新闻效应"方面，表现了很强的敏锐、迅捷、持续的捕捉热点，进行专题策划、刊物营销的卖点意识。一是采取跟踪报道、深度挖掘的方式，比如关于"文学史料整理"这个话题，它于1984年5月第11期首倡并引起台湾学界的强烈反响，后利用办刊的专题策划以及刊外创设"现代文学数据中心"身体力行予以贯彻，先后又在"现代文学资料馆纸上公听会"专题（1992年9月第83期）、"抢救文学史料"专题（1995年6月第116期）、"期待'现代文学馆'"专题（1997年10月第144期）、"想象国家文学馆"专题（1999年1月第159期）、"文学史料的搜集与典藏"专题（2003年8月第214期），共6次进行了间断的追踪、强调、呼吁，强化并影响了读者的认同，提供了一个互动和对话的场域。一次次的后续追踪接力式的专题呈现，形成了一轮又一轮的冲击波，向社会、读者、学界释放了足够当量的能量辐射，取得了良好的社会效果，此外，"文学奖""文学（学术）会议""诗歌""报纸副刊""文学杂志""中文系教育""文学（作家）选集"等专题都有后续跟进，

① 张伯海. 期刊思考录. 河北：天津人民出版社，2002. 119.

深度挖掘，在话语的重建中着力推进。第二种形式是专题的系列化、届次化，这在《文讯》表现得尤其突出和明显。如早期的"艺术教育系列"（音乐、舞蹈、戏剧、文化教育）、台湾地区十六县市艺文环境调查系列，跨世纪文化建设纸上会谈系列、晚近的二十台湾文学的回顾与反思系列以及最近的大学人文传统系列等等，在"后新闻效应"的挖掘都有不俗的表现。比如县市艺文环境调查就引发了县市文化建设，整理出版本地作家作品的热潮，因此，《文讯》在处理"后新闻效应"时，较好地把握好了新闻累积"蓄势"、后续"造势"的关系。

③切入文学、文化的热点。

遵循办刊宗旨，针对读者需要，精选特定角度，积极谋划，科学设计，及时有效切入热点问题，是期刊专题策划对传播心理学的有效运用。期刊不是阳春白雪之物，追求经济本位和价值本位的统一是它的终极目标。对《文讯》这类的文艺期刊来说，追求文学效应，反映文学、文化热点或者本"专业"的热门话题，是它作为传播媒介的基本功能。只有这样它才能实现现实效应并进而实现经济效益。切入热点，实际上就是利用了读者的好奇心理需求，产生强大的"心理能"来作用于社会并反过来深入挖掘和拓展专题本身。

某事件之所以成为热点，或在专业领域内引起同仁关注，表明这件事件具有一定的公认价值，能激起受众的兴趣和探究的愿望。一个期刊的专题策划者应该也必须时刻记得关注、思考甚至有前瞻性地预测热点。不仅要用意识形态的眼光、专业学术的视野从现在时和进行进的角度密切关注热点，而且要用历史的眼光以将来时的角度审视历史与未来。这样，编辑决策就会更为积极稳妥。办刊不关心社会，不把握社会热点、学术前沿，势必使期刊游离于舆论、时代潮流之外。在这一点上，《文讯》做得相当出色，特别是专题策划用功之勤、之苦、之深、之久尤为罕见。平心而论，《文讯》专题走的是相对"专志化"的路线，因此它的专题策划主要是围绕"文学"这一专业的热点来开拓和掘进的，配合时代潮流、文学风尚、文坛动态，策划了不少至今看起来还令人称道的专题：如针对文坛大小奖项的"文学奖"专题；建设国家文学馆、现代文学资料馆等反映学人愿景的专题；针对文化建设而策划的县市文化建设调查系列专题；备受民间和学界、政坛瞩目的海峡两岸交流以及女性书写、文学新世代、同志文学、龙应台评小说专题，等等。上述专题虽不能说是全社会的热点，但应承认至少是学界、业界相当专业性的和学术研究的中心、讨论的焦点。所以，从期刊策划来说，《文讯》的主事者是谙熟大众传播心理，娴熟进行市场营销和期刊策划的高手。《文讯》不仅善于抓热点问题，他们还善于制造学术热点，"不少议题已经触发了许多台湾当代文学工作者继续钻研及深化"①。此外，《文讯》的专题还不断聚焦于文化建设，逐渐从文学专志化转向文学与文化并重的办刊方向，在第 40 期革新版中宣称"将对文学的研究扩大到对整个文化的关怀"②，针对台湾社会、教育、道德、文化等领域的诸多弊端，认为"国家不能没有高尚的文化，那是立国之根本，是一切制度运作的潜在因素，于是道德需要重整，文化需要建设"③，企图"决定适度的对国家的文化建设提供具建设性的意见，当然站在媒体编辑的立场，我们通常是以专题制作来组合人力，使意见作集体性之表达，希望能唤起大家注意，共同来督促政府朝更理想的方向前进"④，在对社会文化的全面观照中，制作了一系列的专题，如：艺术教育系列、地方艺文环境调查系列、跨世纪文化建设纸上座谈系列、海峡两岸文化交流、出版事业反思、文化行政体系的反思、对"文化部"的期待与建言、电视剧的反思、广播、广告、乡土教材、妇女处境等等，林林总总，广泛涉猎，形成了一个追求社会文化真、善、美，广大知识分子、读者积极参与的"准文化公共空间"，劝上化下，对于台湾文化建设的提升，社会风气的改善产生了良好的影响。

④遵循"大文学"的策划方针。

《文讯》虽是"广义上的文学杂志"⑤"书评型文学杂志"⑥，但专题策划并不故步自封，囿于纯文学的象牙塔中孤芳自赏，而是走出"纯文学本位主义"拓展文学研究的领域，广泛结盟，合纵连横，走文学—文化的研究路径，注重学科的科际整合和交叉，重组再造，让文学与其他学科广泛联姻，扩大在文学场域的占位（disposition），与文学教育、出版、传播、艺术、文化等结合重构，开发和培塑文学研究的新资源和新增长点，引领文学研究走出"文本自

---

① 《文讯》200 期电子光盘封面介绍。

② 文讯・"编辑室报告". 1989（40）. 1.

③ 文讯・"编辑室报告". 1992（85）. 1.

④ 文讯・"编辑室报告". 1992（83）. 1.

⑤ 孟樊. 以文学史料建构文学史：文讯 2003（213）. 65.

⑥ 隐地. 十年文讯：文讯 1993（93）. 27.

足"的"铁屋子",较早进行了文学场域中文学研究的结构性调整。它注意到了西方文学研究向文化研究的转向,并将这种转向带入中国文学研究中,体现出了开阔的学术视野和勇立时代潮头的先锋姿态,是国内文学研究的先行者和报春花。事实上,早期《文讯》专题策划已出现文化研究的雏形。其中不少专题在当时相对前卫,提出的议题极富前瞻性、学术价值和建设意义,其刊载文章在同类杂志中的被引用量名列前茅。以至陈芳明认为《文讯》成为台湾硕博士生撰写论文选题的灵感和来源。从这个意义上说,《文讯》的这种"大文学"方针不仅仅是策划的结果,实际上更是编辑群体站在文学研究学术制高点上的一种学术自觉、自信,《文讯》在这方面着实充当了"领跑者"的角色。其次,"大文学"研究视野还体现在文学地域观照的大区域、大格局。诚如《文讯》前总编辑李瑞腾说:"综观已出版的《文讯》,可以发现……它企图以一种历史的眼光、运用学术的方法去综摄过去中国人的文学表现,对象不只摆在台湾的中国新文学,而且包括中国大陆以及海外华人地区……皆能灵活而有效的运用人力,以一个知识的大架构去收集散布于各处的材料……"① 可见《文讯》专题设计,确有立足本岛,胸怀世界的抱负:有台湾文学研究,也有对大陆的深度关注;有世华文学聚焦,更有原住民文学、客家文学的介绍。如:菲律宾华文文学专题、香港文学特辑、区域文学专题、从留学生文学到移民文学专题、发现澳门文学专题、世界华文文学研究概况专题等等。

⑤地域观照。

期刊都有以它为核心的立足点,存在地缘、人缘的专题资源。因此专题策划要积极主动地开发期刊所在地、所在文化区域的专题资源,要在观念上重视期刊周围专题资源的价值。期刊地域性的专题资源所蕴含的文化内涵是媒体形成文化特色,具有某种文化特征的决定因素。其次,又要跳出地域资源看资源,在全国乃至世界的广阔视野下审视地域资源的意义与价值,以选择、决定专题开发的角度。地域性专题资源的成功开发,往往能产生独家性的"特稿专稿",对所在地产生无可比拟的亲和力。传播学理论也认为,越是受众熟稔的、关注的信息,越能虏获和熏染读者,得到受众的认同。

在这一方面,《文讯》进行了成功的尝试,大手笔的"县市文化建设调查

---

① 李瑞腾.文学关怀.《文讯》的信念.台湾:台北三民书局,1992.166—170.

系列"共进行了18期（含后续专题），以县市为对象深度挖掘地域性的文学资源；"客家族群的生活与文化""原住民的文化与生活"专题探究在台族群的生存状态；"传统诗社的过去、现在与未来"专题抓住台湾传统诗歌"击钵吟"的特点探讨其生存与出路；"乡土教材的编写""文化台北""区域文学史的撰写""民间文学教育工作者"以及晚近对台湾大专院校巡礼的"大学人文传统系列""小区大学"等专题都是紧贴台湾社会民生、文化教育、族群认同、文学（化）研究等富有地域特色的专题，这类专题因其亲切、熟悉、贴近、关心等因素，无疑会形成一个辐射源，触发广大读者的关注，吸引更多的人加入讨论，从而推动本土的文学研究和文化建设。

生命在于运动

——《文讯》杂志的文学角色担当与办刊的品牌活动

一、《文讯》：文学运动中的多元取向

文学期刊是文学的主要载体之一，本雅明在《发达资本主义时代的抒情诗人》一书中论述 19 世纪欧洲文学的状况时，曾就作家、文体与传播媒体的关系发表过如下的观点："在一个半世纪中，日常的文学生活是以期刊为中心开展的。"[①]

《文讯》是当代台湾文学界最负盛名的文学杂志之一，与《联合文学》《中外文学》等文学期刊见证和塑造了当代台湾文学的历史版图。大陆读者对《联合文学》《皇冠》等文学创作园地可能并不陌生，但对《文讯》却感生疏。《文讯》创办于 1983 年 7 月，归属于国民党文工会，为少数重视文学史料及文学评论的杂志。每期以专题企划方式探讨台湾文学不同面向的表现与发展，更扩及对华文文学、文化层面的关心，不仅肯定文坛前辈作家的文学表现，也重视文坛新秀的努力创作，它以"快速报道文学资讯、准确评析文学表现、深层探索文学问题、生动描绘文人风貌"为编辑方针，二十五年来已经成为台湾文学研究的重要指标性刊物。《文讯》在长达二十五年的历程中，始终坚持"文学专志化"的办刊方针，形成了以"文学研究、文学史料保存、文艺评论"为三

---

① 刘增人. 中国现代文学期刊史论. 新华出版社. 2005. 16.

大特色的办刊面向，成为与文学创作园地杂志互补互动的文艺综合类杂志，是当代台湾文学界、出版界的翘楚，特别是它能超越党派，注重团结文学界人士，肯定文坛先进，奖掖后进，营造兼爱天下，坚守文学社群伦理，既温婉生动，又活跃运动的文化品格，得到文坛人士的激赏。2003 年，因经费问题，《文讯》没有获得经费拨款，《文讯》遂处于停刊的困窘关头。但是随之而来的是文艺界人士对《文讯》大力声援与呼吁！[①] 大陆学者黄万华教授认为"难以想象如果没有《文讯》，中国的台湾文学研究会是什么情况"[②]。

纵观《文讯》的办刊过程，表现出其他杂志所少有的特殊的办刊形态：运动性格，并在此基础上进行品牌化运作；确立了三大彰显活力、包容性与联动能量的品牌活动：即青年文学会议、重阳节文艺界敬老联谊活动、五四文学奖（后因经费问题停办）。如果认真观察，可以发现这三个活动分别对应和涵盖了文坛的三种关系：重阳节敬老联谊活动之于前行代的智慧薪传；青年文学会议之于新世代的提携帮助、五四文学奖之于文学同侪的肯定赞扬。从编辑策略来说，这三个活动几乎囊括了文学场域的所有同道中人，其运作宗旨意味深长。但更值得肯定的是：《文讯》的这几个活动已经远远超出了作为文艺杂志办刊的基本作业范式，自觉承担更为广阔的文学社会学的角色，展现出拯救文学于困厄的道义情怀和别具一格的文化品格。

从期刊编辑学来说，杂志办刊的主要任务就是确定有价值的议题、栏目，邀约好稿，定期完成出版、传播的任务。编辑在当好"守门人"的同时，最大的工作就是广泛联系，与文坛知名作家、学者结盟，拉到优质稿件，使刊物在文学期刊场域立稳脚跟，谋图发展并最终成为场域中处于上位阶的"权力要素"。在这个过程中，拥有"象征资本"的文坛大佬、知名作家、学者精英等和握有组织、策划功能的杂志，其实处于互动与相互促成的复杂关系之中。虽然《文讯》的三大品牌活动隐含着广泛结盟，将"象征资本"转移到自身，利用组织策划功能、权力关系、文化资本获取利润的办刊策略，但是又已经远远超出纯粹的办刊考量，更深深地浸淫在推动与促进文学事业发展的自主性当

① 2003 年，《文讯》面临停刊之虞，台湾地区的《中国时报》《中央日报》《台湾日报》《自由时报》《中华日报》《联合报》《民生报》《人间福报》《台湾新闻报》等媒体都进行了正面的评论和声援报道。

② 黄万华. 2006 年青年文学会议论文集.《文讯》杂志社编印，2007. 578.

中，努力构筑和谐有序的文坛人际关系，继承和发扬文学智慧。特别是其运动的身姿，创设了台湾文学期刊场中办刊的典范，作业的榜样，使得杂志本身独具一格，赢得喝彩。它本身所荷载的文学之舟，也因运动而劈波斩浪，扬帆运航。

在一般的文学活动中，文学总带有个人性的活动，作家、文学编辑、文学批评家有着各自不同的兴奋点和关注焦点，并常常以个体的方式参与对社会的理解、想象和设计。要把各自不同的个体欲望集中在相同的目标和对象上，这就需要进行社会意识的整合，需要实现思想的共振和行为的互动。文学会议就不失为一种便捷而有效的方式。文学性的学术会议主要由科研学术机构、大专院校担当。杂志办刊，当然也会偶尔办一些研讨会，也会办某种奖，除了显示"社会责任心"外，还能在圈内外树立形象，赢得声誉，但基本上是客串，属于票友性质，像《文讯》这样的活动，经年累月且不间断，最后形成届次化和自己的品牌，与其说是《文讯》办刊的辅助手段与策略，不若说是成为《文讯》除了办杂志之外的另一"志业""主业"，二者是并驾齐驱，双峰并峙的。如果说是《文讯》成就了这三大品牌，那么迄今为止，则反过来说，这些品牌活动亦已荣耀了《文讯》本身，甚至其影响力可能超越杂志本身。这个时候，《文讯》已经发展出另外的文学角色担当：文学研究机构、文学史料中心、文艺界联谊公会。因为它在台湾文学场域的角色已经不再简单设定为一个文学杂志，更是一个文学研究的设计院、规划部；面向台湾大专院校和文学人的文学史料服务中心；文艺界人士联谊俱乐部、联络处。

二、彰显运动性格的品牌活动

1. 青年文学会议。

学者王本朝在《中国当代文学制度研究》一书中指出："对文学而言，会议是文学运动的重要形式。西方有文学沙龙，现代的文学社团、文学刊物也常常以请吃饭的方式联络感情、组织作品，当代文学则演变成了文学的大会、座谈会、研讨会等会议形式。会议本身就是一种集体组织方式。"① 熟悉中国现

---

① 王本朝. 中国当代文学制度研究. 北京：新星出版社，2007. 214.

当代文学史的人都知道，一部文学史贯穿了数不胜数的各种文学会议，文学会议构成了文学史的特殊形态。历时性地考察文学会议，可以从中梳理出文学发展的流变，突显文学思潮、热点和文学政策的变迁。因此，笔者认为，《文讯》举办多年的青年文学会议就具有观察台湾文学发展的指标意义，其本身也构成台湾文学发展的一部分，理应得到研究者的重视。

《文讯》透过网络骄傲地介绍："'青年文学会议'的起念很早，在研讨会纷起的 20 世纪 90 年代，学者们不乏发表的机会，但是青年学者或者爱好文艺的年轻学子们，却因经历的限制而少有机会可以上场磨炼，因此《文讯》杂志社便有了为青年举办青年文学会议的构想。……七年以来，深获各界好评的青年文学会议，俨然已成为年轻学子们每年殷殷企盼的一场文学盛宴，也是一股文学的清流，在社会混乱、政经纷扰中，我们期待能够传递出文学清新的声音，也希望这股清流潺潺不绝地，绵延下去。"[①] 这段话很直白地吐露出了这份杂志办会的初衷与良苦用心。

时至今日，青年文学会议已经举办了 11 届，一次更比一次成功。在台湾文坛的影响和对台湾文学研究的"蝴蝶效应"已经开始逐步呈现。《文讯》前总编李瑞腾教授说："《文讯》从 1980 年代前期便致力于文学会议的经营，我们在学院门墙之外促进当代文学的学术化，逐渐发展出以青年为对象的活动形态，一方面和各校相关教师密切联系，一方面策划青年文学会议，辟建开放性的论述空间，使之成为学术竞技场，我们的用力之处，除了会议行政，对于主题之拟定，皆极用心，盼能与学院协同合作，共同促进台湾文学研究之深化。……台湾文学研究的深化，必须建立在资料充分的基础之上。我们经过几年的努力，在作家作品目录、年表、年鉴及各种评论索引方面都已经有了初步的成绩，当然有待强化之处还有很多，学界和文坛都得更加投入，但更进一步呢？我以为新领域（如战后初期的文学社会、明郑以迄于今的古典诗等）的开发和新方法（如文本的细部解读，台湾文学的比较研究等）的引入，皆是当前要务。"[②] 由此可见，青年文学会议有很大的企图心，正日益发挥学术年会、学术研究领航员的角色功能。

"行政院文建会"前主任委员陈郁秀总结道："《文讯》于 1997 年起举办了

① 参见《文讯》网页介绍 http：//www. wenhsun. com. tw/activity/young. asp
② 李瑞腾. 第七届青年文学会议论文集·序言.《文讯》杂志社编印，2005.

'全国青年文学会议'的主题设计、论文、讲评，甚至参与的对象，无一不是站在年轻人的角度去考虑，因此广受全国青年学子及文学作者的好评。这个工作持续多年，早已健立一个良好的传统及口碑，而年轻朋友热情的参与，更支持了《文讯》持续举办的信心。"① 而文学评论家廖咸浩则认为："青年文学会议的征文主题是确实掌握了当前文学研究的重心……而比较的视野则能将文学研究带入真正的全球脉络，不再停留在自说自话的仄径之中……连续 7 年自行举办学术会议，让年轻的文学研究者与爱好者能透过每年聚会切磋琢磨，互相砥砺。"②

青年文学会议在成长为《文讯》运动性格的基本表征形态后，对台湾文学的研究、青年研究人才的培育，都做出了巨大的贡献，成为台湾文学研究的引跑者、推动者、规划者。台湾文学馆代理馆长吴丽珠曾说："青年文学会议是台湾文学研究的重要会议，每年订定不同的主题，有些反映当下文学现象，有些则如预言般，展望了台湾文学研究的趋势，至今已有多年的传统。这个以'鼓励青年亭子参考文学研究，凝聚青年创意，激发文学的各种可能性'而生的研讨会，注重与关心年轻人的热情与创新，更给予其发声的机会。今日，我们也看到当年在这个会议上初露头角的新秀，有些已在今天的学术领域占有了一席之地，展现了'青年文学会议'薪传台湾文学智慧的重要意义。"③ 的确，这段话指出了青年文学会议的前瞻视野、角色担当与社会作用。

总体而言，青年文学会议自 1998 年创办至今，呈现出参与面逐步扩大（由台湾扩展至海峡两岸三地甚至是华人世界），竞争趋于激烈（最开始只有 3 篇入选到征文篇激增，需要初筛、复筛），影响日益深远的特点（参赛者、评审都有来自海峡两岸三地的青年学子和学者专家、会议本身已经被台湾学界和青年学子认同肯定，特别是论文讲评人、主持人皆为台湾文学研究界的"大佬"与重量级人物，如陈芳明、李瑞腾、江宝钗、施懿琳、陈信元、林瑞明、柯庆明等以及新世代特出的杨宗翰、曾秀萍、杨佳娴、胡衍南、须文蔚等人）。会议主题也表现出"三新"的特征，即新方法、新领域、新境界。台湾文学

① 陈郁秀. 第七届青年文学会议论文集·序言.《文讯》杂志社编印，2005.

② 廖咸浩. 第七届青年文学会议论文集·序言二.《文讯》杂志社编印，2005.

③ 吴丽珠. 台湾文学研究的未来：2006 年青年文学会议论文集·序言.《文讯》杂志社编印.

（按：这里的"台湾文学"是与"中国文学"相对的概念）是个非常年轻的"学科"，从真理大学与成功大学分别于 1997 年第一个设立台湾文学系和 1999 年台湾文学研究所开始，台湾文学进入大学教育体制，逐步被接受，到建制化、学科化、显学化，迄今不过 10 来年的时间，根据一份统计①，台湾各大学文学系所的硕博士论文有近九成都选择以台湾文学为研究的对象，而中国现当代文学则明显被冷落与委弃。台湾学者努力推动台湾文学研究的发展、培植与建设，从方法、理论、范畴、性质、史料、领域等宏观研究与文学文本、作家研究等微观考察两方面加以扶持，出现了不少成果，越来越为文学研究者、青年学子青睐与追捧，在台湾文学研究迅猛发展的进程中，《文讯》同仁对其推动更是不遗余力。从青年文学会议主题的推敲与拟定亦可勾连出一条清晰的线索，见证《文讯》把握台湾文学脉动的先见与努力。比如 2003 年、2006 年的议题分别是"一个独立文本的细部解读""台湾文学的比较研究"，强调的是文学研究的方法引入：比较方法的引入，要求文学研究注重文本阅读，一切从阅读文本出发。这里的阅读强调的是"贴近阅读（Closereading），也是重新阅读或再阅读（rereading）。贴近阅读的目的是为了寻找文本中潜藏的关键性文字或符号，通过关键字的发现，而找到切入文本的缺口，这种阅读方式，要求研究者必须参与创作与想象之中，仅仅依赖浏览与翻阅，绝对不可能发现文本中的信息。无论是文本式的阅读（textualreading）。亦即在意符（signifier）与意符之间寻找联系，或是脉络式的阅读（contextualizedreading），亦即在意符与意指（signified）之间建立关系，都不能对文本抱以轻忽的态度。在许多硕士论文中，通常都可看到大量引用文本的现象，然而大量的抄录，并不等于阅读。"②

而 2005 年、2007 年、2008 年的会议主题则为"异同、影响与转换：文学越界学术研讨会""台湾文学媒介研究""台湾数位文学论"，将文学研究引领到新的领域，关注与把握文学新动向、新话题，拓宽文学研究的畛域，显示了其与当代文学研究风潮高度呼应的关系。关于这一点，封德屏总编辑在论及

---

① 可参见方美芬. 有关台湾文学研究的博硕士论文分类目录 1960—2000：文讯 2001 (185). 徐杏芬. 台湾当代文学研究之博硕士论文分类目录 1999—2002 的有关统计资料. 文讯 2002 (205).

② 陈芳明. 台湾文学研究新的地平线：文讯（205）34.

"文学越界时"说："'文学'早就不是孤立的自我封闭的现象而存在的，她以一种自然而优美的姿态，与其他艺术领域如音乐、美术、戏剧、电影接触。在教育普及，资讯发达、科技进步的当今社会，'文学'更自然地与其他学科例如哲学、美学、心理学、社会学、大众传播学、文化经济学等互相影响，无论是各显丰姿，或各擅胜场，甚至释放出一种交融后的新的风采，无形中将'文学'的领域扩大，也让文学的美感、经验，由不同的学科、不同的媒介、传播开来。这些跨领域学科的交互影响，以及透过某一领域、某一学科的特质，所形成的不同样貌，其中的异同及转换，值得我们探索及研究。"① 由此可见，青年文学会议对台湾文学研究领域的开发与规划，是自觉而持续的，这种越界拓殖也时时呈现在《文讯》的专题企划上，比如"文学与佛教的交会""当文学遇上网路""乡愁的方位——从留学生文学到移民文学"等专题。

　　方法论的引入与新领域的开发，大幅提升了青年文学会议的学术水平与价值，提升了这一品牌的境界，陈芳明教授指出："《文讯》见证了台湾社会从封闭走向开放，它本身也与时代的脉搏同步跃动，新世代的台湾文学研究者在不断翻滚前进时，《文讯》也未尝稍止地及时追赶，我深深相信，这是一份难得的资深刊物，也是最具冲动与活力的文学杂志。"② 这种境界使得《文讯》在台湾文坛孵化和孕育出了青年学子对学术研究新的管道、新的视野、新的规范、新的意义。作为青年文学会议的论文发表人、讲评人、评审人，新世代学者作家吴明益认为："这十年来，共有超过百位的年轻研究者在这里发表了他们对文学，对艺术……或者对世界的看法。我想在这过程里的参与者都必然感受到，有了另一种可能。这些符合'青年'定义的朋友们，得以在这个会议里试探、冲撞、适应，而逐渐找到自己的嗓音。"③ 而新世代闯将、评论家杨宗翰更是指出："我敢断言，《文讯》与青年文学会议树立了全新标杆……同样是1997年，《文讯》在11月9日召开首届青年文学会议，每年一次，一办就是十年，青年文学会议的'适时'接棒，对亟待深化的当代文学研究界与求知若渴，发表若狂的青年学子都是一大福音。学术史研究者当可注意这两项系列研讨会（前一项系指20世纪90年代初由"中国青年写作协会"与时报文化出版

①　封德屏. 2005 年青年文学会议论文集·前言. 2006.

②　《文讯》征订简章. 文讯. 2003 (218). 120.

③　吴明益. 过度的野心　宽容的体制. 文讯. (254). 56.

公司合办的一系列学术研讨会）在精神上是否有延续之处——他日有人欲从事台湾学术发展史的撰述，实在不能也不应该忽视这两者的重要性。……对人来说，十年不算短，让我从一个青春大学生变成前中期沧桑男；对文学会议来说，十年已经很长，长到台湾没有几个文学会议撑到这个关卡。我深信青年文学会议正在迈向成熟的年轻，也期待它逐步证明自己的不可能取代性。"①

新管道指的是青年文学会议提供了啼声初试的机会，能让处于学术探索期的青年学子得以避开正规学术体制内文艺伦理、身份秩序、审美霸权过于苛责的"压制"，而找到一个相对容易"出镜"的平台、发表的载体。中正大学博士生许剑桥说："（青年文学会议）虽以'青年'命名，却不显青涩，从地点（台湾文学馆）、列席学者（一时之选的专家）、征稿机制与论文水平（74篇论文汰选到最后14篇发表）等，老练地表呈出国际级的规模和型塑出台湾文学研究具典范意义的场域。但是它又卸下'资历'的包袱，开放让初踏学术江湖之青年侠士来此比画；更重要的是，每次大会征召之主题，其实都相当再现甚或预言文学研究领域中一个正在或即将鸣放的可能方向。"② 新视野则表明处于学术成长阶段的文坛新进，在懵懂中第一次得以初窥学术堂奥，无论是学术体制、研究范式、文学理论、研究方法，还是文学会议本身带有"表演性质"的程式，文坛大佬、作家的眩目丰采，都"是一种冲击，也是一种成长"③。对青年学子具有很强的召唤作用，用阿尔都塞的话讲，就是学术上的"询唤"，即试图唤醒他们投身学术研究的主体意识并将其纳入学术体制。博士生颜敏耀说："经过2003年青年文学会议的磨炼之后，不管是论文题目的选定或是内容的撰写各方面都受益不少而有所成长。"④

新的规范指的是对于加入文学研究领域新人的规约。由于会议本身具有的政治仪式性质，它所建立的是文学共同遵守的规则和规范，在学习、批评、斗争和实践中整合了文学资源，建立了文学共同体。它主要借助文学意义和秩序的话语建构，让文学人高度认同会议精神，领悟和理解会议主办者的意图，直至在具体的文学实践中贯彻执行其有关"政策"和规定。就青年文学会议而

---

① 杨宗翰. 迈向成熟的年龄. 文讯.（254）.
② 许剑桥：《2005年青年文学会议观察报告》，《文讯》244期，2006年2月，第66页。
③ 王浩翔. 与你相遇: 文讯.（254）. 63.
④ 颜敏耀. 带着我成长: 文讯.（254）. 67.

言，从议题的拟定，到会议的议程，包括时间、会场、参会人员、程序、主题、发言等，都早在会前被导演和编排好，会议的召开不过是把"脚本"转化为一种演出情境，把预设变成一种现场的互动。但青年学子们所看到的恰恰是会议现场的情境，在一片报告、发言和掌声中体现了敬畏、庄严和秩序。会议最后被凝结成一种会议"精神"，被传递到会场之外，很快就可能成为文学场域的主导话语、热门话题。这样，会议就建构起了青年学子的情感态度和思想认知，实现了对文学现实的认知和解释，并最终成为青年学生认识文学的先在结构。曾就读于台北教育大学的蔡依伶以《拉帮结派壮胆行》[①] 为题，来表达对参加青年文学会议的敬畏与胆怯，就恰好说明了会议对青年的规约和驯服作用。

新的意义则表明"青年文学会议的规模渐渐扩大……已经成为国内年轻研究者投稿的焦点。"[②] 因为"由《文讯》杂志主办的'青年文学会议'，已然进入第十年了。对一个非学术单位而能够长期承办文学会议达如此之久，这毋宁是一项重要的学术现象"[③]。而且"青年文学会议的创办无疑具有极高的理想性格，不仅仅带给青年学子参与学术会议的机会，每年一度的征稿主题，以及会后座谈会的题目，也都具有开拓台湾文学研究疆界的企图心……回顾一下十年来，经过这个中继站或起点的发表人，举凡吴明益、范铭如、郝誉翔、杨宗翰、萧义玲、胡衍南、锺怡雯、庄宜文、蔡雅薰、徐国能、林积萍、廖淑芳等人，都从青涩的青年文学论述者，跻身身文学院的讲堂，为人师，也成为文学研究的新势力"[④]。

不可否认，《文讯》举办文学会议除了"薪传文学智慧"的文学本能与冲动外，也在客观上同时收获了更具意义的文学场域的"象征资本"，并为扩大刊物的影响力，特别是对文学新世代的感召方面，赢得了人心。作为极小众的文学杂志，《文讯》并未处于文学场域的"大规模生产次场"中，而只在"有限性生产次场"中，为文学的"自主性"，为生产者而生产。但是在"经济场"挤压和运作经费拮据的状况下，借助文学会议累积的"象征资本"和掌握的组

① 蔡依伶. 拉帮结派壮胆行：文讯.（254）.
② 陈建忠. 文学研究体制化后的下一个理想在哪里：文讯.（254）. 54.
③ 须文蔚. 一场场改变航向的盛会：文讯.（254）. 53.
④ 杨宗翰. 迈向成熟的年龄：文讯.（254）.

织策划、学术规训等权力机制，努力提高杂志在青年学子中的知名度，打开销路。因而，举办学术会议对于期刊自身、青年学子和评审、评讲人、主持人三方来说，未必不是"名利"双收的好事。在这个具有考验性质和加冕仪式的会议上，青年学子透过在会议上发表论文，得以接受文学前辈的点拨、洗礼与首肯而崭露头角。正如布迪厄宣称："文学场域像其他所有场域一样：文学场域涉及权力（例如，发表或拒绝出版的权力）；它也涉及资本，被确认的作者的资本，它可以通过一篇高度肯定的评论或前言，部分地转到年轻的、依然不为人知的作者身上，在此，就像其他场域一样，人们能观察到权力关系、策略、利益等等。""资本生成了一种权力来控制场域，控制生产或再生产的物质化的或具体化的工具，这种生产或再生产的分布构成了场域的结构，资本还生成了一种权力来控制那些界定场域的普通功能的规律性和规则，并且因此控制了在场域中产生的利润。"[①] 会议评审人、主持人、讲评人则透过居高临下的评论，以学术机制为规训的利器，强化和巩固自己在文学场域的地位，继续保持和拥有支配文坛"特殊利润"与"权利"的优势；而青年文学会议更可能凭借所积累和拥有的"象征资本"将其转化为"经济资本"，从而对《文讯》办刊有所助益，因此不能不说，这又是隐含其中的办刊策略的逐步落实与体现。青年学者许剑桥就揭示了其中的玄机："首届甄选文的规章被宣告的那一刻起：'参加者资格为三十五岁以下青年（在学学生则无年龄限制）'，即区隔开其他的文学会议，这为自己的言说定下基调，并预示一种'青年'研究观点的形成；更何况江山代有才人出，年轻声音如源头活水，不止潮涌进入这个论述场域。"[②] 由此可见，青年文学会议所带来的不仅是永不枯竭的文学智慧传承，更是《文讯》自身得以永葆青春的源泉。

　　总之，青年文学会议的目标人群是一代又一代的青年，掌握了青年，意味着《文讯》就拥有了"千秋万代"的后继者。但是青年文学会议也必须居安思危，即要永远保持鲜明的特色。在台湾，每年各种学术机构、大专院校举办的冠以"全国""国际"的学术研讨会多如牛毛，但是会议的效果却未必尽如人意，有的甚至变味。《文讯》自身就曾经专门制作过"文学会议"的专题，如：

---

　　① 参见皮埃尔·布迪厄. 艺术的法制：文学场的生成与结构. 刘晖译. 北京：中央编译出版社, 2001.

　　② 许剑桥. 会议历史青春秘方——青年文学会议十年观察：文讯. (254). 58.

"学术会议的省思"（第 88 期）、"现代文学会议的观察"（第 101 期），对会议的功能和效果进行过反省和检讨。如果青年文学会议丧失了自己应有的特色和活力，不能较好地把握台湾文学发展的脉动，凝聚文学场域的力量，那它就会步他人后尘，成为学院内部研讨会的扩大版本，随时有被取代的可能。因此，"不可取代性"是青年文学会议要警醒的问题。

2. 重阳节文艺界敬老联谊活动。

尊老敬老是中华民族的传统美德。但是现代社会，在拜金主义横行、文学日趋边缘化的台湾，文坛的文艺伦理秩序受到严重的冲击，文学纷争夹杂着人际纠葛，世代竞争缠绕着族群矛盾，文艺批评蕴涵着蓝绿之争，特别是许多文坛前辈在对台湾文学的发展做出贡献之后，却在迟暮之年逐渐被文学的新浪潮覆盖，被尘封和遗忘，有的甚至陷入生活的极度困窘中，在孤独和病痛中离世。《文讯》总编辑封德屏说："像这样一个年年以资深作家为主的活动，申请经费的困难度越来越高，如果没有政要显贵参与，新闻媒体也不报道。这些投注毕生心力创作的作家、艺术家，由于他们的努力耕耘，文艺的苗圃早已花开遍地、绿树成荫，但他们的名字逐渐被人淡忘，也许目前不是主流作家、畅销作家，但是我们这些享受果实的后生晚辈，理应对他们表示敬意。"[①]《文讯》的敬老联谊主要在于沟通杂志与文坛之间，文艺界人士之间，读者与作家之间，政府部门、社会与作家以及杂志的广泛联系，呈现出复杂互动的总体关系，有时更扩大和增值了敬老联谊活动的功能。

对文艺界重阳敬老联谊活动，《文讯》介绍："一年一度的'敬老活动'，始于 1988 年，由文建会委托《文讯》杂志社主办。自 2001 年起，本活动由《文讯》杂志社对外募款筹办；2003 年，财团法人台湾文学发展基金会成立，改由基金会主办，《文讯》杂志承办。'文艺界重阳敬老联谊活动'每年结合国内知名文艺团体，邀请四百位年满六十五岁的文学、音乐、戏剧、艺术等文艺界前辈人士共聚一堂，动员全文艺界共同为资深文化人献上敬意与肯定，亦推动文化智慧传承，提升艺文生活的理念。十年多来，本活动广受社会佳评，树立清新的正面形象，普获各界肯定。《文讯》杂志秉持着'薪传文艺智慧重建文艺伦理'的理想，十多年来，每年持续以虔诚与感恩的心情主办'文艺界重

---

① 文讯·"编辑室报告"：文讯. 2007（261）. 1.

阳敬老联谊活动',除了曾因'九·二一'大地震停办一次,从未间断。此一活动已成为文艺界资深前辈年年期待的盛事,同时亦有众多年轻一辈的文化人到场,与前辈把盏言欢外,更自动全程担起接待与陪同的工作;在每一年的敬老联谊会场,我们欣然得见文化传承的理想,是如此温暖且具体地落实在生活里。文学与艺术的智慧结晶,是一点一滴在历史的长河中逐渐累积而成的。有先行者的开拓成耕耘,才有后人得以汲取不尽的文化成就。十六年中,《文讯》克服种种环境的因素,坚持每年举办文艺界敬老活动,用意即在传递智慧的火种,使文化成为社会稳定与延续的力量。每一位文艺界长者本身便是一部绚烂多彩的历史。虽然他们已经退下时代的舞台,不再生活于聚光灯与镁光灯的焦点下;然而他们以生命创造出不朽的艺术典范,树立为后世敬仰的文学价值。值此重阳佳节,我们以诚挚的心意,在他们寂寥的暮年时刻致上关怀与陪伴,为他们铺设筵席、佩戴馨兰,歌颂他们辉煌的成就,献上祝福与礼赞。"①

如果说,青年文学会议的举办可以推动台湾文学的研究、发展与传承,那么,由一个杂志办文艺界联谊活动(并且囊括了其他艺术领域),持续时间长,活动规模大,耗费经费多,而不存在任何经济"收益",只能说是赔钱又耗费精力。实践证明这个本应由政府或公家部门出面运作的事,反而由一个民营刊物承接下来,并最终发展为《文讯》的一个品牌,一张名片。《文讯》举办敬老联谊活动最后发展出另一种营建和谐文艺伦理的文学角色担当。

在《文讯》极富运动性格的两大活动中,如果说青年文学会议充满了生生不息的活力;而重阳敬老活动则蕴含文艺界故知新交惺惺相惜的温馨情谊。正是在以李瑞腾、封德屏等人为代表的中生代学人、专家、作家的承上启下中,《文讯》以活动为代言,贯通了老、中、青三代的思想情感,承接、续写并延伸了台湾文坛的血脉,传承了台湾文学的智慧,形塑了台湾文学的历史版图。在有关敬老联谊活动侧记的文章中,出现频率最高的就是"温馨感人。"这种超越文艺社群、文人集团与党派的联谊活动,提供了文艺界人士聚首的良机,促进了文学人口之间的团结。

如前所述,《文讯》杂志办这种"公益"性质的活动,除了所宣称的"重建文艺伦理,薪传文学智慧"的目的外,还可能有"象征资本"的收益。一般

---

① 《文讯》网页介绍 http://www.wenhsun.com.tw/activity/old.asp

来说，文学社群也即文人圈子，"这个阶层中聚集了大多数作家以及所有同文学事实有关的人，即从作家到大学里的文学史家，从出版商到文学批评家。这些'搞'文学的人统统都是文人。文学事实以封闭的方式在这个群体内展开着"①。在这个文人圈子内部，"文艺伦理"的建构也是一种进行着的文学事实，是影响文学场域生态的当代重要课题。自从有了文学社群，就必然有文学人口之间基于文学创作，文学研究而产生的碰撞、激荡与斗争，我们称之为"文艺伦理"②。在文学场域中诸如世代之间、文人集团之间，审美霸权之间的颉颃，报刊之间、文学流派之间，文学社团之间的竞争，都可纳入到文学场域理论的框架内加以考察，"文艺伦理"就是文学场域中基于人与人之间的关系在文学范畴之内的延伸。中国现代文学史上的社团纷争，当代文学史中的理论纠缠，诸如葛红兵为中国文学写一份悼词，诗人韩东的"断裂一代"的行为，以及台湾文学运动史上的"乡土文学论争"等等，都是"文艺伦理"在文学实践中的具体体现，只不过它们都在竞争中或立足于挣脱"影响的焦虑"，或力主伸张自己的文学主张，或通过斗争谋取场域中的特殊"资本"与"利润"，总体表现为"破"的一面。反之，《文讯》杂志穷其所有，做的却是"立"的工作：立人、立志、立信、立情。从"建设"和"重构"的角度着眼于文学场域文学人之间长幼有序；尊老爱幼，相互提携，团结协作，共同为台湾文学宝贵的精神财富得以传承而费心尽力。它的意义有三：一是从现实层面来看，着眼于台湾文艺界的人际伦理秩序的确定和友谊的缔结；二是从情感层面来看，将平日里处于"单兵作战"和"散兵游勇"状态的文学人凝聚在一起，能够修复和强化文坛人士的规模与阵容，在互相汲取文学智慧的同时有助于对文学信念的重建；三是从价值层面来看，在文学处于边缘化的社会，在文学人遭遇"寒冬"的季节，敬老活动能使得他们相互支持，从彼此的身上取得温暖和养分，更对文学主体性（subjectivity）的确立有所助益。因而《文讯》的文学角色担当中，又有了极富人情味，温婉感人的"文艺界联谊会""俱乐部"的面向。

《文讯》办重阳节敬老联谊活动，体现出十分巨大的能动员台湾文学场域

----

① 罗贝尔·埃斯卡皮. 文学社会学. 浙江：浙江人民出版社，1987. 53.

② 廖斌. 重建文艺伦理 薪传文学智慧：论《文讯》的办刊策略和对台湾文学场域文艺伦理的建构：台湾研究集刊. 2008.

各种力量的能量：辐射力、感召力、联动力、组织策划能力。特别是借助曾经是党营刊物的优势，以及办刊多年积累下来的广泛的"人脉"，赢得了政党政要的局部支持和其他文艺期刊的帮助。首先，这种活跃的组织力、动员力，表现为广泛的联络，众多的联办。这个活动的届次化、定期化，打造了文艺界对话的平台，交流的空间，为日益被这个商业社会和文学新世代遗落的，平日深居简出甚至艰难度日的文坛先进提供了宝贵的对话机会或见面的机会。台湾文学发展基金会董事长王荣文说："虽然现在环境困难，补助不易，但团结力量大，有这么多协办单位共同参与，中生代作家也重视这个活动，有一股文艺界总动员的意味，这是非常难能可贵的。"① 多年来，《文讯》身体力行率先垂范，以实际行动重拾、重建文艺伦理，在这一方面，为日益喧嚣、人心浮躁，特别是统独之争、党派分歧的台湾文坛，树立了超越意识形态，屏弃党派政见、专注发展文学的榜样。大陆学者古远清分析了"蓝绿对峙的台湾诗坛"，认为"在泛政治化的台湾，诗人要脱离政治的操控也难。正如政坛不是高举国民党的蓝旗就是高扬绿色的民进党党旗一样，诗坛也难逃意识形态的主导。……从20世纪60年代中期起逐渐形成了以中国坐标和台湾坐标著称的两个隐形对立诗派，这两大诗阵营泾渭分明的对峙，已经有30多年的历史，他们之间的政治信仰的差异和诗坛权力的争霸，毕竟构成了20世纪末以来岛内诗坛论争不休的主线。"② 但是，《文讯》在努力弥合在文学社群中因为政治歧见、世代竞争、文学论战以及审美差异而产生的纠葛纷争，在她的带动下，地不分东西南北，人无分长幼蓝绿，都很好地凝聚和团结在以文学为旗帜的活动中。可以看到，"《文学台湾》的郑炯明、陈昆仑和作家蔡文章联袂自高雄坐飞机赶来，《盐分地带》的多位同仁都到场。文友不分地域，中南部、东部，都有作家赶来，重阳联欢足以证明：不论族群、地域，都可以在艺文里融合"③。《文讯》的特出表现，带动和影响了许多文艺杂志、文坛新世代和社会团体乃至政府部门的参与。体现在运动性格上，就是众多单位、团体对该项活动的联办、协办，出钱，出力。在2007年的重阳节，封德屏在对文学人物的尊敬与追忆中，深情道白："在这浊浊乱世，如果有一群人相濡以沫，互相取暖，也是十分快

---

① 林丽如. 秋意初临，情挚深又长：九九重阳联谊活动纪实. 文讯. 2007（266）. 90.

② 古远清. "蓝""绿"对峙的台湾诗坛：华文文学. 2007（2）. 12.

③ 林丽如. 秋意初临，情挚深又长：九九重阳联谊活动纪实：文讯. 2007（266）90.

乐的事。10 月 19 日，农历九月九，秋风送爽，气候怡人，台北市青少年育乐中心聚集了来自全国各地近 400 位文艺界的朋友，年龄最长 96 岁，最小 28 岁，跨越老、中、青，领域则包括诗人、小说家、散文家、影剧家、儿童文学工作者、学者、传统艺术工作者、媒体工作者。老朋友带着笑容、有的蹒跚入场，有的昂首阔步，互相话旧，叹故人年年少，更珍惜把握当下。年轻朋友则分别负起招待、牵引、表演节目的责任，整个场地热闹滚滚，有别于正式的研讨会、座谈会，却多了许多人情味。……《文讯》结合了许多文艺期刊、文艺团体，一起来做这件事，有钱出钱，有力出力，果真团结力量大，我们把不足的经费、不够的人力都补齐了，为的是让前辈作家们感受到被重视与被尊敬，让他们过一个快快乐乐的重阳佳节。"①

多年来，在台的文艺期刊，如《明道文艺》《幼狮文艺》……以及台北市文化局、文建会、"国家图书馆"、台湾文学馆等单位，桃园县县长朱立伦、国民党主席连战、文建会主任委员林澄枝、台北文化局局长龙应台都曾以直接或间接的方式，支持与协办这项活动，如 2007 年有 15 个文艺团体共同协办，许多未挂名的单位，如尔雅出版社、"中华民国专栏作家协会"同样共襄盛举。而 2002 年举办的敬老联谊活动，协办单位就包括了《人间福报》《中外文学》《幼狮文艺》《吾爱吾家》《明道文艺》《电影欣赏》《传统艺术》及《艺术家杂志》等，特别是"活动筹备前期，有鉴于不少前辈作家近来病痛缠身，且为了落实'敬老'活动的意义，因此自 9 月 4 日起，国民党正副主席连战与林澄枝便在《文讯》总编辑封德屏的陪同下，亲自走访近视梅逊、吴漫沙、刘捷、刘枋、魏子云、无名氏等多位身体欠安的前辈作家们。在传达举办单位的关心之意，其中，连战走访作家梅逊时，对于他在全盲的状况下，仍然能老骥伏枥的毅力从事写作深表佩服，而梅逊对于连战的到访也显得相当的感动与欣喜，这个温馨的探访，已为 11 日举行的重阳敬老活动揭开序幕。"② "在全程参加活动后深深感到文艺界全体总动员来对前辈作家们表达敬意……"③

其次，《文讯》活动的感召力、亲和力，又表现为文学人口的凝聚与热切的响应。据了解，在每次的敬老联谊活动中，参加者都在 400 人左右，以文艺

① 文讯·"编辑室报告". 文讯. 2007 (261). 1.
② 林丽如. 91 年文艺界重阳敬老联谊活动侧记: 文讯. 2002. 63.
③ 同上。

界前辈居多，涵括了老、中、青三代。凭借着办刊多年获取的"象征资本"和与文艺界缔结的深厚情谊，加以李瑞腾、封德屏两任总编辑个人的运动性格、社会活动能量和人格魅力。每年的敬老联谊活动要联系众多的文艺界前辈，甚至有人从海外赶回参加。如"资深演员洪涛这回特地从澳洲回来参加。长住美国的童真，二度专程返台参加，她说要用实际行动支持《文讯》杂志"①。这儿，俨然是一场最热闹、最有活力的同学会，是文艺界最有规模、最有效、最长久、最守时的联谊会。因为，所有心系文学的人在每一年的这一天，如同"青年文学会议"一样，还信守一个"不悔的约定"。

因而，敬老活动成为每一年文坛耄耋、中青年学人最值得期待的重要事件。因为"这个活动不仅非常有意义，而且珍贵。老朋友们平时不会刻意联络，一定会选在这天叙叙旧。虽然每年总会少一两个人，感伤之余，也更显得这个活动的重要。希望这个'同学会'不会打烊，能年年办下去"②。

再次，《文讯》敬老活动的不懈努力和对文学的尽心尽力，表现为持续的举办和日常的联络。可以看见，敬老联谊活动落实到最后，一是形成一年一届的品牌活动，令文艺界的人翘首以盼；成为永不散场的文学盛宴，永续为台湾文学做证的历史记录。二是这种敬老联谊同时又化做杂志的报道内容加以刊登，或变成《文讯》编辑部日常性工作的重要内容：转达问候、联络查找、穿梭斡旋、看望文友、出纪念专辑甚至接济作家……这些都是《文讯》运动性格的延续。比如：为女作家严友梅转达书信给作家王书川夫妇；看望重病卧床的作家刘枋；为新近过世的著名作家尹雪曼（2008 年 2 月 26 日）及时播发新闻稿、组织纪念专辑（2008 年第 4 期刊出）……第 270 期《编辑室报告》："在工作过程中，我们得到许多作家的信任及协助，建立了编辑与作家良好的友谊。今年 2 月号的专题'以文会友少年游——野风吹起时'刊出后，我们接到於梨华女士从美国寄来一封给作者师范先生的信。他们多年未联络，看到这个专题，勾起了许多年轻时的文学记忆，特写了一封问候老友的信，请我们转交。"③又如：2007 年 12 月第 266 期，打破"人物专访"的刊期安排，一口气报道了幼儿诗拓荒者薛林、活跃于 20 世纪 60 年代，后隐逸文坛多年的许希

① 林丽如. 秋意初临，情挚深又长：九九重阳联谊活动纪实：文讯. 2007 (266). 90.
② 林丽如. 秋意初临，情挚深又长：九九重阳联谊活动纪实：文讯. 2007 (266). 91.
③ 文讯·"编辑室报告"：文讯. 2008 (270).

哲、中研院院士、著名人类学家李亦园、作家黄克全、当代著名汉学家周策纵等五位学人作家。架设了社会与读者了解和联系资深学人作家的重要管道。

　　总编辑封德屏深情地说："我们在与时间赛跑，做我们应该做的，或别人不想做的事，不敢奢论理想或责任。只是单纯地想回归'文学的重要功能之一是反抗遗忘'，但实践这个单纯的理念，在现实世界里，却有不可承受之重。长期埋在故纸堆中，去发掘应该被记录下来的东西，让许多遗漏的作家及作品重现光芒，关怀贫病、弱势作家，努力地想为他们争取一些资源。杜甫当年'按得广厦千万间，尽庇天下寒士具开颜'的恢宏理想不敢企及，但唯有此时，等能深刻体会其中的焦虑与无奈。"①

三、结论

　　《文讯》自第39期后的改版，由文学"专志化"转向"文学的、文艺的、文教的、文化的、文明的"新阶段。这是《文讯》办刊静态的一面所呈现出的基本特点；从动态的一面来说，则表现为运动的、主动的、生动的、动员的、联动的特点。

　　首先，运动是《文讯》这一刊物的基本特征，这种动静兼备，以动促静的办刊方针是区别于其他文艺杂志的"亮点"。虽然对于编辑办刊来说，运动性格的型塑并不一定是谁的"专利"。其他杂志亦或有这样的特质。比如：台湾文学期刊领域著名的《联合文学》就属于此类。从文学观察面来说，《联合文学》是近二十年华文文学发展的具体缩影。它在台湾文学的特殊性，在于它不仅是一个静态的文学传媒，更充满活力。除杂志、丛书，且有小说新人奖、巡回文艺营年年举办，加以不定期的研讨会、座谈会场场接力。动静融合、互助互利，自成文艺综合体。以运动的方式来办刊，却的确是《文讯》的"首倡"，并且最终为台湾的文艺期刊树立了作业的范式。②

　　其次，这两个品牌又是《文讯》同仁主动经营，勇于承担的结果，本质上说，办文学会议、敬老联谊活动并不是一份杂志的根本任务，正是出于对文学事业由衷的热爱，才有每年与青年学子的"不悔约定"，才会有重阳节、联谊

---

① 文讯·"编辑室报告"：文讯. 2008（267）.
② 文讯·"编辑室报告"：文讯. 2008（267）.

会上的"温馨感人"，这是主动的责任承担，主动的文学角色担当，是在台湾商业社会十分奇特的文学、文化现象，值得纳入所谓的"文艺伦理学"和"文学社会学"视野中认真考察。

第三，它又是生动的。这两大活动之所以成为品牌，在某种意义上实现了品牌化、社会化的运作，完全得益于不失时机地把握住了台湾文学发展的脉动和需求，在长达十数年的惨淡经营中，将每一次的活动办得生动活泼。《文讯》同仁认真对待每一场的活动，惕厉自省，务求完美。正是有了他们以及所有支持关心无偿给予帮助，甚至慷慨解囊的文学同道、社会团体、单位的共同努力，每一次活动都相当成功。青年文学会议一届比一届热闹，更加规模化、扩大化，主题越加鲜明，并能准确地抓住台湾文学发展的脉动；从台上台下深度整合的对话与互动，到青年学子的屏息聆听以及李瑞腾教授极富感召力的演讲与鼓动，都会使每一个参与者深深浸淫其中不能自已；敬老联谊活动上，文艺界前辈从台南、台东、高雄四面八方汇聚到台北，从海外飞回台湾；从二十多岁的青年硕博士生到七八十岁的文坛先进，老、中、青三代其乐融融；从文学夫妻相携相扶到文学父子、姐妹联袂出场，每一次的敬老活动都演绎着文艺界的人间真情。

第四：它是联动的。文学报刊有发表、组织和引导文学生产和传播的功能，它既是文学传播的载体，也是文学与社会的中介。《文讯》极大地发挥了社会动员的能量与组织策划的功能，很好地担当了沟通文学与社会的介质，通过合纵连横，使得文学能被社会、单位、政府所认同与支持。

总之，《文讯》自觉肩负起多个面向的文学角色担当，以运动的个性、主动的营建、生动的组织、联动的方法以及灵动的身姿，投入台湾文学场域的和谐建构中，加入到文学财富的传承的序列中，使得台湾文学的版图更加充满个性，使得台湾文学的历史益发显得生动活泼。《文讯》参与了台湾文学历史的多声部合唱，还正在描绘和丰满着台湾文学的历史。可以预言，《文讯》本身的运动性格、两大品牌活动一定会载入未来的丰富多样的文学史撰写中，成为后继者加以学习借鉴的办刊榜样，成为后来者值得研究的文学史、学术史、文化史的现象。

论《文讯》的媒介型台湾文学史书写

一、文学史与文学杂志

"文学史"是由西方转道日本舶来的,是近代文学、科学和思想的产物。文学史的重要基础,是 19 世纪以来的"民族—国家"观念,如果按照安德森说法,民族—国家是一个"想象的共同体",那么,文学史便为这种想象提供了丰富的证据和精彩的内容。文学是文化的一部分,是民族精神的反映,当文学与一个有地域边界的民族国家联系起来时,一个被赋予了民族精神和灵魂的国家形象,便在人们的想象之间清晰起来。文学史是借助科学的手段、以回溯的方式对民族精神的一种塑造,目的在于激发爱国情感和民族主义。法国最著名的文学史家朗松的表白:"我们不仅是在为真理和人类而工作,我们也在为祖国工作。"

文学史的书写当然会有权力关系的楔入。克罗齐说:"一切历史都是当代史。"他意在表明,历史是可以被建构的,当代人是如何在历史的书写与编纂中,楔入"权力"关系和主事者的编辑观念。历史材料又是如何在编纂中被选择、筛选、"遗忘"或忽略、突出,进而组合成符合想象的历史。福柯也表达过类似的思想,与新历史主义不同的是,他用的是"权力""规训"等概念来拆解貌似庄严的历史"正典"。因而,编者的文学史观、方法论、对时代的理解,文学与政治的关系、学科的建制化等等都深刻地影响着文学史书写的形态。学者戴燕指出："当中国文学史在历史也是时间的序列中，被塑造成为一个完整、统一的形象以后，这种叙述上的完整和统一构造，也渗透到意识形态和制度的制度层面，这或可看成在文学的研究和教学领域，文学史大抵成'一统天下'之势的深层原因。梅光迪不是早就在抱怨，由于胡适一流的现代主义者'立说著书，高据讲习'，新闻出版界、教育单位以及政府部门在很大程度上已经受控于他们。文学史经过激烈的竞争以后，先是在中学、大学纷纷登台，在学科建制当中立足，然后在职业化的大学里成为必修课，逐步实现其制度化的过程，中国文学史终于变成了一种共识和集体的记忆。"缘此，"主流"的、"经典"的文学史的确立无远弗届地在文学教育中对一代又一代人产生广泛而深远的影响，一些未植入文学史的人、事、物则有可能随着主流的型塑而被排斥、摒弃与遮蔽，最终湮没在文学的历史长河中。因此，文学史的记录和书写，应如史家所言：直录不述，直述不隐，尽量以客观的方式返回历史现场，还原历史。从这个意义上说，文学期刊恰恰能比较好地满足这一方面的要求：一是它随着文学历史共同发展，是时代文学的忠实记录者；二是记录了文学最本真、初始的发展生存状态，描绘了文学最原生态的粗坯，而不是若干年后由文学史家改编、选择而编纂的历史；三是保留了现场感，能让我们回到芜杂的"历史现场"，能在这个"园地"里感受各种文学集团、审美观念的对话、交流、撞击，体察宏阔历史情境下与文学高度对应的社会思潮、世代交替、班底竞争、文学风尚兴废等"众声喧哗"的景象，而这，才是最具"权威"的、较客观真实的文学历史。巴赫金提出"道路时空体"理论。他认为，在文学的艺术时空体里，空间和时间融合在一个被认识的、具体的整体里，时间在这里凝聚浓缩成艺术上可见的东西；空间则趋向紧张，被卷入时间、情节和历史的运动当中。时间的标志要展现在空间里，而空间则要通过时间来理解和衡量，这种不同系列的交叉和不同标志的融合，正是艺术时空体的特征所在。在这里，道路是时间和空间的结合点。各色人等的空间路途和时间进程交错相遇，这里有一切阶层的代表；在这里，通常被社会等级和遥远空间分隔的人，可以偶遇在一起；在这里，人们命运和生活的空间系列和时间系列，带着复杂而具体的社会性隔阂，不同一般地结合起来。社会性隔阂在这里得到克服。这里是事件起始之点和事件结束之处。这里，时间仿佛注入了空间，并在空间上流动（形成道路）。由此，道路也才出现丰富的比喻意义："生活道路""走上新路"

"历史道路"等等。①

取类譬喻，文学杂志就是汇集了特定时段的时间、空间的艺术文本。文学杂志的空间形式和时间流脉的交织，文学杂志之于文学发展史之关系，用"道路时空体"来喻示显得十分恰切——正是文学杂志的经年（接力）办刊，承载、记录、见证了文学的发展、成熟。文学史与文学杂志，永远在路上并肩齐驱，互为表里，相互缠绕，互为映照。

当然，文学杂志也有出版人、编辑"守门"，也暗含审美标准、文人集团、文学观念等"霸权"因素，也存在着所谓的"屏蔽"与"筛选"，但毕竟它比较能够如实地记录一个时代文学发展的主流和多向侧面，而这一方面，却又是后来者编纂的文学史，无论如何也无法比拟的鲜活、生动、粗粝、本真。恰如研究者指称《收获》杂志是"中国当代文学史的简写本"，与台湾当代文学如影随形25年的《文讯》杂志亦复如是。《文讯》与当代台湾文学同处一个"道路时空体"，二者具有"同源性"，构成了与文学发展"异构同质"的关系。它在书写策略上，是编年体与纪事体相结合的文学史，是原生态、遗留态、评价态三合一的台湾文学史。它屡屡被专家学者称为"台湾文学的简史"。《文讯》对于台湾文学史的书写有三种形态。其一，《文讯》办刊的历史，再现和浓缩了当代台湾文学的历史，即由威权政治时代的文宣色彩（如标榜"战斗文艺""反共文艺"等），进入解严前后柔性的"文化领导权"路线，最终褪去政党色彩而进入文学多元发展的时代。《文讯》是当代台湾文坛的"镜像"。其二，《文讯》透过史料整理，保存文学历史。它对于资深作家、年轻作家的报道，对于文学出版、艺文动态的记录，对于文学的研究和评论，无一不体现了"写史"的企图，它是"遗留态"的历史。其三，文学期刊与文学历史是"同型对应"关系，"同源互文"关系。《文讯》透过不胜枚举而又规划周详、设计缜密的文学专题企划，总结台湾当代文学史，它从文类、断代、区域、作家、题材等各方面呈现当代台湾文学众声喧哗、合力书写的评价态、原生态历史。它是传播媒介观察、"书写"文学史的典范，被誉为"台湾文学史的半成品"。

第一辑　台湾文学观察

---

① 钱中文主编：《巴赫金全集》（3），河北教育出版社，444—445.

二、期刊书写的"媒介型"文学史

文学史的书写包含了诸多的操作层面：文学史观、方法论、历史分期、评价、体例、线索等，和各种要素：作家、作品、文学社团、论争、思潮、流派、文艺政策、报刊、中西文学交流乃至政经背景。文学史家王瑶先生指出："文学史既是文艺科学，也是一门历史科学，它是以文学领域的历史发展为对象的学科，……文学史作为一门文艺科学，它也不同于文艺理论和文学批评……虽然这三者都是以文学现象作为研究的对象，有其一致性，但也有各自不同的特点。不能把文学史简单地变成作家作品论的汇编，这不符合文学史的要求。作为历史科学的文学史，就讲文学的历史发展过程，讲重要文学现象的上下和左右的联系，讲文学发展的规律性。"把文学史作为一门历史科学，这正是王瑶的文学史观、文学史方法论的核心，也是他的重要理论贡献，纠正了过去把文学史研究混同于文学批评、鉴赏的习惯和传统，把文学史研究长期停留在作家作品汇编水平上的认识。王瑶反复强调文学史研究中的"历史眼光"，即是要确立两个基本观念："过程"的观念与"联系"的观念，并由此形成一种"历史"的思维方式与思维习惯，一般来说文学史研究的任务就是在于理清历史发展过程中的脉络（线索、链条），从而科学地说明"某种现象在历史上怎样产生，在发展过程中经历了哪些阶段，并根据它的这种发展去考察它现在的占位"。而所谓作家作品的历史研究本质上乃是在历史的"定位"，这就是王瑶先生所说的，考察"它给文学增添了什么，作出了什么样的贡献，对后来的文学发展有什么影响"，而确定其在文学史发展过程中所处的历史地位与历史的相对价值——随着过程的发展，将逐渐失去存在的理由而为新的历史创造所代替。

《文讯》是20世纪80年代以来台湾文学场域的重要存在，它对台湾文学史料的收集、整理；对文学史的巨细靡遗的记录；对文学出版的关注、累积；对文学研究、学术推广的不遗余力，这些方面的贡献型构了台湾当代文学史的版图和期刊观察、记载、书写当代文学的历史。它活色生香的存在和发展可与官方、民间编纂的"台湾文学史""台湾文学年鉴"相互映照解读，构成与台湾文学发展历史互动互文的阐释。学者雷世文认为："现代报纸文艺副刊构成了原生态的文学史图景。"这一判断推动本文进一步思考：即文艺期刊是最具原生态和现场性质的文学场域。人们所见到的文学文本或者批评、思潮、现象、社团、会议、论争、流派等，大多是借助期刊这一载体得以面世的。文艺杂志既是文学的居间媒介，又是文学的现实表现形式，更是文学发展的支流。因此，文学期刊和文学演进是并轨而驰的，二者具有本质上的"同源性"，或者说是"异构同质"。只不过编撰后的文学史，质地更加"纯化"，是经过史家筛选、过滤、遮蔽、拔高、典律化、等级化了的文学史。在这个意义上，文学期刊保留了更加客观的原貌，更加纷繁复杂的文学嘉年华会。戴燕认为："无论是理论上，还是阅读大量文学史以及讨论文学史'话语'之形成得出的经验，都在告诉我们，必须抛开'成则为王，败则为寇'的偏见，警惕种种后设的理论、原则、标准，对不入主流的另类的'文学史'的存在及其影响，尤其要给予充分的重视。"因此，作为文学孕育的园地、语境、中介、载体，且与文学发展置于同一道路时空的报刊，正是前述的"不入主流的另类的'文学史'"的存在形态，值得学者去挖掘、重视、研究。《文讯》虽不是刊载作品的园地，从中无法完全窥探文学思潮与写作风尚的更替，但它每一期研究专题中次第展开的文学断代回顾、世纪末的总结与前瞻；精心设计的文类研讨以及作品全集、原住民文学、科幻小说、儿童文学、文学教育、文学传播、海外华文文学等专题企划，均以原生态图景呈现了彼时彼地文学的"道路时空结构"和"历史现场"，勘察这样的杂志，从中辨识极具现场感的原生态文学，无疑是重返了文学的"历史原点"。

雷世文继而指出："现代报纸文艺副刊是我们进入新文学史的一个路口"。他认为，我们在报纸文艺副刊上看到的作品面貌，常常是泥沙俱下，芜杂不齐。这与文学史家撰述的文学史里所见到的情形极为不同。如果"文学作品有着等级的划分"这一判断基本成立的话，那么，进入文学史的作品属于高等级的精品。相反，有很多发表在报刊的文本，属于"毛坯"状态的初级产品，因为它们不为作者本人和文学史家所看重，而无缘进入作家的作品集，也远离了文学史家的叙述视界。而从文学和生产的方面来考察，这些"毛坯"产品所显示出的恰好是史家顾及不的大面积的文学实存，我们在此看到的是未被秩序化、等级化，未由文学史话语定义的一种文学原生形态。现代报刊提供的文学面貌是有别于新文学史叙述所呈现出来的面貌。因此，报纸之类的文学载体，有着浓郁的历史文化含量，换言之，在此类媒体上发表的文学文本是有文化生命力的，而这种文化生命是只有在嵌入版面的空间结构，与前后的背景材料发生对话关系时，它才是鲜活的生命综合体，氤氲着历史的气息。在现代报刊的道路时空里，文本是一个开放的单位，我们在这里可以看到丰富的文本对话、学术交流、书评书介、人物近况等，这种颇具时效和现场意味的氛围是后人在文学史著述中难以发现的。比如《文讯》常常推出的专题、笔谈、座谈、研讨、人物专访、文人雅集等实录、侧写，就是在一个复调、对话的文化氛围中呈现的，是在一个密集的文化阵营里与读者见面的，显示了一种媒介性、新闻性、商业性、俗世性、趣味性、日常性、当下性的文化氛围，这时杂志所刊载的文章就得以进入一个更大的传播半径，而当这些异彩纷呈的文本，被收入单行本，选入教科书，或在文学史著作中被叙述时，那些充溢在字里行间的"生命韵味""新鲜活力"消弭了，它已经被纯净化，而从杂志与版面所构筑和发表的"文化场"中被剥离出来，丧失了这个场所赋予的精、气、神，在某种程度上造成了对杂志文本文化的阉割。

三、文学史"三态"与台湾文学史评价问题

大陆文学史家黄修己把历史的形态分为三类。第一类是原生态历史，或者叫客观历史、本体历史，指的是事实上发生的历史。第二类叫遗留态历史。因为原生态历史不可能重复，所以后人认识历史只能通过历史遗留物，即通称为史料的各种东西，离开它，我们无法了解历史。但是这同时带来一个问题，历史遗留物有多有少；有真有假；有的可能完全湮没，后人永远看不到，所以，根据遗留物（史料）所重构的历史，就不可能与原态完全相同。这不仅造成历史上有那么多待解的"谜"，而且就连已被公认的也不一定都真实，有的要根据新的发现不断修订，这种遗留态的历史真实性便打了折扣，但是作为史实家，必须更加认真地搜求、整理历史遗留物，以便尽可能真实地重现历史原态。第三类叫评价态历史。现在各种类型的历史著作，都属此形态。按新历史主义理论，这是被建构起来的历史。它们都是史学家经过史料中介所重构的历史。经过史家的整理、剪裁、编排、描述，又给予解释、评价，这种形态的历史，与原生态历史，与未经整理的遗留历史，有所不同，这不再是客观的了，而是意识形态的一个部门。在这个范畴内，说所有历史都是当代史，便有其合

理的一面。正如许多史学家所共同认识的，人们治史不会纯是突发思古之幽情的行为，人们都是为了现在和未来的利益才去认识历史，或者说历史是现在与过去的对话。历史书上写的过去的事情，表现出来的往往是现代的意识、观念。

从上述三类的划分，我们可以判断，第一类、第二类的历史都具有独立的、客观的品格，是不允许也不可能变更的。对第二类遗留态的历史可以作真伪的考订、作价值的评估。而第三种类型是主观对客观的反映，随着人类社会的进步，人类认识的发展，对客观历史的评价将不断发生变化。新时期以来当代文学史的不断重写，就生动地就说明了这个问题。比如洪子诚从"政治一体化""文学性"等关键词出发的《中国当代文学史》《问题与方法》，陈思和以"民间""潜在写作"来重构当代文学史，黄子平等"20世纪中国文学"三人谈，王德威以"现代性"来打通"晚清"与"五·四"，以及许多文评家对当代文学史、流派迫不及待地改写、重写与命名，都是对当代文学历史的多元化阐释。学者吴福辉指出："文学史写作走到今天，成为现在的这个模样，仿佛一直是在千回百转地寻找历史舞台上的贯串性动作。这个'动作'可叫作'进化'，可叫作'革命'或'现实主义'，也可以叫作'现代性'或'现代化'。"在吴福辉看来，我们今天所接触的每一部文学史，都或隐或显地贯穿着一条以某个核心的词汇所统摄的线索，这条脉络就是史家的文学史观。如"演进"型的进化论文学史，以"革命"为红线的文学史，都是我们最为熟悉的，如丁易的《中国现代文学史略》便是一部革命文学的成长史。这之间，"现实主义"也渐渐成了一个文学史的标尺，用它来衡量革命文学和非革命文学，于是文学史也有了"现实主义和反现实主义斗争"的中心公式。最近十几年，用"现代性"这个标准来整合文学史，又成为一种时尚，因而，从吴福辉的观点推衍，当下的许多文学史撰述都是从纷纭复杂的历史现象中提炼出一个"主流"现象，然后将其突出（实际上也是孤立），认为它就可以支配全体，解释全部。无论是"进化"的文学史，还是"革命"的文学史，或者是"现代性"的文学史，在这一点上都发生"同构"，这种用提升出一种文学"主流"来整合全部历史的文学史，吴福辉称之为"主流型"的文学史，认为其主要特点便是鲜明、集中、清晰，最大的弊端是必然会遮蔽许多不属于"主流"的，或被误以为不是"主流"的东西，于是我们的文学史就常常无法避免一种欠完整的、非多元的视界了。

中国现代文学史著述如此，对台湾文学的历史阐释也有上述毛病。据不完全统计，大陆现有的各种"中国文学史""中国现当代文学史""20世纪中国文学史"等著述中，收有"台湾文学"部分起码有20种，较有名的有孔范今主编的《20世纪中国文学史》（山东文艺出版社，1997年），张炯、邓绍基、樊骏主编的《中华文学通史》（华艺出版社，1997年），钱理群、温儒敏、吴福辉的《中国现代文学三十年》（北大出版社，1998年），朱栋霖、丁帆、朱晓进主编的《中国现代文学史1917—1997》（高教出版社，1999年），刘勇主编的《中国现当代文学》（中国人民大学出版社，2006年）等，这些著述在对待台湾文学上，都值得商榷。比如文学史眼光的缺乏、书写方式的困惑和态度的漠然。首先是基本将台湾文学置于全书结尾，显得可有可无，篇幅少之又少，在整体框架中不成比例；或者将其与少数民族文学并置，处于中国文学版图的边缘。二是在整体评价或对具体作家作品的选取与评论方面有失偏颇，论述空洞、无当，如有的忽略台湾文学的开创者、奠基者赖和、杨逵、吴浊流；有的对李敖、柏杨等大学者、大作家视而不见。三是沿袭革命政治话语来衡量。因此要将台湾文学整合融汇于中国文学的洪流中，就要勾勒出它们在发展、演进的历史进程中，怎样接受大陆文学的影响，并反过来影响大陆文学；就要在强调大陆文学的主导和主流地位的同时，寻找台湾文学的异质性与某种自主性；就要将它置于与大陆文学发展同一层面、格局进行审视。而对于特定的历史轨迹和发展不同步，可分头论述，要突出作家的创作个性、文学史的价值、突出作品的艺术特色、审美价值、思想特征等艺术独创性。

台湾学者对大陆文学史家的台湾文学史撰述亦有若干看法。学者解昆桦指出："第一，以'史的叙述'为书写策略，处理'台湾文学史''台湾文类史''台湾文学作家史'的本子，大陆目前已出版的本子较台湾书写为多；第二，台湾地区文学史书写者尽管在以上主题的'量'上少于大陆，但在'地区'（即县市等地区单位）文学史上，由于大陆方面完全无类似著作出版，因此书写成绩均超过大陆……（但）大陆政治'指导'台湾文学研究的情形，使得大陆版文学史书写流于'民族统一'的强烈意识形态，并企图在研究中国文学脉络'连结'海峡两岸，在大陆版的台湾文学史中这样的问题屡见不鲜……在对两岸的关系上处处引述'母体''主支流'概念……大陆台湾文学史论者'母体论述'的弊病之一，即欲连结台湾进入大陆母体的结构中，却无法面对台湾作家认为台湾话是他自身'母语'的史实。就是这类对台湾文学本土论史料的种种忽略，最终使大陆版台湾文学史对台湾 20 世纪 80 年代中期的本土论述完全无从谈起。"解氏认为，祖国大陆版台湾文学史陷入论述大同小异的状况，除了归咎于资料取得之不易，应反省"是否尽到外地学者'突破缺口'的任务，即：善尽其外地学者的角色扮演任务，以'崭新'而'唯一'的角度对台湾文学史进行诠释"。他认为大陆版的台湾文学史中以刘登翰等主编的台湾文学史为目前最佳版本，主要呈现在资料较完整。但刘氏的台湾文学史与其他大陆对台湾的论述（特别是政治）仍过度强调大陆与台湾间的主支流及母体关系。与此同时，台湾学者杨佳娴也以朱栋霖、丁帆、朱晓进等主编的《中国现代文学史》为对象，讨论了"看似中性的语言当中仍然透显出'选择''倾斜'的痕迹"，里面有"隐而不宣但依释可辨的政治需要。"而且，大陆学者方忠和台湾学者陈芳明对台湾文学经典作品《亚细亚的孤儿》的解读，"同样材料在不同史家笔下，由于旨趣相异，形成针锋相对的结果"。与此相仿，意识形态"干扰"文学史书写问题，台湾学者概莫能外。比如美国奥斯汀大学张诵圣教授指出陈芳明教授对"后殖民""东方主义"等理论的过度滥用影响研究本身的价值，甚至渗透黏附于知识系统，成为另一种意识形态；"本土化"在台湾文学中已然成为一种新的"宏大叙述"和"霸权"，进而支配研究者本身的叙事。的确，当"本土化"成为一种意识形态，成为一种基于"政治正确"的主轴性论述，自然不免在缺乏反省的惯性认知中，成为负面的意识形态的滥用与误读。总之，两岸学者对他方的台湾文学史撰述的批评，既有政治上的考量，也有鲜明的争夺文化领导权、文学史诠释权的意图。政治因素是横亘在台湾与大陆文学史家撰述中的主要壁障。自然，也就影响了两岸的共同公认度。八十年代末大陆关于"重写文学史"的讨论，其实质就在于使文学史从从属于整个革命史传统教育的状态下摆脱出来，成为一门独立的审美的文学史学科。当学界在把台湾文学与大陆文学重新整合时，也应该采用这样的方法。

　　另外，学者在编写一部新的文学史时所面临的最大挑战是"经典书目"的比例问题，也就是说，应该如何确定文学史中不同作家、作品、流派、区域、体裁和历史背景所占有的相应篇幅，这一方面，海峡两岸的文学史著述也有大异其趣的地方。因而以完整性为基础的历史叙述的要求来看，如排拒与之异质、抵牾的史实，最后必然会造成偏颇的结果。台湾文学史的书写仍应保留与撰述者史观抵触的史料，公正、客观、超然地保留其他史观介入讨论的空间。从这个意义上来说，《文讯》超越党派蓝绿、团结各文人集团，自外于意识形态影响，包容各门各派的文学观点、批评，努力通过专题、研讨会、笔谈、文学批评而构建的"公共空间"，反而最大程度保存了"众声喧哗"、多声部、复调的文学发展的历史原生态图景，它以媒介观察的第三者身份和客观历史记载，避免了政治化等因素干扰，是台湾当代文学史书写的最好的记录与见证。

四、《文讯》的台湾文学史书写

恰如本雅明说："一个半世纪以来，文学的日常生活是以期刊为中心展开的。"文学杂志保留了最真实、最原始、最具现场感的文学历史样态，并成为我们日后重返"历史现场"的重要通路，成为我们触摸历史、阅读另类文学史的最佳文本。这样的办刊园地和作业方式为文学历史的"书写"奠定了客观态、遗留态的基础，而《文讯》20多年来对台湾文坛如影随形的呈现和包容不同的"声音"，就是充满各种对话的原生态文学史图景。与我们所能见到的任何一部经过文学史家编排、组合、裁剪、选择、突显、遗漏、斜倾、秩序化、经典化、等级化、策略性处理的《台湾文学史》都来得更加真实。台湾学者江宝钗教授说："文学杂志于现代传播学（communication）里，与报纸、书籍同属平面媒体，系文学传播的重要通路之一，于作家培养、文学生态的形成，具有特殊之地位。不同于书籍单一的作者，报纸迎合大众，期刊由同仁兴办，这些成员怀抱着某种确定的文学理念，以致期刊的内容、形式，期刊的命名、装帧、封面、插图之设计，乃至刊稿的选择，几乎都洋溢着编刊者的意图（intention），此一意图又相当程度地与时代环境相始相因，形成对话。因而期刊的兴微，隐含着丰富的信息，代表着文学环境的气象，文学发展的生态，是文学史研究的最佳素材。"《文讯》自创刊以来，以文学史料保存、文学批评、文学研究和讯息报道为主要任务。它的史料整理保存常常以"编专书""丛书"的作业方式来进行，联合台湾文学界知名的文学史料专家秦贤次、陈信元、应凤凰、薛茂松、钟丽慧、张锦郎等，利用杂志陆续连载极具震撼力和详尽的作家作品资料，这些包括"某作家卷"、作品目录、作家年谱、作家名录、文类目录、文坛人物近况等，为自己的文学史的书写打下了坚实的史料基石。也正是"凭着坚实的史料基础和丰富的编辑经验",《文讯》团队才能得到台湾文学界的充分信赖,屡获有关单位委托执行的文学专案计划。它的文学研究扣准文学发展脉动,目光敏锐,往往能引领台湾文学研究的风尚,如《文讯》于1991年执行的"台湾地区区域文学会议"活动专案,"一时之间,引领了台湾关注区域文学史料与地方文学表现的风气"。陈芳明教授认为,如果把一年12期的《文讯》合计起来,就是一本当年的台湾文学年鉴,他还指点他的硕博士在文学研究时去《文讯》的专题企划中寻找选题和灵感。

新历史主义理论家海登·怀特认为,历史书写作为一种叙事行动有三个阶段:一是编年记事(tomakeachronicle),依时序排列史事;二是故事设定(toshapeastory),择取叙事体主角,依题旨加以整束排比,使某一时域呈现为一个过程;三是情节构撰(emplotment),以某种架构将整组文件凝合为一完整故事,并涉及既定故事与可能自编年纪事中区识或揭露而出的其他故事之相互关系。进一步来看,文学史应当是历史与文学批评的结合,而非作家与其代表作的叙述。今天我们所看到的"台湾文学史"都相应地符合怀特的分析,要之,文学史的编撰是后设的,是可以被"叙述"的。因此,主观的识见总不能和其所认识的客观对象完全符合,写的历史同本来的历史也不会完全重合,文学史家的历史属于"叙述的历史",未必完全可靠,意即客观历史主观化、单线历史复数化,这表明叙述的文学史与报刊杂志所代表的原生态文学历史的歧义。在这种情况下,只有与文学发展同步的报刊所记录的历史,才能最大限度地还原和逼近真实的历史。

《文讯》之于台湾当代文学史书写,主要通过静态办刊记载,如资讯报道、专题讨论、断代总结、世纪前瞻等来进行;透过动态文学活动来薪传文学智慧,赓续文学传统。此时,《文讯》所代表的台湾当代文学发展的原生态历史图景之意义和价值,在超越"蓝绿"之上,又在与典律化的《台湾文学史》的比较中,突显出来。

台湾学者向阳从文学传播史的角度对《文讯》的文学史意义给予了充分的评价:"《文讯》的公共论域化相当鲜明。公共论域,意味着《文讯》作为台湾文坛唯一资讯提供与服务领域,不为政党文学流派或单一的意识形态机构所掌控。这是从李瑞腾主编时代就开始形成的模式,在封德屏主编后更加确定……《文讯》主要的表现正在于它提供论坛,容得下台湾文坛的各个力量、意见领袖和个别作家发声，阐述各自不同的文学观，并表现各文学流派或主张的差异。在这个层次上，《文讯》也和文坛已有的以创作为主的文学刊物不同，台湾文坛多数的文学刊物多具有一定的文学主张，并因而形成特色，带动文学思潮或创作方向；《文讯》则是反映并表现诸多的文学主张、文学观与文坛势力的镜子，它汇聚台湾文坛的多样公共意见，表现不同主张和不同派别作家的资讯，连同他们的生活样貌、著述与活动。这对同样也有蓝绿之分和认同分歧的台湾文坛来说，堪称异数，却是相当弥足珍贵之处。"向阳的分析代表了台湾文坛的基本判断，从中可提炼出《文讯》之于台湾文学史"书写"的几个特质：即无"主流"、超党派、公共型、包容性；合力型、原生态、对话型与"众声喧哗"的现场感，因为《文讯》所代表的媒介观察文学史正是黄修己提出的客观态、遗留态、评价态三合一的范本。

1. 合力型文学史。

历史是各种力量斗争的结果，它负载了各种各样的利益、权势、倾向，还包括众多的地域意识、性别意识、学术意识，它们在组成文学史内在结构的大局中，持续不断地占位、变动和消长，进而合成一个时代，汇聚成文学时空流中真实的历史。除了前文论及的抽取、提炼出一条中心线索的"主流型"文学史之外，是否还有另类的文学史存在的可能？因为多元本是当代文学史的本真状态，特别是自解严、报禁初开之后，打破了国民党威权统治，台湾文坛各种文化、哲学思潮兴起，创作风潮百舸争流：政治小说、环保小说、自然书写、酷儿理论、女性书写、选战小说、网络小说、客家文学……这样多元的、多潮流、纷繁复杂的文学生态，只能由众多的作家、学者、媒体合力"书写"，共同绘就；只有伴随文学前行的报刊，才是历史的忠实记录者。

台湾自解严后，"本土化"浪潮高涨，"蓝绿对峙"日渐加深，古远清教授曾以"蓝绿对峙的台湾诗坛"来形容台湾文坛的政治缠斗和恶劣的生态环境。黄英哲教授也回忆起 1996 年由《文讯》承办"台湾文学发展现象：50 年来台湾文学研讨会"时，有学者当面质疑李瑞腾总编，国民党是不是要借此来取得台湾文学的解释权与主导权，李瑞腾激动地表示《文讯》举办的主要目的是面对台湾文学研究风气日渐兴盛之际，该如何去正视这 50 年来的台湾文学发展现象。《文讯》创刊的目的很简单，主要是提供艺文资讯，整理当代台湾文学史料，报道作家活动与出版消息，是为文学服务，不是为政治服务。缘此，

《文讯》创刊以来逐渐成为台湾文坛的学术公器,其构筑起来的民主、开放、包容、对话的文化品格,早为学界公认。陈芳明教授说:"这份杂志不断跨越既有的格局,让政党脾性退潮,让文学精神提升,展现了极为漂亮的回旋。在现阶段的台湾文学研究者,无不把《文讯》视为桌上的必备读物。它受注意,赢得尊敬,完全与执政的国民党毫不相干,而是因为杂志内容的兼容并蓄,符合民主精神的自由与开放。"

正是在兼容并包、开放、民主、对话的精神指导下,《文讯》整合、汇聚了各方面的文学力量,将政治分歧、世代竞争、审美差异、性别斗争、族群矛盾化为和谐温煦的文艺界重阳节敬老联谊活动;化为薪传文学智慧、集合各派文学势力共襄盛举的青年文学会议;化为一场场为文学接力的各文学集团在此"众声喧哗"的文学座谈会、研讨会;化作大大小小所承接的官方、民间的各种专案计划;化作"作家用照片说故事"等生动活泼,暖人心扉的文学活动。在典律化的文学史论述中,读者看不到最原初的文学史料、刚刚萌动的文学思潮、由无数文学讯息和细节编织的文学历史、文学出版承载的创作风尚、引领文学研究的设计与规划等新鲜活泼、芜杂粗粝的历史都得以此被呈现。《文讯》以巨大的组织力、动员力、感召力不断扩及自己的"势力范围":从党内到党外、从文坛到学界、从岛内到华文学界、从官方到民间、从名宿到新锐、从传统到现代、从民族到乡土、从大学到媒体,都保持了难得的共处与平衡。在《文讯》的"书写"里,中文所与台文所、南部("本土")与台北("大中国")、统派和独派,五年级、六年级、七年级生人,"文建会"与基金会,海峡两岸,台湾与华文世界的作家学者都十分奇妙地集合在一起,以文学为志业和本位,摒弃歧见与矛盾,共同为台湾文学发展尽心出力。于是,地不分南北,人不分蓝绿,都加入到了《文讯》书写台湾文学史的大合唱中,他们的文学报道、论述、诘辩、活动刻录于《文讯》25年的历史光谱上,型构了台湾文学的原生态历史、遗留态历史和评价态历史,而这,就是合力书写的台湾当代文学史。

向阳的评价,可以说明《文讯》作为学术公器的影响力与聚合力。他说:"《文讯》通过报道、评论以及专辑的议题取向,促使了文坛的公共意见有所反应、对话与整合,成为读者或研究者了解台湾文坛图像与走向的重要参考,进而留存了台湾文学发展痕迹与思潮脉络。《文讯》对于台湾文坛具有的意义在此,重要也在此。"

2."三态合一"型文学史。

从雷世文和黄修已先生的观点推衍，我们发现，报刊所对应的不仅是原生态（本体、客观的）历史；从杂志作为史料的留存来看，它又是遗留态的历史；而杂志所刊载的对文学的评论、书评、专题、对话、访谈、笔谈、研讨会等，集聚了"众声喧哗"的各种文学话语，则是不折不扣的评价态历史。三者共生于报刊的版面框架中，凝固着文学发展道路的时空结构。

也许有人会指摘《文讯》不是创作型杂志，无法呈现台湾文学的创作风尚、潮流；然而本文指认其为"三态合一"型文学史，只是从它大致展现历史轮廓、走向、脉络而言，并非比照严格意义上的文学史著作。何况，《文讯》持续、全面而精准地记载25年的台湾文学出版资讯；每月多达3—5篇的文学新书评论；每10年为划分的文学断代总结前瞻、文类题材专题和扣紧台湾文学风潮，与文学发展高度呼应，已办了十几届的青年文学会议等等，都十分具体而微地记载了台湾自20世纪80年代以来的文学发展，其历史在《文讯》的荷光之下已然映照。

从遗留态文学史角度出发，台湾文学史料专家陈信元说："每月文学新书专栏，从第1期至今未曾暂停出刊，执笔者、专栏名称虽有更换，但提供的文学新书资讯始终保持新鲜，堪称是《文讯》的全勤生。"《文讯》同仁通过20多年的书评书介、找书购书，日积月累已经建立了小有规模的文学书库，即附属于《文讯》，在华文学界颇具影响的"文艺资料与服务中心"，它藏有文学书籍近4万册，报刊1000多种，另有剪报、作家手稿照片等资料，提供文学、出版研究者最珍贵的第一手资料，更主动与台湾许多大学合作，向学院的师生开放。"许多年度文学选、类型文选的编者、学者、研究生受惠于《文讯》的典藏，各年度文学年鉴的编纂更受益于《文讯》的'每月文学新书'"。可见，《文讯》作为客观态、遗留态文学史，对于日后治文学史，开展文学史撰述的学者来说，其重要性不言而喻。如果说，《文讯》是原生态文学的"第一文学史"，期待学者垦殖、拓荒、整理、爬梳；而已然写就出版的文学史著作就是将原生态置于熔炉中萃取的评价态文学史——"第二文学史"。正如李瑞腾在访谈中指出：将20多年的《文讯》串联起来，就是一部完整的台湾当代文学史。而台湾学者陈芳明、痖弦、张锦郎、向阳，作家林央敏、吴玲瑶，大陆学者刘俊、樊洛平等都有类似的评价。

从评价态历史角度出发，作为书评杂志、文艺批评性质的《文讯》，本身就是台湾的文学评论的重镇和中心，是开放的言论空间和各种意见表达的阵地。自创刊以来，《文讯》十分重视文学批评，不断地在办刊中强化、实践文学批评。创刊号的专题企划即为"如何树立严正的文学批评"，此后又透过"龙应台评小说""文学批评的理论与实践""当东方遇到西方"等几个文学批评、文学理论的专题企划，从学术含量、理论维度、方法论、批评实例、中西方文学理论融汇、体系建构等方面对文学批评进行探讨。

书评是《文讯》的另一个重点。书评在台湾普遍被视为文学批评的一种形态，与学术论文、诗评等同属文学批评的大范畴，具有调节出版生态、导读的功能，是读者与作者相互沟通的桥梁。25 年来，"书评书介"始终是《文讯》十分重视的栏目，专栏名称、内容虽有变化但书评始终存在。根据粗略估算，《文讯》刊登书评近 1800 篇，对文学界、出版界贡献良多，堪称"书海领航者"。从书评的性质和功能看，《文讯》书评伴随了台湾文学生产、出版的 25 年，紧密追踪并加以评介，这无疑创设了用书评记录台湾文学生产的观察模式，意即是用动态的评论来记载台湾文学的当代史。要之，《文讯》的书评史（批评史），就是 20 世纪 80 年代以来台湾文学的评价态历史。此外，《文讯》25 年来出版的丛书、会议论文集、研讨会、展览、青年文学会议、座谈会、纸上笔谈等活动无一不是汇集了台湾学界参与的对台湾文学的各种评价，多少智慧在这里闪光，无数思想在这里碰撞、交锋，最后汇入《文讯》江河不断的历史书写中。台湾学者解昆桦认为："（台湾文学史）书写者基本上都企图针对某一些文类形构台湾文学史的片面，甚至许多研讨会更会透过集合学者的力量一起完成一个'史'的建构，在这些顺时性著作中，论者们无不展露了对撰述台湾文学史的可能与企图。"《文讯》承办、李瑞腾主持的"台湾现代诗史研讨会"（论文结集为《台湾现代诗史研讨会实录》，文讯杂志社编印，1996 年）就是这方面的代表。李瑞腾在序言《诗的总体经验·史的断代叙述》中写道："我们最终的目的在于为诗写史，在尊重客观历史事实的前提下，以断代为考量，大概分为六期：日据时代、20 世纪 50 年代、20 世纪 60 年代、20 世纪 70 年代、20 世纪 80 年代、20 世纪 90 年代……在 3 个月内所举办的六场研讨会中总计发表 30 篇论文及 18 篇引言稿。含主持人及讲评者在内，有 70 多诗人、学者、诗评家参与其事。我们觉得，这是台湾现代新诗研究人力的大集合。"

这段话便表露了《文讯》通过文类、研讨会等作业方式，聚集专家学者合力写史的企图。在这样的言论空间（论文集里），呈现的既是合力型，又是评价态、遗留态的文体分类史。一个时代的文学是需要被记忆的，一个时代的文学经验是需要被复制的，这些，都被《文讯》忠实地记录下来。恰如台湾学者颜昆阳教授指出：《文讯》的 25 年是与台湾当代文学历史并轨而驰的 25 年。

3."众声喧哗"——充满对话，极具现场感的文学史。

任何历史都是当代史。美国著名文学史家罗伯特·斯皮勒说："每一代人至少应当编写一部美国文学史。"就中国文学史来说，我们的"当代史"，就是以我们时代的思想观念观照中国文学发生发展历史的结果，以我们时代的研究方法探索整个文学史的成果，用我们时代的话语讲述的整个文学故事。在文学理论走向交往对话的时代，我们的思想理念，我们的研究方法，只能是复调的，只能是对话的。

"对话型"文学史首先是指一种学术生态现象，它是多种风格、多种体例、多种角度的中国文学史著作的"众声喧哗"。文学史专家王瑶在一次有关"重写文学史"的会议上发言说："不管谁来写文学史，要求写出来的就成为一致公认的定本，我觉得很难，文学史可以大家来写，写出各种不同的文学史。"因此，这种"众声喧哗"不应该是互相抄袭和拼凑之后求得版本数量上的膨胀，也不是用同样的积木搭成的几何图形去凑数，而是以不同的声音去唱和，用不同的文学史观念去表达不同的对于当代文学发展的理解。他们是"不同"之"和"。

《文讯》25 年的历程，正是台湾文学界由威权时代解体而逐步转向多元时代的发展阶段，在这个纷扰的历史进程中，台湾文学的生态：对抗、竞争、对话、街头运动、统独、酷儿、"同志"、女权、自然写作等等，都映照在《文讯》的"镜像"中，并得以众声喧哗与纤毫毕现的呈示。由于《文讯》执着于台湾文学研究，它对台湾文学的观察往往深刻入微，议题设定也能扣准焦点。但是无论是专题企划、文学会议主题之拟定，还是各种文学座谈、研讨，必须邀请不同流派、领域、学院的专家学者、作家进行论述对话，在这样一个开放、民主、平等的论述空间里，各种观点得以在这里辩驳，各派文学力量得以表达自己所代表的观点。《文讯》刊载的每一则会谈实录、活动侧写无不充溢"众声喧哗"的智慧薪传与思想交锋，特别是畅所欲言的对话空间，深深铭刻了和谐的现场氛围和民主气象。陈芳明教授认为："它是一个开放的空间，台湾文学领域的每一种流派与思维，都可以在《文讯》开启对话，每一位研究者的理念与解释，即使是传达偏执的思考，也可以在这份刊物发现……它不仅脱离党性的局限，而且也不再为任何意识形态服务，这份刊物的生命力能够蓬勃发展，来自于它的兼容并蓄的精神……其格局内容能够完整地反映了现阶段台湾文学研究的状况。"

陈芳明说得好，"兼容并蓄"是内在精神，而"众声喧哗"是外在表象，是民主、包容、开放、平等、对话的结果，是文学观点的百川入海、百花争艳、百家争鸣。在政治学上，民意（publicopinion）是一个很重要的概念。传播学者沃尔特·李普曼将民意界定为"人们脑海中的图像"，人们对于他人与一已的需求、目的或关系所勾勒的图像，就是民意。其实，民意不仅仅表达在政治领域，举凡人类生活的各个领域都有民意，也即"公共意见"无处不在。"文坛"作为埃斯卡皮所说的"文人圈子"，是广由作家、学者、出版商、文化掮客、编辑、博物馆长、基金会董事、经纪人等组成的"场"，当然存在着不同的公共意见，这个公共意见的表达和政坛不同的是，不在议会，而常见于媒介，常见于文学、文化刊物。大陆学者吴颖文说："《文讯》在稿件的选择上广纳不同流派的观点，不同意识形态的作者，呈现出很强包容性，真正为学术文化界建构了一个提供高品质服务的平台。"《文讯》所建构的"公共空间"里，"许多建议都不是作壁上观的书斋之见，而是务实性的针砭并且能够剑及履及，是有价值的文化评论。特别值得注意的是这份刊物没有预设立场，也从不党同伐异，所有文章的论点，都是作者所有，多少有点百花齐放的味道，备增思辨的多样性和可读性"。因此，"对话"所形成的"众声喧哗"是《文讯》反（非）"主流"型文学史的特殊样貌，这正折射和反映了台湾文学20世纪末走向多元共生、颉颃并存的生态格局，这种多潮流、多元、多视野或许才是台湾当代文学真正的"主流"吧。

除了上述文学派流、集团的不同"对话"以外，《文讯》还存在着静态的多元共生、对峙并存的对话，它们是"台北与世界的对话"，是"艺文史记"栏目中每个月里，台湾16个县市艺文活动、资讯、区域文学史、作家作品集出版、艺文作家的平等交流、对话竞争；也是"扬子江与阿里山"的对话，台湾文学与港澳文学、世华文学的对话。这是《文讯》构筑的华文文学流动空间里的"潜在对话"。

办刊实践与品格凝练：
以《文讯》杂志为中心的考察

优秀杂志都有"文化身份"或"品格"，它们作为精神产品，肩负传播、弘扬文化的重任，在实践中因办刊宗旨的逐步落实，慢慢凝练出特色和风格。资深编辑、文评家林建法说："在做了这么多年的编辑以后，我想到了一个杂志的'文化身份'问题。现在大家比较多关心作家的文化身份，其实一个杂志也有自己的文化身份，这个身份决定了杂志以什么样的姿态置身于文学活动之中，以什么样的学术理想参与学术生态的建设，以什么样的方式进行知识生产，以及这个杂志作为中介如何来建立文学批评与文学写作的关系等。……以此观之，杂志应当承担的引领作用远远没有能够发挥好。"① 纵观文学期刊史，20 世纪 30 年代"海派"期刊小报的市民文化；台湾《中外文学》《现代文学》的"同仁""学院"性质；"潜在写作"而赋予的"民间"属性；《收获》等所标举的"纯文学""审美性"而获得的高雅、精致文化的赞誉；新中国《文艺报》《人民文学》居于文学场域顶层，统领全国文艺生产而获得的政治权威属性等，都是文化品格的表现。本质说，期刊编辑过程即作者的文化创造，是编者的文化选择与读者的文化认同的过程；作者、编者、读者的关系即文化制约与文化互动的关系，面对全球化浪潮、市场利益驱动与大众文化冲击，只有传承优质文化，打造良好品格，塑造独特风格，才能吸引读者文化视线，突显中

---

① 林建法. 2007 年文学批评·序：批评的转型：21 世纪中国文学大系. 沈阳：春风文艺出版社，2008 (1).

华传统文化资源的魅力，这是期刊最根本的定位。

一

《文讯》由国民党文工会于 1983 年创办，是"近 20 多年来台湾文坛的重要存在"，对海峡两岸文学交流，对台湾文坛的良性发展有重要作用，期间历经威权体制到多元开放、合并到独立、党办到民营的艰辛，忝为世界华文学界重镇。它的发展浓缩台湾文学传媒的嬗递和当代文学筚路蓝缕的拼搏历程，办刊 28 年，型塑清新的形象和文化品格，具现为匡扶时弊、感时忧国、入世济世、敬重人伦、重情信义、助人为乐、担当道义、勇挑责任、和谐为贵；学术上兼容并包，"老中青皆尊，各流派并重"① 以及重道德教化，注重教育、文学的群治、倡文运，重视文学与整个社会的互动等多面向。作为台湾文坛最重要的杂志之一，2003 年国民党宣布停止经费挹注时，"文讯震撼"数见于报章，咸谓台湾社会价值抉择的一个课题，学者陈芳明指出："《文讯》所放射出的意义，所代表的理想，不但属于国民党，也属于整个社会，撑起了台湾社会的文化象征，这样说，绝无丝毫夸张。"② 因此，《文讯》蔚为台湾高文化品格的期刊。

期刊编辑学有"编者运作理论"（editor-operationtheory），与"读者接受理论"呈辩证关系。理论上说，杂志和市场的接受程度密切相关，读者接受程度越高，杂志越受欢迎，出版行销越好，但这只是市场表相。深层看，还存在转换者机制（transmittermechanism）问题，亦即被动的读者之所以接受某种期刊、某类作品，其实来自出版者（包括杂志及副刊编辑）的"鼓励"，换言之，期刊能否流行，是否为多数读者接受，泰半责任落在作品（作者）得以传播的"转换者"身上。所以，《文讯》后面隐藏的"编辑群体"——"转换者"实际上赋予了刊物以活泼泼的生命力，期刊就是一个生命综合体，融汇编辑和主事者的思想情感、光荣梦想、文化心理乃至世界观、价值观，这些要素，反之又对《文讯》的品牌铸造、文化实力与品格塑造居功至伟。一句话，刊物的品格是编辑思想传承、精神文化、个性理念、兴趣爱好、人格意志的外化，编

---

① 朱双一. 老中青皆尊，各流派并重 [N]. 台湾日报，2002.
② 陈芳明. 在捻灭理想之前 [N]. 联合报. 2003.

辑是活跃而稳定的决定因素。多年来，《文讯》充分发挥转换功能，利用议题设置、编辑运作，主事者的文学观念、审美意识、人格魅力、办刊宗旨、理想追求，既是品格形成的要件，又成为引导社会风尚、薪传文艺伦理、兼济文坛、为文学立命的重要因素，他们在文学与文化建设上扮演启蒙者、引领者、范导者、薪传者，对台湾文坛融入深厚的人文关怀。

首先，从编辑宗旨看，《文讯》确立文化品格的第一面向：为文学立命，为文学而文学，拯救文学于困厄的深厚情怀。在文学边缘化的今天，《文讯》以"知其不可为而为之"的理念为文学掌灯，它的惨淡经营、默默坚守、无怨无悔、永不回头的执着，自有悲壮动人的一面，更催生文学人发愤图强的信念。封德屏总编辑说："不可否认，经营的辛苦，让我们有时不免涌现一种心酸凄凉。在文学阅读式微的今天，'独立自主'谈何容易！为了这些可爱、可敬的作家，为了支持《文讯》屡渡险滩的众多前辈、好友，我们许了诺、发了愿，也必将努力去实现。"① 这段话正是艰苦创业历程的真实写照。台湾是"全世界杂志竞争最激烈的地区"②，"有发展趋于成熟的杂志出版业，每年超过40000种新书上市，出版近5000种杂志；加上进口的外文杂志，总品项超过9000种，是一个活泼而热闹的杂志社会，更是一个竞争激烈且成熟拥挤的商业市场。……几乎只要有一种社会兴趣的存在，就有一种与之对应的杂志类型。"③ "到1997年，台湾注册杂志有5600种"④，其数量十分惊人。在种类分布上，财经类以超过第二位数百种的优势稳居首位，其后是教育文化类、宗教类、社会类，政论类杂志影响下降，党外杂志风光不再，纯文艺类杂志数量骤减，副刊渐趋八卦娱乐化，博客、论坛及休闲杂志成为阅读新宠，台湾的杂志业进入白热化竞争。向阳指出："这十年来，文学杂志不增反缩，文学出版社更是备受市场打击，大型连锁书店每月提供的所谓'文学类排行榜'成为对文学最无情的嘲讽和最可悲的笑话，'纯文学'已停，'大地'不在，'洪范''尔雅'余音袅袅，'九歌'易调，20世纪70年代的'五小'盛景日薄。我们看到的，《联合文学》《中外文学》《文学台湾》等三家纯文学杂志艰难苦撑，继

① 封德屏. 独立七周年记：文讯. 2009 (12). 1.
② 辛广伟. 台湾出版史. 石家庄：河北教育出版社，2000. 156.
③ 黄蓓伶. 探究台湾杂志的核心优势与未来走向：全国新书资讯月刊. 2007 (9). 19.
④ 邵培仁. 大众传媒通论. 杭州：浙江大学出版社，2005. 112.

续前进，而历史悠久的《台湾文艺》最近又传出面临停刊的讯息，显然文学杂志并未因为副刊走向大众化，而开拓出更大的纯文学阅读市场。"① 但是《文讯》不管如何艰难，对文学永不放弃。陈昌明教授任职台湾文学馆期间曾想动支 5000 万元新台币收购《文讯》典藏的图书资料，以充实文学馆。时值 2003 年，《文讯》处于最困苦时期，但封德屏总编辑婉拒这份请求。感佩之余文学馆请《文讯》帮助实施文学专案，虽经费不多，却也有所助益，而《文讯》回报的是精彩丰富的产品，"如《台湾现当代作家评论资料目录》等文学史料，至今都是台湾文学馆引以为傲的成果，对台湾文学研究有相当大的贡献。"② 《文讯》民营后，第一年的经费百分之五十依赖募款，而后逐年降低外援比例。2006 年、2007 年外援只剩下百分之十，2008 年开始做到百分百自负盈亏。尽管拮据，缘于为文学立命，《文讯》"不放弃以往对文艺界的服务，继续举办一些能启发文学心灵的有意义的活动。这些活动虽然与市场营利无关，往往是觉得最重要非做不可的"③。因此，在经营压力与工作重负下，《文讯》同仁仍披荆斩棘，努力向前，在"艺术的道路时空"（巴赫金语）中，与台湾文学同源同质，同步发展，在众多杂志"屡扑屡起，旋起旋灭"的市场博弈中，以精进勇猛的进取精神、富于担当的责任意识、尊老爱幼的人伦情愫，超越党派意识形态，团结各方作家学者，凝聚文坛认同，赢得广泛支持称道，被誉为"台湾最宝贵的文化资产"④，这是对它为文学写史的褒扬，更因其坚持为文学、文化立命而礼赞。

其次，从社会责任看，《文讯》展现了为人生而文学，相信文学、文化的社会功用，阐扬文化教化，载道明德的面向。这体现《文讯》的多元思考。台湾社会进入 20 世纪 90 年代之后，一波又一波的斗争、论辩随之而来，浮躁的浪潮一袭又一袭打来；功利主义弥漫于政坛、文坛，消费社会蚕食和改变文学的性质，但"《文讯》却仍能抱朴守一、坚持文学品质、文化本位，坚持以多元、包容的立场和宽阔的视野……无疑是观察台湾社会的心性、定力精神、气

① 南松山. 从传播的角度谈文学的生死：联合文学. 2003（7）. 90.
② 陈昌明. 困境求生：敬专业的文学团队：文讯. 2008（7）. 73.
③ 封德屏. 编辑室报告：文讯. 2010（1）. 1.
④ 陈信元. 期待台湾文学的新地标：联合报. 2002. 12.

质的重要指标"①。夏志清指出，中国现代小说的主流乃从清末迄今的"感时忧国"，多流露道德使命感和民族意识，耽于社会谴责及人道关怀。《文讯》虽迟至 20 世纪 80 年代面世，却赓续"感时忧国"传统，强调文学、文化的社会参与和人道关怀，它在发刊词和"编辑室报告"中屡屡自我期许：

> 我们希望能在文艺界与社会大众之间，搭起一座沟通的桥梁，为推动文化建设的文艺界，包括作家和读者尽一份绵薄。②

> 执行这一份刊物的编辑，在历史使命与社会责任上面，特别注意古今的接合以及中外的汇通，凡此种种努力，也无非是以和为尚，导偏于正。③

> 从"人文关怀"栏目也应可具体明白我们的关怀。④

> 在跨世纪之际，我们有信心再起风云；在两岸的变局中，坚守可大可久的人道与人文之关怀；在整个世纪有关传统与现代的纠葛中，超越并走出一条康庄大道；在独统的激辩中，维持一贯沉稳、清明的唱音……⑤

> 更着重在文化现实的关切与探索上面，我们希望能掌握文化脉动，参与当前文化的创造与论述之活动，提供文化界一个好的对话空间，更重要的是，我们将不断探索文化发展上的台湾经验，提供创造完美'文化中国'理想的基础，更愿借此呼吁国人增进文化素养，培养艺术趣味，提升生活品质，稳定社会秩序。⑥

28 年来，《文讯》以天下为己任，以期刊为"文化公共论域"，从文学跨越到大文化层面，鼓吹并践行"文化建设"，对公共文化服务、文化建设、文明建设的责任意识、批评锋芒表现得特出而顽强，充分发挥组织、策划和论域发声功能，凝聚大批学者专家研析探究，透过专题策划、文化短评、专题采访、座谈讨论等多种方式，指摘社会积弊，痛批恶质文化，建言文化建设，反省文化体制，有效将不同声音集结为公共论域的智慧，向当局和文化机构建言

① 黎湘萍. 汉语文学史中的文讯：文讯. 2008 (7). 105.
② 孙起明. 编者的话：文讯. 1983 (7). 1.
③ 李瑞腾. 编辑室报告：文讯. 1985 (4). 1.
④ 李瑞腾. 编辑室报告：文讯. 1989 (2). 1.
⑤ 编者. 编辑室报告：文讯. 1997 (7). 1.
⑥ 编者. 编辑室报告：文讯. 1989 (2). 1.

场域的角力：文学及其周边

献策。基于《文讯》"亲和力",众多的文坛人士、知识分子积极参与,诸如傅佩荣、张双英、林谷芳、张错、董崇选、南方朔、阎振瀛、吕正惠、郑贞铭、龚鹏程、高柏园、蒋震、叶海烟、余玉照、陈慧桦、古蒙仁等都是学界一时之选。他们从不同面向,比如文化的形成与发展、传统与现代的关系、社区文化与文化"生活化"、文化教育与薪传、文化交流与移植、文学与文化建设等,对文化建设、复兴开出了"良方",在众声喧哗的台湾社会找到可资讨论的空间,他们所拥有的"象征资本"增值《文讯》的声音,形塑了民间知识分子清新的形象,构筑文学杂志少有的、参与社会批评、文明批评的公共论域,对当代台湾贡献颇多。苏其康教授说:"'人文关怀'绝不是一个空的口号,而是落实在《文讯》的各种文章和书写中,……许多建议不是作壁上观的书斋之见,而是务实性的针砭并能够剑及履及,是有价值的文化评论。"① 这种"位卑未敢忘忧国""敢为人先""铁肩担道义"的价值立场,淋漓尽致表征《文讯》及周遭知识分子的社会责任感和参与意识。台湾传播学者须文蔚指出:"在文艺刊物上鲜少见到文化政策的专题,文化公共论域的阙如,《文讯》杂志 25 年来进行过的 20 个文化政策专题,以及 9 个特别企划,共计 253 篇文章,显得异常珍贵。"②

再次,从服务作家、学者看,《文讯》确立文化品格的第三面向:敬重人伦,构建和谐有序的优质文艺伦理。李瑞腾总编较早提出"文艺伦理"的概念,意指人与人之间的关系因文学活动在文学场域的延伸——诸如世代、文人集团、审美霸权之间的颉颃,报刊、文学流派、社团之间的竞争,都可纳入文艺伦理的框架考察。尊老敬老是中华民族的传统美德,但台湾社会矛盾丛生,文艺伦理备受扭曲,文学论争裹挟蓝绿矛盾,世代演递缠绕人际纠葛,文艺评论内藏族群之争,而文坛前辈逐渐被遗忘。在此观照下,《文讯》始终甘当桥梁、人梯,倾力重构文坛长幼有序、尊老爱幼、和谐有序、团结协作的人际伦理。首先是文坛里"扶危济困""仁爱和谐"。多年来,《文讯》除了向读者介绍资深作家、文坛新锐,还以实际行动关怀处于困顿处境的老作家、老学者。在物质、精神上予以力所能及支持。郑明娳教授说得好:"《文讯》一直具体而微地做着本来应该由当局来主导的工作。就以照顾作家来说,长年来,《文讯》

① 苏其康. 文讯的文化关怀:文讯. 2008 (7). 18.
② 须文蔚. 文化公共领域的建构与健全:文讯. 2008 (7). 26.

挖掘年轻作家、鼓励成长作家、照抚年老作家，可是因为人力不足、资源匮乏，只能靠着机遇点击式努力，无法大布局地计划、主动且全面地放手去做。就结果而论，当局和《文讯》照顾的作家可能一样多。……而《文讯》照顾的总是鳏寡孤独或者穷愁潦倒的作家，不论人或者事，连新闻价值都没有，所以一直默默无闻。"① 早在党营时代，《文讯》就形成传统：探访老作家。"今年（1997年5月）五四文艺节，特别举办了五四文艺节探望作家活动，表达我们对文艺的关怀，对作家的敬意，借着探访，致赠慰问金和礼物，对曾经奉献心力，在文艺创作或文艺行政工作的前辈给予温暖与关怀。……我们拜访了梅逊、黄得时、闻见思、陈纪滢、郭晋秀、李牧、陈火泉等作家，希望这个温暖的行动，能够年年持续下去。"② 对于远在南部的作家，则想方设法代为转达，如委托《明道文艺》的陈宪仁去探访。黎湘萍十分恰切归纳《文讯》品格："尊老爱幼""四海之内皆兄弟"。所谓"尊老"，指《文讯》坚持为作家、学者服务。首推一年一度的品牌活动——重阳文艺雅集，这个公益的、纯粹赔钱的活动迄今举办22届。封德屏总编辑说："我们在与时间赛跑，……让许多遗漏的作家及作品重现光芒，关怀贫病、弱势作家，努力为他们争取一些资源。杜甫当年'安得广厦千万间，尽庇天下寒士俱开颜'的恢宏理想不敢企及，但唯有此时，能深刻体会其中的焦虑与无奈。"③ "像这样一个年年以资深作家为主的活动，申请经费的困难度越来越高，……但是我们这些享受果实的后生晚辈，理应对他们表示敬意"④ 雅集甚至衍生为办刊外的重要内容：间或性的慰问、探访；转达问候、查找联络、穿梭斡旋、看望文友、出版纪念专辑甚至接济作家。比如：为女作家严友梅转达书信给作家王书川夫妇、看望重病卧床的作家刘枋、为刚过世的作家尹雪曼播发新闻稿、组织纪念专辑等。"我们得到许多作家的信任及协助，建立了编辑与作家良好的友谊。……我们接到於梨华女士从美国寄来一封给作者师范先生的信。他们多年未联络，特写了一封问候老友的信，请我们转交。"⑤ "尊老"更见诸精耕细作的编辑作业，它为海内外

---

① 郑明娳. 走过四分之一世纪的文讯：文讯. 2008（7）. 79.
② 编者. 编辑室报告：文讯. 1997（6）. 1.
③ 封德屏. 编辑室报告：文讯. 2008（1）. 1.
④ 封德屏. 编辑室报告：文讯. 2007（7）. 1.
⑤ 黎湘萍. 汉语文学史中的文讯：文讯. 2008（7）. 105.

文坛提供老一辈作家、学者的近况。如第 266 期打破刊期安排，集中报道幼儿诗拓荒者薛林、活跃于 20 世纪 60 年代，后隐逸多年的许希哲、中研院院士、著名人类学家李亦园、作家黄克全、学者周策纵等五位学人作家。2010 年第 8 期专文追思刚辞世的作家商禽、韩国学者许世旭。"看到《文讯》仍坚持不懈地关爱着老作家的晚年，看到李瑞腾教授对琦君执晚辈礼，真是感动，不独如此，对于一般作家，《文讯》也是如此，2005 年 1 月有'李潼纪念特辑'，《文讯》对因癌症去世的李潼的怀念，从那些质朴真诚的文章，到为李潼编写作年表，真令人动容。"① 所谓"爱幼"，即不遗余力奖掖青年，提携文坛后进。学界声名鹊起的须文蔚、杨佳娴、陈建忠、胡衍南等"60 后""70 后"后学人，多受《文讯》培养。《文讯》的编辑团队——一票娘子军、编辑小组均是崭露头角的新世代；在专案执行小组里，尽为学有所成的硕博生；青年文学会议殿堂里，更是"青春的盛会、文学的飨宴"。台湾文学研究的新世代就在《文讯》的思想濡染和活动、工作里成长，薪传了文学智慧，继承了良好的文艺伦理。

最后，从文化传承看，《文讯》品格浓缩了忠于理想、勇于担当、坚持操守、奉献社会、践重然诺等儒家文化精髓。与大陆文艺期刊政策不明朗的生存样态相比，台湾完全"市场化"运作，按照布迪厄"输者为赢"的颠倒经济学逻辑，在"有限生产次场""为生产者而生产"。因此，《文讯》脱离党营后只能自力更生。老作家毕璞说："《文讯》可说是一份先天不足、后天失调的刊物，财力、人力都极度欠缺，经费相当困难，其中甘苦，我感同身受……《文讯》的灵魂人物封德屏女士以她过人的毅力，惊人的热忱，奉献了她的青春，牺牲了家庭生活，无怨无悔地全部心力灌注在这份刊物上，不辞劳苦，不畏艰辛，就像对待自己的孩子般去养育、培植，使它在荒芜的土地上慢慢成长、茁壮；终于 25 年有成，它开花结果，绿叶成荫，以独特的风格，丰富的内涵，赢得了无数掌声，受到海内外关心与爱好文学或从事文字工作的读者们的喝彩。"② 《文讯》的惨淡经营，和 28 年的顽强执守，正是儒家思想谱系中，践重然诺，恪守文学理想，为文化建设而入世济世的奉献精神。它的历任主事者

---

① 毕璞. 一个老朋友的祝福：文讯. 2008 (7). 69.
② 毕璞. 一个老朋友的祝福：文讯. 2008 (7). 69.

李瑞腾、封德屏发挥了巨大的社会动员能量和打拼精神，使这份杂志在困难中生存，在转型中发展，在拼搏中崛起，台湾文坛有很高评价。苏其康说："《文讯》已成为台湾文学界甚至文化界的聚焦，……而且早就是台湾文学界最讨人喜欢最尽心尽力的义工。"[①] 28 年来，《文讯》想有所作为的无外乎两个关键词：文化、文学，但在政党主宰下，经费不足，差点数度停刊，因此文艺界总是担心这个体质羸弱的"小孤女"半路夭折。但它能够取得成就与赞誉，靠的就是克难攻艰和对事业的忠诚，对纯文学办刊的坚持。即使遭逢困顿，依然反对商业文化的趋附、逢迎、恶俗，永葆文学操守，对文学人的尊重、提携，坚持超越党派，兼容各派；即使面临停刊，也不改其志，表现了九死未悔的担当。封德屏说："有些朋友建议改版，重生后的《文讯》是不是将焦点放在畅销作家、流行话题上，不要尽作一些'不合时宜'的主题。但什么是合时宜的话题呢？历史铺陈、智慧薪传是持续累积，是从过去到现在的。我们不可能把过去切断或者遗忘。"[②] 就这样，《文讯》不屈不挠守护文学净土。台湾学者高柏园说："《文讯》同仁坚守理想，从不拿理想宰制他人。《文讯》就是无远弗届的平台，它耐心守候所有的飘逸与风华，在默默中享受最平凡的伟大。"[③]

总之，在文学的细节处、立身安命的大节处，《文讯》执着表现出"仁爱""济世""执中"等精神气质；在穷与达、常与变、创新与怀旧间自觉扛鼎：对文化的建设、对社会弊端的批评、对当局的指摘、对文学志业的倾力，对作家学者的服务关怀，它兼济文坛的胸怀未尝懈息。一份刊物品质精良，乃在于专业的水准和高度；但既得到专业的赞誉，又得到文坛交相称颂，由衷喜爱、尊敬，那一定是文化基因与品格在起作用。

二

台湾新文学发展迄今 60 多年，赏鉴众多文学期刊的品格，惯有为文学而

---

① 苏其康. 抢救台湾文学，抢救文讯：联合报. 2003.
② 封德屏. 编辑室报告. 文讯. 2004（2）. 1.
③ 高柏园. 支持文讯就是支持文学：文讯. 2008（7）. 65.

文学者，如《纯文学》。《纯文学》由林海音于 1967 年元月创办，它以文学创作、翻译、名家作品选录为主，内容亦"兼容并蓄，不分党派"，是台湾早期、中期及新生代作家的重要发源地，自林海音、余光中、琦君到张系国、朱西宁、白先勇等，均有承前启后之重。林海音在"联副主编"时期，在"密不透风的文艺体制下，打破清一色需给体制，大胆提拔新锐，什么稿子都敢登，在 1963 年刊出了一篇有问题的文字，遂鞠躬下台"[①]。但是，无论《纯文学》，还是其他刊物如《文坛》《作品》，坚持办刊理想，坚持纯文学立场，更多是编辑的职业需要和本能，少了《文讯》的艰难转型及屡次涉险的经历，和当今在大众文化围剿和市场白热化竞争的特殊情境下的自觉意识与勇于担当，从而也少了悲壮与置之死地而后生的勇敢决绝；也有淑世情怀者，如《明道文艺》，在总编陈宪仁的经营下，大胆刊用新人、尊重前辈作家，企划性高，又贴合社会脉动；通过举办学生文学奖、挖掘校园新人、积极参与社会、对作家学人的生老病死表现尊荣敬意、推动两岸文学文化交流，30 年来，"呈现了温厚、深沉的温度和厚度，……创出温暖、深厚的文学环境，这是《明道文艺》一路走来，最动人的淑世理想，一种安静地在晦暗中为文学种梦的文化角力"[②]。但与《文讯》相比，《明道文艺》有"明道学园"这样全台知名的私人教育集团的雄厚财力，加之"台湾文坛影响深远的文学推手"、明道中学创校校长、著名教育家汪广平的支持，《明道文艺》被誉为"台湾作家的摇篮、台湾文坛的源头活水"[③]；还有以"小众拥抱大众"者，如《联合文学》，创办 27 年来，谓为"敏锐精准的时代风向标"，融典雅（前卫）于一体，它"横跨到艺术领域或次文化，从音乐、流行歌曲到卡拉丝，从华文戏剧节到柏林影展……逐一网罗涵纳，甚至探索梦在星座、星图、星灵间追逐，乃至放送地下电台节目……"它充满活力，除杂志、丛书，且有小说新人奖、巡回文艺营、研讨座谈等接力举办，彰显了动静兼备、互助互利的行事风格，渐成"华文杂志的翘楚、20世纪 80 年代以来最具影响力和代表性的文学传媒之一"[④]。然而，《联合文学》

---

① 应凤凰. 50 年代台湾文学论集. 台北：春晖出版社，2007. 205.
② 黄秋芳. 〈明道文艺〉的淑世角力：文讯. 2003（7）. 93.
③ 汪广平. 伯苓之后又一人：语文报. 2009（15）.
④ 陆尧. 经典与时尚：文讯. 2003（7）. 99.

的业绩除了历任编辑痖弦、高大鹏、丘彦明、马森、郑愁予、郑树森、初安民、许悔之等人的努力，企业化的行销与对流行议题的介入也成就了它经典（时尚）的文化品格，而其身后庞大的联合报系更是可资倚重的靠山。因此，《文讯》与上述同侪相比，各有千秋，却更具精气神与深厚的文化气质。它独树一帜的品格，是在时代的风云激荡中，由党营转型民办、电子媒介诞生、市场化冲击、编辑群体的理想信仰、办刊宗旨以及《文讯》独特的身份、经历中打拼、孕育出来的，可以学习，却无法复制。

与祖国大陆文学期刊相比，《文讯》也给予很好启迪。最近，颇具知名度的《上海文学》遭遇困难，主编赵丽宏表示，《上海文学》的收益主要有三，一是刊物本身收益，二是政府提供一定资助，三是靠社会资金赞助。虽然《上海文学》有五位数的发行量，但成本远高于支出，靠刊物的行销根本养活不了编辑部。而为了坚持纯文学刊物的品位和格调，"我们不会改变对文学理想的追求，不会登广告文学，不会降低杂志的品质"①。业内人士认为，在纯文学尚未从困境中摆脱的当今，由国家养几份纯文学杂志，保留几块文学的阵地是非常必要，因为一旦全部放开，纯文学蜂拥转向商业，到时覆水难收。但问题是，纯文学杂志也应像《文讯》，多想摆脱困境的办法，多树立几个品牌，多涵养文化品格，坐等"被养"，只能给人留下抨击的口实。

学者李海舰指出："学术期刊要有'文化'，一是企业文化，包括办刊宗旨、办刊使命、目标导向、理念定位、论文取向、编辑模式、编辑考评、运作思路；二是职业文化，即编者要有大局意识，要有学术大师视野，要有为人作嫁精神，要有注重细节习惯；三是产品文化，即期刊要打上杂志社的烙印。"②显然，《文讯》早已构筑了自己的文化，"为人民服务"（陈建忠）、"文学荷光者"（隐地）、"文坛小魔瓶"（白灵）、"文学信使"（李敏勇）、"重要视窗"（刘俊）、"文学界的宝"（林澄枝）、"人少志气大"（宋雅姿）、"救风尘"（陈柏青）……都是对《文讯》品格的中肯评价。《文讯》前20年为党营刊物，为何它能够摆脱党派色彩，办出另类风格，它的突破凭借什么？作为台湾文坛弥足珍贵的精神财

① 纯文学杂志走到十字路口：从《萌芽》转制说开去.

② 李海舰. 理论顶天，实践立地——《中国工业经济》期刊发展战略探索：中国工业经济. 2008（4）. 67.

富和无形资产，值得从中找寻镜鉴。一是非营利的因素，无经费短缺之掣肘。早期的《文讯》坦承："基本上，这不是一个营利的刊物，它的非市场化取向，使我们在规划设计的时候，能够完全站在文学的立场，采取学术的方法统摄过去的文学现象与成就。"① 可见，文化既要产业化，必要时则需不计投入加以扶持。二是党营时代，早期主管的宽容、开明和后期国民党不管不顾，少了政治干预，可以为"艺术而艺术"。《文讯》创办人、原总编辑孙起明回忆："周应龙主任包容年轻人的强悍无礼，信任年轻人见解主张，放手让我们去发挥，从不过问编辑计划，从不事先审稿，使我们几个人……不考虑国民党的政治文化，也不管党的文艺政策，决心走文学的路。不做传声筒，不做指导者……从创刊之处起，我就决心走一条坚持文化价值、尊重文人发声的路，……我们不分党派、地域、省籍、男女，来稿欢迎'文以载道'，也欢迎'文学的归文学'。"因此，《文讯》走过的道路，为台湾文学期刊史展示了跳脱政治文化，"深刻、诚实地与知识分子对话，甚至辩论，以学问服人，赢得尊敬"② 努力。三是主事者的视野和胸怀，决定了以文学为本位。《文讯》"能在台湾这样的政治挂帅社会中受到重视和信赖，原因甚多，但主要应在于编辑群的努力，和主事者的高度自制，他们……不党不私，忠实记录了每个年代的文坛脉动"③，而且"不为政党、文学流派或单一的意识形态机器掌控，这是李瑞腾主编时就成形的模式，在封德屏主编后更加确定"④。四是民营后少了政治考量，坚定了它的超越与兼容。《文讯》在市场与文学间力求平衡，企业化、团队化、项目化管理引进期刊生产，从产品包装、宣传到品牌的经营，从形到质都发生改变；产品意识强化，商品性质突显，合作意识、经营意识不断加强，如举办研讨会、座谈会、资料展、重阳雅集、设置文学奖等，对自身大力宣传，营销意识高涨。这些手段提升了生产力和竞争力；注重与同行、公单位、学者作家的联系；逐渐由纯粹党营，不考虑赢利的封闭办刊走向开门、开源、开放、开拓、开明办刊。

---

① 李瑞腾. 编辑室报告：文讯. 1985 (8). 1.

② 孙起明. 回顾所来径　苍苍横翠微：文讯. 2008 (7). 162—163.

③ 向阳. 台湾文学的鲜活见证：全国新书信息月刊. 2003 (1). 4—5.

④ 向阳. 一个文学公共论域的形成：文讯. 2008 (7). 4.

今天的《文讯》初步实现自立且凝练了文化品格，增殖了"象征资本"，树立了品牌和形象，凝聚了文坛认同，增加了知名度与美誉度；而办刊的精良又涵养和反哺了品牌的价值。但是，《文讯》要实现由"好看"到"好刊"，从"名刊"到"强刊"的跨越，必须运势乘势，践行大道，坚持走"文讯式"的特色发展之路，坚持在办刊实践中锤炼品格强硬体质，以文化软实力奠定做大做强的基础。文化立刊，大道行之；文化强刊，大势趋之。资深编辑家、诗人痖弦说："《文讯》早已摆脱前人的窠臼，以不同的思维，现代传播的理念创造出文艺杂志的新形象。拨地苍松有远声，俨然成为华文世界最具有代表性的大刊物。"①

① 痖弦. 拥抱我们的文讯：文讯. 2008（7）. 111.

重建文艺伦理　薪传文学智慧

——论《文讯》的办刊策略及对台湾文学场域文艺伦理的建构

一

中国的文学期刊素来有很强的组织、策划、引导文学生产和传播的功能。其中不少期刊本身就是同仁性质的杂志，由一群文学主张相近、意气相投的文人凑在一起来编辑，这比较容易形成一个文学流派、团体或者文学运动。早期的文学研究会、创造社的会刊如《小说月报》《创造》季刊等都具有这种特质；而引领思想文化新潮流的《新青年》更是推动了一个时代的变革，学者王晓明在其著名的论文《一份杂志与一个社团》中对此进行了评述。此外，中国文学"为人生"的现实关怀和中国人固有的"圈子文化"也多少决定了以杂志为中心、为阵地的，具有"联络站"的性质。因此，中国现当代文学期刊史上，文学（艺）期刊对于文学场域人际伦理关系的建设与破坏就具有了特殊的意义。这种流风余绪一直影响到现代，成为杂志办刊潜在的小传统，隔海相望的台湾自不例外。

台湾当代最重要的文艺期刊之一的《文讯》，创办于1983年7月，历经了李瑞腾和封德屏两任编辑，（李瑞腾从第15期接任总编辑，封德屏自第84期接任总编辑），近三十年来，以文学史料保存、文学人物报道、文艺评论、艺文报道为中心，矢志不渝，努力形塑台湾文学地图，记录了二十多来台湾文学发展的流脉，成为"保有纯粹文学杂志的高格调"① 的文艺期刊。"国立中山大学"文学院苏其康教授曾说："少了《文讯》，要研究和了解台湾文坛和作品，真不知从何处找起。"② 可见《文讯》在台湾文学场域中具有相当重要的地位。其实，一份文学杂志在工商社会高度发达的台湾，能勉力支撑几十年，除了杂志本身办出高的质量外，编辑群体重视文学场域人际伦理的建设，广泛联络，多方交友，获取文学场域各种"文化资本"的支持，也是非常重要的一环。在台湾，"文艺伦理"的概念是由李瑞腾教授较早提出的。1988 年，"《文讯》在台湾'行政院'的策划之下，主办了一场敬老联谊活动，同时有四家文艺性刊物参与协办，场面温馨感人，意义非常重大"③。缘此，李瑞腾在报纸上发表了题为《重建文艺伦理，薪传文艺智慧》的文章，他写道："从社群形成的角度来看，文艺人活动的空间自成社会，有复杂的人际关系，长幼之间应亦有其伦理关系，无以名之，姑且称之为'文艺伦理'……任何一个文明社会，文艺伦理都必须受到相当程度的重视。有关文艺的智慧与经验正是在这种情况下有效传承的。年长的文艺前辈既已累积诸多的经验，而知识又无非是经验的系统化，将它加以统摄整合，应可整建新的文艺传统，融裁出新的时代文体。……因此，我们有理由尊敬文艺前辈，纵使时代的进步和文艺的发展，已不一定能让你完全同意他们的看法，但是你必须以最诚恳的心，尊重他们的文艺表现，了解他们的历史处境，把他们的作品还原到那个处境中去重新定位。"④ 由此可见，《文讯》重视文艺伦理的建设由来已久，是有着明确的办刊方针指导和具体实践的，正是在长达近三十年的相互提携与互助中，《文讯》的编辑群与文学场中的"文化资本"也因此具有了互动的功能与形态，因此，《文讯》相较于中国现当代的众多文艺杂志，在编辑方面创设了非常独具特色的重情感、有人情味、温婉的文化品格。

总之，重视文学场域人际伦理建设不仅是《文讯》办刊方针的具体实践，几十年以来，已逐渐落实为一种特立独行的风格，在台湾这个拜金主义横行的消费地区，在人情冷暖的逐利欲望中，注重对文学人的尊重与关怀，确能做到

场域的角力：文学及其周边

---

① 苏其康. 何处是吾家：文讯. (203). 23.
② 苏其康. 何处是吾家：文讯. (203). 23.
③ 文讯·"编辑室报告"：文讯. (61). 1.
④ 同上。

燃起温馨感人的亮色与暖意，支撑着文学老树新枝的薪火承传。

二

如前所述，文学期刊重视与作家、学者建立良好的、互动人际关系，是中国文学杂志的一个传统。在中国现代文学期刊史上，文学研究会成立之初，就宣布了"三种意思"："联络感情""增进知识""建立著作工会基础"[①] 这"三种意思"中"联络感情"排在了第一位，且无一与文学有关，而是他们确立其在文学场"支配"地位的一种手段，"联络感情"和"增进知识"是一个招牌，建立著作工会基础既是手段也是目的。因而，他们不仅将研究会会刊《小说月报》办成了文坛权威性的刊物，而且还出版《文学研究会》丛书，以强化其在文学场的支配地位。异曲同工之妙的是，《文讯》从创设之日起也就有这样"联络感情"的愿景与基本编辑作业范式，只不过它宣称为"这是一份服务性重于一切的刊物，希望它能够在文艺界与社会大众之间，搭起一座沟通的桥梁，为推动文化建设的文艺界朋友，包括作家和读者，尽一份绵薄"[②]。在《文讯》相对固定的栏目"编辑室报告"中，时时充溢着浓浓的人情味，表露出对文学人物、专家学者的尊敬与爱戴；而对文坛先进的挖掘，对创作新锐的报道，则成了它固定的栏目和刊载内容，成了研究台湾文坛的动态史料和"活化石"。2001 年 7 月，《文讯》在出版第 200 期电子版纪念光盘时，"（《文讯》）每期以不同的方式探讨不同阶段的文学发展，将各阶段的作家作品，学术思想忠实记录，肯定前辈作家的文学表现，也重视文坛新秀的努力创作，发行近二十年来重点始终放在现当代台湾文学史料整理及研究上，成绩斐然可观，已成为研究当代台湾文学必读之文学刊物"。总之，通过广泛联络，四方结交，透过举办各种文学活动，对文学人物的珍惜、尊重和强化持续报道，《文讯》在台湾文坛赢得了普遍的赞誉，也树立了以自身为中心，营造文学场域文艺伦理和谐、有序的榜样，为文学薪火、文学传统与智慧的传递，创设了良好的机制与编辑作业方式。

具体说，《文讯》在台湾文学场域人际伦理的建设主要有以下几方面的做法：

---

① 周海波. 传媒时代的文学. 北京：人民文学出版社，2007. 165.

② 文讯 · "编辑室报告"：文讯：(1). 1.

第一，栏目设计。如前所述，报道文学人物是《文讯》最主要的内容和工作之一。从 1983 年 7 月创刊至今，几乎每期都不间断地介绍文学人物，其中既有资深作家，也有学院学者；既有风头正健的文学骁将，也不乏从文学奖、大专学院或其他行业脱颖而出的文学新锐。诸如白先勇、余光中、黄春明、陈映真、张默等前行作家；诸如叶庆炳、龚鹏程、陈芳明、应凤凰、陈信元、陈建忠、隐地等出入于学院、文学报刊、出版园地的学者专家，还有至今在台湾文坛风头正健、引领文学风潮的文学人物诸如陈大为、钟怡雯、袁琼琼、简政珍、白灵、朱天文、朱天心、钟文音、郝誉翔……也有崭露头角的杨宗翰、纪大伟、杨佳娴、吴明益等后起之秀。对文学人物的报道不管是在李编时代（李瑞腾任总编辑），还是封编时代（封德屏任总编辑），始终作为必不可少的栏目继承和延续下来，并最终固定发展成为一种办刊的作业方式和特色。

总体来说，《文讯》关于文学人物的栏目在总栏目"人物春秋"之下，主要有"资深作家""文宿专访""我的笔墨生涯""结婚照""怀念作家""作家行止""学人专访""文学尖端对话""文坛新秀"等小栏目及部分专题和书评栏目，虽然期间偶有调整，但是它们大致稳定、均衡地分布出现，一般每期介绍资深作家、学院学者以及文学新人各一位，从创刊至第 200 期以来，已经有"2344 位作家、学者被评论讨论……完整呈现近二十年台湾文学历史轨迹及发展面貌"[①]。因此"人物春秋"专栏是《文讯》进行文学人物报道的主要通路，是构建编辑、作家学者与读者之间文艺伦理的基本管道。

第二，专题设计。专题是一份期刊的"重磅炸弹"。从期刊编辑学来说，杂志的专题或专辑就是充分运用了新闻传播理论中"议题的设置"的原理，来充分突出专题作为该期的重点，这种大众传播学关于新闻议题的选择性与读者心理信息接收机制中的过滤与选择作用恰相契合。笔者已在其他文章中从大众传播学和期刊编辑学角度中论述了《文讯》的专题策划[②]，此不赘述。但必须指出的是，《文讯》的专题中，不少专题正是针对文学人物而策划的。从某种意义来说，这些专题与专栏，虽不是静态的、"死的"文学史料，却一样是记

---

① 2001 年 7 月，《文讯》出版 200 期电子版纪念光盘之介绍。

② 廖斌. 大众传播学与期刊编辑学视野中《文讯》的专题策划：华文文学. 2007 (4). 71—79.

录台湾文学当下发展的材料，更有望在未来成为值得整理和研究的史料，所以《文讯》关于文学人物的报道，其实就是在日复一日地描绘文学的"活化石"，累积他们活色生香的文学记忆，记载他们灵动的文学面貌。

根据笔者不完全统计，《文讯》专事研究探讨文学人物的专题至今约有 26 个，占全部专题的 10％弱。从早期的"龙应台评小说"（20 期）、"《爱土地的人——黄春明前传》讨论会"（23 期）、"龚鹏程《文学散步》讨论会"（21 期）、到"文学新人榜"（38 期）、"比翼双飞：23 对文学夫妻"（35 期）、到中期"文学新生代"（100 期）、"新世代女作家"（137 期）、"性别与家园的对话：专访研究台湾文学的新一代女性学者"（181 期），再到晚近"人文院士李欧梵教授"（204 期），"资深女作家现况（上、下）"（209、210 期）、"永不凋谢的三色堇：《张秀亚全集》导读"（233 期）、"人间爱明清：资深作家近况"（220 期）、"少年十五二十时：作家年轻照片展"（233 期）、"亲情园：作家用照片说故事"（237 期）……《文讯》所涉及的专题，更多的是评述它自己倾心扶持的资深或者崭露头角的作家、学者，抒写文学人物从老及少，由文坛而学院，照顾到了台湾文学场域的方方面面，也成为营造和谐有序的文艺伦理，发展与巩固彼此情谊的有效手段。

与类似"人物通讯""回忆录"的专栏相比，文学人物专题虽少了生意盎然的趣味性、生活性，却多出一份严肃、厚实的学理性、精致性。二者在作业范式上相得益彰、互为补充，共同为打造《文讯》的办刊特色，创建文艺界温馨、有序、和谐的人际伦理尽心力。

第三，编辑室报告。"编辑室报告"本应列为一个栏目，但由于它是编辑们专属的发声管道，又未必每期都有（虽然大多数有），而且在建构文艺人伦关系时，起到直接的、不同的作用，所以在此专门论述。

一般来说，杂志的"编者按语""编辑室报告""读者来信""编读往来"等栏目，是研究一份期刊的重要窗口，在其中可窥探编辑群体的办刊方向、文学主张、刊物定位、编辑立场与调整，以及每期策划的动机等等，构成了读者、编辑直接进行"潜在对话"的平台。现在已有不少学者在进行报刊研究时，不约而同把切入的角度和目标瞄准了类似的栏目。[①] 由于《文讯》"编辑

---

① 谢播.《文艺报》的"社论"：文艺争鸣. 2007（6）. 144.

室报告"直接来自于编辑的发声,(一般多署名为李瑞腾、封德屏或者编者)因而最能体现编辑人的立场与情感。纵观其"编辑室报告",不仅情感充盈,而且可以勾连出不少的核心词汇,如:温馨的微笑、美好的祝福、敬意与思念、永远怀念、献上崇高的敬意、诚挚真情……更有数期,编者直接站出来表达对文学的执着与对文学人的情怀,如在"林海音追思会专辑"一期中,封德屏总编辑写道:"尽管在台北的一角,文艺界的朋友热情高涨,温暖的感觉持续着,但那也似乎只是一小撮人在互相取暖,……但文学人永远不畏寂寞,不论世事如何变化,文学工作者始终在角落或边缘,做喜欢做也觉得应该做的事情。……林先生(海音)亮丽的笑容,爽朗好听的声音在现场重现,整个纪念会就在感动的眼泪,温馨的微笑中进行,纪念会结束时每个与会者心中都丰盈饱满……"[1] 在 2007 年的重阳节,封德屏又于对文学人物的尊敬与追忆中,深情道白:"在这浊浊乱世,如果有一群人相濡以沫,互相取暖,也是十分快乐的事。10 月 19 日,农历九月九,秋风送爽,气候怡人,台北市青少年育乐中心聚集了来自全国各地近 400 位文艺界的朋友,年龄最长 96 岁,最小 28 岁,跨越老中青,领域则包括诗人、小说家、散文家、影剧家、儿童文学工作者、学者、传统艺术工作者、媒体工作者。老朋友带着笑容、有的蹒跚入场、有的昂首阔步,互相话旧,叹故人年年少,更珍惜把握当下。年轻朋友则分别负起招待、牵引、表演节目的责任,整个场地热闹滚滚,有别于正式的研讨会、座谈会,却多了许多人情味。像这样一个年年以资深作家为主的活动,申请经费的困难度越来越高,如果没有政要显贵参与,新闻媒体也不报道。这些投注毕生心力创作的作家、艺术家,由于他们的努力耕耘,文艺的苗圃早已花开遍地、绿树成荫,但他们的名字逐渐被人淡忘,也许目前也不是主流作家、畅销作家,但是我们这些享受果实的后生晚辈,理应对他们表示敬意。于是《文讯》结合了许多文艺期刊、文艺团体,一起来做这件事,有钱出钱,有力出力,果真团结力量大,我们把不足的经费、不够的人力都补齐了,为的是让前辈作家们得到重视与尊敬,让他们过一个快快乐乐的重阳佳节。"[2] 平心而论,这样的话语发自肺腑,充满温馨关怀;无疑,也是最能打动人,最能感召人,最能给人以归属感的。而这种感召力和归属感,以及在冷寂的社会现实中

① 文讯·"编辑室报告":文讯. 1993 (95). 1.
② 文讯·"编辑室报告":文讯. 2007 (265). 1.

所辐射出的温暖，恰恰是处于"边缘地带"的台湾文学人和《文讯》都最为需要的。

此外，《文讯》"编辑室报告"在自觉构建文艺伦理的过程中，还承担了及时发布文学人物逝世消息或近况简要报道的功能，并时时以温馨怀念的姿态追忆文学前辈与同好，成为台湾文坛信息的"发布站"，屡屡赢得了文学人的感佩。据统计，在第160期至第200期发行的40期间，《文讯》"编辑室报告"及时报道了包括苏雪林、张秀亚、黄得时、龙瑛宗、陈火泉、谢冰莹、王永昶等20位重要作家、学者去世的消息，（含对天才作家林燿德逝世五周年纪念）而且对于某些文学前辈或新锐，还及时组织专题（如评论、追忆文章、作品索引等）进行悼念与追思。这种热情持续的关怀关注，对于台湾社会失声的文学场域、寂寞的作家学者的的确确是独树一帜的。

第四，活动设计。创刊以来，《文讯》为台湾文学、文艺期刊树立了办刊的典范，不仅在于其文学专题策划的前沿、精致、系列，也在于作业方式的动态性、活跃性以及实证性的田野调查。对此，封德屏总编辑曾自豪地说："最早只有《文讯》在开文学会议，后来大家都开，是好现象，但是一个阶段之后，我们就把这个现象和结果提出来检讨，读者是不是从中受惠，会议的功能在哪？有没有值得反省和思考的地方。"[1] "（《文讯》）深入文化现场去探挖幽微，且以运动之姿，用座谈、聚会、学术研讨会等多方向面对文艺的历史与现实，为文艺传媒创设了一种新的作业范式"[2]，"今年（2007年）七月，《文讯》迈向创刊第25周年了。一路颠簸走来，竟也快要满四分之一世纪。对于过往，偶有不堪回首之痛，但我坚信凡走过必留痕迹。当初《文讯》一点一滴的整理文学史料，珍惜作家作品，如今虽不敢说已开花结果，但终究为台湾文学保存了丰美的成果，留下一块文学净土，并为台湾文学提供了一些可兹研究的基础"[3]。因此，《文讯》除了以静态方式用文学来联络感情，拓宽人脉，广结善缘外，还不断以多元方式、运动之姿在期刊文本之外策划活动，组织和动员了大量的台湾文学场域的"文化资本"加入，进而获取"象征资本"，抬高刊物在传媒场域中的地位。布迪厄指出："一个场也许可以定义为由不同的位置之

---

① 寻找通路—文学杂志的现状报道：文讯. 1994（105）. 35.
② 文讯."编辑室报告"：文讯. 1997（261）. 1.
③ 文讯."编辑室报告"：文讯. 2007（261）. 1.

间的客观关系构成的一个网络，或者一个构造。由这些位置所产生的决定性力量已经强加到占据这些位置的占有者、行动者或体制之上，这些位置是由占据者在权力（或资本）的分布结构中目前的、或潜在的境遇所决定的；对这些权力（或资本）的占有，也意味着对这个场的特殊利润的控制。"① 或者说，文学场内部存在着权力关系与权力位置的划分问题，在现代传媒这个大的场内，由于不同的媒体所构成的不同关系，形成了文学场中复杂多变的结构关系。这种关系就是"支配与被支配"的关系，或者主要位置与次要位置的关系，抑或者是主流位置与非主流位置的关系。在现代传媒阶段，拥有媒体的数量以及媒体在社会中的产生影响等，都可以成为影响文学场内部结构的重要因素。因此，从布迪厄的文学社会学出发，《文讯》构建文学场良好的人际伦理关系，也就获得了全新的诠释和重要的意义。

多年来，《文讯》每每以主办或协办、承办的方式，多方组织研讨会、青年文学会议、文艺界重阳节敬老联谊活动等，赢得了广泛的认可。如今"文艺界重阳节敬老联谊活动"已经成为《文讯》办刊的三大品牌之一，迄今连续举办了 19 年。2003 年的重阳节，《中国时报》称："三百余位资深作家、学者及演艺人员昨天上午在《文讯》杂志安排下，参加年度'文艺界重阳节敬老联谊活动'……多位资深的文艺工作者都亲自参与。相形之下，现场主持的叶树姗、应邀致辞的台北市文化局长廖咸浩，在年纪上只能算儿孙辈。"② 而有关报纸则认为："持续举办十五年'文艺界重阳节敬老联谊活动'的《文讯》杂志，昨日揭开'重阳之约，老友相见欢'的活动，……数百位文艺界人士与会，场面温馨。"③ 至于 2007 年的敬老活动、"银发文学"专题（第 262 期）等都是构建文艺伦理的基本通路和示范动作。应该说，活动设计也是基于《文讯》编辑办刊一个非常重要且特别的方式，既有作业范式的创新与引导，又有联络、增进感情，建构和重塑文艺伦理的功能。自创办文艺界重阳节敬老活动始，这项活动就获得了文艺界众多人士的拥护。据前总编李瑞腾教授回忆，《文讯》的"重阳节敬老活动"源头就在于梁实秋逝世一周年，此前诗人余光中先生着手编一本书《秋之颂》，本意是献给梁先生作为生日礼物，但梁实秋

---

① 皮埃尔·布迪厄. 文化资本与社会炼金术. 上海：人民出版社，1997. 142.

② 中国时报. 2003.

③ 中央日报. 2003.

却已辞世了，这本书只能在梁老的墓前焚献。所以当时有人认为，陆续有人"走"（过世），提议办个活动，要办活动让文艺界人士聚聚。①

三

20世纪80年代以来台湾文坛场域出现了多元并存、颉颃发展的景观，在文学的代际之间也相应产生了某些变化。共同生存于这样一个多元的社会环境和文学场生态中，20世纪五六十年代成名的前行代虽然总体而言在文坛所占的份额和比重有所减少，但并没有完全消失，大多仍然笔耕不辍，其中部分作家还在文学场占据重要位置，在某些文学、文化部门，如报刊社、出版社、官方机构等担任要职，成为文坛的"大佬"，具有了"文化资本"和命名的权力。皮埃尔·布尔迪厄指出："资本生成了一种权力来控制场域，控制生产或再生产的物质化的或具体化的工具，这种生产或再生产的分布构成了场域的结构，资本还生成了一种权力来控制那些界定场域的普通功能的规律性和规则，并且因此控制了在场域中产生的利润。""作为潜在的和活跃的力量的一个空间，场域还是那些保存或改变这些力量之构造的斗争的场域。"② 缘此，前行代的作家们或挟其知名度和精致成熟的作品，在市场上长久地占有一席之地，成为新世代心向往之的圭臬和必须超越的标杆。因此，崛起于20世纪七八十年代的新世代虽然可以很自然地汲取前行代的成熟的创作经验，但出于文学创新、典律重塑的追求，理所当然地会产生力图逃离前人阴影的所谓"影响的焦虑"。

"影响的焦虑"是美国学者哈罗德·布鲁姆在其名著《影响的焦虑》一书中提出的概念。在该书中，他吸收精神分析理论，对正统的影响理论做出了大幅度的修正。正统理论认为："影响构成于对早期作家的素材和特点的'直接借鉴'或吸收。"③ 布鲁姆本人的观点是，写作任何一首诗受到影响固然属于必然，但也必然涉及对现在的作品的一种剧烈的变形，其原因就在于影响的焦虑。布鲁姆的批评视野主要集中在启蒙运动之后的英美重要诗人。他把从

---

① 笔者曾与李瑞腾教授于2007年8月在福州"理论与实践：世界华文文学国际学术研讨会"期间上进行过对谈。

② 皮埃尔·布迪厄. 文化资本与社会炼金术. 上海：人民出版社，1997. 213.

③ M. H·艾布拉姆斯. 文学术语汇编. 北京：外语教学与研究出版社，2004. 118.

1740 年到当代的诗都称为"浪漫的"。他的研究致力于这一时期中一些"强悍"诗人对另一些"强悍"诗人的影响。他认为华兹华斯和惠特曼的传统一直到今天还统治着诗坛,但真正的源头可前溯至密尔顿和爱默生。在密尔顿之前,诗人的影响是健康的、大度的。但诗变成主体性的之后,影响就开始产生深刻的焦虑。他引述斯蒂文斯否认受到任何影响的话,指出:"这种除了学究气特别严重的书呆子外几乎不存在什么'诗的影响'的观点,本身恰恰反映出:诗的影响已经成了一种忧郁症或焦虑原则。"[1] 他进而提出六个心理侧面来说明写诗的源起和发展,以及在此过程中的影响的焦虑:第一,年轻诗人被一位老诗人的力量所俘获(选取);第二,产生一种诗歌视野上的共鸣(立约);第三,一种反向灵感或沉默的选择紧接而至(对抗);第四,至此显然已被解放的年轻人把自己表现为真正的诗人(显形);第五,后来者遂重新评价他的先辈;第六,最终以一种新的方式来重新塑造他(修正)。以上借用西格蒙德·弗洛伊德的概念所做的推论,将强悍诗人的"自我"的形成描述为一种无意识的、不可避免的过程,在此过程中,发出影响的先辈诗人不是位居超我,而是蛰居在本我之中。诗人之间的关系因此也在诗歌的心理显现中,产生了一种"原初影响固着"。布鲁姆认为,根据自己"提出的方式来改变我们对影响这一概念的理解,应能有助于我们更精确地阅读理解以往任何一组同时代的诗人"。[2]

因此,这种基于前行代"影响的焦虑"在林燿德这样充满冲劲和活力的年轻作家身上,表现得尤为急迫。比如林燿德就企图透过"重建当代台湾诗史"[3] 进行发声,数次宣告台湾文坛已经于 20 世纪 80 年代完成了世代交替,并策划选编了《台湾新世代诗人大系》《新世代小说大系》等系列丛书。他和黄凡以《我们书写当代也创造当代》为题为小说大系作总序时,强烈地表现出新世代要以作品"证明自己存在也证明时空存在"的期许。他们宣称:"我们有权利拥抱视野所及的一切,化育养成新天新地,也有权利粉碎人间一切斯文扫地的迷思与龟裂崩颓的偶像。"在序陈裕盛《欲望号捷运》的《"另类"的空

① 王先霈主编. 文学理论术语汇释. 北京:高等教育出版社,2006. 378.
② 王先霈主编. 文学理论术语汇释. 北京:高等教育出版社,2006. 378.
③ 林燿德. 重建当代台湾诗史:郑明利、林燿德编著. 时代之风. 幼狮文化事业公司,1991.

间》一文中，林氏将具备原创性的作家比作"太阳型"，因其精力充沛，发光发热，是"形态形成场"的能源供给者；将承接习染他人文体者比为"月亮型"，其反映别人的光热，为"形态形成场"所铸造的量产化"制品"。他说："台湾小说家中，出生于20世纪50年代至60年代初期之间的变革者，自黄凡、东年、王幼华迄张启疆等，确然于20世纪80年代形成了新的'形态形成场'（一种'典范更替'），他们已为一度流行不辍、恶质劣等的模拟论和反映论打开了一道缺口，开拓出小说的新共振。"除了这些宣言式的文字外，其实，林燿德等作家那充满反叛和颠覆意味的创作本身，就明显透露出"影响的焦虑"的影子。

但是，布鲁姆所谓"影响的焦虑"毕竟是针对西方文坛而言的，有着特定的历史和文化背景，并不具有普适性。在文化背景和文学发展迥异的台湾，未必有完全相同的滋生土壤。王浩威曾经指出新世代作家实际上还存在着一种与之完全相反的"期待身份（同一性）被认同、证实被影响"的焦虑："于是，为了证实自己的资格和忠诚，诗的语言也就成为秘语术一般的行话。语言本身也就只能奉行和有限的创新。"而产生这种情况的原因，还在于"诗人社群之间的权力结构问题"①。或者说，前行代在文学场的结构中仍占据着重要的位置，对"象征资本"和利润进行控制，还切实掌握某种文坛的"权力"（包括名人效应和担任要职等各种实的"权力"），诱使着新世代作家自愿依附于前行代作家的麾下，并以此为荣。王浩威的洞见是入木三分的。

从台湾文学生态的实际情况看，力图逃离前行代影响和渴望从前辈那里得到提携帮助的情况，确实都是存在的。前一种情况可能具有普世性，后一种情况则与中国社会特有的伦理观念有关。中国传统的长幼有序、尊长爱幼的伦理道德，体现于文坛，就形成了一种特有的文学（艺）伦理。自20世纪80年代起近20年来成长起来的年轻作家，他们当中不少人出于对文学的热爱而对成就斐然的前行代作家怀着崇高的敬意，他们愿意接受前辈作家的教导而使自己尽快进入文学创作的堂奥。一批年轻诗人复刊《现代诗》杂志或加入"创世纪"诗社，就是明显例子。另一方面，不少前行代作家也通过写序、评奖等方式，热心扶植年轻一代。如痖弦、余光中、罗门等，分别为林燿德、鸿鸿、陈义芝等的作品集写序，并在序文中提出了一些十分有见地的意见，对年轻作者

① 　王浩威. 台湾文化的边缘战斗. 台湾：联合文学出版社，1975. 43.

本人乃至整个文坛，都有某种指导意义和理论意义。这表明，"文学（艺）伦理"起到了中和、减轻"影响焦虑"的功用。正如布迪厄宣称："文学场域像其他所有场域一样：文学场域涉及权力（例如，发表或拒绝出版的权力）；它也涉及资本，被确认的作者的资本，它可以通过一篇高度肯定的评论或前言，部分地转到年轻的、依然不为人知的作者身上，在此，就像其他场域一样，人们能观察到权力关系、策略、利益等等。"① 因此，前行代作家与新世代作家的互动，一方面既是文学场域中文学社群固有的"文艺伦理"使然，另一方面又体现了文学场域内部"象征资本"的转移和颁发。

"影响焦虑"和主动接受前辈影响两者并存的情况，使新世代作家既具有较强的创新、突破意识、又得以较全面地吸纳种种有益的营养。这对于新世代作家廓大其多样化的创作格局大有裨益。

四

《文讯》在文学场的人际伦理建构正是从它自己宣称的"重建文艺伦理，薪传文学智慧"出发的。本文所涉及的伦理，原指的是一种自然法则，是有关人类关系（尤其以姻亲关系为重心）的自然法则。伦，次序之谓也，"伦理"便是指长幼尊卑的道理，比如中国从来就有"天地君亲师"的古训。而"文艺伦理"在笔者看来，指的则是在文学场域中基于文学流派发展、代际更替、文学自身发展、学术研究等文学创作、学术活动而建立起来的人与人之间的关系，其中既有长幼尊卑，也有世代竞争；既有对文学场占位、资本和利润的争夺，也有对文学先锋性实验的共同追求；既有继承，也有创新；既有汲取，更有超越。文学人与其他所有社群一样，也会因为共同的兴趣、爱好或所从事的职业而形成一个特殊的、受文学特定规律影响的社群。但是这些文学人口之间的关系，呈现出不同于受宗法血亲制度支配而形成的带有遗传学或者婚姻制意义的人伦关系。因此，对于文艺伦理及文艺界的重要性，李瑞腾教授指出："'文艺界'是一个什么样的群体？这是一个文艺社会学的问题，基本上它也是一种人际社会，但由于这一群人的性质、活动方式以及对整体社会可能形成的

① 皮埃尔·布迪厄. 文化资本与社会炼金术. 上海；人民出版社，1997. 213.

功能，是以文艺为基础，而文艺与社会的互动所发挥的影响既深且广，所以'文艺界'值得重视。"① 大陆也有学者研究所谓的"文艺伦理"，但将二者置于形而上的层面进行研究，探讨的是文艺与伦理的关系问题。

本文谈及的"文艺伦理"，借鉴的是李瑞腾教授的提法。一言以蔽之，指的是文学艺术场域中文学人的伦理关系。众所周知，文学场当然有代的兴替，（台湾文学中原本就有"世代""年级"的概念），有学派、流派的颉颃，有学术研究的论争，也会有创作、研究方面的接续与反叛。所有的这些创作、学术活动会形成相互联系或制约的人际网络和关系，会构成了富有引力和张力的，变动不安的占位，产生权力、利润、资本，进而成为文学场构造的一部分，"文艺伦理"遂于焉产生。因此，"文艺伦理"或许可说是文学场中固有的"亚文化"现象和基本构成。比如常常为人诟责的"文人相轻""书生意气""文学论战"等实际上就隐含了文学场中特有的人际纠纷等关系问题。

《文讯》经营的就是属于这样一种特定的伦理关系——但又是极富温情、感人至深的文艺伦理关系，我们不妨称之为"文人相近"或"文人相亲"。这就是《文讯》这一独特生命体一贯的"叙事语法"、前驱姿态和自觉意识。这种和谐、融合的文艺社群伦理关系自然会产生一种回馈的机制与作用，并最终反哺文学场和期刊本身。这是一个具有积极意义的现实性很强的文学社会学命题。

《文讯》营建和谐的文艺伦理，其目的和意义是多方面的：

第一，广结人脉，强化《文讯》自身在文学场的生产、传播等方面的组织、策划功能。根据布迪厄的理论，文学场"就是一个遵循自身的运行和变化规律的空间"②，文学场的内部结构"就是个体或者集团占据的位置之间的客观关系结构，这些个体或者集团处于为合法性而竞争的形式下"③。在现代社会，影响文学场的因素是多方面的，其中文学所赖以存在的现代传媒，深刻地影响着社会文化生产和交往的各种关系。在现代传媒时代，文学传播的载体是报刊，它们负载着将现代文化的各种信息传播到社会的每一个角落，成为现代社会信息传播的强势媒体，成为社会发展的文化中心，因此，现代传媒构成一个大的文学场，制约着文学生产和发展，对文学生产、传播有着强大的组织、

① 文讯·"编辑室报告"：文讯.（76）.1.

② 皮埃尔·布迪厄.文化资本与社会炼金术.上海：人民出版社，1997.262.

③ 同上。

第一辑 台湾文学观察

策划的规约作用。对于现代传媒时代的文学来说，由于文学主要是通过传媒获得实现，那么，文学被文化生产者所控制，文学以生产的方式出现在人们的面前。这时，报刊编辑、出版者、发行者就是文化生产者，他们拥有文学生产的主动权，主导着文学的走向。

文学传媒突显组织、策划的功能主要透过对文学生产、传播进行有目的的控制、引导：传播或命名某一文学观念、审美意识，确立某一美学原则和文学思潮，对文学新人进行规训，塑造某一文学典律，形成文学圈子，发动论争，打压某一文人集团以确立自身的霸权，等等。而在文学场域的广泛结盟无疑也是其中的一部分。《文讯》热心塑造和建构以自身为"核心圈子"的"文艺伦理"，广泛编织人脉，在它温情脉脉的运作下面不免就蕴含了这层动机。但是总体而言，不论是苦心孤诣还是情有独钟，《文讯》的经营是成功的。从每年热热闹闹的敬老活动，不断发展壮大的青年文学会议，到阵容强大的作者队伍以及文艺界人士的殷切期盼与大力支持，都可一窥全豹。2003 年初当《文讯》有停刊之虞时，"四面八方涌进了难以计数的回应与关怀，电话、传真、信件、邮件，报上一篇篇支持鼓励的报道与专论，不仅鼓舞了我们的士气，似乎也让文艺界感同身受的兴起一股文学理想被现实践踏，而文学终究是弱势的悲凉之感。许多作家、学者、《文讯》读者、作者，平常情同如姊妹的编辑同好，传递了他们的心声：'我们默默为你们祝福！''我们为你们打气！''你们要勇敢坚强！''我们为你们捏把冷汗，又忍不住为你们拍手叫好！''你们的努力大家都看得到！'前一阵生病现在逐渐复原的李潼，在电话里仔细叮嘱：'要广结善缘，扩充人脉，化阻力为助力。'"① 从《文讯》办刊的一贯表现和这段话以及作家李潼的叮咛表明：一是《文讯》确实赢得了台湾文学场众多作家、学者、同行的支持。虽然因为坚持"自主性"原则，导致经营举步维艰，但是却收益了大量的"象征资本"，布迪厄"输者为赢"的理论在其身上得到体现。二是《文讯》所着力实践与培育的"文艺伦理"是成功的，这种伦理力量在编辑、作家学者和读者三方有所显现，并在此时开始发挥积极的作用。一般而言，伦理往往与道德联系在一起，可见伦理只能给予道义上的支持。三是无论是编辑或作家学者，其实都知道要办好刊物，需要广泛结盟，或者进一步说要

---

① 文讯·"编辑室报告"：文讯. (208). 1.

注重文艺伦理的建设。

　　第二，另辟蹊径，突出《文讯》自身的办刊特色和编辑立场。毋庸置疑，"重建文艺伦理，薪传文学智慧"实为《文讯》富于特色的作业方式的具体体现。对于台湾的期刊编辑来说，在这块"全世界杂志发行最密集的地区"要办好一份刊物，非得在守常中有创新不可。从期刊编辑学来看，随着当代传媒的发展，许多文学杂志纷纷改版以适应市场竞争中生存的需要。于是有的从"市场细分"中拼得份额；有的转向思想文化评论；有的迎合读者趣味，由"有限生产次场"向"大规模生产次场"转型，从"好刊"变成"好看"；有的则通过举办各种活动来招徕顾客，吸引眼球。如：大陆的文学杂志《萌芽》就是通过举办面向中学生的"新概念作文大赛"而声名大噪。如果说大陆的文学期刊当前正在经历"当代文学场的倾斜"[①]，那么，台湾的文学人、编辑人已然水暖先知。因此，着眼于文艺伦理的和谐构建，正是《文讯》办刊的一种成熟的编辑立场和营销手段。其意有三，一是从现实层面来说，《文讯》必须广结善缘，深挖人脉，在拓宽稿源，争取知名作家学者等方面下功夫，取得文学场中最大多数人对办刊的支持。按照布迪厄的观点，文学场内部存在着权力关系和权力位置的划分，因此文学场是个力量场，也是个斗争场。不同力量，不同媒体，会为了"权力""利润"而斗争。二是从意义层面来说，建构良好的文艺界的人际伦理关系，能够使得文学场做到长幼有序，尊卑有别，大家基本遵守"场"这一结构中的占位和所谓的"游戏规则"，做到"动态平衡"，减少人际纠葛，是利己利人的好事。三是从价值层面来看，"薪传文学智慧"是对全人类共有的文学经验的继承，有着非常积极的作用和深远的意义。《文讯》在这一方面主动承担着文学优秀基因的传递、变异和文学理想的升华，李瑞教授说："九九重阳的'多数'以及'久远'之含义早已为人们熟知，其背后有源远流长而且厚实的传统。中国人在这一天发展出'敬老'的社会性仪式，除了调和代沟，稳定社会秩序的消极性目的，更有积极性的继承与创新的意义。我们（《文讯》）就是掌握这样的精神，而在这一天举办这项活动。……和人类各种经验的传承一样，文艺的经验也是不断累积的，但也绝不是陈陈相因，而是求其突破，以创新为其标的。整个来说，这是个继承与创新的问题。"[②]

---

　　① 邵燕君. 倾斜的文学场——当代中国文学的生产机制. 江苏：人民出版社.

　　② 文讯·"编辑室报告"：文讯. (73). 1.

第三，身体力行，倡导与建构文学场域和谐的人际伦理关系。中国向有"文人相轻"的积习，"五·四"以来文坛发生了多次文学论战：新旧文学之争，晚清文学变革中的文白之争，梁启超和王国维的文学有无功利之辩，以《新青年》为主要阵地的新文学和杜亚泉、学衡、甲寅等派别的论争，新文学阵营内部的论争，包括著名的左翼作家与新月派的争论，京派和海派的争论，左翼文学内部的论争，等等。文学论争贯穿中国现代文学的发展史，形成一条众声喧哗、延绵不断的脉络。在台湾，文学论争也烽烟四起，如：20世纪50年代台湾诗坛关于新诗出路的论战，20世纪70年代爆发的"乡土文学"论争，"第三世界文学"论战、"台湾结"与"中国结"之争，台湾文学的殖民性、本土性与现代性问题，作家陈映真与陈芳明的"二陈"大战，陈昭瑛与独派学者的论战，等等。不少文学议题从正常的文学论争发展到文人的意气之争，有的更演化为人身攻击、政治诽谤，文学场的人际关系急剧恶化，文艺伦理趋于解体。因此，《文讯》作为一份要在文学场生存和发展的杂志，除了谨慎地避免介入党派斗争，不仅要尽量消除意识形态色彩以外，还要善于团结最广泛的文学人物，努力构建良性互动的文艺伦理关系。台湾学者陈芳明实际上已经指出了这一点："《文讯》之所以值得尊敬，就在于它并不是为党服务，而是超越政治去为整个社会服务。《文讯》应该赢得它应该有的尊重。……更为重要的是，这份精悍的杂志每期都推出专辑，这些专辑开启了观察台湾文学的窗口，……《文讯》的嗅觉特别敏锐，它往往能比一般的更早发现文学发展的特性与走向。"① 而前总编辑李瑞腾教授的一番道白更为这份深具人文关怀性质的杂志做了素朴的、最贴切的注解："对于资深作家的尊敬，一向是《文讯》的编辑方针之一，这就是我们长期进行'文宿专访''资深作家'专栏的原因。每年举办的'文艺界重阳节敬老联谊活动'，更是这种信念的具体实践。"② 综观《文讯》的办刊，以和为贵，两用执中，以文学为圭臬，超越党派和个人意气之争，团结包括蓝绿阵营和所有的文学人，成就着重建文艺伦理的事业。

总之，《文讯》以活泼的姿态、运动的性格，在寂寞和人际关系持续恶化的文学场域，真诚地营建温馨关怀、和谐有序的伦理秩序，为当今文学场的生态改善树立了典范，为台湾文艺杂志的办刊创设了新的作业范式。

① 陈芳明. 应该赢得应有的尊敬：文讯. (200). 17.
② 文讯·"编辑室报告"：文讯. (76). 1.

李瑞腾访谈录

时间：2007 年 8 月 20 日

地点：福建福州

廖　斌：谢谢李教授接受我的采访。

李瑞腾：我们今天的对谈记录，要标明在什么时间、什么地点、访谈对象、用什么录音带。如要使用录音材料有两种方法。其中一种是录完以后代表辅助材料。你录完以后要经过当事人的同意，这时等于这个材料经过证实了，在学术上完全站得住脚。但是作为第一手证据对你来说它只是一个资料，你可以假设它不可靠，当事人的话不一定是百分百准确，有时很多做实际采访回来的人都认为：他是这么说啊。但是是不是他这么说就算数啊，其实并不然。像台湾研究院有个口述历史小组，口述历史是很多当事人在台湾参与过很多重大事件，这个事件他从头到尾都参与，现在由他来口述那个过程，为什么会发生，在什么情况下发生，发生以后经过哪些过程，在这个过程中有哪些事情，最后又演变成什么样子？

由当事人进行口述，访谈者必须事先做好功课，这样就可以协助他来做回忆的工作。因为每个人的记忆都有限，有些时候问题被提出来以后，可以在回答过程中重新整理他自己的记忆，这个记忆再现的过程，怎样会比较完整而有效，有些时候是在对话过程当中形成的。当事人的第一手言谈，不是文献的资料，文献资料不是由你来制造，它是有效的，可以用的，但用的时候到底怎么用，需要它来证明什么？它是具有绝对性的，还是它只具有参考价值，需要你自己做一个科学的判断。

《文讯》创刊于 1983 年 7 月。起初，《文讯》的页码没有固定，时厚时薄，后期出版时页码较稳定。《文讯》从此开始形成以资深作家为封面的传统，这个大概发展到三十几期。改版以后，资深作家的照片仍出现在封面上，我是在第 16 期开始接受编辑工作的。我有一本书叫《寂寞之旅》，是我个人写专栏的合集，里面有几篇文章谈到《文讯》的背景。大致来说，《文讯》刚创办时有很重要的两个意义，其中一个是交流，作为一个媒介，发挥一个公共关系的功能，这是很重要的。所谓的交流，一方面是国民党的文化工作会要跟文坛、作家去交流。另一方面，文工会通过《文讯》给文艺界的朋友做了一个平台，让他们之间去交流。因此，交流和沟通的功能主要是这两个方面。

往后它在逐渐地扩大，扩大到文坛的范围，我们知道在同样一个环境下，因为年龄的关系（老、中、青三代），因为性别问题，企图在不同的面向上，让他们之间有个交流。另外更进一步，逐渐发展到台湾跟外界也要有个交流。从交流目的来说，一个开始设定这么一个简单的目的，后来又逐渐扩大化。所以大多数的专题设计、专栏设计一直维持这样一个基本的思考。这是第一个很重要的可以观察的地方。

第二个是在它创办的时候，也有另一个很重要的目的，即所谓建立一个比较严肃、比较属于文学的文学批评，也就是鼓励阅读，建立文学批评体系。当然我们知道文学批评怎么需要建立什么体系，大家各说各话，就很热闹啊。但是，大部分人认为很多评鉴没有标准，亦有很多人认为写了一本书没人理睬，应该有个平台让别人来表达意见，像以前一样，《书评书目》啊，其他的报纸里曾经都有这样的版面，跟阅读有关，如《中国时报》的"开卷版"、《联合时报》的"读书人版"，都有个公开的平台，让大家把阅读的心得呈现出来。但是你阅读文学作品的心得有些可以写得非常感性、非常印象式性，而有的可以写得非常理性、学术性、规范性，所以这个部分到底怎么做呢？当然见仁见智，对我们来说，通过《文讯》这个传媒长期不断地通过不同的方式来参与文学批评的实践工作。一个就是说大量用书评，第二个我们登的论文比较少，短论是有的，但一般的学术性论文非常少，早期还有一些学术论文式的文章，后来因为刊物的属性在改变，逐渐把学术的成分下降，所以《文讯》的文艺批评比较属于读者取向的大众文艺批评。

读者取向的大众文艺批评，你文章（采访人注：指采访人 2007 年 8 月 17 日参加由中国世界华文文学学会等四单位主办的"世界华文文学：理论与实践"国际学术研讨会所提交的论文《大众传播学与期刊编辑学视野中〈文讯〉的专题策划》）里有提出的我们有一次规划的研讨会："一本书的研讨会"。其中连续有半年的时间是专题讨论的。如讨论龚鹏程的《文学散步》，讨论"中国文艺电影研究"，其中还讨论到《龙应台评小说》。当讨论《龙应台评小说》时，詹宏志就提到一个观点：大众文艺批评。这是个文学批评的形态学问题。文学批评一般来说，如果是一个学术性的文学批评，这时会谈及的人就比较少，因为登在学报里面。但是文艺批评应该有它的大众性，不论是对读者有导读的功能也好，还是对作家有针砭的意味也好，它应该是一般的文艺爱好者比较容易阅读的东西。比如现在有些书评，写到最后艰深晦涩，让人家看不懂。所以文艺批评这个部分，学术成分逐渐在降低，但是我们不希望它的严肃性降低，我们希望它维持一个比较好的那种纯正文艺批评的规格。其实这个部分，我们往后有很多的努力其实都是为了要做好文学批评，我们曾经针对一个文艺现象策划了一些专题。因为关于文学（艺）批评，一般人认为都是针对作家的写作文本进行批评，其实文艺批评还包含文坛现象。作为一种文艺现象，当然也是文艺批评的范畴，文艺批评不应该被界定那么狭窄，一定要是作品文本解读，写得好不好，到底在说什么，为什么这样写，等等。文艺现象也应该是文艺批评一个范畴和内容。《文讯》从创办开始就两个很素朴、简单的功能，一直到现在它还在坚持，没有因为后来总编辑的更换而有所改变。

你还可以发现一个比较大的问题：我是《文讯》第十五期"文学与电影"专号那期开始接手。我接手时人家已经做好了稿子，所以对于第十五期稿件我没有做任何改动。我真正是从第十六期开始编辑的，然后那些专题，比如"中文系的文学教育"等，就开始做些跟现实结合很紧密的专题，从《文讯》前期部分，你就可以发现它的不稳定性，页码的厚薄在一定程度上反映了这个不稳定性；另一方面也说明它有时是蛮即兴的。按理来说，它不是一个专业的编辑在编，它是为了实现前面的功能性、目的性，因为想完成这个目的和功能，就没有去制定较严格的规范。等到我去做的时候，它已经规范化。我们要回到编辑的立场，因为我们也在实践一种编辑的行为。编辑的行为应该有逻辑，不管是内在的规律还是对应外在的环境，必须去产生一些变化，用专栏、专文的方式去对应这种社会环境的变化，所以《文讯》在前期存在有这种不稳定性。但大概从第十六期开始基本稳定下来。这稳定性表现在刊物的定期出版、封面的规格、内容专栏的调整等。这其中有一点：在我接手之前，《文讯》有两个东西其实是一直被实践的。一是很早就针对文学史料进行思考，有一期就专门做文学史料，这可能是前所未有的。这种编辑的方针，其实在我接手编辑以后，是完全被接受的，而且一路实践下来，一以贯之，并且是比较有计划地去做。后面的稳定性、规划性整个表现出来就不一样。为什么我接手以后，它的形象突然之间就鲜明起来了。可能是因为《文讯》前面的总编辑本身并不专业，所以在外面的人看来《文讯》也就是国民党文工会与文化界的一个沟通桥梁。等到有一天一个年轻的文艺批评工作者——李瑞腾来接手编辑。基本上在那个时代，他们认为我是一个从事文艺批评工作的学者，特别是从事现代诗批评的，我那时在读博士班，又在大学里兼一点课，编了一个报纸的副刊，然后再接手《文讯》。（当时）我在文坛基本上已经有一定的被接受的可能性，就是说"李瑞腾"这三个字在文坛上，至少在诗坛上基本都已经被知道。而且我还在出版社工作过，接触的作家相当多，所以在《文讯》要转型时，需要找一个专业的人士来负责这个媒体的编辑工作。另外是从编辑的角度看，以一个比较大的篇幅去处理一个课题，"集中火力"去处理一个课题，这种规划的方式，根据我自己的了解，在其他地方是看不到的。

我们要处理一个课题，如"文学与电影"专题、"香港文学特辑"等，一个编辑计划等同于一个课题、一个科研课题或一个科研项目。一个科研项目可能是一个人来完成，也可能是由一个团队共同来完成。我在做媒体编辑工作的时候，选题确定以后，这是我自己的选题，不需要向谁申请，确定后通过我的编辑人力的操作，跟整个学术界和文坛，共同把这个专题完成。完成的过程你可以想象，我们长期跟作家接触，长期跟学术界接触，因此，大部分作家、学者都非常支持《文讯》。你相信吗，《文讯》去约稿很少被拒绝。这归根结底是因为它的专业、敬业被接纳，在这种情况下，外面的人来参与《文讯》整个的编辑行为是可行的，至少他们认为不会浪费时间，不会被伤害。

《文讯》一直秉承创刊时的目的。在第三十九期改版之后，《文讯》还有两个特点：第一个，选题上越来越贴近社会跟现实，虽然还是文学与文化，但是越来越接近社会现实；第二，专题的内容有比较缩小的倾向。

但是你会发现《文讯》仍保有一个重要的特质：我刚才特别讲到有关文学史料的工作，它实践的方式。我在改版以后做的第一个专题是"海峡两岸文化交流"。我自己在与当时的"教育部长"对话，请龚鹏程去与戴瑞铭对话，请蔡源煌去与宋楚瑜对话（采访人注：应为时任"台湾地区新闻局局长"的邵玉铭，李瑞腾此处为口误）。换句话说，跟我找到的（包括我自己在内）去对话的那个对象是当时候对于海峡两岸文化交流最具关键性的三个人员，在那个专题下，我们把海峡两岸文化交流编出一个年表，这就是个很典型的例子。《文讯》在做事情的时候，注意到了历史的纵深，注意到了它的一个发展的历程。我们现在所探讨的问题，绝对不是一个孤立的现象，绝对是在台湾现阶段，在过去所累积的基础上所发展下来，到这个时候我们认为应该是可以讨论的，所以这个也就是《文讯》的史料性。我们有一段时间在做作家资料，当然这个事情，《文讯》今年和明年会有个更大的东西正式出版，针对台湾重要的作家一两百人，然后一个人有一个简单的小传，评论人的专书，单篇的文章，评论目录，单篇文章里有作家的自述，他的写作经过，或他自己的文学观；后面就是分类，如总论、综论，或单篇的个论，然后是讨论单篇的作品的作品论，等等，有"文学馆"支持这样的计划，可以做得好。有些东西我们不一定在媒体里面持续不断地去做，但是，确实就一直在《文讯》的工作实践当中，像我刚才讲我们的编作家作品目录，《文讯》做过两度，20世纪80年代前期国民党文化建设委员会出版的《作家作品目录》（上、下册），等到第二次编的时候就有四大本，第三编（1999年）变成七大本。因为时代的进步，以前很多作家没有被发现，同时还不断出现新的作家，我们都把他们纳入编纂的范围。

我刚才谈《文讯》有很多工作。这些可以通过《文讯》本身看出很多端倪、线索。但它有很多具体的行为不在媒体里面，比如我们办"文艺界重阳节敬老"活动。大部分媒体会做一些报道和配合，其实有些事情你现在是看不到的。比如我们有时候会请媒体、外面副刊来帮忙我们来规划找七八个人去采访七八个作家，然后写成稿子，回来以后帮他们发表在其他的媒体里面，而《文讯》不一定会发表。这只是配合我们的活动去做这样的工作。大体上来说，每一次的敬老活动或者青年文学会议，我们在《文讯》里面都会有一个侧写，通过侧写，读者大概可以了解大致的内容和基本线索。

你可能要稍微注意一下我们的某些文章。比如，我们举办的青年文学会议，一开始的时候，我写了一篇文章叫作《重建文艺伦理》，要"薪传文学智慧"，这是公开发表的，在《联合时报》发表。所以我办这些活动，我希望有更多的人能够参与进来。我们也会发布"新闻"，也会有些宣告性的文章。我早期做这些事情大概都会这样做，比如说"香港文学特辑"，可以看到我的一篇文章，谈香港文学；做"菲律宾华文学专辑"也有我的一篇文章，谈菲华文学，就是前言，那个文章我会单独抽取出来，安个标题，在其他媒体发表。很多人看到的就是那篇文章，说李瑞腾好，写了一篇文章去讨论菲律宾华文学，但其实是在《文讯》里面。你看"菲华文学特辑"是做了两期还是一期，那可是很大的一期啊，我不是说大话，全世界大概没有人这样做过。我做"香港文学特辑"你去看看，比《香港文学》刘以鬯先生做"香港文学专号"还要早两个月呢！你知道我花了多少时间去做"香港文学特辑"吗？你去看"菲华文学特辑"里面有个座谈会，我亲自去菲律宾的，其中有很多照片都是我自己拍的。那个专题现在回头想好像是很简单的事情，但是，在当时我是在完全不了解菲律宾的情况下，去菲律宾的。因为我认为我自己必须要去收集资料，要去现场，要跟当地的作家去接触，然后通过第一手的接触，收集到一些材料回来，有个座谈会记录……

换句话说，《文讯》在做什么样的事情时，都会很清楚告诉读者：我们为什么要这样做。这你从头到尾都可以掌握。现在封德屏在编写"编辑室报告"时，还有很多一个专栏前头的"编者按语"，或刊头页上短短的一段文字，有的时候写那段文字她觉得比较辛苦，或者没有时间写还要我帮她写，有几个比较近的专栏，这些专栏他们不一定能够触及的，如我文章提到"倾听马来西亚"专题，她们不熟悉，那个是我自己研究的领域，"倾听马来西亚"是我自己亲自到马来西亚去，当时他们出版了一套《当代马华文存》，举办了一个新书发表会，就叫"倾听马来西亚"。那个新书发表会，从台湾请我去主持啊，所以我回来以后，就策划了一个"倾听马来西亚"专题。因此，"倾听马来西亚"专题背后实际跟马华社会本身是形成一个互动方式，而且把他们在马来西亚所做的工作扩大到台湾，扩大到华文文学（领域）。所以《文讯》在很多地方，很多从事艺文工作的人都知道。

廖　斌：在华人世界，《文讯》有没有在一百多个国家和地区发行？

李瑞腾：你可以想象一下，对华文文学、台湾文学关心的人都可以看得到。也许他不一定有征订，或不一定由我们送，但他们或在图书馆，或在某个地方看得到，等等。到底卖多少本这并不重要，重要的是它到底有多大的影响力。有一期我做了"犀鸟之乡：砂拉越华文文学"特辑，那当然是以我自己的博客作为一个专题。这个专题就是《文讯》与世界华文文学的一个连接。

总的来说，回到前面讲的有一些精神上的坚持，办刊物也要有长期性，做法可能不一样，比如：专栏的名称、专题的做法等等。

廖　斌：《文讯》创办至今二十五年，台湾文学期刊的生态发生了怎样的变化，请您给予介绍。

李瑞腾：你可以去看看《文讯》的专题，比较靠近的有一期是关于"文艺杂志与台湾文学发展"专题，这是蛮大的一个专题，我们甚至于邀请"台湾清华大学"年轻的助理教授陈建忠编写台湾杂志年表。这个专题针对很多杂志、媒体都有一些介绍，有总论、个论、个案的分析等，你从里面就可以看到台湾杂志的生态，特别是人文刊物。应凤凰这次的这篇东西（采访人注：指应凤凰教授于 2007 年 8 月 17 日参加由中国世界华文文学学会等四单位主办的"世界华文文学：理论与实践"国际学术研讨会所提交的论文《战后台湾文艺发展历程及系谱（1949—1987）》，已经编入会议出版的论文集），网撒得很大，文章也太单薄，其实是难以承担，她这个文章我也知道，是给图书馆要办的一个期刊展览，文学类杂志的这部分由应凤凰教授执笔，我回去后马上要赶写人文类的杂志部分。人文类的刊物对文学来说是非常非常重要的，虽然它们不是完全在做文学的介绍文章，但它们关心文学，每次在讨论文学的时候，其他与文学刊物的方式也是一样的，有的时候它也有政治的思考或人文的思考。

你问的这个问题——台湾文艺杂志的发展情况，从 1983 年《文讯》创刊开始，然后可以看到如：《台湾文艺》已经发展到一个瓶颈；其他的包括《幼狮文艺》等等，都处在一个不好的情况中；与《文讯》同时创办的还有一个刊物叫《新书月刊》，只维持了两年，就消失了。当然还有其他的诗刊，台湾的诗刊还是很多的，这种诗刊功能还是蛮大的，虽然只是一本小小的刊物，但对文学的影响很大，古远清有篇文章讲台湾类似的刊物叫作"旋起旋灭"，但他讲到《文讯》就不叫"旋起旋灭",而是"相当的不容易"。

这个问题我建议你去看一下专题为"文艺杂志与台湾文学发展"的那期《文讯》,我们还有另外一份资料:"文艺杂志展",里面有登书影,还有杂志简单的介绍,它其实是一个展览的目录。

廖　斌:办《文讯》有没有您没有实现的愿望,或者说您有没有一些遗憾?

李瑞腾:大体上想要做的事情都没有问题,只要你想做的东西都可以做出来。大概来说,所有的议题都可以找到适当的人来帮我写。当然比较遗憾的是在这个市场上,文艺杂志在现在这个时代,读者离文学越来越远,得了"文学的厌食症",反而对像游戏、数位等一些事物更有兴趣。《文讯》本来就"孤芳自赏",它自己觉得应该是不错的,虽然知道不会有很大的读者市场,因此很辛苦。它财源不足,却要做很多事情,现在目前还有很多的计划,但是要向政府争取经费,才能办得下来,很不容易。另外《文讯》还要办活动也要花很多钱,一场活动没有六七十万元钱是办不成的。

廖　斌:台湾文学史料是否有保存?

李瑞腾:史料是什么东西?是从事文学的根基,建构文学史所依赖的最原始的资料和素材,这才叫史料。那么,史料可以是具体的物,是物质性的东西,比如作家的遗稿、刊物的本身,或者作家的文物,如烟斗等等,文物也可以当史料;另外是属于比较文字的东西,史料或资料。记得北京师范大学有一个姓金的教授,写了一本书《新文学资料引论》,它里面谈的是,史料最后要整理出来,才会成为可以参考的东西。所谓史料工作最后要有一个具体的东西出来,比如编年表就是史料。原来的东西,比如日记,也可以是史料,日记如果写得好,可以成为文学文本,日记也是特殊的文学文体,通常日记不一定有很多文采,但它记录了作家生活的历程,还涉及一些作家对他人的意见,里面还有很多资料,比如说某一本书要出版,作家如何与出版社沟通,都会出现在日记里。这时日记就变成你要去解决某一问题必须要根据的材料,这个东西就是资料。另外,一个作家一生到底写了多少东西,一本书比如在 1950 年出版,1972 年又重新出版一次,1989 年再重新出版一次,一本书就会有三个版本,这是现代文学的版本学。不同版本所代表着不同的意义,这也是史料工作的一部分。

如编《台湾文学事典》，以事件为主的那个所谓事典，你编《台湾文学事典》，就必须有很多材料来帮助你编成这个东西，对别人来说《台湾文学事典》是个工具书，对你来说其实是个史料工作；对你来说具体的东西做出来，可以给别人去做研究的参考。我们做研究工作，比如像日本的村上春树，某篇小说涉及吃的，写了哪家饭店或哪家餐厅，他常常在吃，等到他所有的东西都弄到一块时，你可能会发现在他的小说里面也许会有一百家餐厅。这一百家餐厅在他笔下是突显出哪个餐厅的哪一部分，是菜特别好呢，还是环境气氛特别好等等，这样的东西你把它加以整理出来以后，它就变成资料。想要了解村上春树的人就可通过这个去了解，假如你还有一点注解加工就更好，所以史料工作是文学研究的预备工业。你要做内在分析或外延研究，都需要史料工作。然而做文化研究的人最不喜欢做这些东西，他大都是拣现成的，人家做出来，他拿个理论来套分析一下就来了，他不认为史料是门学科，但它（文化研究）常常断章取义，把文学文本当文化研究素材。史料工作其实是非常孤独、寂寞的工作。我常常觉得在我们这个时代，你的专业怎么建立起来，其实专业常常建立在你能够掌握资料的能力上。过去有一句话讲：掌握资料就掌握历史，掌握资讯就掌握权力。比如政党竞争不知道你的敌人在干什么，科研单位不了解国际性的动态是什么，你要竞选没有资料、资讯就没有着力点，所以掌握资料就是用来解释历史，解释一些现象。资料如果把没有发挥作用，那真的就是一堆烂纸，有用怎么样才有用，就要有能力的人来用，用在哪里？用在说某些事情。

大陆学者其实也有这样的一批人。我记得近代时期东北的长春有一个学者叫郭长海，做得就很彻底。据他说，有一次为了查一个资料，跑到某个地方的小图书馆蹲了多少天，一点一滴把想要的资料抄回去，有的时间我们也在一堆资料里做扎实的史料工作。

你记得最近《文讯》做的"兰济书局"专号，连续几期，十几万字的篇幅。

廖　斌：您的学生在做《文讯》，像您讲的一样，我也在做有关《文讯》的论文。它的架构很危险，封闭在一个圈子里做内部研究，少关注外部，这样做行吗？

李瑞腾：你这样做比较保险。在这样一个情况下，可以看到一个结构，我今天在会议上点评时，建议你要把《文讯》放在国民党的文艺政策或文化工作这个大脉络下去研究。这是从某个侧面来说的，因为媒体到最后还是回归到本身，它背后所赋予政治目的或什么其他目的，经过时间的打磨，有的可能会逐渐消失掉。我们只是在讲它出现的背景的时候，或在介绍它时才讲这些。

你统计专题时，可能会发现很少数几期专题与文学无关，但我还是要提醒你这些还是与文学挂上钩。比如"台湾各县市执政党候选人对文化的看法"这个议题，在《文讯》这个刊物出现时，很多人看到这时就会觉得很奇怪，我这个刊物没人叫你这样做，但我做事就是有一个分寸。别人打选战，打得要死要活，我这个刊物是你的刊物，你们办的刊物，我在我的范围内，我可以这么做，找到一个最好贴近的方式，这个贴近是双方的，双重贴近，找到一个角度，而这个角度我还是可以承担的。事实上可能会有帮助的，所谓的帮助：你们都可能当选，我现在和你们来谈文化问题，我就是用这种方式来"强迫"你以后关心文化，但最后实际我和他们谈文化问题，也不可能真正知道他自己的文化意见，一定是他的文化幕僚在做这个工作。但是文化幕僚可以与他一起工作，就会部分影响到文化建设。以上这样的专题比较特别。

有关这样的专题，我们做过两次，一是台北、高雄两市，马英九选市长。我们还做马英九的文化关怀，很有趣。这种专题，如：高雄、台北两个市怎样去做它们的文化工作，我们也希望你们来思考一下当选后到底怎样来做你的相关的文化工作，这不纯然说我纯粹在替他们做宣传工作，问题的本身在于它（《文讯》）不是一个宣传的有效的媒介。因为我的刊物影响不大，对某个地方有关人物选票的数量是没有什么影响力的。我只是站在我的立场上适度地表达我的态度，避免说大家搞选举搞得要死要活，你还在那故作清高，与我无关的样子，就像当年胡兰成，抗战如火如荼，你还躲在那里写你的《山河岁月》。

廖　斌：请您介绍一下《文讯》书评的具体情况。

李瑞腾：《文讯》的邀稿较多，有一批人在写，目前也是这样。有《文讯》信得过的一批人在写，而且每个书评人都各有特点，一些人比较倾向写散文，一些人比较倾向写小说，像请黄锦树来写书评，都写一样与马华文学比较有关的书评。我希望书评面比较宽广，《文讯》的书评大致是这样，我不敢说每一篇都是佳作、是精品，其中也有一些其他的状况，特别是人情因素的也登，但这种书评在量上比较有限。《文讯》还不至于清高到那种地位，觉得所有人情事故都不要去管它，这个也太过矫情，没必要这个样。如果你写的是个应酬性的东西，我希望里面还是要有点东西，不至于说别人一看都是吹喇叭的、抬轿子的、送花篮的。

《文讯》书评还有一个特色：不大去做负面的批评，但这不代表是没有意见。我们希望有正面、积极性的功能；负面的批评，采取批判。我觉得对我们的刊物来说，从早期发展下来，是国民党文化工作会主办的一个刊物，我们希望在面对文坛、大众时是比较和谐的。

我们原来看到办刊背后的组织，我们在思考一个问题：使之结构化，很多东西会浮现出来，我有一个"媒介活动的基本结构图"。（见图一）

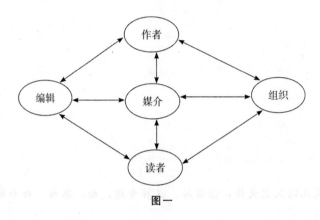

图一

《文讯》就是这样的媒介，周边有四个很重要因素，整个串联起成了一个结构，中间是一个永远串联的双向的关系。这个部分，你是一个媒介，一定有个组织；你是一个杂志，背后就是个杂志社，这个杂志社它本身有一定的内部的组织结构来经营这个媒介。这个组织在经营这个杂志时，其实是通过所谓的编辑来进行的。这个组织是在媒介背后，也许是资金的来源，如有些企业办一个刊物，只是拿钱，然后由一组专业的人士去编，这就是个组织，你怎样独立，都没有办法去脱离这个组织，所以我们新闻学里面、传播学里有一句话叫作"编辑是组织化的个人"。所以这个组织很重要，那么这个编辑是组织委托他来经营、制造这个媒介的人；媒介的整个流程，是一个生产、销售的结构：这个生产和销售结构是从上游到下游，这个上游生产的阶段大概可以分为好几级的生产：作家的生产，编辑的生产，最后是那些美术编辑，可能有好几个阶段的工作，然后进入印刷阶段，最后进入市场，面向社会、面向图书馆、面向经销商、面向读者、面向书店等等。它有不同的面对的方式，这个媒介其实是个载体，上面的图片（图一）跟文章，哪来的？其实就是来自作者。那么，这就是所谓读者或消费者（受众），那么这个基本结构运作就是组织通过媒介向读者产生作用，作者也通过这个媒介向读者去做事情，这个编辑接受组织委托通过这个媒介向读者、作者做事情，同时也回应组织的期待，就是这样的一个结构图。我谈这个，而我不是一个传播学者，我是一个文学研究者，但是大众传播学的很多相关背景知识对我研究有很大的帮助。

最近几年我有一张图。比上面的图（图一）更复杂，见图二：

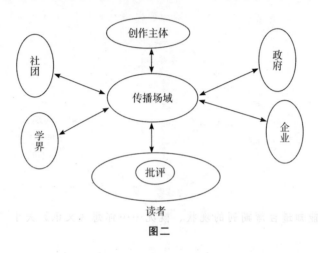

图二

文学或艺术这个本体，即文本，来自于创作主体，有它的主体性，这个创作主体生产的文艺本体，这个本体要在场域里活动，这个场它与其他艺术来说可能是在一个平行的界面上。刘登翰先生的绘画不可能跑到学术会议的场合中来，它肯定是在画廊或艺术中心等地方。媒介也是一个场，是文本的活动场域，可称为一个传播场域，它诉求的对象是读者。我们把读者再做区分，有两个，其中一个是专业读者，就是这些评论家，它们之间形成双向的关系，进一步，整个活动的状态其实是在众多因素的影响控制之下，把控制的因素归在一起一是政府，一是企业，一是社团，一是学界，这些因素跟传播场域之间就形成一个这样的互动关系，一个不同的因素产生作用，就会影响它们之间的联动，这就是我们讲的"文艺生态系统"。

当我们把一个传媒，如《文讯》纳入这个结构里后，里面承载很多可能是论述主体，它把它的言谈、话语通过这个载体进入传播场后，开始活动起来。背后这些因素，有时当它无法独立经营的时候，必须政府来支援，必须企业来支援，必须社团来支援，必须学界来支援。学界一定要支援，一个社会或一个文化空间的任何的文艺表现如果没有学界来支援，它肯定无法提升它的层次。关于这个我有写过一篇文章。

新加坡开一个东南亚华文文学会议，我去做主题演讲时，用"文艺生态"观念去讨论东南亚华文文学，因为所在的很多因素不同，导致产生不一样的状况。

廖　斌：从《文讯》中是否可以看出台湾文学二十年或二十五年的发展？

李瑞腾：当然可以。比如今天讨论一个问题：《文讯》与台湾文学发展。实际上《文讯》在做一个台湾文学发展史的工作，再把《文讯》做的专题或文章如当年的一样，"文学的再出发（20世纪50年代文学的回顾）"，很大的一期，还有20世纪60年代、70年代分散的，虽然没有集中的，但是你在大陆还是可以从《文讯》中看到台湾文学研究的一些相关资料。其实内在证据也是证据，周边的东西不一定在周边寻找，在《文讯》内部或许也可以找得到，即在《文讯》内部找到它的周边。这其实也是一个方法。

基本的工作还是要从《文讯》中，比如文艺期刊的生态，就可以从几个专题去看，才能知道台湾期刊的现状、概况……你想《文讯》关于"文学杂志"的特辑不止做一次，其实已经非常丰富，所以你在《文讯》这个载体的内部去寻找你要讨论的周边，也是一个方法；你也可尽量设法通过网路，进入"国家图书馆"去搜寻有关的资料。

廖　斌：您是第二任主编。目前《文讯》换了三任主编。在您看来三任主编的编辑风格有没有一些变化？

李瑞腾：变化一定是有啊。这跟主编的史观、主编的文学视野、主编对历史掌握的情况有关，当然会有所变化。比如我的前任孙起明先生，后来成为我的好朋友，孙先生不当总编辑以后，他帮助《文讯》解决了很多行政上的困难。他完全放手让我去做《文讯》的规划、经营，所以我前面也说，原来很多理念虽然不是完全从学术面或者比较严肃的思考出发，但有一定的延续，其实有很多东西坚持下去，我只不过做得比他更深化、更广大。

封德屏是我接《文讯》时请来帮忙的，她在接《文讯》之前，十年换了十个工作，来《文讯》以后就稳定下来，不再频繁跳槽，跟我一起工作她也觉得非常放心。我的编辑经验可能不一定有她丰富，但我的学术经验其实是她比较没有的，我的实际文学批评这种经验，也可能是《文讯》工作人员所比较没有的；另外，我还有一个学校里的身份，还有社会的身份。在外面行走或者编辑刊物时，跟文艺界朋友互动之间，可能就有不同的情况。

她刚来时是挂名编辑，很快就成为主编，后来就成为副总编辑，其实这些行政处理都是我一个建议就算了。后来我要把《文讯》交给她，也是因为我觉得没有问题。《文讯》中有关文艺的东西，这个部分我完全是放手的，可以说是朋友们一起共同努力去耕耘这个刊物。她当总编辑后，我的身份改变过两次：首先是副社长兼编辑总监，这都是我自己发明的，目的就是要让她当总编辑。很快我那个副社长就拿掉了，我觉得太碍眼了。有一段时间变成编辑总监，你可以去查查看我任编辑总监时间有多长。再后来有一段时间改成顾问，这都是我自己改的。那个阶段，封德屏在当总编辑，实际上我没有离开过编辑岗位。到今天为止，我仍没有离开编辑岗位。《文讯》这个团体，可以说我的因素到现在为止没有在《文讯》消失掉。我跟封德屏的所谓伙伴的关系、工作伙伴的关系，是并肩作战的革命的情感。封德屏是非常讲情义的人，有侠气、侠情，她是我很少见的一个那么有耐心、那么热心的编辑，可以说她是非常难得的一个编辑人才。

从那以后，我在《文讯》所扮演的角色，发生过一些变化，因为其中也有些适应上的问题。《文讯》整个也很波动，大家心里也很不安，也会有一些感觉等。大体上说，我还是参与编辑《文讯》工作的。后来它一直变动，我的上班情况就改变了很多，他们的编辑事务，有很多事情我是跟屏德屏商量，用邮件、电话，随时保持联系；而所有的稿件被《文讯》采纳以后，大部分稿件她会送到我家来给我看，所以我是要看稿的；还有一个，他们排完版以后，会影印一份给我看，我看清样从头大致看一遍。我现在的角色，以顾问之身，被咨询，被她们咨询。有任何问题我们随时都可以一起讨论。有时她觉得比较困难的稿件会传给我看，询问我到底怎么办，有些稿子适不适宜登等等。我就提供一些建议。我现在很尊重她，尊重她目前当家的身份，我只以建议的方式。不过大概来说只要是我觉得不妥的，她都会尊重。基本上她觉得是不对劲的地方，她就会来问我。总体可以说，我和她因为长期合作形成这样一个密切的默契，我们两个配合得非常好。我有非常多的想法，可我没有时间去将之付诸于行动。她是一个守得住"家"的人，行动力也很强，愿意去问很多人，有些时候她也会准备好了以后再来跟我谈。总而言之，咨询我的第一个问题常常是社务有关、跟经营有关、跟基金会事务有关，另外一个是策划和做比较大的专题，这个部分我们也会有一些讨论。

其次我扮演的一个角色就是替他们做品质控管。也就是说，所有的稿件，我看过后，不希望有史料差错的出现，或者很多观念太过偏执，我希望改为有比较积极、正面的。我大体上在掌握刊物的品质，这一部分还没有什么问题，这是品质管制的一道关卡。他们也会看稿件，把看稿意见写在上面，有的时候我会同意他们的意见，有的时候我会反对。

进一步说，编辑是"守门人"，真正最后通过守门人的东西应该是个干干净净、清清爽爽的东西，所以他们做版完以后，包括图注部分我都要看，看配图的情况，或者图注方式的一个引言，里面的小标题定得好不好，等等。这个部分我整个要重新看一遍，《文讯》不大会有问题的原因在于，每一个《文讯》工作人员都是非常谨慎处理编辑事务，而且非常用心、非常积极。

也许能说，我的因素其实应该也相当的重要。在现阶段来说，当然这个时候的《文讯》，你可以叫作"封德屏时期"。《文讯》还有一个，四年前，《文讯》改变身份，成为一个基金会办刊的形态以后，封德屏变成为《文讯》的社长兼总编辑，连带了一个"台湾文学发展基金会"执行长，所以封德屏的责任更大。自封德屏接总编辑之后，《文讯》也经历了两个阶段。其中一个阶段是基金会成长，它不是脱离国民党，而是国民党不再提供资金帮助，经济上不再支持。但国民党完全不帮助《文讯》吗？前三年，马英九，朱立伦以及国民党有关的领导其实都还是在协助《文讯》，只不过不再是原来在国民党体系内编预算来做，来办这个杂志。但是包括免费让我们使用他们的地方等，仍是完全免费，我们的电脑是他们不用的电脑拿来使用，我们的办公桌、水电等等，都不要钱。这样《文讯》就减少很多开销，等到国民党都搬走以后，最后的场址也就是我们的目前办公所在地是"张荣发基金会"，国民党大楼已经卖掉了，长荣公司是张荣发他们家的，整幢大楼是张荣发基金会买去，张荣发基金会要买的时候国民党提出了条件，有一个条件是，原来国民党单位里面，还有两个单位要留在这个地方，等于国民党要向张荣发基金会租一层楼，但是呢，我估计没有交纳租金。那么这一层楼，现在目前《文讯》就占一部分用，另外一部分就是国民党党史馆在用，这个事情你不知道，别人也不知道，台湾人很多人都不知道。今年《文讯》办公地点重新整修。

廖　斌：《文讯》超越意识形态、党派之争，在您的手上《文讯》作者有很多名流学者，名单上有傅佩荣、叶海烟……成为《文讯》的"文化资本"，他们能给《文讯》带来什么东西？

李瑞腾：《文讯》是希望把它的内容扩及大的或比较高的人文思考的一个层次。从编辑的思考角度来说，有它的用意。那么要达到这个目的，从一个刊物的编辑，需要有很多专业人共同来经营，才能达到这个目的。到底要找些什么人来，一定是要在我们认定之下，可以纳入来进行思考和反省，那么傅佩荣、叶海烟等学者，是在我们阶段性认为可以给《文讯》带来些什么。第一，《文讯》是个媒体，他们是作者。一个作者受媒体之邀来写些东西，他们写的东西给我们，我们相信他们的思考，没有什么意见，除非他们文章里面有涉及比较复杂的，我们曾经在办"人文思考""人文关怀"栏目时，也曾经跟作者商量，认为某些文章不太妥当，今天我们不讲具体的人。这样的事情曾经有过，因为有的作者写的东西我们认为是一个比较私有的、私人的，不是一个公共议题，说不定还会产生一些后遗症，于是我们就跟作者商量，当然他们都很好，基本都很通达，我们就这样通过《文讯》结交成好朋友。他们中间有一些人对《文讯》帮助都很大。像叶海烟，他就长期关心《文讯》，在很多场合都能看到叶海烟帮助《文讯》讲话，在《文讯》几周年之类写点文章，他是东吴大学哲学系教授。傅佩荣是台大哲学系教授，现在退休了，他是一个把经典通俗化的人，他们其实比于丹都好，于丹是时代创造英雄……是媒体炒作出来的。现在，正在给《文讯》写的，比如何寄澎、陈之藩等人。陈之藩先生是个非常博学的人，著有《在春风里》《剑桥倒影》，他的夫人在香港中文大学中文系，毛尖也写了好一段时间。

廖　斌：《文讯》有一个相对固定的栏目：即"文讯谈片""人文关怀""短论""文化与生活"等，讨论的都是文化公共事务的讨论，似乎变化不大？

李瑞腾：这些就是比较随意的短论。你知道，一个媒体专栏的名称不宜一成不变，从编辑上考虑，隔一段时间去更换，但更换的时间都会找一个适当的时间点，比如说改版，或者收编（收编进《中央月刊》）。我们会去反省它的编辑上的整个结构，通常是在一个适当的时间点，如二十周年，我们希望有一些新的面貌，那时我们会做一些适当的调整，但是万变不离其宗。

廖　斌：可不可以认为《文讯》分为以下五大板块：人文短论、书评、艺文资讯、文艺人物、专题？

李瑞腾：原则上是可以的。《文讯》重视人物，人物是一切的基础，人与书，然后就是现象。那资讯类的东西，其实书评也相当程度有资讯的功能。书评是一个更具体的东西（资讯），你现在把它独立出来，当作一块也没问题。可以这样讲，譬如拿书评来说，我们有一个叫作"文艺论衡"栏目，有时登一些长一点的书评，容纳一点文艺的批评、文艺的讨论，但从本质上来说它不是书评。有的时候里面有长的书评，因为《文讯》的书评的选择有一个很重要的原因，就是评论的这些书我们是希望比较新的、比较近期的书。如果来了一篇论文也是书评，但它评论的书比较旧，我们不把它放在那个（书评）栏目。这个时候，我们在"人文关怀"之后，还有一栏是不是"艺文论衡"，有一块可以容纳一些评论性的东西，还有一些人写的稿件，他不是我们特约来的，我们会把它放在"艺文论衡"栏目中。"人文关怀"是我们特约的几个人在写。"艺文论衡"这个栏目可以说是比较开放性的或比较多元性的，艺文的一个论述，或长或短，里面也有一部分书评。

廖　斌：《文讯》的"人文关怀"栏目多谈及教育、文学、道德、政治、法制等现实性很强的论题，借鉴哈贝马斯的概念，可不可以说是一种较为开放的"准文化公共空间"的建构？

李瑞腾：应该这样说，它是一个空间，但不是一个无限大的公共空间。它的诉求对象是比较清楚的，回到一个人文的思考上去，针对一个公共议题去进行反省和思考。

廖　斌：《文讯》办刊从"纯文学"到"大文化"的改版，我觉得蛮遗憾。您当时是怎么想？

李瑞腾：文学的问题，当然从文学的角度来说，与文学割裂掉，割出一个其他的东西。但文学又不是孤立的，不能这么狭隘。

《文讯》有很多的口号式的、刊物的定位标语。你可以去了解一下。早期《文讯》有"中国人的观点，世界性的思考"等等。这些全部是我自己拟的，后来整个台湾形势在变化，当年用"中国人"的思考是很自然的、正常的，但是如果用今天的标准去看它，"独派"的人就会不高兴，我们还用过"观测站""查号台"，都是我们自己发明的，很少有人这样用。

再提供一种观念给你，你可以思考一下看怎么去建构起来。《文讯》是个"百科全书"式的刊物，它的内容在"大人文""大文学"领域，包括我们讲的文学，还有其他周边的东西都是广义的文学，即"大文学"。以"大文学"领域来说，它是一种"百科全书"式的刊物，有一些作家本身阅历非常丰富，见识非常宽广，器物、草木、鸟兽等各种各样的东西都被写进他的文学作品。可以这样说，他是一个博物型的作家。《文讯》今天可以这样讲：这样一个成品后的文字媒体，它是一部百科全书。你可以思考一下百科全书式的媒体，有没有人这样处理我不知道。但是你想一想，在台湾文学史脉络里面，你把《文讯》的专题抽出来，先处理专题，再处理单篇，把它们打散以后，进行重组摆在一个历史脉络，包括文类，重要的作家、作品。《文讯》比较重要的还是现代，面向现代、当代作家作品比较多，但也不表示它不触及古典文学，清朝时期也有啊。你按照这个历史的脉络，把《文讯》里很多的单篇摆进它适当的位置里面，看看这样的一个目录会是怎样的一个目录。在早年那种情况下，刘登翰先生写了一部《台湾文学史》，组了一堆人，他自己搭个大纲，分工你写这个，他写那个。而我们是一个媒体的编辑，不同的历史时期处理不同的历史课题，等到一定时间后，二十几年重新去处理它的时候，你再去看大历史脉络中间细部的东西，包括作家、文学文本。《文讯》到现在目前为止，没有一期没有资深作家的，没有一期没有年轻作家的，这样整个来说其实都摆进文学史里面。这样一个文学史的大架框就会出来，这个对你帮助很大。因为你没有办法去找到周边的时候，从它内部里面去找到周边，你把这个大架构弄出来以后，把任何作家、作品、文类摆在这个大架构适当的位置里面，什么人写什么作品就在这个大脉络里面，这可能是一个很棒的文学史的长编。要用"长编"的概念。

　　在这个情况下你处理"人文关怀"，可以这样处理：我们理想中的"人文关怀"应该是什么？那个架构如果出得来，把它们所谈的东西摆在一个位置，我们所理解的"人文关怀"应该可以分为几大块，现在《文讯》的是"人文关怀"，当年的《文讯》是"文讯谈片""短论"等等。相类似的东西，摆在一个脉络里，摆在一个架构里，看这个部分它触及了多少，你可算算它的比例，它的关怀面就跑出来了。你要讨论它的时候，《文讯》从头到现在对某个议题，它有什么样的关心，通过这个媒体你就可以看到台湾社会的知识分子对某个议题的关心程度。如果你再把它跟专题里的某样东西去相互呼应讨论，因为"人文关怀"栏目里面的某一个议题其实可能会是在另一期中的某一个专题，《文讯》至今有时会还有这样的呼应关系，因此你就可能用内在证据去证实，所谓互证。另外还有一点，我们所理解的文学的问题，今天白杨（采访人注：吉林大学教授、博士）谈到一个很有趣的问题，她提到一个所谓"核心人物"的问题，当然我现在不知道她这个概念从何而来，但我教学生就是这样教的，我教学里在处理一个社团或刊物的时候，就是要"擒贼擒王"，把"核心人物"先抓出来，"领导班子"先确定。所以我一直告诉学生有"同心圆式"的人际网络，从"核心人物"（可能只有一个，或者有两三个人）逐渐往外扩散，向第一级周边，第二级周边……然后它这个社团会跟其他社团、作家交集，出现交集地带，有些时候一个核心人物，可能会跟另外一个群体做交集。白杨今天提出研究台湾《创世纪》诗刊，一旦确定了"核心人物"，与之相关的资料就可以开始收集，与"核心人物"相关的东西就可以清理，比如可以通过网路。我在台湾搜录"李瑞腾"的资料，将近有一万个资料。因此就要开始搜寻"核心人物"的资料，它们可以帮助你了解核心人物及其活动等等。

我下学期开一门课，讲鲁迅小说专题，我现在教学上采用画图，不是插图，而是将之表格化，主要用来表现人物、空间、场景，这样便于理解更清晰透彻。

廖　斌：在您接手《文讯》之前，您是否受到中国现代文学期刊史经典杂志办刊的理念或某个编辑人的影响，或您觉得有哪些杂志值得效法？

李瑞腾：编辑里面有蛮多了不起的编辑家，比如《中国时报》的高信疆先生，很有聪明才智，但他们编副刊与我们做刊物可能还是有差别，比如《联合报》的痖弦先生、《明道文艺》社长陈宪仁先生，都是不错的编辑人，而像我这样的范例还不容易看到，我有点"运动"性格，所以我到任何地方，比如图书馆是个静态的地方，我进入中央大学任图书馆馆长以后，图书馆就动了起来，我做任何事情，都要留下痕迹。

廖　斌：这些年，台湾文学研究是否存在"台湾文学（狭义的）建制化、学科化，并且成为一门显学？

李瑞腾：也不一定。你们在大陆听到、看到，包括台湾新闻，进入管道有两个情况。一种情况是中央电视台有"取材"，是有选择性的，用台湾媒体的东西，主播报道时用它自己的新闻处理过；另外一个像 TVBS（台湾无线卫星电视台）、凤凰卫视，我们都看得到，毫无疑问的是，凤凰卫视是站在香港立场沟通海峡两岸，它绝对不会支持"独派"，相对它会支持"统派"，香港不会支持"独派"，但香港会支持台湾的某些制度，他们自己也希望这个样子，所以他们比较矛盾。

台湾的 TVBS（台湾无线卫星电视台）也是被选择的，真正说"连线报道"都是有特定的对象，因为是直播，现场没把握的话怎么敢让他讲呢？事实上也是有选择的，（这种选择性）让我们在本地（祖国大陆）感觉到台湾"独派"的力量很强大，有"文化台独"或"文学台独"。我其实对很多事情看法都比较预见，这个名称还没出现的时候，前几年赵遐秋老太太，还有中国作协的一个人在批判"文学台独"。但我相信，我甚至觉得"文学台独"这个名称第一次可能是 1988 年我在新加坡使用。我有东西为证，当时我在那边开会，新加坡《联合早报》记者和我谈论时，我已经谈到这个问题，那就是所谓的"文学台独"的问题。因为德国汉学家马汉茂看到那篇报道后，赶快就来找我，因为他很敏感。所以我意识到这个问题的时候比较早。当然很多事情我不可能用《文讯》去处理这个问题，在岛内我不会去这样干，不过我能意识到这个问题。比如民进党执政，陈水扁当选台湾地区领导人，开始在找人的时候，找一个去台湾故宫博物院、一个人去接文建会、一个接新闻局、一个人去接"国史馆"，我一看他找去的这几个人，我就明白了，所以那一年我在南京一场公开的座谈会上，我就谈到了我的忧虑。

（李瑞腾，男，《文讯》杂志前总编辑，文学评论家，现为台湾中央大学文学院院长、教授、博士生导师，《文讯》杂志社顾问，著有《台湾文学风貌》等数种评论集，主编《中华文学大系·评论卷（1970—1989）（1989—2003）》《评论 30 家》等）

注：1. 本访谈根据录音整理，未经当事人审定；
    2. 文中括号里的内容系根据谈话人谈话内容作必要的注释说明。

场域的角力：文学及其周边

应凤凰访谈录

时间： 2007 年 8 月 24 日

地点： 福建武夷山大王山庄

廖　斌：《文讯》办了二十五年，回过头来，您对《文讯》有怎样的评价？比如它的贡献、特点？

应凤凰： 我作为一名驻社作家，《文讯》对文学史料的贡献，是其他刊物无法比拟的。迄今走过二十五年历程，《文讯》刚创刊得到很多好评，我记得林海音就很称赞。最开始它是国民党文工会的一个刊物，一般人以为那它就是党刊，一开始就确定为整理文学史料、服务作家这样一个宗旨。刚开始大家都没有想到，但留下很好印象，一点都没有党的习气，没有意识形态，没有说一定要宣扬什么政策。一开始是访问老作家，整理各种重要文学史料，你可以看到"抗战时期专号"，文学副刊、文学期刊，一步步一直在整理文学史料。你可以想见，整理文学史料没有市场，包括做文学史料研究在台湾都没有人去做。在台湾商业社会谁也不会关心，从创刊开始的形象一直是整理文学史料，一直到 20 世纪 80 年代至 90 年代，特别是 20 世纪 90 年代末台湾文学进入体制化、建制化、学科化后，变得更重要，做文学研究这一行的都需要文学史料。台湾有过相关类似的杂志，我想大陆也有如《新文学史料》，做文学研究的都觉得它非常重要。回顾来看，台湾相关类似的杂志还有《书评书目》《新书月刊》，但是再怎么样，这两个刊物都比不上《文讯》在文学史料上所做出的贡献。这是很客观的评价。

廖　斌：文学史料的整理，是《文讯》一个很重要的特点，在文学研究方面出了不少很好的专题，请您介绍一下。

应凤凰：举贤不避亲，李瑞腾先生有很多很好的点子。他作为主编时期都能设计出很好的主题，到各地开座谈会，让各种主题有各种整理，比如整理副刊，有很多很好的专题，一系列的，不停地做。《文讯》二〇〇期以后更是做台湾文学研究不可或缺，做了很多好的整理。不停访问老作家，对资深作家有一系列整理，比如林海音、张秀亚去世，它就会整理评论资料，生平年表，如《张秀亚生平年表》。比如最近就有一个老作家刘枋女士的追思会，是《文讯》做的，我帮助整理年表。因此，《文讯》在老作家、资深作家方面做了很多的整理工作，请相关的记者访问，请新生代作家访问，把老作家重要的文献整理出来。其次，它对新生代作家一直很注意。每次都有新生代作家。光作家方面一直延伸，老的、去世的整理，新生代作家也没有漏掉。从这样来看，《文讯》一直这样延续，以后会成为最重要的文学史料杂志。有年表、目录和评论等等。

廖　斌：在台湾有没有与《文讯》相类似的刊物？

应凤凰：不可能。在台湾，没有市场就不要活了。

廖　斌：《文讯》的贡献很大，对台湾文学的脉络记录下来。您认为它的局限或您对它有什么更好的期待？

应凤凰：《文讯》第一个局限就是受困于经济，很难打开市场，所以它必须接一些"案子"。《文讯》角色扮演非常清楚，整理文学史料很费钱。《文讯》是耗钱的一个刊物，传播文学史料要很多人做，稿费付出多钱，但是从市场又很难赚到钱，要平衡很不容易，不时要与教育部、公家单位找一些活、接一些单，不免会产生一些影响。比如它曾经做过"大学人文系列"，就像广告一样，它篇幅很宝贵，但抓经济不得不放弃一些，挤掉一些纯文学的东西，就是这种情况。像《文讯》这种刊物政府本来要给预算，居然要自负盈亏，这就给它很多难题。我觉得封总编了不起，"巧妇要做无米之炊"，在这种拮据之下她能一期期办下来，并且做得很好。

有几个地方封主编从头到尾一直延续并且做得很好。一是全省各地艺文，如高雄、南投、嘉义等都有艺文资讯、动态的反馈。各地都有一些人，这些人可以随时帮助你传递讯息，无形中成为一个重要的讯息中心。我与《华文文学》的燕世超（采访人注：原主编）说过：《华文文学》比如中国台湾、中国香港乃至东南亚地区一定很愿意对台湾文学的研讨会、重要研究著作、相关好的博硕士论文进行研究，你面对的是所有《华文文学》的各地研究。每次开会这么多人来，都有很好的关系，回去收集讯息给你，这无形中变成重要的讯息中心，这个刊物人人要看，这就是《文讯》的功能。比如说厦门大学朱双一教授每一期都有"大陆台湾文学研究的概况"。我甚至说你不只写开过的会，还要预告。研讨会一定是半年以前就发布信息，向国内、海外的台湾文学研究的学者发出邀请，相信他们也愿意参加，也想知道。这个模式很好，《华文文学》不能只是刊登论文，这只是其中一个功能，但提供讯息才是重要的功能。这点我觉得《文讯》把握得很好。

廖　斌：请您介绍台湾文学期刊的场域里，台湾文学期刊的现状？

应凤凰：现状是很难描述的。20世纪90年代以后，基本上所谓的纯文艺刊物没有办法活，几乎等于没有。那么从20世纪80年代开始，比如《联合文学》现在还是有的，还有《印刻》。我可以送你第1、2、3期，但是非常重。

像白先勇的《现代文学》、早期的《文学杂志》，是那种纯粹的文学刊物。最近又有一个纯文学刊物（采访者注：《新地文学》）今年10月要创刊，它的创刊词里面有提到这样一些状况，几乎是没有办法生存。但他们还是不死心。比如郭枫他们，像《印刻》《联合文学》这样，已经不是当年的纯文学，它们必须面对市场，会接一些广告，会找当红作家来采访，我不把它们认为是当年的纯文学刊物。早先它们不在乎市场是怎么回事，所以我认为20世纪90年代已经没有纯文学期刊这种东西。

你要了解"战后"的文艺状况，我可以介绍你看一篇吕正惠的文章，就介绍台湾的小杂志，即所谓小杂志就是纯文艺杂志。像《文季》啊，那篇文章比较详细地介绍台湾这些杂志的功能。你要把《文讯》的角色定位出来，就必须在大的格局中观察。

廖　斌：您是文学史料专家，对文学史料整理有什么心得？

应凤凰：我给过你《1984文学编目》，二十年前出版这样一本（图书）没有人知道，里面有提要。在台湾这个小小的岛上，在 1984 年，不包括政治、经济等，光是文学类，我还分小说、诗歌、散文、评论，在这样的状况下，可以看到台湾文坛到底出些什么东西。我还做了个统计，比如小说多少种、诗歌多少种，如果你有一本，就会有点概念。我那时只是爱好文艺的人。

廖　斌：我有一篇文章被一家杂志社采用，其中谈到您、陈信元等做文学史料工作，用了十二个字来评价："筚路蓝缕，甘于寂寞，功不可没。"

应凤凰：做文学史料，那时第一没人叫你做，第二没有市场，只是个人的喜好，现在想想会觉得不可思议。我的工作和这个一点关系都没有。我那时在银行工作，我是一个银行职员，我又不是图书馆馆员，资料无从查找；谁会帮你出版，你出这个干吗？我做的时候完全没想到可以出版，出版又不能像你们一样可以算科研项目，可以升职或者加工资啊。因为做得很高兴，我就做，开始只是做卡片，一张一张做，排列组合像做扑克牌一样，小说类、诗歌类，到最后觉得可以把一年的做下来。在做过程的有一天，我就跑去大地出版社，他们都是我们的长辈。大地出版社社长姓姚，有一次在林海音家聚会，我就问姚阿姨，说不知道做这些能不能出版，她看了也吓一跳，说你做这个干什么。然后她也认为我做这个很值得做，值得鼓励，有这样的东西也很有意义。我也没想要一毛钱的稿费，她也没有想到要通过印这个去赚钱，印这个绝对不会赚钱。第一个她觉得一个小孩子出这个东西，可以鼓励。然后，一大堆做研究的海外学者说，出版这个很有意义；她得到很多支持。那时是一九八几年，那时可能还有纯文学杂志。你看到那一本就知道，出版文学史料很难，要赔本。那时候根本就没有台湾文学系，我只是爱好文学而已，在那种环境下完全有兴趣做。

我还一个人编辑过一个年表：《光复后台湾地区文坛大事记》，属于台湾文学年表，我一个人在做，文建会出版的。我一个人做，做得都快疯了。

廖　斌：您对台湾文学史料、《文讯》文学史料保存的评价？是自发的，是兴趣爱好，还是有其他别的用意？

应凤凰：《文讯》做文学史料没有第二个。没有这样的刊物，没有人说文学史料不重要？文献学啊，可是哪里有这样的刊物呢？对照祖国大陆这边的相关刊物是什么？

廖　斌：《新文学史料》《中国现代文学研究丛刊》《文艺报》等。

場域的角力：文学及其周边

应凤凰：从这个角度看就知道《文讯》多么不简单，要自己养活自己。台湾地区完全是商业主导的，你看皇冠，拍电影、电视。在一个商业社会的体制之下，你怎样能做一个文学史料整理和保存的角色，这个扮演，而且不是由公家出资金的，完全由自己养，加上又没有其他的"专案"，《文讯》自己养活多么不容易。我可以举例：当年国民党本来要停办《文讯》，因为国民党一直养着这个刊物，觉得要花很多钱来养。而在我们看这么大的国民党，只要出小小的钱，就可以拥有一个刊物，等于用小钱就可以做大事，可是它居然没有做。花这么多的钱做这些干什么？公家单位的刊物就是这样，没有钱就可以停掉。一大堆人写信，包括柏杨，一大堆人文化人，很多重要的文化人呼吁，不能停掉这么重要的刊物。在这种情形下，这个刊物是最重要的东西，没有这个杂志，国民党就失去了一个沟通的管道。柏杨这封信很动人，表达了《文讯》是沟通政府有关方面与作家的重要桥梁，作家是民间人，没有人理睬，文化人觉得没有这个刊物，国民党没有《文讯》，就会失去一块重要的阵地，就会失去文化。现在基本上与国民党没关系，是"台湾文学发展基金会"下面的一个刊物，是民间基金来运作，所以为什么必须接很多活、很多工作、课题，做很多工作才能来养活一群人。

《文讯》前几天给我发来邮件，它是《现当代作家评论目录编纂计划》联络人，这次《现当代作家评论目录》，接的是文学馆的工作。过去接的活，通常是文建会，文学馆办的，现在文学馆是附属在文建会之下，设在台南。一年开支要六百万至八百万，附带出杂志，养活员工。

廖　斌：我通过《文讯》，隐隐约约地了解一些艺文讯息，在台湾文学研究里，西方文学理论是否重要？

应凤凰：在《文讯》里看得出来吗？

廖　斌：偶尔也有这些的文章。

应凤凰：这次在福州开会，龚鹏程老师讲评的时候就谈过这个问题，这样的问题在台湾也一样。对于西方理论，在台湾学中文或学台湾文学，在祖国大陆学现当代文学的人仿佛都有"理论焦虑症"，是通病。

研究文学史料和搞西方理论，是我们常常面对面的，两方都可以针锋相对，比如说史料重要，西方理论者觉得收集一大堆史料，电脑都可以做，干什么要你做。做文学史料的人，除了要将史料收集齐全，可能还要往下推论得出一个什么结论来。史料只是基础，一个架构，只是钢筋水泥，你一定要建出一个东西来，你不能只是去买三斤白菜，而是要做出菜来，就是说要根据史料，发现东西，推论出结果。也许你以前不知道这个结论，就要根据这个资料发现以前不知道的结论。要不然，做西方理论的人会觉得你整理研究文学史料有什么用呢？同样，我们经常批评西方理论觉得虚妄，很抽象，没有一个实际的东西；当然他们反过来看我们太实证、死板，觉得没有抽象思维。其实这两种结合起来很好。抽象思维其实很重要，有逻辑性很好，可以推导出结论。

做史料是一件很辛苦的事情，要花很多功夫，但人家没觉得你了不起，没有功劳。在台湾中文系的背景是朴学、实证的系统，没有东西就不敢讲话；外文系的背景系统是理论一大堆，对基本的根本不懂，天花乱坠却不知所云，对社会背景不知道。比如荣格心理学等等，钻得很深，很抽象。

廖　斌：在祖国大陆有外文系，更多是语言上操作，对中外文学了解钻研不深。在台湾外文系出了很多研究中外文学的人。

应凤凰：台湾外文系有很多研究文学的专家学者，比如：夏济安、白先勇、颜元叔、欧阳子、王德威等等，台湾中文系就是那样的经、史、子、集，包罗万象，念《诗经》《楚辞》这一路下来的文学，会有思想史、哲学这一块，会有训诂学、文字学、音韵学。我们认为是语言学的东西都在中文系，这个中文系里面没有现当代文学。（祖国）大陆叫中国现当代文学，那在台湾可能就叫台湾文学，你想想看，它的现当代绝对不是什么鲁迅，或者莫言，它的现当代是余光中、白先勇啊，它的中文系就没有这些东西啊。以至于在台湾20世纪七八十年代本土化开始，所谓的本土化，你知道20世纪50年代都是"怀乡"啊，这是"旧大陆"，20世纪60年代是现代派，是美国的东西进来，是"新大陆"，我们的眼睛不是看"旧大陆"就是看"新大陆"，从来没有看脚下的这块土地。"请你看看我们脚下的这块土地"就是20世纪70年代本土化时期的口号。

廖　斌：这个我有所了解。

应凤凰：我有一篇论文《台湾文学如何体制化》一两万字，讲台湾文学在20世纪90年代如何体制化的一个过程，你会看到台湾文学系所怎样成立，这个也是对台湾文坛的一个了解。你可以看得到这个过程是开了很多公听会，最有名的、第一家成立的台湾文学系是"静宜大学"，因此，台湾文学系所的成立是经过多次反复，几经上下，申请、驳回、公听，再申请……"七上八下"才成立。它八次送上去被打回来八次，比如某一次送上去，上面的说你台湾文学说的是什么内容，你的师资在哪里。我2001年回来，好多老师都是从中文系转过来的，包括陈芳明老师，后来有一些人从外文系、中文系转过来，其实我的本科是英语系，硕士是比较文学，我到美国学的是东洋系。所以说台湾文学的文学史料是非常年轻的学科，于2000—2001年才开始进入教育体制化，体制化没有几年，现在才2007年，还不到十年。

廖　斌：《文讯》有两个专栏："文讯谈片"和"人文关怀"。如聂海烟、傅佩荣等发表论文。它很关怀现实，比如对道德、文化建设、教育体制等一些弊端和不足提出各种建议和批判。这样一个栏目是否是公共言论空间？

应凤凰：作用怎样不知道。它是供大家讨论、批评的论坛，它提供大家说话的地方。在那样的一个社会背景下是很重要的。我觉得"公共空间"其实有一个条件，就是我说出来了有很多人可以看得见。就是可以轻易地、随时随地地到那边去发言，你不可以限制我说这个不能写，那个不能写，如果那样就不叫公共空间了。不过我会思考一下《文讯》算不算，因为《文讯》等于是专栏，是约稿。就像我，可能固定是一批人吧。我们一共有八个人，我们设计这个栏，比如我们可以两个月写一次，如果每个月写一次，读者也烦，写人的也受不了。你可以三个月轮一次也可以两个月轮一次。有一群人在轮，比如这次轮到你了，你也就知道三个月后就轮到我了。比如说我有十个人或者几个人，每个月是不同的人，那是固定的人，我们和他约好了。

廖　斌：话题是随感而发的吗？

应凤凰：也有随感而发的。譬如说我曾经提过台湾系和中文系，类似这样子的话题，就是觉得这个你应该要说出来的，不说不行。我记得那篇文章登出来后，台湾的很多人（包括陈芳明老师）都觉得很过瘾。不过它绝对不管你写什么题目，也不会说这次请你写什么，就是你自己想要写什么就写什么，它不管，只管说二十号到了你该交稿了。

廖　斌：《文讯》有几个特点比较明显，其中一个是书评，那你对《文讯》的书评这样一个栏目有什么看法？

应凤凰：其实我们都知道写书评是很累的啊！就是说读一本书要读很久却还要写一千字。大陆《读书》杂志有书评。它那个哪里叫作书评啊。它里面的东西其实很晦涩，不过我还在读书的时候投稿过，当时还是沈先生主持，那个时候我觉得还是比较平易近人。后来就变得很不容易读，就是变得很学术、很理论啊。

应凤凰：除了《读书》外，还有其他的专业书评杂志吗？

廖　斌：可能还有一两种，比如《中国图书评论》。

应凤凰：我在美国发现《纽约时报》的书评专刊是多么重要的。它是报纸型的，周刊型的。每次杂志出来的时候它都会震动市场。我们说的书评是要这一两年出的书，而不是二十年前出的书。比如我们是不会去评《红楼梦》的。书评其实有两个功能：一个它比较像书讯，告诉你有什么新书出版，所以说通常书评的前面都会写一些这本书的大概，就先让你知道一下这是一本什么书，后面评缺点。它可以让你看到这一本书是好是坏，就像电影一样有影评，书评它其实是兼有一个图书的讯息。在人文化层次或人民知识水平比较高的地方，书评是多么重要的啊！我们通常去买书，都会先看看书评，看下最近有什么好书，有什么新书和我的专业比较有关系的，有书我需要去买，我就要知道这本书它好不好，值不值得买，我是说美国《纽约时报》的书评专刊出版量大，销量非常广，大的文学家、批评家在执笔。比如每周六出一个书评，很多出版社都在等着怎么被这些人评，如果说这本书被大骂一痛，那会震动到整个书籍市场，或者说是排行榜一下子就上去了，或者说是一下子就下来了，这个是影响市场啊。比如说在日本，买书的人口数量非常庞大，或者说他们的出版社是一个非常大的企业，日本高收入的前五名，他们有可能是作家，比医生、律师的收入都要高。

廖　斌：我有看到类似的这样一个比较，是在《文讯》上面看到的，说日本人平均一年会购买多少本的书，那台湾和祖国大陆与它相比就少得可怜。

应凤凰：文化的总体其实是国力的一部分，这个其实就是指标。这一方面来看，其实书评是非常重要的，我们现在还是第三世界，会觉得写这个其实很划不来。

廖　斌：您觉得台湾还有没有这样的专业书评杂志或者是书评市场呢？

应凤凰：台湾有两种：一种是各个出版社会出版自己的书讯或者是书评，像九歌、尔雅。报纸型的，或者是广告型的，这个是一个讯息的来源，下次你有空一定要去逛一下诚品书店，自己有一个排行榜，我们可以把它当作是一个行销的策略。其实现在用电脑做，很容易有这样的排行榜，比如说我的连锁店有八十家，我每个月或者每个星期，我打出销售的前二十名，也可以分成文学类和非文学类，这样排行榜很快就出来了。不过早期都觉得它是假的，比如我是一个作家，我希望我的名字上排行榜，我可以用钱去买，不过这个是很特别的例子，不管怎样就是说排行榜它其实是一个行销的策略。第二，比如说某本书卖二十万本，另外某本书只卖两千本，那并不代表前者是好书，我们只把它当作是一个行销策略，知道有什么人爱读它就好了，像周杰伦写一个什么东西卖得最好了，类似就是这样的。我们只把它当作是一种讯息，但是我觉得在一个成熟的社会，在一个读书人多的社会它是一个很重要的东西。比如说我们的新华书店，它也有一个排行榜，这里也越来越商业化了。

我们回到刚才说的书评，应该还是要有书评这种刊物存在的，对于出版业，对于一般的读书人找要买什么书，就好像一个国家的戏剧很成熟，就一定有好的剧评，说明现在书评还是蛮重要的。

台湾书店问书，出版社问书，不过读者问书问的比较全面的是《中国时报》和《联合报》。《中国时报》是"开卷版"，是一个星期一次；《联合报》是"读书人版"的，也是一个星期一次。中间的一些专题设计每一次有书评，这个也是代替功能，这些栏目都必须要有的，有一群专门的学者存在，作为它的基本作家群，比如说他找二十个人，然后大家轮流写书评，今天你写，明天他写。

廖　斌：《文讯》在早期的时候学术化程度比较高，变成文艺批评、文学批评；20 世纪 90 年代后期，到后面慢慢就脱离学术的轨道，变成了感想式的、即兴发挥的书评。李老师认为《文讯》到后面为什么要从文学改向文化，是因为很多人看不懂，要照顾大众的读者，而不是文学研究者。

应凤凰：你觉得《文讯》这样的一种刊物，读者对象应该是谁？

廖　斌：我更喜欢早期纯粹的文艺研究和文学史料保存，后来改版了，大众化普及化的我反而不太喜欢了。

应凤凰：早期它作为一个桥梁，是政府用来和文艺圈沟通的刊物，对象是这些作家，经费不愁，完全由国家提供，是办给作家看的，只要作家高兴。现在就变成是你要不要讨好读者，你要不要吸引更多人来读，就是你想办一个刊物给怎样的一个人读，你是要给一般人看的还是要给作家看的，你要想想一般人对史料怎么会有兴趣。

廖　斌：按您的了解现在《文讯》的读者群是哪些？

应凤凰：假设它有一千个读者，就是说订户有一千户，要看下里面的学生占百分之多少，里面的医生占百分之多少，家庭主妇是多少，大学教授有多少，这样就可以分析它的对象是怎样的。比如美国要办这样的刊物，如果这样的分析出来了，是给主编很好的调整方向的一个参考，一个办刊的方向。比如说《皇冠》，看到女学生，大一的，很有青春的，她们喜欢席慕蓉，那我们每一期都有三毛，这个完全是消费导向，很商业的，因为我要靠这个生存，就要知道市场在哪里，她们需要什么东西我就提供什么内容，这样我们就可以扩大订户群，比如一千本就要扩大为五万份乃至十万份，这个就是我们所说的商业机制、市场机制。《文讯》就在这个夹缝中，你可以看到，它在市场机制中是没有希望的，如果你刊物的性格、角色，比如是办文艺的，那是你的性格，你可能很难走向商业的市场，如果它不是，他要怎么调整。有的时候我碰到几个作者，说《文讯》以前都是送的，希望你们现在开始订，就拿上次来说，我碰到郭老师说希望他订阅，经济有点困难，他说一定订。我们现在觉得办这种刊物需要"文化自觉"，现在我觉得你对这种刊物认识很深，就知道它所办演的这种角色。如果说希望书评是写给一般人看的，但根据市场发挥的导读功能其实书评是要写给专业的老师和研究生看的。假设席慕蓉有本新书出版了，那就写一本席慕蓉的书评，其实很多人都对席慕蓉有兴趣的，可是我们希望这样的书评不是感想式的，假设这个是席慕蓉的第八本诗集，但是它进步了很多或者说是它退步了很多，这种很内行的话才是《文讯》应该做的，而不是说因为有什么关系，所以找一个人写一篇感言，其实不会讨好任何人。这个主要是你怎么调试你的角色和办刊宗旨。

廖　斌：《文讯》的专题策划我做了统计，到今年是二六三期，其中只有几期没有进行专题（专号）的策划，大部分都有了。我有这样的观点第一就是，"大文学"研究，从文学到文化研究、文学和电影研究、文学和医学、文学和佛教这样的庞大课题，没有纯文学、文本、审美的分析，慢慢地和哲学、电影、佛教、广告的研究融合。我发现在二〇〇期以内有六个专题是和文学史的建构是有关系的，这个专题本身的主题就是文学史建构。

应凤凰：《文讯》经历的时间也是很长的，从1983年到现在已经有二十五年了，它从党刊变成为一个民间的角色，这可能要提到几个人的因素，就是你刚才提到的那个专题，如果不是李老师，《文讯》现在肯定办不成这个样子。

廖　斌：其实后来他有提到孙起明老先生。

应凤凰：其实他们都有很强的角色功能，后来的策划专题已经不是他们了，现在是封总编。在我看来，封总编有一个很了不起的地方，如何生存下去，就是像母鸡带小鸡那样。我们经常聊天，有一次说到一个有关于钱的问题，她接了一个案，必须去开会和咨询。她是很了不起的主编，从老板兼工友一路下来，还要管说这个咱没有钱了，我要去弄钱。一个平常的主编，管杂志方向已经非常了不起了，就是只要管编什么内容，可是她不只是这样，她还要管怎么活下去，钱在哪里。从这一点来看，我觉得后面的这些其实是很不容易的，在这样的社会里，你一定会觉得不可思议。

廖　斌：对啊，所以我后来也评价《文讯》是一个文学"殉道者"。

应凤凰：刚开始要停止的时候我们一直说不要停，不要停，只要活下去就有希望，只要维持不赔就好了，再找些别的活来就可以。你知道所谓的基金是什么意思吗？比如说我找一千万的这个基金，我可以用利息来养活什么东西，其实很多奖学金就是这样的，我们可以找一个大的奖学金，我们只要用利息去颁奖，本金不动。你知道台湾的文艺基金会，他们当年的董事朋友找了各种专家，投了各种资金，比如买债券什么的来经营那笔钱，要让他赚的很多，赚得愈多，颁更多的奖项。再说《文讯》的基金，本来四百万就已经很少了，不可能再多什么奖项了，如果不接任何活，基金一年就可能用完了。比如养十个职工，每个人最低一个月三万，那么每个月就三十万，一个基金本金一年就用光了。《文讯》是赔钱的，要接这些活来就是为了让基金继续，你现在应该知道《文讯》的状况了吧？不要说"殉道"，这样有一点太悲壮的感觉，其实没有那样，封总编可能也觉得它就像一个企业一样。其实把《文讯》停了，她也没有必要那么操心了，可是要是没有《文讯》那也就没有她了，我们知道如果你有《文讯》，你就等于和文坛建立一个非常好的网络，不仅建立台湾网络，而且建立海峡两岸的文学网络。《文讯》说起来虽然有一点错综复杂，不过说的好听一点就是《文讯》和政党没有什么关系当然是不可能的，可是就在这样的夹缝中，《文讯》生存下来了，这样就理解了。

廖　斌：你对《文讯》有关的一些人物，比如封总编、孙起明的评价？

应凤凰：孙起明，做的比较短，朋友说说他也就听听，他只是管事，没有一个很远大的规划。早期这些人开始慢慢加入的时候，其实李瑞腾对这方面还是很清楚，有一个长久的规划。当他开始规划的时候，封总编还只是编辑，对整个运作比较清楚，给她一个很好的基础，使得有一天自己活下去的时候是可能的。因为她的羽毛已经比较丰满了，飞也可以了，掌握了运作的规律。其实李老师也是功不可没的。任何一个团体，如果不是一个团队，怎么可能领导一批人。宜瑄、秀卿在这里工作很多年，每次看到这群人都觉得他们太了不起。尽管很少人，却办了一堆事。

廖　斌：现在这个杂志社大概有多少个人？

应凤凰：现在连各种专案有十个人左右吧！

廖　斌：人员很少啊。

应凤凰：是啊，人好少，所以一个人要当作两个人用，大家要互相帮忙。上次我们那个专题，大家都以为是我在写策划，其实不是，我在写前言，这个专题的名字是叫《1955年的青年阅读》。我为什么说他们有多么了不起，因为周六打电话马上有人接，他们那边说，礼拜天有人接电话都不奇怪，他们在忙杂志的时候，真的很难有假期。其实我也很佩服他们的领导能力，这么一大群人是怎么凝聚起来的，这些人都是可以随时调兵遣将的，都是毫无怨言的，这么的一个团队其实是可以接各种案的。

（应凤凰，女，台北教育大学台文所所长、教授、硕士生导师，台湾知名文学史料学家，《文讯》杂志资深撰稿人。编著有《1984文学书目》《台湾文学花园》《锺理和论述：1960—2000》《50年代台湾出版显影》等）

注：本访谈根据录音整理，未经当事人审定。

场域的角力：文学及其周边

第二辑

文学史论

武夷文学论纲
——一种文学地理学的观照

文学地理学是一门新兴的交叉学科，涉及内容十分丰富，它是运用地理学的理论和方法研究文学的组成、风格和特色，探索不同区域文学所表现出来的地域特征及差异。中国文学地理研究的历史源远流长，不少著者深入地方和田亩，挖掘被忽略的芜杂丰厚的地方文学（化）资源，扩大中国文学研究版图。如京派、海派、陕军，富有理论自觉和创作实绩的"寻根文学"等都是地域文学的典范。地域文学是璀璨的土地之花，如20世纪90年代始，严家炎等学者编著10卷本《中国文学与地域文化研究》，涉及三晋、江浙、巴蜀等地域文学，此后地域文学研究成为热门，先后有一批地方文学史问世，标志性成果有王嘉良《浙江文学史》，陈书良《湖南文学史》，范培松、金学智《插图本苏州文学史》等。地域与文学（文化）的关系，法国的丹纳、中国古代的管子、当代的袁行霈、梅新林等都曾论及，许多学者更从文化人类学、文学社会学、民俗学等角度研究地方文学，取得不少成果。本文以空间地域形态视角，研究武夷山自古代及现当代文学及作家，分析地理环境、人文环境对武夷文学的影响。

一

地域文化对文学的影响是综合性的。不仅仅是自然山川、地貌气候，更包括历史形成的人文环境的各种要素，"如历史沿革、民族关系、人口迁徙、教育状况、风俗民情、语言乡音等；而且越到后来，人文因素所起的作用也越大。确切地说，地域对文学的影响，实际上通过区域文化这个中间环节而起着作用。"① 中国是幅员辽阔的多民族国家，形成许多不同质态的区域文化，从20世纪80年代盛极一时的"寻根文学"盘点，东密高粱乡的关东文化、葛川江的荆楚文化、客家文化、闽台文化、巴蜀文化、三晋文化、岭南文化、吴越文化……都有作家自觉尝试用创作接续和寻找民族、地方文化传统的"根"。梅新林提出"场景还原"与"版图复原"说，是建立中国文学地理学的两大理论支柱。"场景还原"说从文学概念或对某种文学现象的概括向具体鲜活、丰富多彩的特定时空场景还原，向更接近于文学存在本真的原始样态还原——那些具体可感的特定文学时空场景、发之于那些生动鲜活而蕴义深远的特定文学场景的真情感动。"版图复原"认为，文学家的"户籍"并非凝固不变，而是始终处于活动中，因此以文学家为主体与灵魂、以地理为客体与舞台的文学版图始终变动不居。文学版图的复原即通过文学家的籍贯与流向，还原为动态、立体、梦元的时空并置交融的文学图景。②

武夷山地处闽浙赣交界处，是中原文化入闽的必经之路，自然资源丰富，历史文化悠久，山水风光秀丽。自清朝独立设立行政区以来发展相对稳定，也少兵戎之祸，与其他文化区域和周边省份互动频仍，文化创造繁盛，文学发展较快。缘此，武夷文学与武夷自然环境、文化传统、社会历史、风尚习俗、民众的精气神交融，孕育出有价值的特质。武夷山除柳永和朱熹两大家外，还有一大批先贤推动武夷文学发展。如杨时、游酢、胡安国、罗从彦、李侗、李纲、真德秀、杨亿、严羽、袁枢、惠崇、蔡元定、宋慈等名人，代表自宋朝以来武夷文化顶峰。因武夷文化之丰厚，故有"闽邦邹鲁"之称，是我国东南文化名山之一。武夷文学就是在丹山碧水、神话传说与闽粤初民开发蛮夷之地的特殊场景形成的，不屈不挠的精神文化传统中催生出的，中国文学版图的支流与浪漫之花。本文认为，举凡地域文学，首先是"大文学"，一切有一定"文学性"的历代文化典籍、民间传说、神话故事、地方志、笔记信札、文集歌谣、手稿日记、书籍杂志、摩崖石刻、照片实物，文人骚客的行吟游历、酬唱应和等写实、抒怀之作，名人的散记、回忆、历代作家作者扎根武夷的创作

① 严家炎. 20 世纪中国文学与区域文化丛书总序. 长沙：湖南教育出版社，1997. 1.

② 梅新林. 中国文学地理学导论：文艺报. 2006（6）.

等，都可列入"武夷文学"的畛域。据此，"武夷文学"指的一是出生于大武夷地区，籍贯地理为大武夷的作者抒写的作品，如武夷山的柳永，邵武的严羽、李纲等。"大武夷"既是地缘概念，指现今行政区划版图，即泛指武夷山脉南侧，在历史和现实中，由今南平市管辖的十县市区，尽管历史上曾经有过区划变更；又指的是文化概念，即在此区域中，民众共享的同一文化与身份认同，并建构了相对稳定的归属感；二是从活动地理、描写地理看，即非大武夷籍而旅居大武夷的文人书写的关于大武夷题材的文学作品，典型的当属苏轼、陆游、朱熹等人。如朱熹《九曲棹歌》十首、《武夷七咏》等；三是暂居或游历武夷留下的佳作，近的如刘白羽、郭沫若，远的如辛弃疾、陆游等。据杨国学统计，上述三类作品累计达五千余篇。[①] 如再加上散佚或沉寂民间，如方志、谍谱、楹联、契书中，未得以挖掘、整理的作品及近代、现当代尚未纳入视野或正在创作的文本，数量可能会更庞大。从传播地理看，武夷文学已逐渐借助儒家、佛教和柳永等载体和名家发生着广泛传播。张未民说：

> 现实文学生活中有大量的文学现象并没有进入我们的研究视野，更不要说进入文学史了。网络文学、影视文学、通俗文学、翻译文学，它们在文学生活中所占的地位，它们对现实生活的影响，可以说绝不在"精英"文学之下。《读者》发行有千万份……其实，这样的文学期刊还有，……我们凭什么把它们排斥在文学范围之外？有谁曾经对这个问题进行过充分的研究和论证？另外还有大量的"泛文学"，比如《家庭》《知音》以及"晚报""早报"，它们的虚构性远远超出一般人想象，不论是在写作层面，还是在阅读层面，它们都具有文学性，所以有人说当代最好的小说在《南方周末》，这虽然是在社会生活的深刻性与丰富性意义上讲的，但它的很多故事都富于文学色彩，可当作文学作品来读，这却是事实。因而，以"新文学"为本位，用"新文学"的评价标准来评价"另类"文学，这是不公平的。[②]

由此推论，"大武夷"的"大文学"，既囊括所谓"文学性"强、"公认"的作品，也包含一切地方典籍、文献中，反映社会现实，有一定艺术性和思想性的文本。这些都值得我们研究。"大武夷"不是今天的发明，早在西晋就有

---

① 杨国学. 武夷文学研究. 北京：中国戏剧出版社，2006. 13.

② 张未民. 放宽评价尺度，扩大研究范围：文艺争鸣. 2008（1）. 1.

此一说。如邵武市，古称"南武夷"。邵武史上首称"昭武"，之后有"昭阳""樵川""樵阳"等称呼。公元260年，即三国吴永安三年，吴主孙权罢都尉府，置建安都，立昭武镇，后升为昭武县。据明嘉靖《邵武府志》记载："邵者，高也，昭也；武者，以地在武夷山南，古以南为昭，故曰昭武。""晋避讳变昭言邵。"（因晋惠帝司马衷为避其祖司马昭之讳，改昭武为邵武。）可见早在1700多年前，邵武即有南武夷之称。[①] 总的来说，武夷文化首先重名教理学。大武夷因朱熹、刘氏三兄弟等人传播理学，又有"道南理窟"之誉，理学发达，崇儒深厚。蔡尚思诗云："东周出孔丘，南宋有朱熹，中国古文化，泰山与武夷。"武夷无疑是中国古文化标本。其次"千载儒释道，万古山水茶"的特质凝练，确证武夷文化中有宗教色彩且各宗教能和谐相处。这就带来武夷文学三教合一的神秘、优美、浪漫而绚丽的特点。再次，由于大武夷是历代人口迁徙的必经之路（路线为皖、苏、赣、闽、粤，进而粤、台、桂、川等）和多种文化交融的过渡带与交集带，因此，武夷文化广纳异质文化素质，既保存农耕文化、爱祖恋乡的性格，又有重商经商、开拓进取的面向。最后，缘于武夷的生态多样、天人和谐、"奇秀甲东南"的山水之美而孕育出"绿色文化"、行吟文学与旅行文学杂糅相济的地域文学元素。梅新林指出文学地理学中"地理"之于"文学"的"价值内化"作用。所谓价值内化，即经文学家主体的审美观照，作为客体的地理空间形态逐步积淀、升华为文学世界的精神家园、精神原型以及精神动力。[②] 地理"武夷"已然深深内化为武夷文学的最大公约数、主要精神构件和原型意象。

二

武夷文学多姿多彩、多棱映射。既有忧国忧民的炽热抱负，又有感时自省的深沉凝重；既有理学思辨的文道合一，又有纵情山水的寄寓游历；既有道家文学的超拔通灵，又有神话传说的浪漫诡奇。武夷文学有因宗教、神话而赋予的神性，又有美丽山水馈赠的诗性；还有这片土地和精气神中生长的坚韧与厚实。

① 邵武市人民政府网. http: //222. 78. 250. 90：81/showZjsw. aspx? ctlgid = 917361.

② 夏志清. 中国现代小说史. 上海：复旦大学出版社，2000. 359.

1. 以感时忧国为内核。

这是武夷文学的主基调。夏志清归纳中国现代小说的内在精神是"感时忧国",将之作为现代文学的基本特质和中国现代小说史的基本叙述基调。"感时忧国"说是对一定时期文学作品在主题、情感表现以及家国关怀上体现出相同倾向的概括。夏氏此说赢得很多人赞同。在海外,刘绍铭将其发展为"涕泪飘零"说、诗人洛夫有"天涯美学"。"感时忧国"的写实传统,自晚清以降,一直是我国小说的主流。不管哪一阶段,文学总与时局变化和民族祸福密切相关,"感时忧国"精神贯穿整个文学发展史。士志于道,朱子理学倡导积极入世,以学识和操守参与中国历史文化进程。正因怀有这样的胸襟抱负,历代知识分子将忧国、忧民、忧己融为一体。忧患意识早已流注知识分子肌体并内化为集体无意识。武夷山有千载儒释道的浸润,更是儒家理学的宝地,作为中国文学的一环,武夷文学不能脱离母体文化而自足,唯此,它才充盈"感时忧国"的厚重感,灌注匹夫有责的使命感。不管是古代还是近现代,无论是李纲、辛弃疾、陆游,还是严羽、朱熹等人,他们的作品,有的直接抒发对国家人民的热爱,有的通过对大好河山(武夷山)的礼赞而表达对祖国的眷顾;更有诗人怀着对国破家亡、民生疾苦的拳拳关心直接参与抗击外族入侵的斗争。

南宋名相李纲即为代表。李纲生平著述颇丰,卷帙浩繁,后人编为《梁溪全集》180 卷。朱熹作序曰:"其言正大明白而纤微曲折,究极事情,去涧饰而变化开合,卓荦其伟。"《全闽诗话》对其人其文给予充分肯定:"梁溪李忠定公纲忠义勋业照耀千古。人但知传其奏疏耳,至其所为诗,气格浑雄,才情宛至。"李纲留给后人"雄深雅健,磊落光明"的诗文,其质地、内涵主要偏向对社会现实、民生疾苦的表现,反映作者忠君爱国、兼善天下的儒家士子以天下为己任的忧国忧民思想。《伏读三月六日内禅诏》即这方面代表作,全诗共四首,举其一为例:

忆昔廷争驻跸时,孤忠欲挽六龙飞。菜公漫有亲征策,亚父空求骸骨归。

灵武中兴形势便,江都巡幸士心违。孤臣独荷三朝眷,瘴海徒将血涕挥。

诗前自序云:"伏读三月六日内禅诏书,及传将士榜檄,慨王室之艰危,悯生灵之涂炭，悼前策之不从，恨奸回之误国，感愤有作，聊以述怀四首。"
此诗具有宋诗"以学问为诗"的特点，多处用典，如以力促亲征，澶渊之盟后
被罢相的莱国公寇准以及屡劝项羽杀刘邦以成就帝业，却遭猜忌，最终愤而离
职的亚父范增自比。诗中流露出李纲忧心国事，壮志难酬的失望、悲愤之情，
写出儒家知识分子在国难当头时强烈的使命感和深沉的忧患意识。此外，李纲
诗序多流露"感时忧国"的愤懑、孤郁与忧思。如：

> 自江湖涉岭海，皆骚人放逐之乡，与魑魅荒绝，非人所居之地，郁悒
> 无聊，则复赖诗句摅忧娱悲，以自陶写。每登临山川，啸咏风月，未尝不
> 作诗。而婴不恤纬之诚，间亦形于篇什，遂成卷轴。

《湖海集·序》

> 予既以愚触罪，久寓谪所，因效其体，摅思属文，以达区区之志。

《拟骚·并序》

> 余谪沙阳，寓居兴国佛祠，寝西小轩。春至，梨花盛开，玉雪可怜，
> 修篁嘉木，幽禽百啭。每晨坐读书，午睡初醒，把酒寓目，慨然感怀，因
> 成春词二十篇，以记景物，可以兴，可以怨，庶几乎诗人之旨，览者无
> 诮焉。

《春词二十首》

> 靖康之事，可为万事悲，暇日效其体集句，聊以写无穷之哀云。

《胡笳十八拍》

总之，李纲发扬前代优秀作家的传统，在国家动荡，生灵涂炭时，以"士
之立名节，死国事"自励，显示以他为代表的武夷文学爱国爱民、感时忧国的
情操。就现当代看，无论是郁达夫、汪曾祺、叶浅予、冯牧的游历抒怀之作，
还是朱德、毛泽东、陈嘉庚的豪迈雄文，或是革命时期，建阳的太阳山、武夷
山赤石暴动等，都为武夷文学提供历史与现实的滋养；无论是宏甲的"纪实三
部曲"《无极之路》《现在出发》《智慧风景》，还是潘志光的《龙脊洲》，或是
刚面世的邱贵平的《五朵厂花》，无不与武夷山水，特别是现实生活有血肉般
的联系，这种直面人生、关怀民生的现实主义精神，自是"感时忧国"传统的
一脉相承与光大。

2. 以宗教哲思为灵魂。

自古以来，儒、释、道三教在武夷山和谐相处。宋代儒学思想的代表人物

朱熹在武夷山"琴书五十载",创建影响深远的朱子理学思想体系;佛教中的扣冰古佛,于武夷参悟佛法,名载《五灯会元》;道教南宗五祖白玉蟾,在止止庵修炼,羽化升仙,成就道教十六洞天福地,宗教是武夷文化特质之一,儒释道奇妙相邻又和谐共存,因此,武夷精舍、天心永乐禅寺、止止庵道观成为武夷文化地标之一,这就注定武夷文学浓厚的宗教情愫。白玉蟾《止止庵记》云:"云寒玉洞,烟锁琼林。紫桧封丹,清泉浣玉。铁笛一声,群仙交集。螺杯三饮,步虚泠泠。青草青,百鸟吟。亦可棋,亦可琴。有酒可对景,无诗自吟心。神仙渺茫在何许?盖武夷千崖万壑之奇,莫止止庵若也。"便畅叙了身处其中修炼的无穷乐趣。

弗莱指出,文学的左邻右舍是历史和哲学,一边向历史要故事,一边向哲学要思想。由于融入宗教等意识形态的人生观、宇宙观,武夷文学呈现耐人寻味的宗教哲理情思,表现了韵外之旨的情趣美、理趣美。武夷山道教文化源远流长,武夷神话传说被收进宋太宗敕令李昉编纂的《太平御览》,武夷君、十三仙等神灵屡受封赠,武夷道教一度十分兴盛。"葱郁龙宫入望深,万年奇胜足登临。寒流九曲环山响,古树千年露殿阴。"这是朱熹对武夷山及其宏伟道教建筑群的真实描绘。从道教来看,"作为金丹派祖师,白玉蟾文化修养高,诗文皆长,艺术水平能代表一代福建士人水平"[①]。今存白玉蟾诗作,主要见于《玉隆集》《上清集》《武夷集》。大体看,白玉蟾的诗词主要有四类:一是题赠杂咏诗;二是修道歌谣;三是神仙人物及圣贤赞颂诗;四是丹功道意词。

如《快活歌》一小节:

破衲虽破破复补,身中自有长生宝。挂杖奚用岩头藤,草鞋不作田中薰。或狂走,或兀坐,或端坐,或仰卧。时人但道我风(疯)癫,我本不癫谁识我?热时只饮华池雪,寒时独向丹中火。饥时爱吃黑龙肝,渴时贪饮青龙脑。绛宫新发牡丹花,灵台初生蕙苡草。却笑颜回不为天,又道彭铿未是老。一盏中黄酒更甜,千篇《内景》诗尤好。没弦琴儿不用弹,无生曲子无人和。朝朝暮暮打憨痴,且无一点闲烦恼。

诗人尽管衣衫褴褛,旁人嘲笑,但仍苦中作乐。他之所以达到这种境地,首先是有求道信念,其次在于炼就龙虎大丹。诗中所谓"华池雪"指炼内丹时

① 詹石窗. 诗成造化寂无声:武夷散人白玉蟾诗歌与艮背修行观略论:宗教学研究. 1997 (3). 24—32.

口中出现的津液。而"丹中火"指丹田热感。至于"黑龙肝""青龙脑"均为譬喻，皆指内丹修炼所获得的特异效果。道教修炼金丹一方面源于内心乐趣，另一方面盼返老还童，鹤发童颜。这是道家孜孜以求之事。白玉蟾也乐在其中。

《水调歌头·自述》三：

苦苦谁知苦，难难也是难。寻思访道，不知行进几重山，饥了又添寒，满眼无人问，何处扣玄关？好因缘，传口诀，炼金丹。街头巷尾，无言暗地自生欢。虽是蓬头垢面，今已九旬来地，尚且是童颜。未下飞升诏，且受这清闲。

这首诗写修炼妙用。他虽吃很多苦，走许多弯路，但终获金丹秘诀。这种修炼的快乐，外人无从知晓，所以"暗地自生欢"；他不修边幅，外表异于常人，可面存童子色；他希望天界上真下诏，以便乘鹤归去；未接到天诏前，他清闲自在。全诗语言浅显明白，包含深远"道意"。

有"道意"就有"禅意"，向以"佛宗道源"著称的武夷山，其文学多佛光普照。除随处可见的楹联石刻，如天心永乐禅寺"古刹历尘劫，今犹剩半亩方塘、一渠活水；名山留净土，实有赖三秋桂子、十里荷花""松声竹声钟磬声声声自应；山色水色烟霞色色色昏空"、瑞岩禅寺"断桥泉冽冰池净；深树云飞法界空"，尚有不少禅诗文或叙修炼之苦乐，或解禅意之机锋，颇富哲理。略举数例：

瑞岩寺

[宋] 朱 熹

踏破千林黄叶堆，林间台殿欲崔巍。

谷泉喷薄秋欲响，山翠空蒙画不开。

一壑祈今藏胜迹，三生畴昔记曾来。

解衣正作留连计，不许山灵便却回。

题中峰寺

[宋] 柳 永

攀萝蹑石路崔嵬，千万峰中梵室开。

僧向半空为世界，眼看平地起风雷。

猿偷晓果升松去，竹逗青溪入槛来。

　　旬月经游殊不厌，欲归回道更迟回。

　　到后来，儒释道互渗，道教与佛教互动，增添佛教奇迹，而儒林入佛，则更显佛学深邃，一代名儒胡安国、胡寅、刘子翚等均深研禅理，卓然有成，朱熹也曾参禅事佛，集儒、释、道之大成，蔚为大观。这些名人诗文反之增添武夷文学的隽永与韵味。如家喻户晓的朱熹诗《观书有感》："半亩方塘一鉴开，天光云影共徘徊；问渠那得清如许，为有源头活水来。"该诗以形象的方式，探讨格物与致知、源与流的辩证关系，哲思无穷；朱熹手书"逝者如斯"摩崖石刻更以登幽州台歌的方式，感喟宇宙永恒与生命短暂，叹惋个人在苍茫穹宇，沧海一粟般渺小无力。这种突兀与孤寂，矗立出万世师表在亘古时间之流的苍凉背影。

　　武夷文学的宗教情缘，就在于内面的理趣和情趣，在于豁然开朗的妙悟与回味悠长的启迪。正如宋诗中优美富有理趣的哲理诗，"关在情景交融，理在境中；美在'触景生理'，景理浑成；美在造境说理，而又含蓄自然；美在议论说理，而又形象生动，韵味深长。理趣情趣成为武夷文学的重要一极和新审美功能，进一步强化了武夷文学的特质。"① 总之，武夷文学因为作家的感悟、参悟、顿悟而突显哲思风华。特别在风景绝佳处，宗教静谧处，更易触发作者对社会变迁、人生沉浮、历史兴衰、天下兴亡以及宇宙时空、道学义理等的形而上思考。这些山水诗、道教诗、禅诗、楹联等，虽多从宗教角度勘悟人生，透露出大智慧和大欢喜。换一个视角看，亦是脱尘的哲理思辨与教诲。

三

1. 以行吟游历为风骨。

　　武夷山自古就是风景秀丽、人文荟萃之地，可以说是人生的驿站——既是结庐修行、讲学、旅游的好去处，又是交友览胜，凭今吊古的地方；既为东南形胜，秀甲一方，更是文人骚客人生旅途中必经的客栈，是缘定此生的驻守。唐开元年间，武夷山被封为"天山名山"，一些道教徒和隐逸之士对武夷山产

　　────────────

　　①　刘坎龙. 论宋诗的理趣美：新疆职业大学学报. 2008（5）. 20—22.

生浓厚兴趣，行吟游历既多，描绘武夷风光、自然山水和抒发隐逸意趣的作品自然也就多。唐肇始、吕洞宾、李商隐等人的诗文已有武夷风光和神话传说的描写，此后，历代名人、文学家或游学或暂居，留下大量优秀文学作品，朱熹、陆游、辛弃疾、苏轼、欧阳修、范仲淹、黄庭坚、晏殊、刘克庄等是其中杰出的代表，他们纵情山水抒发块垒，借景抒情寄寓人生，铸就武夷文学的风骨。其中又以朱熹《九曲棹歌》10首传播最为广泛，不仅是对武夷山九曲溪的全景扫描，也是描绘九曲溪的一幅长卷佳作。徐渭、戚继光等文武精英也在此留下鸿文精品。徐渭在《游九曲·题冲佑观壁》中写道："携玉女，凌妆镜，故人今夜却来，何须独卧梧桐影？"抗倭名将戚继光以"赳赳鄙夫"署名题壁的七绝更令人勃发豪兴："一剑横空星斗寒，甫随平虏复征蛮。他年觅取封侯印，愿向君王换此山。"此外，本土作家作品亦精彩纷呈，自北宋浦城杨亿为世人留下《武夷新集》《西昆酬唱集》，后有章粢《寄亭诗遗》《成都古今诗集》、黄亢《东溪集》、吴育《西酬录》、真德秀《星沙集志》《西山文集》、叶绍翁《靖逸小集》、刘子翚《屏山集》、廖刚《高峰集》《世彩集》、廖德明《槎溪集》、余良弼《龙山文集》等，崇安人翁彦约《诗文集》10卷，咏吟武夷山诗较多……这些作家群星璀璨，作品蔚为大观，其中不少抒写武夷之作，至于柳永"忍把浮名，换做浅斟低唱"，他的人生就是一部才子行吟游历的历史。今人武夷籍作家张建光、陈祥龙、李龙年、王长青等诗文对武夷山或深情礼赞，或顶礼膜拜，承继武夷文学的流风余韵。

总之，武夷文学自古而今，行吟游历题材占相当比重，这也从量和质、形态与规格上暗合"大武夷"作为集理学名邦、旅游胜地、宗教名山于一体的"身份"。可以说，自司马迁《史记》记载汉武帝派官员以干鱼祭祀武夷君后，千年文学历程中，唐、宋、元、明、清乃至近现代，行吟文学是武夷文学源远流长的文脉，凝固了众多名人名家的吟哦游历，见证了僧侣、道士、官宦与武夷的不悔之约，因此，有行吟文学的支撑，武夷文学才相对完整构建出基本框架、图谱与特质。当代文学家、大诗人郭沫若于1962年畅游武夷，曾留下脍炙人口的诗篇，《游武夷泛舟九曲》即其一："九曲清流绕武夷，棹歌首唱自朱熹。幽兰生谷香生径，方竹满山绿满溪。六六三三疑道语，崖崖壑壑竞仙姿。凌波轻筏舼飞羽，不会题诗也会题。"20世纪90年代，有关部门将此诗印上"武夷"牌香烟发售，后据说因知识产权疑义而停产，如今游客再也见不到郭沫若有关武夷诗的商品转化，此事既为公案，也是一段与武夷文学有关的美好记忆。

2. 以神话传说为滥觞。

名山大川历史悠久，人文积淀深厚，蕴藏着动人的神话传说、奇闻逸事，其中大部分成为通俗文学的题材，有的则经过文人整理加工而跻身雅文学。这些作品虽有的并非直接依附于名山，也不呈现为具体的体量或形象，但间接渲染名山风景，强化人、景间的感应关系，深化风景的意境。武夷文学神奇瑰丽、绚烂诡谲的特质就得益于民间传说、神话故事涵养。周作人指出："中国文学在过去所走的并不是一条直路，而是像一道弯曲的河流，从甲处流到乙处，又从乙处流到甲处，遇到一次反抗，其方向即起一次转变。"① 在此，他力图在"新"与"旧"之间找寻历史关联，为"新"文学的存在与发展寻求历史根据，他实际上进行的是一次探源溯流的寻根之旅。

武夷文学与武夷民间传说、神话故事一脉相承，既是流与源的关系，又能从中汲取大量创作素材和文学养分、创作灵感。最早，初民的神话传说构成了武夷口传文学的重要部分，后经历代演绎、加工、创作，又增加了许多故事，今人彭盛友、胡黛棣编著有《武夷山美丽传说》（福建人民出版社，2005 年出版）。其中，许多妇孺皆知的故事传播甚广：玉女、狐仙、铁板鬼、镜台、桃源洞、和尚背尼姑……此外大武夷地区还多有"梦笔生花"、黄峭发家、程门立雪、双剑化龙、湛卢冶剑等典故传说；近年文史工作者又探幽发微，从地方典籍和传说中钩沉出顺昌的宝山大圣及流布海峡两岸的大圣文化、在"武林江湖"震古烁今的张三丰等事、物、人，武夷神话进一步丰富内涵，武夷文学增加了源流。如今，大圣文化节已成为海峡两岸重要的民间节庆活动。要之，武夷神话传说极其丰富瑰奇，有的载之史册，有的口口相传，有的诗文传诵，有的演绎变化，加之山中"仙踪"处处，予以人们无尽的想象和遐思，特别是武夷山道观、庙宇甚多，历代有许多著名"羽人"（即道士）如李良佐、白玉蟾等在此间修炼；武夷卓绝的丹霞地貌磊落怪奇，或如仙人楼台、亭榭、城壁、仓廪、华盖……引人悠然神往。当扁舟荡漾在水天一碧，峰回石转的九曲溪上，对酒当歌，云开雾阖，与仙境又有何异？"因此，武夷"仙凡界"一景，

① 周作人. 中国新文学的源与流小引. 北平：人文书店，1932. 6.

实是道出武夷风光如诗如画，亦仙亦凡，如虚如幻的迷魅。武夷九曲溪畔有桃源洞，仿陶渊明《桃花源记》意境遍植桃树于其间得名。跨过漳上石桥，洞门额"桃源洞"三字映入眼帘，两侧楹联为："喜无樵子复观弈，怕有渔郎来问津。"这里蕴含的神话传说即"烂柯山"与"桃花源"，是令世人景仰和神往之处。现在，武夷学人正将武夷神话传说、民间故事以动漫载体进行系列再创作，以文化创意的新途径新方法回馈社会，获得很大回响与肯定，用新媒介扩大武夷文学的传播地理半径。

总之，武夷风华造就了武夷君、大王、玉女、武夷太姥、大红袍、麻姑奉宴、彭武、彭夷、丽娘与朱夫子等美丽神话，这些动人传说反之增添武夷的神韵与奇诡。武夷神话传说作为武夷文学的一维，走的是浪漫主义的路径，丰厚了自身的源头；自此迤逦而下，武夷文学断不了民间文学的滋养，更炼就"神性""诗性""世俗性"的"内丹"，既表现为神秘浪漫、诗意盎然，又有仙界、凡间紧密结合的人间烟火味，民间故事朴实、戏谑的特点，较之三秦大地、齐鲁文学多了一份空灵、飘逸与瑰丽。

3. 以绿色文化为基因。

"绿色"是武夷山的亮色、底色和特色；"绿色"是武夷文学的遗传基因和特殊谱系。这里的"绿色文化"是生态和谐、可持续发展；是亲近自然，天人合一；是环境友好、茶香宜人；是仁者乐山，智者乐水。武夷山是世界自然与文化遗产地，以"丹山碧水"闻名于世。山是中国文化的重要"图腾"。中国是世界上最早把山岳作为风景对象来经营的国家，也是最早把山岳风景作为观光对象来审视的国家。早在先秦，人们已发现山岳的审美属性，并赋予山岳以人文性格，"夫山者，万物之所瞻仰也，草木生焉，万物植焉，飞鸟集焉，走兽休焉，四方益取与焉。出云导风从乎天地之间。天地以成，国家以宁。此仁者所以乐于山也"①。因此，武夷山除了浑厚的历史文化积淀外，自然风光还有新的功能和意趣：在维持生态平衡的山岳环境内，那充满美的自然物和自然现象，诸如岩石、土壤、水体，植物、动物、云雾、雨雪等，它们或独立或综合构成丰富多彩的自然景观，给予人们以最大限度的美的享受，人们在其中乐享天人合一、生态文明，在水穷处坐看云起，在遐思中品茶味人生。它们是武

① 贝才刀巴. 溯古追风世界历史论坛. http：//bbs. xhistory. net/simple/？t4692. html.

夷山自然美的精华，"绿色"是武夷山的精魂。武夷"丹山"中，丹霞地貌的地质构造、地貌景观和岩性特征有了审美新内涵；蕴藏其中的动植物资源、自然生态群落，以及特殊形态的水体、罕见的局部小气候、特异的天象等，则是"碧水"的审美意趣，共同为武夷山审美和文化旅游提供取之不竭的宝藏，为武夷文学奉献数不胜数的素材。武夷文学的"绿色"基因图谱展示了特有魅力。

> 未到名山梦已新，千峰拔地玉嶙峋。幔亭一夜风吹雨，似与游人洗俗尘。
>
> ——陆游《初入武夷》

> 玉女峰前一棹歌，烟鬟雾鬓动清波。游人去后枫林夜，月满空山可奈何。
>
> ——辛弃疾《游武夷作棹歌呈晦翁十首》

> 一溪九曲贯群峰，演漾轻劫浅碧中。杳如误入武陵去，落花流水山重重。
>
> ——李纲《游仙溪》

> 濯濯清溪九曲流，一天风露万山秋。啸歌不似人间世，月槛云窗特地幽。

> 百粤尧时路未通，曲溪春水没长松。老仙台上垂明月，不钓凡鱼只钓龙。
>
> ——翁彦约《钓鱼台》

特别要指出的是，茶文学也是武夷文学的"绿色"特质。清国子监正衔蒋蘅作《晚甘侯传》，用拟人手法写《晚甘侯传》："晚甘侯，甘氏如荠，字森伯，世居武夷丹山碧水之乡……"讲的是宋代的武夷茶。苏轼《叶嘉传》亦以拟人手法，把武夷茶名为"叶嘉"，意为叶子嘉美。叶嘉的曾祖茂先好游名山，游到武夷山"悦之，遂家焉"。当时有位任汉武帝近臣的建安人，把叶嘉举荐给汉武帝，得帝欣赏，待以名流礼遇，还命学者欧阳高、大农令郑当时、谋士陈平陪同之。其间虽有大臣贬嘉，但帝力排众议，赞嘉如"清白之士"（时茶汤沫贵白）。凡遇到大小宴会，都要请嘉出场，并封之为"钜合侯"，意即不随波逐流者。受到重用。最后，苏轼赞曰："今居于闽中者，皆嘉之后代也。"嘉以布衣遇天子晋爵封官，他竭力许国，不为身计，体现了嘉为民谋利的高风亮节。其实苏轼这是赞扬武夷茶及建茶。最著名的茶诗当属范仲淹《和章岷从事斗茶歌》，其中"溪边奇茗冠天下，武夷仙人从古栽。"将武夷茶的来源、地位一锤定音，至今回响，堪称武夷茶诗顶峰。今人赵朴初有《闽游杂咏》，吟咏武夷茶之于人生与养身的妙处：

> 云窝访茶洞，洞在仙人去。今来御茶园，树亡存茶艺。炭炉瓦罐烹清泉，茶壶中坐杯环旋。茶注杯杯周复始，三遍注注满供群贤。饮茶之道亦宜会，闻香玩色后尝味。一杯两杯七八杯，百杯痛饮莫辞醉。我知醉酒不知茶，茶醉何如酒醉耶。只道茶能醒心目，哪知朱碧乱空花。饱看奇峰饱看水，饱领友情无穷已。祝我茶寿饱饮茶，半醒半醉回家里。

纵览古今中外，抒写武夷茶的诗文不计其数。如果说时光是一条河流，那么武夷茶诗文就是武夷历史长河的朵朵浪花，激越和欢唱着武夷茶永恒的生命意蕴，一路奔涌而去。这些诗文，或感兴赞叹，或吟咏托喻，或抒怀言志，或品茗论道，从不同视界和感悟极尽抒写，既是一部武夷茶文化的华美长卷，又映现武夷文学厚重而悠远的岁月时空，展示武夷文学"绿色文化"的生命流程。

总结武夷文学及其特质，是一次返乡之旅。武夷文学不会终结，它站在21世纪的起点，承载千年的地域文化精髓再出发。

（注：本文所引诗文皆自武夷民间刊印诗文集、摩崖石刻、楹联、题壁等，不一一注明。）

革命偏航与小林的前世今生

——从《组织部来了个年轻人》到《单位》

蔡翔认为，中国当代的政治文献中，"动员"是出现频率最高的概念之一，频现于当代文学，并构成了"动员—改造"的小说叙事结构。[①] 在此中，群众参与的质量，决定革命的最终胜负；参与过程中，如何使群众成为政治主体，即国家的主人。或者说，使革命成为人民自己的事，是革命的重大问题。大革命时代，一批批"新人"如潮涌般向革命朝圣，到了晚近，革命却发生由神性向世俗的偏航，同为年轻公务员，同样是小林，一样在庄严神圣的国家部委、党的工作机关，革命动机发生巨变。王德威指出："小说夹处各种历史大叙述的缝隙，铭刻历史不该遗忘的与原该记得的，琐屑的与尘俗的……小说不建构中国，小说虚构中国。而这中国如何虚构，却与中国现实的如何实践，息息相关。"[②] 因此，小林的革命与前世今生，是中国革命的镜像，记录革命代如潮涌的前行，铭刻着革命史的嬗变，成为确证中国革命、社会变迁的知识框架、认识装置。

《组织部来了个年轻人》是当代文学的重要文本，过去 50 年，已有大量文章参与对这朵"重放鲜花"的品鉴。本文不厌其烦加入探讨，是想透过"政治文化或单位文化"的特殊视阈，将它与 30 年后出现的《单位》并置考量，寻求罅隙里勾连出的新蕴含。某种意义上，《单位》是前者的续篇，因为无论是党委的组织部，还是哪个国家部委机关，它们都是中国社会的细胞，全能政府

① 蔡翔. 当代文学中的动员结构：上：上海文学. 2008（3）. 85—86.

② 王德威. 想象中国的方法. 北京：三联书店，1998. 2.

加以掌控的最基层组织：单位；更重要的是，它们都是革命与现代化建设赖以展开的地方。20 世纪 50 年代的小林是"新人"，20 世纪 80 年代新来的充满理想与豪情的公务员小林何尝不是？在革命的道路时空里他们相遇，小林不仅没有继续先行者林震的乌托邦理想，还成为革命的"分梨（离）者"，彻底疏离了组织，并喻示了革命的偏航。恰如唐欣指出，"从 20 世纪 50 年代的林震到 20 世纪 80 年代的小林再到 20 世纪 90 年代的邓一群，我们在这条文学史线索中勾勒出了人物形象主体性的下行路线图，从中可以清晰地看到时代精神与自我主体的嬗变轨迹。"[①] 本文在时空流变与革命嬗递中，找寻其衍生意义，考察中国革命由神性而俗世，由崇高而"躲避崇高"的演进，梳理当代文学中从革命的动员与询唤（建构）——消解革命之庄重宏大（解构）；从革命的祛魅到复魅（重构）的线索，以期执政党巩固领导权。

一、崇高的神性革命与政治文化收编

作为乌托邦图景与询唤结构，"革命"具有非凡的魅力，因而成为神圣庄重、严肃壮美的社会实践活动，满溢着激情与浪漫，有着神性的辉光。当代文学中，抒写革命神性者不乏其人其书。"十七年"经典的"三红一创、青山保林"等革命历史小说为确立共产党执政的合法性，在广大读者中普及革命艰苦卓绝的斗争史，确证革命的神圣与崇高，立下了汗马功劳。李杨对《青春之歌》中林道静之于"革命"三条道路的探寻；《红岩》中江姐革命之"虐恋"等有过非常精彩的分析，可作为今天读者重返革命并抵抗遗忘的重要篇章。[②]"革命"是 20 世纪 50—70 年代小说最重要的主题，构建了数代中国人的文化心理。

《组织部来了个年轻人》讲述的是融入革命又"疏离"组织的年轻人林震的故事。林震怀揣着对革命的无限尊崇走进区委会，步入组织部，但随之而来的冲突让这个年轻的知识分子认识到，神性美好的革命似乎遭到亵渎而堕入庸庸碌碌的"游戏"当中。在林震的眼里：官僚习气、革命意志衰退、冷漠麻木等恶疾遍布这个部门，那些忙忙碌碌、漫不经心的工作场面；拖拖沓沓却一本正经的工作态度；毫无效率也不负责任的理直气壮；冠冕堂皇到只为应付局面的工作用语；那些堆积如山的文件，装模作样完全走形式的会议，庸俗不堪的争吵，高深莫测却毫无用处的分析……都令他对这个组织产生怀疑与不解，并实实在在地冲击着他对"革命"的神圣憧憬，使他困惑、彷徨、挣扎。触目之处正如韦伯指出，"情绪高昂的革命精神过后，随之而来的是因袭成规的日常琐务，从事圣战的领袖，甚至信仰本身，都会销声匿迹……信仰斗士的追随者，取得了权力之后，通常很容易堕落为一个十分平常的俸禄阶层"。林震的"认真"成为"政治上不成熟"的表现，但他努力坚持、较真，怀着对共产主义的信仰，对党的忠诚而毫不妥协，他的激情奋斗，所有努力都好像打在一堆棉花上，被软软地吸收了，没有半点力道，他就像陷入无物之阵的战士，在与人们习焉不察、积重难返的人、事、物做斗争。其实，知识者小林并不知道，在政治运行中，个人只是"国家机器中一个相对微不足道的齿轮"。在权力机构中的日常活动已仅"依赖于组织惯例而不是个人热情，依赖于纪律而不是意识形态的沉迷"①。在这种政治文化的运行机制要求中，需要的是服从、忠诚、献身、纪律等工具理性，而并不重视知识者的独立探寻、价值追求与精神超越，一句话，在此中，个体要融于集体。这个不谙世事的年轻人已触及"政治文化"的命题，或者说"年轻人"可能是当代文学最早讨论到这个问题的小说之一。正如谢泳指出，"王蒙这篇小说的主题可以概括为是党文化与知识分子文化的冲突。"② 换言之，林震与组织的疏离与冲突，表层看是革命理想主义与官僚主义的斗争，深层看，则是政治文化与知识分子文化，政党文化、制度文化与个人"自由主义"（指凭个人理想与意愿行事）的冲突。它演示了一个外来者——新来的年轻人"进入"异质文化的过程，而凭着对革命的信仰，这个年轻人不管"组织"多么不理解，个人力量如何弱小，始终保持着王蒙式的"少共"情结、革命热忱、独立思考与勇于斗争的姿态。这是 30 年后单位里的小林所仰之弥高的。

"政治文化"是美国政治家阿尔蒙德创用的。他认为政治文化不同于明确的政治理念，也不同于现实的政治决策，它指的是由政治心理、政治意识、政治态度、政治价值观等层面所组成的观念形态体系、信仰和感情；作为一种心

---

① 鲍曼. 现代性与大屠杀. 杨渝东等译. 北京：译林出版社，2002. 31.
② 温奉桥. 组织部来了个年轻人研究 50 年述评：中国海洋大学学报. 2006. 79.

理积淀，深藏于人们心中并潜移默化支配人们的政治行为。① 中国共产党在长期斗争及建立政权以后，必定随着政治运作会形成相应的政治文化、政党文化，这些文化、心理、价值层面的东西必然被带入实际的政治行为中，林震进入区委会、组织部，就宣示他所代表的知识分子文化遭遇了早已自成一统、运作娴熟、代言民众并拥有正当性与优越感的政治文化。毛泽东号召知识分子向工农学习。建政后，知识分子还必须向政党政治文化靠拢，这不仅是知识分子改造所迫切需要的，也是执政党构建文化领导权之需。葛兰西指出，"知识分子恰恰就是上层建筑体系中的'公务员'，也是统治集团的'代理人'，……因此，任何在争取统治地位的集团所具有的最重要的特征之一，就是它为同化和'在意识形态'上征服传统知识分子在做斗争，该集团越是同时成功地构造其有机的知识分子——这种同化和征服便越快捷、越有效"。② 也就是说，"同化与征服"知识分子，是执政党牢固建立文化领导权的关键步骤之一。

林震出身教师，是典型的知识分子，这就决定他"单纯""幼稚""书生气"等所表征的唯实民主、独立思考、穷根问底以及忠于理想，耽于幻想，有条件服从等特点；而共产党员的身份又使"我们能看到意识形态在年轻主人公身上所具有的内在精神感召力"以及"年轻人的胆识与锐气"③。因而，革命感召、乌托邦询唤使林震勇于担当，敢于斗争；知识分子的执拗，实事求是要求他不畏权力、追求真理；而初生牛犊又加剧了这份热血勇气。正是因为上述三点，林震与组织部的工作程序、科层等级、工作态度、讲究规矩、按章办事等政治文化的东西格格不入，他成为区委会的"冒犯者"和"多余人"。爱默森指出："如果他要在这环境里发达，他必须牺牲一切幼年与青年时代的光明的梦想，当它们是梦想；他必须忘记他童年的祈祷，套上马缰，从此就羁绊在例行公事与逢迎谄媚中。"④ 因此，当这两种文化冲突，结局有三，一是政治文化同化、收编知识分子文化；二是势同水火不相容，持续斗争；三是彼此接受，相互渗透，互相影响。政治文化本无所谓好或坏，它是在一定文化环境下形成的民族、国家、阶级和集团所建构的政治规范、政治制度和体系，以及人

① 朱晓进. 政治文化与 30 年代文学. 北京：人民出版社，2006. 7.
② 安东尼奥·葛兰西. 狱中札记. 北京：中国社会科学出版社，2000. 5—6.
③ 唐欣. 近 20 年官场小说研究. 北京：社会科学文献出版社，2006. 107.
④ 爱默森. 爱默森文选. 张爱玲译，范道伦编选. 北京：三联书店，1986. 35.

们关于政治现象的态度、感情、心理、习惯、价值、信念和学说理论的复合体；有政党活动，就会形成内涵各异的政治文化。但在长期的政治实践中，由于权力主体的政治控制、组织活动、制度运作，势必形成优秀或恶质的内核质素。朱晓进认为，20 世纪 30 年代国民党在文化领域施行一整套文化控制方略，包括控制宣传媒体，扶持官方文艺团体，推行官方文艺政策，乃至查禁书刊，捕杀进步作家等，形成国民党的恶质政治文化，进而构建了当时文学的生态环境；反之，处于权力客体地位的各派文学力量相应形成"反权力政治文化"①。同理，权力主体——共产党的政治行为也会在区委会、组织部乃至 20 世纪 80 年代小林所处的单位——国家部委机关形成特定的政治环境和政治文化，并对其成员产生影响。于是，摆在组织部、区委会面前就有一个选择：收编或排拒林震及其代表的知识分子文化。故事结尾，"林震靠在组织部门前的大柱子好久好久地呆立着……他懂得了生活真正的美好和真正的分量；他懂得了斗争的困难和斗争的价值；他渐渐明白，在这平凡而伟大的包罗万象的担负着无数艰巨任务的区委会，单凭个人的勇气是做不成任何事情的……从明天……"叙述到此急转直下，"办公室小刘走过来叫他：'林震，你上哪儿去了？快去找周润祥同志，他刚才找了你三次。'——区委周书记亲自找他！文本在此设置了一个悬念：党的区委书记找年轻的小林，是要约谈什么？规训？开导？赞扬？批评？抑或坦承党的机关的种种不足？在周书记与林震的"交锋"中，是政治文化收编了知识分子文化，还是居高临下，以绝对优势驯服了它，或者是以有容乃大的胸怀与气度包容了后者？文本这种开放式的"留白"给读者以很大的想象空间。虽然林震受制于政治文化，后者一整套规矩、制度、体制、运行方式等将富于革命浪漫激情的知识分子纳入到组织的、按章办事和有条不紊的堂而皇之中，但结尾处，林震在困惑与思考中依然展现了明净、朗健、激情与热望。

二、单位文化的规训与革命的凡俗化过程

单位文化不等于政治文化，它是一种小团体文化，是一个单位的人们共同

① 朱晓进. 政治文化与 30 年代文学. 北京：人民出版社，2006. 11.

持有的情感、态度、价值、立场、倾向以及心理状态等，进而影响单位成员的共有性文化，它更多显性表现为单位间的人际伦理关系和差序格局等级制度。单位文化也有政治文化的影子，但主要是一种亚文化，正如小林所思忖的那样："世界说起来很大，中国人说起来很多，但每个人要迫切处理和对付的，其实就身边那么几个人，相互琢磨的也就那么几个人。任何人都不例外。"因此，如果说政治文化是宏观的总体氛围与影响，政党文化是宏观的制度与规训，那么单位文化就是微观的磨损与钳制，更多体现为人际伦理文化与科层制在中国的变种。一句话，《单位》是《杜拉拉升职记》的前传，它深刻表征个人与单位成员及小团体间冲突，个人欲求与等级差序的压制、青春的桀骜不驯与老于世故、磨磨唧唧的较量。30年过去了，单位里的小林最终则以"悟"和"服"向生活、科层制，向单位的钳制性力量与文化主动"投诚"，而革命询唤、乌托邦向往被更加功利的"升官""分房"等现实利益取代，革命出现"祛魅"。

小林在单位的妥协，不是政治文化的招安，完全是在单位文化威逼利诱下全方位的主动缴械，是知识分子性格向单位文化的溃退。想当年小林风华正茂，意气风："大家都奋斗过，发愤过，挑灯夜读过，有过一番宏伟的理想，单位里的处长局长，社会上大大小小机关，都不在眼里，哪里会想到几年之后……什么宏图大志，什么事业理想，狗屁！"在这里，林震式的革命热望悄然置换成极其个人化的生活理想（为改善生存和生活境遇），小林的认命态度与人生感慨中，显露的是青春的热情与率真的全面退潮。相反，林震面对组织部刘世吾副部长的缺点，公开伸张革命正义，表现了知识分子的率性与求实："您不对！"林震大声说，他像本人受了侮辱一样难以忍耐，"您看不到壮丽的事业，只看见某某在打瞌睡……难道您也打瞌睡了？"在过去的信仰訇然倒塌后，小林得到自慰并与现实达成和解，"使平庸得到满足并得到宽恕"[①]，于是他开始专心致志"琢磨""对付"起单位里的人、事、物，即所谓的房子、位子、票子的欲求。这欲求遮蔽了他曾经的远大理想，替换了党和国家机关"为人民服务"的诺言，青春激情已麻木，因为"考虑大白菜"是活着的人行动着的重大理由。与林震执着于革命相比，小林"清醒"而"成熟"了，但这份成

① 让·波德里亚. 消费社会. 刘成富等译. 南京：南京大学出版社，2001. 14.

熟却以革命主体的精神沦陷为代价。《组织部来了个年轻人》与《单位》既可看作后革命小说、官场小说，也可以视为职场小说、青春小说，更可当成文化小说、乌托邦隐喻和成长小说。巴赫金指出，某类成长小说"勾勒出某种典型的重复出现的人的成长道路，从青年时代的理想和幻想转变到成熟时的清醒和实用主义。这条道路最终因种种不同程度的怀疑态度和听天由命思想而变得复杂。这类成长小说的特点，是把世界和生活描写成每个人都要取得的经验，都要通过学校，并且从中达到同一种结果——人变得清醒起来，但又具有不同程度的听天由命的思想"[①]。林震、小林就分别验证了上述理论：一个执着于革命，一个听命于现实，这是成长如蜕的最好诠释，也是革命走向凡俗的见证。

单位是体制化的存在，是中国目前公共权力管理的主要形式，是社会控制的最小细胞之一。有研究者指出，中国社会不仅是一个高度"组织化"的社会，也是高度"单位化"的社会。单位"由与党的组织系统密切结合的行政组织构成"，它"是国家分配社会资源和实现社会控制的形式"[②]。国家集强制性的行政权力和交换性的财产权利于一身，通过对单位的资源分配与权力授予而拥有了直接控制单位的权力，并使单位依附于国家。而单位又通过对单位成员进行资源交换的宰制，获得了支配与规训个人的权力；个人则被赋一种身份归属——单位人，进而在很大程度上依赖于单位。正是国家—单位—个人的控制形式，具体到通过对单位—个人这样一种资源配置渠道，国家实现了对个人的万能监控，个体则被意识形态的"丝绒手套"紧握掌心。在单位，似乎只有"入党""升官"才是获得资源配置的根本途径。面对有限资源分配，和单位强大掌控力，小林在数次与代表党组织的女老乔、处长的"较量"中，不得不"幡然悔悟"，顺势投入单位的网中。"对一切不在乎"的气度，"孩子脾气"的率真都让渡给了迫在眉睫的"钱、房子、吃饭、睡觉、撒尿拉屎"，严肃壮美的革命完成了向吃喝拉撒的鄙俗化、个人化需求的全面转型。

小林最初的人生规划，是考研，干出一番事业，实现理想和价值，过上好生活。这种主观为己、客观为革命的理路，相较于林震孜孜以求的恢宏壮丽的革命，虽有"私"的一面，总体还是契合革命要求的。由于现代科层体制预设了等级化权力组织机制的存在，主流意识形态的"召唤"与"监控"是通过科

---

①　巴赫金. 小说理论. 白春仁译. 石家庄：河北教育出版社，1998. 231.

②　李路路，李汉林. 中国的单位组织——资源权力与交换：浙江人民. 2000（3）.

层制的权力关系予以实施。这种行政体制并非纯粹抽象的制度体系，它不仅规定等级式的职权范围，也设定了相应等级式物质享受标准，还设置一个上通晋升的渠道，使之作为国家的一种奖励机制，晋升从而具有工具性和现实层面的物质意义。为此，小林的革命理想早已校准为"在单位混得如何"。"小林要想混上去，混个人样，混个副主任科员、主任科员、副处长、处长、副局长……就得从打扫卫生、打开水、收拾梨皮开始。而入党也是和收拾梨皮一样，是混上去的必要条件，或者说是开始。你不入'贵党'，连党员都不是，怎么能当副处长呢"？在此间，革命这尊被祭上神坛的"真身"却被小林以及后来者拽入凡俗的泥淖中，有被污名与戏说的可能。在遭遇现实的有力阻击后，小林的革命表现出"欲拒还迎"的下行趋势：对抗现实到受难到"悔悟"到"像换了一个人"到"工作积极，政治上追求进步"，因此越到后面，"积极打扫卫生，打开水、分梨、收拾梨皮"等行动变成手段，而当官、住好房、乘好车等一己之求却成为小林革命的终极目标——革命趋于功利，革命动员结构趋于解体。

联系《单位》的续篇《一地鸡毛》，"小林的问题是房子、孩子、蜂窝煤和保姆、老家来人。所以对热闹的世界充耳不闻"。他放下部委机关干部的身段，到市场为朋友卖烤鸭挣外快，"如果收拾完大白菜，老婆能用微波炉再给他烤点鸡，让他喝瓶啤酒，他就没有什么不满足的了"。经过单位、家庭和市场的风风雨雨，"小林成熟了"，他的革命壮志、乌托邦追求已被一地鸡毛般的个人凡俗琐事消解，而由于小林们这样革命主体的缺席，革命出现"空心化"、俗鄙化，革命询唤变成功利召唤，革命领导权亦出现危机。从 20 世纪 50 年代到 20 世纪 80 年代，从革命圣徒林震到真正疏离者小林，革命的偏航值得警惕。李杨指出："现代革命中，个体行为受到两种内在力量的影响：一方面是起超越作用的'神性'的提升力量，另一方面则是'惯性'的下拉力量，后者所起的作用在某种程度上也许意味着沉沦。于是，个体在革命中始终经历着超越与沉沦两种力量的争夺，这就是革命中的个体身上存在的'巨大的张力'，决定着'革命'与'反革命'之间的分野。"① 是否可以认为：林震和小林就是神性"革命"与俗世"非革命"的代表？

---

① 李杨. 50—70 年代文学经典再解读. 济南：山东教育出版社，2003. 116.

场域的角力：文学及其周边

三、余论：未尽的革命

《单位》与《组织部来了个年轻人》同为中篇，却蕴含丰富的时代信息。置放在"革命"的谱系里，后者与前者的关联性及历史价值和现实意义就突显出来。

张小刚以文本细读的方式分别用单位机制、市场逻辑、家庭规约三个关键词，剖析单位机制对人的改造，"从'强迫改造'到'几番折腾'再到不断得到来自单位的资源和权力，小林身上的知识分子精神一步步被单位机制所同化，单位机制逐渐内化为小林的生存准则。小林一步步完成了另一次自我认同：从一个'吊儿郎当'的大学生变成一个按道理办事的'成熟'的单位人。"[①] 因此，我愿意把小林的当代命运看作年轻一代职场（《单位》）、家庭（《一地鸡毛》）、市场（《一地鸡毛》）的"教科书"，是这两个故事展示了毕业大学生步入社会，进入职场、家庭的生存场景和生存准则，异常生动而真实。与"励志型"的孙少平（《平凡的世界》）相比，小林的成长显得黯淡而无助，人不是世界的中心，而是处处被市场、职场、家庭宰制的"玩偶"，这些因素综合起来重塑了一个"非革命"的小林。小林作为单位人、社会人、家庭人，也心悦诚服地认同并纳入到 20 世纪 80 年代以后，新的生产关系、社会关系、单位文化逻辑和市场意识形态编织的网络中，昔日的学院文化、知识分子精神气质、年轻人的轻狂与个性解放、性格的张扬绽放已无处容身。总之，无论是林震，还是小林，作为宏观与微观的政治文化、体制力量、单位文化、科层制度，都鲜明宣示"革命"之"道"的追求者与"政治"之运行机制的某些不相容。政治要求持道者对于组织的完全认同，具体表现为对组织纪律的绝对服从，从而会使知识分子陷于自我认同的危机。于是摆在二者面前的，要么归顺政治文化的既定框架，要么荷戟孤立。这就是为什么，林震的犹疑踌躇，小林的无地彷徨会深刻打动我们的原因。在此意义上，它们又是心理小说。鲍曼指出："纪律的理想旨在与组织的完全认同——反过来就意味着要消除个人自己独立特性和牺牲个人的利益。在组织的意识形态中，准备做这样一种极端

---

① 张小刚. 城与人：身份焦虑与认同——我们看《单位》和《一地鸡毛》: 海南师大学报，2009. 56.

的自我牺牲被表述为一种德行。"——实际上还可以被表述为"政治成熟"。"这种行为意味着最高意义上的道德戒律和自我牺牲。纪律取代了道德责任。唯有组织内的规则被作为正当性的源泉和保证,现在这已经变成最高美德,从而否定个人良知的权威性。"①

其实何止年轻的知识者小林,还有池大为(阎真《沧浪之水》)、陈宗辉(祁智《陈宗辉的故事》)、许明(《狗日的前程》)、廖怀宝(《向上的台阶》)、邓一群(《欲望之路》)等等,这些人的成长之路耐人寻味。他们首先都是知识分子,大都由教师岗位或者大学毕业而走进权力机构,他们的奋斗与结局各不相同,但"欲望""向上""前程"的诱惑,强大的政治文化、官场文化、单位文化的规约都使他们不再尊崇革命的召唤,而匍匐在残酷的现实面前。"小林们"的人生轨道看似人个性的被动选择,但偶然中有必然:在市场与历史的洪流裹挟下,如果个人无法持守革命的航标,革命主体的偏航势所难免。这或许是时代留给读者的思考。革命偏航势必会危及执政之基。当代小说文本对革命主体缺席、革命精神溃退,革命路线下行已做出了令人深思的回应,因此,从革命的迷魅到祛魅再到复魅,从对乌托邦的激情与向往的建构到解构再到重构,仍是执政者必须面对的革命—建设的重大问题。这就需要改善某些恶质的政治文化、厚黑的官场文化,庸俗的单位人际伦理文化,破除市场导向的功利主义的逻各斯中心,着力书写与呼唤革命新人,型塑文化领导权的新形态。而这些,就是20世纪50年代至80年代文本间隙处透露出来的信息。

① 鲍曼. 现代性与大屠杀. 杨渝东等译. 北京:译林出版社,2002. 29—30.

场域的角力:文学及其周边

从《官场》到《沧浪之水》
——论新时期官场小说的深化与发展

官场小说（本文指涉的官场小说是指以政坛官场和官员为主要表现对象的小说类型，包括了当下时髦的反腐小说）是中国小说的一个重要类型，"官场既是一种题材分类，又是在审美意义上关涉一个具有浓郁象征色彩的隐喻空间。首先，就题材而言，其所描写的'官场'是个'类具体的三维空间'，它附着在一些行使国家公共权力的具体职能部门之上……其次，官场又是有着浓厚象征色彩的隐喻空间，它是一个另类的'人文空间'，象征身处其间之人的存在境遇，特别是精神所面临的困境。'权力'不仅定义了官场中每个人的身份地位，其巨大的辐射力还渗入他们的精神世界，人们围居其间欲罢不能，欲撤无门"①。从晚清的《孽海花》《官场现形记》《二十目睹之怪现状》等谴责小说、黑幕小说肇始，以揭露官场腐败为主线，一直延绵到当代，其间在延安文艺，特别是左翼文学在新中国取得支配性地位后，以反映中共夺取政权并取得合法性和新中国建设的宏大叙事成为当代文学的主流和最重要的表现领域，虽然也间或有揭示官僚主义、特权思想的篇升，但这一时期，只有《组织部来了个年轻人》（王蒙）、《改选》（李国文）等，官场小说作为文学的另类未能得到深化发展。到了新时期，文学与政治有了一个短暂的蜜月期，才续上官场小说的文脉，但也仅有《新星》等少数作品可归入官场小说范畴，大多文本反映的焦点主要集中在"伤痕""反思""改革"，官场只作为或隐或显的背景而存

---

① 唐欣. 权力镜像——近二十年官场小说研究. 北京：社会科学文献出版社，2006. 19.

在，真正把文学的笔端伸入官场内部，对官场权力斗争、官场人物、官本位文化、官员进行深入刻画的，"刘震云的《官场》《官人》《单位》等，可以说开了新时期官场文学的先河，他最擅长的是在平凡、平庸的日常生活中，描述那种近乎无事的悲剧"①。随后，张平、陆天明、王跃文、周梅森、阎真等人的官场小说，集中反映以官场斗争、反腐败和展现官场人物内心世界，刻画血肉丰满的官场人物为内容，犹如集束炸弹出现，蔚为大观，在文坛掀起"官场（反腐）文学的冲击波"。从刘震云的《官场》（1989 年）肇始到陆天明的《苍天在上》（1995 年），新时期的官场文学大约以 1995 年作为分水岭，而阎真的《沧浪之水》（2001 年）可以说是高峰期的代表作。官场（反腐）文学的集群式亮相，不免龙虫混杂，泥沙俱下，越到后来，有的则流于暴露，揭示"黑幕"，情节模式化，人物平面化的毛病突出；有的则流俗媚俗，如：清官模式、魔道斗法模式、美女情爱模式、三角乃至多角恋，将严肃的官场描绘成一团漆黑，迎合某些读者的低级趣味，学者专家对此多有批评。

刘震云的《官场》和阎真的《沧浪之水》作为当代官场小说的开始和高峰，有着典型的解剖意义。本文以《官场》和《沧浪之水》为样本，撷取官场小说在当代发展流变的两端，分析新时期官场小说的深化与发展。

一、从官场原生形态展示到官场现形记

刘震云是新写实小说的代表作家，这就无法回避其特有的叙事风格和作为"新"写实特有的创作手法。总的来说，新写实作家们（包括池莉、方方、范小青等）有基本的共同点：追求叙事上生活的原生形态的展示，讲求"零度写作"和"中止判断"，这与传统现实主义鲜明的批判性与典型化不同，也就缺乏后期官场小说的道德化指向和价值评判。

刘震云的官场系列小说指的是在人物和故事上有关联又各自独立的 3 个中篇小说：《官人》《官场》《单位》，主要以北京某国家部委和下属某局、某处为背景再现了官场的权力博弈，展示了各级领导、普通科员对官场斗争和权力的认识，揭示了社会权力机制对普通人的异化与心灵的腐蚀。其中的小公务员小

---

① 孔范今主编. 中国新时期文艺思潮研究资料（下册）. 济南：山东文艺出版社，2006. 328.

林可以说是新时期官场的林震（《组织部来了个年轻人》），他风华正茂，充满理想，有锐气有活力，但在官场权力和物质窘迫的挤压下，学会了观言察色，唯命是从，低头奉迎；学会了"汇报思想"，送礼"走后门"；悟出了关系学、官场学与入党、与当官、与待遇享受之间的联系；就是这么一块璞玉，终于被磨平了棱角，放弃了理想，成为庞大的权力机器中一颗标准化生产出来的螺丝钉，并最终加入了小官僚的行列。可以说，刘震云对官场游戏和权力之于人的磨损，更多立足于冷静的展示和再现，将官场的原生形态还原给读者看，这就类似于自然主义：作家就像一台摄像机，把所发生的一切都摄取下来——统统让读者去评判。因此作者"在写作时采取一种局外人的叙述方式，以一种超然于笔下人物和事件的态度来抒写，以客观化的叙事态度作为情感介入的准则，叙事规则上追求还原性的呈现，它要求作家从观点回到现实，注重观察弱化判断，从有选择性的描写生活局部返回到勾勒生活的本真原型的全景，尽量避免在叙述过程中的主体意图的介入和主观倾向的干扰，以逼近'原生态'的纯粹和本真"①。

与王跃文、张平、周梅森表现出的惊心动魄的官场斗争相比，刘震云的官场小说"价值判断并非特别鲜明，小说也未触及腐败问题，而是着力书写主人公囿于官场中的特定的生存状态和心灵轨迹，表现了'几乎无事'的官场倾轧角斗"②，刻画了官场人物中的"官僚类型"，这一类官员没有鲜明的个性，面目模糊，缺乏宏大理想和革命意志，庸庸碌碌，更没有坚定的信念和共产党人的特质。说白了，他们就是陷入权力纠纷的庸俗官僚。如果说他们是丑陋庸俗的官僚，那么他们的继任者——贪赃枉法、鱼肉百姓、欺下瞒上、党同伐异，已经危及到党和人民事业的官员们，则是罪恶不赦的腐败分子。这些，都十分细致和令人惊悚地表现在小说里。可以说，《官人》中的局长、处长们与刘世吾有某种深刻的精神联系。在刘震云那里，官场人物被呈现为原生态的展示，这些官员被有形和无形的政治文化、官本位意识任意摆布，无论是局长还是普通科员都逃脱不了权力运作的愚弄，成为可悲的生活图景。因此，作家成为一个超然的旁观者、叙述人，遵循"还原原生形态""中止判断""削平深度"的

① 陆贵山主编.中国当代文艺思潮.北京：中国人民大学出版社，2002.203.
② 孔范今主编.中国新时期文艺思潮研究资料（下册）.济南：山东文艺出版社，2006.328.

美学原则，隐藏起主观倾向性，将官场众生态不动声色地展示出来。

后期的官场小说继承了明清谴责小说的余绪，接过揭露和批判的大旗。因而通过陆天明、王跃文、张平、周梅森、阎真等的作品，我们可以触摸到作家滚烫的心：对国家、人民沉甸甸的责任感；对家国文化、知识分子根性的反思；对官场文化、社会体制、权力结构的解剖；对奴性意识、官本位意识的批判；对贪官污吏、腐败分子腐蚀国家行政系统健康肌体的愤怒；对法律意识、责任意识、国民优根性的召唤。

后期的官场小说"一开始就以介入公共话题，旗帜鲜明，以反腐败、反官僚主义为己任，虽然官场小说介入现实是有限的，但这一点是得到主流意识形态鼓励的。自古以来'代民立言'就是中国文学的优秀传统，在这个激烈变革的时代作家不应该成为面对时代'失语'的沉默的群体"[1]。对此，官场小说的作者们有着高度的一致和共同的体认：对腐败的深究、对官场文化的批判、对知识分子操守、美好人性的感召。这是作家社会责任感使然，并由此表现出深沉的批判意识，历史文化意识和理性力量。陆天明曾表示："要做一种'参与文学'，或者说要做一种带着强烈参与意识的作品，也就是说要用自己的作品去参与当下的社会生活，参与当下社会改革。在当前中国这场历史性的大变革中我作为一个作家，必须'到场'，也应该'到场'，甚至傻瓜般地一直走到漩涡中心去。"在《高纬度战栗》问世后，他说："希望自己参与到广大民众当下的生活变革中去，起一点它能够起的和应该起的作用。"[2] 以上说明，与旁观者和超然物外的刘震云小说来说，这里的"到场"和"参与"都体现了后期官场小说的公共立场，即当他们以小说文本介入社会探讨公共话题时，表现出了鲜明的现实批判精神和担当道义的勇气。

二、官僚政治：从官场类型到官场典型

这是当代官场小说的一大变化。当前官场小说虽然良莠混杂，但较之前期有了质的飞跃，这主要体现在人物塑造、创作手法、批判现实、展现官场权力

---

① 李相银，陈树萍. 精神拯救与责任担当——由〈高纬度战栗〉谈起：文艺理论与批评. 2006（1）. 27.

② 同上。

博弈和人物内心等方面。

1. 拓展官场小说的内部和外部视域，极大丰富了官场小说的表现领域。

在王蒙、刘震云那里，其权力叙事的表意视野被定位在机关大院或办公室，指向大都是官僚主义作风，革命意志衰退，争权夺利，互相排挤等等，虽一定程度上迎合了读者的好奇心理，但视野显得相对狭窄。后期官场小说的表现领域除了通常的反腐败主题外，更多与社会经济建设、与广阔的社会生活（更广义的公共空间）、与"底层叙事"相联系，多了全景式、时代性、历史性、人民性的内容。如《沧浪之水》中涉及了某省卫生事业，血吸虫病控制，国家级课题申报，争取博士点等；《政界乾坤》里讲述了农村扶贫，县域经济发展、产业结构调整；《中国制造》中反映了大型国有企业破产重组，工人再就业，治理"五小"企业污染问题；《国家公诉》中揭露了下岗工人的痛苦生活、国有企业倒闭安置问题；《至高利益》中揭示了乡镇农村财政"空壳村镇"问题，宗族、涉黑势力染指农村基层政权问题；《绝对权力》中展现了国有公司重组、民营企业违规借壳上市问题；如何看待"一把手的权力"，实行民主集中制问题，如何看待政绩，应该有怎样的政绩观的问题；如何对待手中的权力，为人民谋福祉的问题；如何在官场中调和与保持自己本色，坚持知识分子操守的问题……这些问题的提出和多领域的触及已经超出了纯粹对"官僚主义""官本位意识"批判的范畴，表现了更深的理性意识、历史意识和时代精神。可以说，后期的官场小说将权力斗争放置在改革开放加速期波澜壮阔的历史长河中去展示，官场人物的所有矛盾斗争都与广阔的社会现实、时代变革，特别是与官员们所要应对的复杂的经济社会发展的矛盾交织纠结起来，摒弃了简单的革命者（官僚）、改革建设（反腐败）的二元对立的结构模式，立体式，多侧面地表现了当代政坛官员丰富复杂的心理与情感世界，展现了新时代五彩斑斓、复杂多维的社会现实，同时也为官场斗争、反腐倡廉以及如何恪守革命者本色提供了绝佳的时代注解。因此，官场小说从前期囿居"单位"（刘震云）到后期参与"天下大势"（周梅森），是这类小说表现力增强的重要体现。

2. 逼真再现了官场中"没有硝烟的战争"。

如果说前期的官场小说展示的斗争是"静悄悄"的，那么后期的官场小说所表现的则是惊心动魄、血淋淋的，甚至是你死我活的斗争。在这里，官场的斗争不再停留在为了一己私利，"蝇头小利"或仅仅是涉及职位争夺、吃喝玩乐、亲属工作安排等层面上，也不再是顾及面子，不撕破脸面的明争暗斗。权力博弈、小集团利益，不同的施政理念，同僚的挤轧竞争，工作的复杂困难局面，甚至是腐败分子的拉拢腐蚀，香车美女、纸醉金迷的诱惑，杀人灭口、斩草除根的威胁，把官员推到了斗争的风口浪尖。这些说明官场与广阔的社会现实联系起来，在貌似平静的官场风险太大，诱惑太多，有可能发生"没有硝烟的战争"。

在刘震云那里，我们看到的官场斗争形态是"温文尔雅"的暗中较量：虽然有机关算尽、绞尽脑汁的争夺，但"同志"式的关系是可能维系的，有时甚至残存一丝温情。如在《官场》中，县委书记们、地区专员们乃至省委书记都保持了良好的从政心态，甚至不乏共产党人的崇高品德和革命自觉意识。在《官人》中，局长们的职位之争，多集中在部局机关内部，与贪污腐败、贪赃枉法、祸国殃民还牵扯不上多少联系。在《单位》中，同志们之间的"斗争"大多还囿于分梨，入党，谁当处长、局长的范围里，这与大是大非的原则问题、轰轰烈烈的经济社会建设、你死我活的矛盾斗争相比，只算得上是"一地鸡毛"。

但在晚近的官场小说中，社会现实和官场斗争被异常真实地呈现于面前。通过它，我们得以一窥官员们的生活、工作轨迹。首先是与官员工作紧密相连的经济社会建设大量地涌现到小说中来：从村镇工作到一个省的决策，从农村扶贫开发、计划生育工作到县域经济发展、产业结构调整，从下岗再就业、失业工人上访到高新工业园区建设、国有公司重组上市；从旧城改造、治理环境污染到争取修建高速公路、打击黑恶势力、处置群死群伤事件，解决劳资矛盾……现实生活中官员必须解决的几乎所有焦点、热点、难点问题，一场场没有硝烟的战争密集地在小说中，并得到广泛深入的表现。改革开放过程中利益调整引发的社会矛盾、民众情绪，工作中的失误，社会上负面的东西，这些活生生的现实没有被回避，作家们不仅仅"歌德"，他们没有避讳粉饰，而是忠实地记录下了这个伟大时代的变革和阵痛。透过这些小说，我们认识了官场那个特殊的群体和政治"生态"，不仅给我们深深的思考，给我们一声叹息，也给我们希望。我们同样认识了当下的社会现实，"高楼大厦后面有阴影，霓虹灯下有血泪"，它给我们沉重，也给我们警醒，更催我们奋进。

3. 表现和挖掘官场人物变异的过程和复杂动因。

官场人物必须遵循政治的游戏规则，有时还必须在人格操守、道德良心与官场潜规则之间进行权衡选择，因此激烈的官场斗争和政治文化的熏染，是完全可能导致官场人物的变异。具体而言，社会机制、权力结构、官场规则、人性弱点、家庭压力、物质窘困、传统文化的熏陶、潮流裹挟、社会转型等等各种诱因直接或间接参与了官场人物的改造或变异，后期的官场小说对官场人物的塑造达到一个新的深度，在人性分析、官场文化批判、表现社会现实、反腐败等方面将官场小说提升到一个新的高度。

前期的官场小说对于外部的矛盾斗争着墨较多，虽有人物心理刻画，但对官场文化的分析，人物内心精神的裂变、人格分裂与灵魂的拷问触及相对较少。在王蒙那里，林震的思考甚至有那么一丝忧郁的诗意。刘震云的系列也刻画了官场人物的内心活动，比如金全礼、小林、8个局长，但揭示的并不完整全面，他们的"意识流"多多少少还围绕着官位，并没有把深广的社会内容纳入进来，所以写不出人物的"变异"，尤其是人性、性格、命运之变，也就找不到人物异化的深层原因。"在以办公室为主要空间标志的'官场'中，（刘震云的）作品以一种拟真性的修辞对官场人物的生存状态进行静观式的描摹"①，所以刘震云的笔下，官员大多是"成型"的，他们的性格也就是"静态"的。

相对于后期的官场小说，尤其是阎真的《沧浪之水》在挖掘人物性格、人性变化方面则有些集大成的意味。总的来说，《沧浪之水》是一部注重精神分析的小说，如：池大为一类的知识精英是如何在官场的游戏中丧失知识分子品格的；他又是如何承受精神的煎熬与痛苦，担当着人格分裂的焦虑。文本中大量的心理活动展现了这个知识分子是怎样一步一步清醒并痛苦地经历着精神的溃败，蜕变为一个"政治动物"。池大为内心反复的辩诘、追问、忏悔、挣扎都体现了文本"对话"叙事的存在。这些对话既有人格分裂下自我的暗辩式对话，也有与晏之鹤、马厅长、妻子董柳的显对话，还有与死去的父亲、未谙世事的稚子的潜在对话，所有对话活脱脱地展现了社会转型期这个正直善良、单纯明净甚至有些"迂""执拗"的知识分子最终是如何一步三回头地演变成一个老于世故、擅弄权术、唯我独尊的官僚的。这个质变的异化过程无疑让我们洞悉了来自社会机制、权力结构、官场文化、知识分子自身弱点、社会潮流裹挟、家庭的压力等方方面面的原因。

① 唐欣.权力镜像——近二十年官场小说研究.北京：社会科学文献出版社，2006.48.

这个异化过程虽不是血淋淋的化蛹为蝶，却异常深刻而且令人震惊；这个异化过程又是一个渐变动态的过程。同样地，对于《绝对权力》《国家公诉》《至高利益》等后期的官场小说都较多地抒写官员动态的变化和复杂丰富的内心世界，使之呈现出一种流动的美感。

4. 多手法运用，深入人物内心世界探幽发微，塑造众多个性鲜明、血肉丰满的形象。

前期的官场小说多是从政治层面、党性、干部职责、反腐败等外部构造因素来塑造官员形象，还较执着与人物与环境的传统关系。后期的官场小说"摆脱了好人坏人、正面反面的框框，写的人物生活气息更加浓重"[①]，更注重从官员的内心世界，从人性的高度去塑造官员形象，更关心人物细微的内心变化，深化人物的心理内涵实质，表达了对官员们精神现状的反思和质疑。一方面作家们由对人的现实关注，转到了对现实的人的关注，不断寻求人性的深度解释，将注意力集中到深层心理层面，试图挖掘被传统观念和世俗理性忽略和遮蔽了的人性真实，使得官员们不再是观念化的人物，而呈现出立体的异常真实的质感。如《沧浪之水》《绝对权力》《至高利益》等作品中，作家吸收了关于人格变态理论、无意识、焦虑等深层心理学的理论以及弗洛伊德强调从深层心理来解释人的精神和行为表现的观念，通过各种不同人物的塑造和故事述说，给小说提供了新的表现方法和美学特质。通过对人物作心灵透视和心理分析，（如《沧浪之水》引入内视角的叙述手段，呈现出一种"复调"和"对话"的风格），通过写表现心理的故事，深化了作家对人性、人生乃至社会历史的心理学考察，为小说中的艺术形象和艺术世界带来更能表现现代人认知水平和认识能力的复杂性、立体性和动态性特点。这样，深层心理学开启了作家们一个全新的观察和描写人的视角。另一方面，后期官场小说借鉴和创造了许多叙述技巧，除了固有的"道魔斗法""清官模式"等外，还有内（外）视角的交替运用、对话叙事、深层心理分析、意识流手法、反讽解构、看（被看）、归来（离去）的结构模式等现代小说的创作手段。如《沧浪之水》就较多地运用了现代小说的技巧。如前所述，这是一部知识分子的心灵史，是一部注重精神分析的小说，笔者认为该文本呈现出巴赫金所归纳的"对话"与"复调叙事"：

---

① 孔范今主编. 中国新时期文艺思潮研究资料（下册）. 济南：山东文艺出版社，2006. 328.

场域的角力：文学及其周边

在显文本下，表现出主人公、其他人物、叙述人、作者各自独立，众声喧哗的"复调"和意识流动中的多重"对话"的可能。它还借鉴了鲁迅小说看（被看），归来（离去）的模式。在小说中，"我"（池大为）"看"丁小槐、马厅长等芸芸众生的官场如戏人生；在"自我"的后面"本我"却在"看"自我人格的分裂和灵魂的出卖；死去的父亲、晏之鹤在我后面"看"我；最后是叙述人、作者在更隐秘处"注视"着"我"的人格分裂和整出官场游戏。这么一个多声部、多层交织的看与被看，显在与潜在对话等众多手段的应用，大大丰富和拓展了文本的表现力，表现出一个文化精英从纯真到抗争到妥协再到堕落的艰难挣扎和分裂，更加完整真实而深刻地展现了官员们的全貌和官场的波诡云谲。

多技巧的使用，塑造出个性鲜明、血肉丰满的官员形象，丰富了当代小说人物的谱系。如：精明自私的秘书长刘如意，政治强人赵启功，需要绝对权力的齐全盛，不畏强暴的检察官叶子菁，坚持原则、正义的李东方、唐朝阳，刚直不阿的纪检干部刘重天，好大喜功片面追求"政绩"的翟燕青，狂狷"另类"的官员贺家国，正直善良又委曲求全的田立业，敢说敢干、作风粗暴的乡镇干部计夫勤，老于世故、擅弄权术的马厅长，唯上奉迎、拍马溜须的丁小槐，贪赃枉法、胆大妄为的陈仲成、白可树，官迷心窍、灵魂堕落的赵芬芳，左右摇摆、人格分裂的知识分子官员池大为……这些栩栩如生的形象充实了当代文学的人物画廊，继农民、工人、知识分子之后又创造了一个特殊的人物系列——政坛官员。在当代文学发展中，不乏官员形象，但多居高层或基层两端，要么是人民领袖、高级干部，如《将军吟中》的将军、《第二次握手》中的周总理、《保卫延安》中的彭德怀、《春之声》中的部长；要么是基层一线的干部形象，如《车间主任》《大厂》《那儿》中的车间主任、工会干部、厂矿领导；文学史也不乏农民、知识分子形象，比如阿Q、闰土、梁生宝、陈奂生、高加林到晚近的农民工系列，比如范爱农、魏连殳、汪文宣、林道静、陆文婷、丁洁琼等。但如此密集地表现新中国建设、改革开放经济发展中处于高层和基层两端的中坚（间）领导干部，是官场小说的创造。

总之，新时期官场小说舍弃了简单一元的"高大全"（卡里斯玛典型人物）的革命者或领导干部的人物造型方法，创造出了令人难忘的人物典型。除了展现这些官员为国为民、正直无私、敬业奉献的可贵品格，作品还将笔端突入到他们的家庭生活、个人情感、隐秘的内心世界等"私人空间"，多角度地描绘他们的七情六欲，心灵深处的细腻变化，真实地还原他们作为普通人的本来面目，揭下包裹在外表貌似坚强庄重的官员表相，展示了他们身为官员独特的心理感受和生命担当；他们有爱欲、憎恶、私心、孤独、恐惧、烦恼、犹疑、脆弱，有坚持道义原则的勉力支撑和左右摇摆，有身为官员与真实自我的剧烈内心冲突。这些描写纠正并丰富了读者对官场、官员的认识，在当代文学史上第一次用文化的眼光和历史理性对官场进行审视，使"官场""官员"作为一个独立的可供解析品赏和进行文化想象与建构的审美对象，第一次真正进入当代文学特别是新时期文学的表现领域，提供了官场和政坛官员的各色人生聚象，进一步开启和传达了当代中国官场和官员人性的众多复杂内涵，并由此彰显出独特的文学史价值和意义。

现代性怨（恨）羡的嬗递

——20世纪中国留学生文学^①的主情主义

中国的 20 世纪上半叶既是一个现代民族国家建构的过程，同时也是饱受帝国主义侵略，屈辱而灾难深重的历史时期。西方列强用坚船利炮打开中国国门，破除"中国中心幻觉"的同时，也带来了经济、文化等方面的全方位殖民。有世界开放眼光、敏感的中国知识分子在"西风东渐"的过程中，也接受了西式的民主、科学、平等、自由的现代理念，并引发了他们"师夷长技"和去国留学的热潮。从 1847 年容闳等三人留美幼童到王韬、康有为、梁启超，至鲁迅、胡适、巴金，再到 20 世纪五六十年代白先勇、於梨华，一直延续到 20 世纪八九十年代中国大陆出国热潮中的查建英、严歌苓、严力……众多学子怀揣五彩缤纷的梦想到异国他乡"寻求别样的人生"。据统计至 1912 年中国赴日的留学生共达 30000 人。^② 他们在文化乡愁、现代性神话、种族差异的多重压力中，抒写了脍炙人口的小说，用以记录自己痛苦、欢乐、奋斗的心路历程，其实"中国现代文学的滥觞正是留学生文学"^③。从《留东外史》的窥淫到郁达夫的《沉沦》，从在异国他乡理想幻灭的黄佳利（《又见棕榈，又见棕榈》），到自沉于密歇根湖的吴汉魂（《芝加哥之死》），20 世纪的留学生文

---

① 为叙述方便，本文的"留学生文学"主要指以留学生为创作主体的文学，20 世纪八九十年代又有人称为"新移民文学"。目前学界基本统称为"留学生文学"。如中国社会科学院杨匡汉主编的《二十世纪文学经验》以及诸多论文都做如是称。

② 马小红. 本世纪初的留学日本热：读书. 2000（4）.

③ 杨匡汉主编. 二十世纪文学经验. 东方出版社中心，2006. 736.

学，一直或隐或显地呈现出以怨恨（羡）为主基调的情感倾向，并构成了 20世纪留学生文学情感叙事的基本形态。本文就这种现代性怨恨（羡）的起源语境和留学生文学文本实践进行检视。

一、现代性怨（恨）羡的心理学和发生学分析

在中国文学中，"怨""恨""羡"古已有之，作为共有的心理、情感结构被代入文学中，表现了人类丰富复杂的情感脉动和心灵世界。文学若没有情感，将变成枯躁无味的社会文献，文学情感世界中没有"怨""恨""羡"，将是一个残缺不全的视域。我国古诗早有"闺怨"诗，或诉说少女思春的情怀，或寄托怨妇对戍边未归的丈夫的思念，经典的要算家喻户晓的《长恨歌》，"老大嫁作商人妇"的琵琶女，自伤身世的浅唱低回竟使江州司马情难自禁，热泪沾襟。中国古典诗学则提出了诗可以"兴、观、群、怨"的美学原则，这是文学批评的元话语。到近现代，随着国运衰落，西方列强入侵，中西方发展的强烈反差引发了国人构建民族国家的现代性冲动和焦虑，加之"国恨家仇"、愤懑、哀告、埋怨以及夹杂诸多由"现代化震惊"带来的羡慕、怨恨交织的复杂心理被一再强化，成为 20 世纪中国人最基本的一种情感态度和心理体验，并内化为一种人格结构和情感结构沉入人性深处。

社会心理学家马克斯·舍勒在《道德建构中的怨恨》中论述了怨恨的群众心理学基础，根据舍勒的解释，怨恨作为一种普遍存在的情感，有其得以产生的社会、心理、生理的机制，他宣称："原则上所有的人彼此都能进行全面比较的社会，绝对不可能是无嫉妒和无怨恨的社会。"[①] 而美籍奥地利社会学家、精神分析学家威尔海姆·赖希进一步证实群众心理的普遍性和性格结构。他说："我的关于各个阶级、种族民族、宗教信仰的男女群众的医学经验告诉我，法西斯主义不是某个人、某个民族、某个政治集团的意识形态和行动。法西斯主义仅仅是普通人的性格结构的有组织的政治表现，这种性格结构既不限于某些种族和民族，也不限于某些政党，而是普遍性的和国际性的，从人的性格角度看，法西斯主义具有我们权威主义机器文明及其机械主义神秘生活观的被压

抑的人的基本情感态度。我深信，任何一个人在其性格结构上都具有法西斯主义的情感和思想因素。"① 这些论述让我感兴趣的是，"法西斯主义群众心理学"其实提出了一个极具颠覆性、建构意义和启发性的群众心理学问题，并从一个独特的角度对法西斯主义之所以大行其道至今还阴魂不散，做出了令人信服的阐释。受怨恨理论和法西斯主义群众心理学启发，联系上一世纪中国历经的延绵不绝的苦难，命运多舛的社会、政治、文化波折的历史语境，如果我们将这一论述中的"法西斯主义群众心理学"置换成"怨恨（羡）群众心理学"，并将这种心理、情感体验视为 20 世纪中国人尤其是现代知识分子性格结构独有的基本情感态度，或许可以对 20 世纪留学生文学做出另一番解释。

如果说古代的怨恨只局限于个人的体验，那么 20 世纪中国人的怨恨（羡）则历经一个由个体到集体（群众），由古典到现代的巨大转型。现代性词典中的"怨恨"一词最早见于尼采的论著《论道德的谱系》。尼采针对道德的起源作了系谱学梳理，他认为，道德源于怨恨，当弱者遭到强者的攻击时，第一剂道德毒药，借语言的文饰作用，受到伤害的心灵将通过强者的侵害行为命名为"恶"，而将自我的怯懦行为命名为"善"而获是一种内心平衡，尼采称之为人类第一次道德行为，或曰"道德的起源"②。马克斯·舍勒则直接继承与发展了尼采的怨恨论来分析现代市民道德与现代工业政治伦理，别出心裁地把资本主义精神的实质归结于"怨恨"价值位移根植于由若干时代，尤其是权威性的生活支配的时代聚积起来的怨恨的爆发，怨恨是资本主义这一巨大过程的"一个根本原因"③。舍勒的观点可概括为两点：1. 怨恨型人格是现代社会的一种主要人格类型；2. 现代怨恨型人格产生的土壤是现代社会的文化结构与政治结构。舍勒将现代社会定位为"普遍攀比"的社会，其意思是，现代个人只有将自己与"他者"进行比较时才能确定自身的价值。因而，现代政治所承诺的"平等"和乌托邦宏大叙事与社会现实存在的不平等，一旦在攀比的价值量度中被衡量出来，理想与现实之间的巨大落差就会酝酿出社会怨恨。舍勒、赖希等人所创设的怨恨理论及群众心理学为我们研究文学文本中所投射与蕴涵的群

① 威尔海姆·赖希. 法西斯主义群众心理学. 重庆：重庆出版社，1997. 6.
② 尼采，周红译. 论道德的谱系. 上海：上海三联书店，1992.
③ 马克斯·舍勒. 道德建构中的怨恨：舍勒选集（上卷）. 上海：上海三联书店，1996. 404.

众心理情感体验，分析文学所体现怨恨（羡）的美学意义提供了非常有价值的视角。

但是，怨恨理论这一"西方照妖镜"是否能完全使用到20世纪中国特殊的社会政治、历史文化、文学语境中来，并显示出毋庸置疑的逻辑分析功能，恐有争议。学者王一川对怨恨理论做了进一步的阐发和更符合中国语境的引申——怨羡。他指出："中国现代性具有后发型、裂变中定位衰败中转型的特点，这些特点决定了中国现代性不只是植根在自身内部的'怨恨'之上，很大程度上与西方原生型现代性的强力辐射密切相关……因此中国的现代性精神要从怨恨和创伤记忆的惊羡中去把握。"① 即中国人从长期闭关锁国的中优外劣的幻觉和西方"现代化震惊"中清醒过来，惊讶地发现原来被称为蛮夷、番国的西方这个"他者"，凭借科技实力在法制、政体、经济、教育、思想等方面已远超中国，特别是在器物层面的现代化（如电灯电话、洋枪洋炮所代表的"先进"和"现代"）极大地打开知识分子的眼界，拓展了他们的世界眼光，更激发了知识分子全盘西化的现代性焦虑和富民强国、建构民族国家的历史冲动。但是，反观昔日被当作臣属国、蛮夷、红毛番的"他者"——西方诸国的强盛以及对中国侵略瓜分的历史现实。富有道义和责任担当的中国知识分子首先感到的当然是恨。一是恨西方列强的掠夺、侵略，这就生发出一种强烈的民族主义、爱国主义情感，这种对西方侵略者的"怨恨"和对家国的"热爱"是相并置相对照而存在的，是构建现代民族国家最根本的动力。政党、阶级集团正是根据这种"怨恨"，构建出阶级、阶级意识和民族国家这样典型的现代性范畴——"想象的共同体"。詹姆逊指出："根据这种分析，阶级意识的较重要契机正是被压迫阶级的契机（其结构的同一性——无论是农民、奴隶、农奴或真正的无产阶级——都显然衍生于生产方式），按照这种观点，那些必须工作而为别人生产剩余价值的人将必然要在主导或统治阶级找到任何特殊的团结动机之前掌握他们自己的团结——首先采取由共同的敌人激起的愤怒、无助、受害和被压迫的形式。"② 因此，集团、政党将个人从家庭中解放出来并组织到民族国家的宏大叙事中去。二是恨中国的落后，国民不觉悟。哀其不幸，恨其

---

① 王一川. 中国现代性体验的发生. 北京：北京师范大学出版社，2003. 46.

② 弗雷德里克·詹姆逊. 政治无意识. 王逢振，陈永国译. 北京：中国社会科学出版社，1999. 276.

场域的角力：文学及其周边

不争，这自然使我们联想到鲁迅笔下的"幻灯片事件"、阿Q形象和对"国民性"不懈的批判；其次是埋怨、哀怨。郁达夫自叙传《沉沦》中，有"性苦闷"者在日本留学屡遭歧视又被亢奋的情欲所困扰。这个"零余者"的自艾自怜，情欲尖叫和无助的呼吁最后竟埋怨到"祖国"身上，并极具夸张地喊出"祖国，我的死是你害的"；郭沫若笔下的主人公爱牟受到日本房东"支那人"侮辱时，哀怨之情倾泻而出："啊，这就是遣唐使西渡我国时的旧津，不知那时候的日本使者和入唐的留学生，在我们中国曾经有没有受到像我们现在所受的虐待，我记得那阿信仲麻吕到了我们中国，不是改名为晁文卿了吗？他回日本的时候，有了破了船的谣传，好像是诗人李白做过诗来吊过他呢？钱起也好像有一首送和尚回日本的诗，我想那时的日本留学生，总断不会像我们现在一样连一椽蔽风雨的地方都找不到罢？我住在这儿随时有几个刑事候伺……啊啊！我们到底受的是什么待遇呢？在'秦'朝时，你们还是蛮子，你们或许还在南洋吃椰子呢？啊，你忘恩负义的日本人……你们的良心是死了……你们如不改悔时我始终是排斥你们的……"① 再次是羡慕，即王一川所阐释的惊羡。农业社会是封闭性的自给自足的封建小农经济，加之交通资讯不发达，人们无从对比并产生怨羡的社会心理，而现代社会人流、物流、资金流、信息流造就了相对"透明"的"视觉型"社会（福柯），更易刺激人们对物质财富的欲望和攀比心态。舍勒将现代社会定位为"攀比"的社会是令人折服的。而且，任何不抱偏见的人，对于现代化的西方，当然会产生艳羡心理。从留学生文学和现实语境来看，大量的中西方所指涉的对立的范畴就生动体现了这点，如西方代表了文明、科学、强大、富裕、现代、发达、自由、民主……中国则代表了盲从、迷信、愚昧、贫穷、落后、封闭、残忍、专制、神秘……这种东方主义的后殖民表述改造了人们对两者的认识，使我们逐渐适应它们，并进一步强化对关于中西方差异的认同。这类"刻板印象"既源于西方对东方的凝视和建构，也来自东方自身的"认同"。在福柯那里，一切知识都是权力形式，这种知识为控制者和被控制者所共有，缘此，在西方关于东方知识的生产中，东方实际上也参与了对它自己的控制。20世纪以来，中国人争先恐后地走出国门的三次热潮，无论是"留学热"或"淘金热"，这本身就很好地表明了对西方

---

① 郭沫若. 行路难：郭沫若全集（第9卷）. 人民文学出版社，1985. 282.

的艳羡和认同。

留学生文学中，远的如徐志摩对"康桥""翡冷翠"的纵情赞美，对罗素、狄更斯、泰戈尔的狂热崇拜，与对中国一切的悲观绝望，构成惊心触目的对比；苏雪林自传体长篇《棘心》中关于西湖与梦湖的比较；近的如留澳作家丁晓琦《天堂之门》（标题本身极具象征意味），就借助主人公库克的口对中西方加以对照，不加掩饰地表现出对西方的艳羡和向往。库克一上飞机便如同冲破牢笼兴奋地大叫起来："啊！我胜利了，我过海关了，弟兄们，我上飞机了！这儿就是外国了，再他妈的没人管了。拜拜了税务局，拜拜了派出所！自由，自由我拥抱你！"[①] 而对另一青年菲利普，澳洲（西方）还象征理想之地，在那可以实现他的梦想，建立一个神话建筑设计装潢艺术公司，如他自己所说："在那蓝天下，白云里就要耸立起我的理想、我的才华、我的创造。它将像雪梨歌剧院一样，永远屹立在这太平洋的彼岸。"[②] 在这里，西方代表现代化的"异"（顾彬）和乌托邦魅惑。

当然，小说中"怨""恨""羡"三者表现形态各异，内涵有别，缘起不同，也并不是平分秋色，凝固不变的。作为一种总体性的情感和心理体验，它们多元共生、异态共存、互证互补，构成消涨起伏强弱变化的动态的情感结构。

二、20世纪留学生文学中"怨（恨）羡"的历时考察和个案分析

20世纪中国留学生的绝大部分都受良好的中西教育，是一个有较高素质、开阔的眼光、思想前卫的文化族群，他们一方面享受着中西方浓厚的人文素养教育，沐浴西方文明之风；另一方面在中西现代性的巨大差异中产生"怨（恨）羡"的复杂情愫。如果说"怨（恨）羡"是20世纪中国人的主情调，那作为接受新生事物快，具有独立反思精神的留学生们，则是多情善感的，他们

① 欧阳昱. 当代中国旅澳作家笔下的澳洲和澳洲人：新华人文学及文化研究资料选. 钱超英主编. 中国美术学院出版社，2003.

② 欧阳昱. 当代中国旅澳作家笔下的澳洲和澳洲人：新华人文学及文化研究资料选. 钱超英主编. 中国美术学院出版社，2003.

是尤为怨羡而敏感的人。在去国求学的过程中，中西文化差异、现代性焦虑、种族歧视、生活重负、身份错乱……都给他们带来难以言说的身心苦痛。在人际交往封闭，语言文化难以跨越的异域便更易于诉诸笔端，转为文学形象。20世纪三次留学浪潮，从晚清到20世纪二三十年代，五六十年代台湾留学浪潮，再到祖国大陆于20世纪八九十年代的出国热，造就了留学生文学以"怨（恨）羡"为主基调的情感诉说语境。具体而言，留学生文学中"怨（恨）羡"以不同形态表现出或怨或恨或羡的交织并置，从缘起看，多为国家贫弱、种族歧视、现代性焦虑、留学生活受挫、爱欲情感挣扎、文化失根、乡愁、价值失落、理想破灭、人生虚无等原因，而这一切与留学生们处于中国这一后发现代国家"发言的位置"紧密相关。下面，我将循着这条线索做历时考察，并以向恺然、郁达夫、於梨华、查建英、严力、哈金为个案做简要分析。

1. 王一川认为，怨恨与羡慕相交织的心态构成了中国人的现代性体验的基调，与怨羡情结相随的求变动力是中国现代性体验的实质。[①] 在笔者看来，怨恨和羡慕的现代性情感、心理体验是解读晚清到20世纪二三十年代留学生文学的一个合适的视点；或者说，这一阶段留学生文学中的怨（恨）羡具有中国的具体历史内涵。

如前所述，郁达夫所著的《沉沦》中的主人公要背负祖国疲惫不堪给自己带来的委屈和性压抑，这个海外飘零的多余人自然而然将精神自虐式的怨恨发泄到祖国身上，表现为对中国自身状况的怨贫恨弱和对西方的怨强恨霸；另一方面，与此鲜明对照的是，人们在怨恨的同时急切地渴望实现现代性目标，时而呈现为对西方现代性状况的极度倾慕和向往，时而表现阿Q式的对中国古典性文化的怀慕和悲叹，并在文学中体现为丰富多样的形态。如前文提及的徐志摩、苏雪林对西方景色风物、礼仪文化的羡慕；老舍所著的《二马》对西方传教士的讽刺；李劼人对西方"人种"的赞叹；胡适对都德《最后一课》的注视、选择、翻译和传播；朱自清《小西洋人——天之骄子》对西洋人既恨且赞……都是怨（恨）羡形态的变形、转化，实质上远离不了怨（恨）羡这一现代性体验的主情方式。

值得一提的是向恺然的《留东外史》。这是一部现代版的狭邪小说，是对

---

① 王一川. 中国现代性体验的发生. 北京：北京师范大学出版社，2003. 55.

日本"岛国根性"和"人情世界"的误读，流露出性别歧视和扭曲的怨（恨）羡心理。书中以主人公周撰的留学经历，极力书写在日本的"嫖经"与沉迷酒色。这种典型的"窥淫"和对大和民族根性的丑化，实质正是感身忧世，夹杂着色情狂想并将反日"怨恨""华尊夷卑""大中华情结""阿Q精神胜利法"等"妖魔化"的特殊做法，进而取得想象性的满足。《留东外史》共一百六十章、六集附注批语，历时十年出版，一部现炒现卖，艺术性、思想性未臻上乘的作品，能如此长久地畅销和引起巨大轰动，除了市场机制作用外，其间国民的"怨恨"心态可见一斑。

由此看，这一阶段留学生的现代性体验存在两种相互扭结和共生的心态：怨恨和羡慕。怨恨就是怨贫恨弱，怨强恨霸，羡慕就是羡富慕强，表现形态上二者往往又交织一体，时以变形甚至于"变态"的方式表现出来。20世纪二三十年代的留学生文学的怨（恨）羡最主要的还是来自国家积怨贫积弱，现代性压力和种族歧视。[①] 这种怨（恨）羡是中国知识分子的集体意识形态，是一种"大我"的情感诉求，与知识者心系国家、民族的处境联系紧密相连。

2. 20世纪五六十年代是留学生文学的新高潮，白先勇、於梨华等是其中的杰出代表，於梨华被称为"留学生文学的鼻祖"。这一代人大都出生祖国大陆，长于台湾，历经中国的战火离乱，在台湾孤悬海外的时局时去国离乡到美欧求学，这就决定了他们与上一代留学生不同的情感、心理、文化等方面的体验。他们的现代性怨（恨）羡总的来说更主要的是文化失根带来的乡愁，个人情感挣扎，留学生活重压交织着西方俯视下"种族歧视"和现代性压力的多重多层体验。由于台湾20世纪五六十年代对西方的全面开放带来的工业革命、现代化进程以及相对稳定的局势，现代性焦虑与国恨家仇引发的怨恨开始退居幕后，而"小我"的、群体性的文化乡愁、身份认同、灵肉诉求、生活受挫等更加现实、急迫、具体、个人的问题浮现出来，并借寓于中国文学传统的"羁旅"母题而体现在文本中。

《又见棕榈，又见棕榈》和《芝加哥之死》是这时期留学生小说的经典文本，前者讲述牟天磊在美国和台湾两无依傍的处境，把"无根的一代"的悲凉迷惘同家国之情结合起来，显现了典型的"放逐"主题和怨恨情怀。《芝》中

---

① 杨匡汉主编. 二十世纪文学经验. 东方出版社中心，2006. 755.

主人公吴汉魂的名字本身就意味深长，汉即中华性，汉魂即中华魂、中华文化。吴汉魂就表明主人公无可归依地斩断与传统文化、乡土故园血脉相连的脐带。吴汉魂母亲的去世暗示主人公失去了与故土最实在具体的精神血脉，而与女友秦颖芬的分手则从另一侧面表明再次割断与家园的情感联系。母亲、恋人的双双失去，（祖国或母亲、家或爱人在中国文学中常可互换互喻）读博 6 年的青春，"过早地谢发，功课繁重，工作紧凑，很少与异性接触"，"像漏壶中的水涓涓汩汩，到毕业这一天，流尽最后一滴"，"地球表面 510 平方公里，100 平方公里，800 平方公里，他已难找到寸土之地可以落脚，他不要回台北，台北没有二十层楼的大厦，可他更不要回到他克拉克街二十层公寓的地下室去"①，所有这些表明这是当代的"沉沦"故事，二者具有某种意义的"互文"性，折射出不同时代的不同怨恨。同样的边缘处境，同样缺乏情感慰藉，留日学子在情欲勃发时沉沦，吴汉魂则在实现理想（获取博士学位）因人生幻灭而自沉。这种在异域失根即是主人公怨恨之源。可以说，吴汉魂、小琳达、傅家的儿女们表现的正是这一代留学生从台湾工业革命带来传统价值分崩离析的文化环境中，踏入光怪陆离的后工业的现代化异域的特殊经验：他们分享的是以集体主义为基本价值的社会传统文化，遭遇的却是个人主义至上的现代理念，他们想返回母体的"子宫"，却发现自己已经既不容于现实又不能回到往昔；想摆脱学习、生活的重压却被主流社会抛离；他们想寻找精神与情感的慰藉却迷惑于灵肉的冲突，正是在这种生与死、今与昔、灵与肉的挣扎中，他们由羡而怨，因怨生恨。他们羡的是西方文明与现代，西式教育与个人发展、异域的神秘美丽；怨的是徘徊于中与西、传统与现代的边缘；恨的是无力回到过去的自我。芝加哥大学华裔博士李玫瑰在《中国人在美国》一书中说，留学生在美国时喜欢和自己人居留在一起，保留许多中国的习惯，固执生活在美国文化边缘，进不了美国的主流社会，回到中国，这时他们在美国不知不觉染上的一些观念和为人道世之道就凸显出来，又反过来使他们和中国社会疏离，显得格格不入，她把这些留学生称为"边缘人"②这种"边缘人"情结在於梨华、欧阳子、施叔青等人的留学生小说中同样来得深厚。如果说孤独无奈、情感挣扎、生活重压是皮相，其实质在于文化认同和身份认同在异域发生严重的错位。

① 中国留学生文学大系·当代欧美卷. 上海：上海文艺出版社，1996. 233.
② 钱超英主编. 新华人文学及文化研究资料选. 中国美术学院出版社，2003.

"因此，'身份'尤其便于用于考察那些在明显不同的'文化历史设定'的裂缝之间漂移运动的'主体'——移民、边缘群体、在全球化中经历急剧社会转型的民族——所必然面临的生活重建经验。人们从原居国移民到另一国……需要一种令人满意的、完整一致的意义解释，以便接受和平衡转变所带来的心理风险，使自我和变化着的环境的有效联系得以重建，以免主体存在感的失落。"①斯图亚特·霍尔也指出"文化身份"是"一种共有的文化集体的'一个真正的自我'，藏身于许多其他的、更加肤浅或人为地强加的'自我'之中，共享一种历史和祖先的人们也共享这种'自我'。按照这个定义，我们的文化身份反映共同的历史经验和共有的文化符码，这种经验和符码给作为'一个民族'的我们提供在实际历史变幻莫测的分化和浮沉之下的一个稳定的、不变和连续的指涉和意义框架"②。正因为留学生失却了上述"共享的文化历史框架"，而导致了文化失根和人生虚无，所以，他们的怨恨来得更加具体和普泛。

3. 留学生文学到 20 世纪八九十年代，少了阴霾和无奈，多了阳光自信，较之上两代有了"世界性的文化视野""对中国传统文化的批判性重建"和"新的语言空间的出现"③。严力、小楂、严歌苓是其中的佼佼者，更有哈金、桑烨等成为双语作家，逐渐受到主流话语的重视。我们约略从众多文本标题可以窥见这种渐变的动态：《再见，亲爱的美国佬》《早安，美利坚》《娶个外国女人做太太》……这些隐含着开朗、轻松、甚至有些自信的标题，与《又见棕榈，又见棕榈》《芝加哥之死》《纸婚》《深愁》等标示的怀乡、愁苦、死亡、脆弱构成悖反的指涉。但学者刘俊指出："20 世纪八九十年代的留学生是'移植的一代'，在根本上他们已经是相当成熟的东方文化的'果实'，东方文化事实上已经渗透到他们的思维深处和血液之中，当他们猛然间被'移植'到西方文化的土壤中时，剧烈的文化转换在他们内心深处和精神世界所引起的强烈震荡，毫无疑问是刻骨铭心的……以至于'文化冲突'成为北美华文文学（主要是留学生文学）极为突出一再出现的核心主题。"④可见，"文化身份"等问题表面上弱化而被"吃苦""淘金""创业成功""国际移民"等故事遮蔽。事实

① 钱超英主编. 新华人文学及文化研究资料选. 中国美术学院出版社，2003.
② 斯图亚特·霍尔. 文学理论批评术语词典. 王先霈主编. 2006. 746.
③ 杨匡汉主编. 二十世纪文学经验. 东方出版社中心，2006. 830.
④ 刘俊. 从台湾到海外——跨区域华文文学的多元审视. 花城出版社，2004. 97.

场域的角力：文学及其周边

上仍有怨（恨）羡的低回。比如严力的小说，其主人公大都是孤独的居住纽约的中国人，但也是执着于搜寻人生意义和存在价值的思考者；哈金《池塘里》表达了小人物在社会环境中的无力挣扎，没有人能真正操控自己的命运，掌握未来。这些都展示了留学生作家对人性、命运、人的生存处境、精神放逐的探寻。从中我们亦可品出熟悉的，与西方人不同的"东方式"的历史观、时空观和人生观，连他们流露的"人生如梦""几度夕阳红"的怨恨感和苍凉感也当然是中国式的——这自然脱不了"文化"的影响。小楂《丛林下的冰河》是常被分析的文本，其中透出跨越中西方而不得的尴尬。如：主人公"我""闭目凝神在脑海里想象此刻的自我形象，不知何故这形象总有一丝模糊可疑，似乎总不太像一个地道的中国老百姓，尽管套了一身家常打扮。"而"我"对"D"的怀想，也暗示了精神的魂牵梦萦。最后"我"体悟到"我满脑子想入非非地跑到美国来寻找我伟大的发现，岁月如流，我究竟发现了什么呢？我又想到巴斯克伦那句话：找到的就已不是你所要找的，而在我埋头'找'的时候，却绝没意识到我其实正与一长串的宝贵东西失之交臂"①。

其实，这种人生的虚无、孤独的探索、命运的沧桑，对丧失"宝贵东西"的失落，在留学生文学中并不鲜见，他们的怨（恨）羡也许不如上两代强烈，但却顽强地在文本深处回响，怨羡的内容也发生了变化，他们怨恨的不一定是文化失根、身份错位、生活的重压受挫。作为后现代语境下"去领土化"和"去国家化"的"离散人"，由于中国改革开放多年，文化的障碍、身份认同在他们已不是大问题，自我意识里中国经验的"中心性"开始削弱，"乡愁失根""文化是非"退居其后，而对求学、淘金或改变命运的渴求，抗击受挫的心理能力也大为提升；而且随着中国综合国力增强，国际地位提高，种族歧视、国族丑化渐失市场；更重要的是交通、资讯的飞速发展，如同在第一代留学生头脑产生的现代化震惊一样，带来了革命性的观念变革：越洋飞机的朝发夕至，互联网的迅捷沟通，使得乡愁、情愁不再是"锦书难托""望断天涯路"的古典怨羡。因此，此间的怨（恨）羡已经纳入更多、更为广阔的人生和社会内容并深入到人生价值探讨和人性的更深层面。比如"我"对"D"的怀念和寻踪，既是对情人的想念，其实也是对人生宝贵事物的珍视，对失去过往的追

---

① 中国留学生文学大系·当代欧美卷. 上海：上海文艺出版社，1996. 96.

思，对人生意义的寻觅。在第三代留学生小说中，"怨"的是逝者如斯的生命，不断寻觅中的失落，对命运的无法把握；"恨"的是不可挽回的青春理想，人生的易逝、无常、如梦；"羡"的是繁华似锦的现代社会、物质世界，青春年少和精神寄寓。这种怨（恨）羡即是人的意识同它所面对的现实互相冲突的结果，它使得人总是处于永无宁日的意识漂泊和自我放逐的状态中，或是"灵魂"找不到"身体"，或虽找到却无法在这个"身体"安家。即无法彻底认同现实的矛盾状态，无法让灵魂彻底安顿下来。其实，这既是留学移居固有的生命体验，又是人类渴望出走，永无休止"在路上"的冲动。这时怨（恨）羡成为个人的意识形态，更趋于个人化的情感体验和生命哲学：即"私我"。因此，这个"私我"既是极其个人化的隐秘部分，又超越了纯粹的种族、文化、阶级、国别的差异，成为人类共享共通的生命体验和精神追问，升华到了人生哲学的形而上的高度。

合作化的"制度成本"与
工业化的"两难处境"
——当代工农业题材小说的政治经济学考察

中华人民共和国成立初期"合作化"运动在当代文学的镜像中，主要有《不能走那条路》《山乡巨变》《创业史》《暴风骤雨》等，它们在"文史互证"和历史的罅隙与肌理中，映衬出"合作化"运动的另一图景：在"剪刀差"和工业对农业的汲取后，"三农"以"反哺"的姿态被置于从属与牺牲的位置，大量原子式的农民被合作化浪潮推涌着进入集体，经济话语逊位于革命话语，农民个体的首创精神与生产、生活自主性受到宰制，特别是农民作为政党的"工农联盟为基础"的角色弱化。与此同时，经过高积累、高速度发展的工业在新世纪前后开启改制、改革的大幕，而这一经由"合作化的制度成本"换取与积蓄的能量和成果，随着工业化、现代企业制度建立等一系列改革的展开，有被消耗殆尽、被蚕食的可能；更重要的是，"工业化"也催生出"两难处境"，李杨在分析草明、艾芜、蒋子龙等作家20世纪50年代至80年代工业题材小说时指出："内在于执政党的两种思想，即工业主义逻辑与社会主义信念之间的悖论。二者都深深内在于执政党的使命之中，因此远不如战场上战胜有形的敌人那么简单：既不能因为工业主义的资本主义性质而放弃工业主义与工业化——只要共产党坚持将建设一个强大的国家和把经济发展放在首位；又不能容忍工业主义对人民的异化而放任自流——只要共产党不放弃自己的共产主义理想，因此，执政党的工业政策就只能永远在这种两难之间徘徊。"[①] 缘此，

---

① 李杨. 工业题材、工业主义与"社会主义现代性"：《乘风破浪》再解读：文学评论. 2010 (6). 77.

在工业化的强国之路上，工人阶级的历史主体、阶级主体、革命主体地位亦受到撼摇。因而，如何认识中国革命道路的曲折，夯实"工农联盟基础"，破解革命（现代化建设）中的难题，时刻考验着中国人民的智慧。

当代文学史是如此紧密与中国革命、社会变革相纠结，文本的"政治无意识"也悄悄透露出被经济学家和历史学家所忽略的极为丰富的生活场景和细节，尤其是"三农"及工人阶级在这一巨大历史变迁中所经受的心理、精神的种种意味深长的震撼、裂变，这些一度被遮蔽的吁求和忽视的创伤在沉潜经年后被清理出来，"转而成为社会机体上的一种挥之不去的深忧隐痛"①。上述这些工农业题材小说系谱也就因之获得超越历史事件本身的意义。

在我看来，文学批评家没有给当代文学史的这些工农业题材小说，诸如《不能走那条路》《创业史》《人生》《那儿》更精准的符合历史语境的多样性评价，为今天的读（研究）者带来启发，这是因为彼时的人们仅限于"文学"畛域看问题；而不像政治经济学家那样，在与文学人物的生活密切相关的"社会学""政治经济学"的系谱里想问题——他们对问题的思考扩展了小说原本存在、而被文学批评家漠视的丰富的政经内容。于是，在文学批评"缺席"的情况下，本文引入社会学、政治经济学批评的视域，引入它们对社会的深刻认识和批判力量。因为它们的批评弥补了文学批评的缺憾，极大丰富了我们对当代工农业题材小说多元的理解。在此类小说周围，应建构一个文学、社会学和政治经济学共同组成的"文学批评"的立体架构和认识装置，以利于清理潜伏其中的社会、历史脉络。

一

"合作化"运动是中国当代社会史上的大事，六亿农民被卷入这场轰轰烈烈的运动，"它所牵涉的当代中国的政治、经济、社会及文化问题如此广阔、复杂，带来的问题如此深远、具体，讨论这一事件不是本文的目的，但透过文学书写，仍可从中勾连出别样的意蕴。对执政党来说，合作互助就是要整饬农业，以农业支持工业的超常规发展，加速工业化进程，在短时间内积累大量财

---

① 范家进."互助合作"的胜利与乡村深层危机的潜伏：重读三部农村"合作化题材长篇小说"：中国现代文学研究丛刊．2011（4）．56．

富用于工业尤其是重工业、军工的建设（学习苏联模式）；建构农民的认同，使党的使命与任务内在化；塑造梁生宝那样与国家同呼吸共命运的全新的'历史主体'形象，完成中国农民由'旧农民'（投身土地改革的农民）向'新农民'（投身农业合作化运动的农民）的转换。"但问题就出在这里，在新向旧的转变过程中，出现了或明或暗的抵触，甚至是"反革命"的对抗与"资产阶级"的复辟。

李準的处女作、短篇小说《不能走那条路》就以文学的方式鲜明表征这一问题。《不》1953 年 11 月 20 日发表于《河南日报》。小说因尖锐触及农村社会主义革命的重大课题——防止翻身后的农民两极分化，引起热烈反响。这篇小说写的是农民张栓因为做小买卖，"倒腾牲口"，欠下了账，想卖掉土改时分的土地，"剩几个钱再去捞一家伙"；而村里的另一个农民宋老定，"土改"之后攒了点钱，想买下这块地为后代置业；后来在他的儿子、共产党员东山的劝说下，放弃了买地的念头，而将自己的钱拿出来帮助张栓，走上了互助合作的道路。小说最早反映土改后出现的两极分化现象，对以宋老定为代表的"自发资本主义"进行批评，指出只有互助合作才能使农村走上共同富裕的道路。小说发表后，全国各地共 38 家报纸先后转载，还被改编成电影、话剧、梆子、坠子、闽剧、豫剧、眉户剧、连环画等多种艺术形式，在全国各地产生极大反响，在文艺界得到极高评价，也引起了争论。

读完小说，联系其他大量此类文本都不约而同塑造了这样的"自私落后保守"的农民形象：《创业史》中梁生宝的堂兄、勤劳能干的富裕户梁生禄、梁三老汉、《三里湾》中的"糊涂涂"马多寿、"使不得"王申、"翻得高"范登高、《山乡巨变》中的陈先晋、王菊生等等，读者不免产生疑问：既然是实现共同富裕的必由之路，是革命乌托邦许下的美好诺言，互助合作的道路为什么会在以宋老定为代表的农民那里遭到冷遇？此时不仅看不到积极响应，而只有老农民的不理解，甚至有不少消极抵触，除了给他们贴上"落后"之类的标签，是否还有其他的动因？本来，不管是土地改革也好、合作化、互助组也罢，都可以视为执政党在建政之后，基于现代化图景与构想而展开的经济建设的一部分，尽管其中有加强政权控制的意图，但主要是发展农村经济。因而，合作化、互助组本质上是独立后的现代民族国家进行现代化经济建设的手段与工具，而非目的，目的是为了实现经济增长，以便反哺工业——一句话，合作化、互助组运动表面上是现代化进程中经济建设的一种策略，最后却被冠以"两条路线的斗争"的"上纲上线"的理解与推行。"土改"以后重新出现的"新中农"，是不是意味着农村剥削阶级的崭新诞生？是不是预示着出现新的两极分化，并可能再次走上与社会主义道路形同水火的"资产阶级"复辟的可怕路径？避免新的两极分化是不是一定要实行平均主义的政策？小说给予人们斩钉截铁地回答：不能走那条路。其中的政治意涵是明确的。因此，最高统治者发动"合作化运动"，就是为了抹平农民间的贫富差异，利用"等贵贱""均贫富"和农民"不患贫患不均"的传统思维，团结和安抚他们中间占绝大部分的赤贫阶层，以期巩固新生的社会主义政权。在此，革命话语反过来压抑了现代化话语、经济话语，或者说二者共同催生了合作化。

乡村社会存在贫富、强弱差距，是自然经济、农耕社会的应有之义，本无可厚非，这与农民从事生产劳动的勤懒巧拙、劳力之多寡及市场意识、经营能力等大有关系。这就是为什么"土改"均田地后，一些农户能勤俭持家、精耕细作很快发家致富成为"新中农"、一些人却不安本分或不善稼穑甚至很快卖掉田地使自己重回一贫如洗的时间。合作化运动的诸多发动因素之一就是针对土改以后很快出现萌芽的"两极分化"现象，试图以新的政治手段彻底抹平这种客观存在的个性和个人能力方面的差异。紧随其后的是，所有农户被纳入合作化，个人生产与生活的计划和打算就此停滞——几亿农民的个人积极性、主动性、创造性遭受严重挫伤。而对于那些生产和生活条件原本较好的殷实农户，互助合作运动实实在在而又残酷无情地打碎他们单干并发家致富的美梦，他们只能埋藏起希望从事个人和家庭生产生活的意愿。赵树理的《三里湾》所写的山西农村的远比南方要早的合作化运动基本上也是这样的过程与结局：生产条件好、农业技术过硬的新、老、中农们，如"糊涂涂"马多寿、"使不得"王申、"翻得高"范登高等，顶不住各级干部（包括县里来长住该村的干部）及家里的多重压力，最后在农业社的扩社运动中终于身不由己告别在他们的内心有着无限留恋的个人发家致富道路。其实，他们之所以在百业凋敝的乡村世界显得还比较"殷实"，除了吃苦耐劳、各种农活都是好把式外，一般也都以头脑灵活、敏于把握机会、善于搞家庭副业见长，而不仅是在一亩三分上苦熬刨食。但发源于最高决策层的合作化运动认定了醉心于个人发家致富的人全是"走资本主义道路"的顽固代表，必须加以系统而全面的反对、压制和分化瓦解，从而将他们一一导入互助合作的"社会主义道路"。有学者称之为"历史的单行道"①。

这样的制度是需要的"成本"：一方面，人口上占多数的贫农、雇农，他们普遍存在土地少、劳力弱、缺乏农具与畜力、生活基础极为薄弱等特征，他们大多数比较乐于加入新的互助组或合作社组织，借以减轻生产与生活压力。他们虽然借此获得暂时的生产资助与生活安全，但因为有了帮扶，个人如何自我克服生存困局、如何自力更生战胜生产上与生活上的困难，这方面的素质与能力就失去进行日常培育与锻炼的良好土壤，换言之，往往易养成慵懒怠惰、不思进取、游手好闲、嫉妒红眼的习气，而这恰恰是与真正的现代化建设目标背道而驰的；另一方面，那些头脑灵活、掌握了多种谋生技能、颇具商品意识、市场意识和不死刨土地的宋老定式的"新中农"则因为全能政府（党组织）的全面介入与掌控，丧失了生产甚至生活的自主性、积极性，在被动征召入"合作社""互助组"乃至"人民公社"后，创新精神、创业干劲、经商头脑、致富愿景迅速萎缩、泯灭，以致在互助组中消极怠工、得过且过，失去发家致富的冲劲和生活的热望。新时期作品《笨人王老大》中的王老大、《人生》中的高加林的父亲高玉德就是日后他们困苦、无望生活的真实写照，而《平凡的世界》的孙少安则继承了上一代人的精神遗产，在实现致富和单干上，接续了先辈未竟的事业，办砖厂、搞多种营生，"已经跃居为本村'发财户'的前列"。总之，将个人的主体性扼杀，取消因客观因素产生的差异而追求平均主义和贫富的完全平等，表面看是彼时追求"共产主义"的基本特征，是社会主义向共产主义进军过程中的探索与尝试，却也因此与建立现代民族国家、"人们当家做主"、培育公民"现代性"精神质素相去甚远，这也就不难理解人民公社的极致，"吃大锅饭""供给制""平均主义"成为共产主义的基本"要素"。进入新的历史时期，有关部门才出面承认它犯有"急躁冒进"错误，经济学家也将其命名为"强制性制度变迁"②。路遥的《平凡的世界》以文学的笔触记录下了这一历史轮回：

> 生产责任制大规模地席卷了整个黄土高原，——没有人再能阻挡这个

① 范家进."互助合作"的胜利与乡村深层危机的潜伏：重读三部农村"合作化题材长篇小说"：中国现代文学研究丛刊. 2011（4）. 56.

② 温铁军."三农"问题与制度变迁：中国经济出版社. 2009. 159.

第二辑 文学史论

大趋势了。——富有戏剧性的是，二十多年前，中国农村的合作化运动是将分散的个体劳动聚合成了大集体的生产方式，而眼下所做的改制却正好相反。生活往往就是这样。大开大合，这都是一定历史条件下的产物。

中国的农民，革命性是很强的，不论是民主革命时期，还是社会主义革命和建设时期，他们都做出重大贡献。我们党和毛主席，历来十分重视农民的革命性和他们在革命中的作用。毛泽东说："农民的力量，是中国革命的主要力量。"（《新民主主义论》）农民是"工人的前身""工业市场的主体""军队的来源"，是工人阶级"最伟大的同盟军"，"除了无产阶级是最彻底的革命民主派之外，农民是最大的革命民主派。"（《论联合政府》）"革命靠农民的援助才取得了胜利，国家工业化又要靠农民的援助才能成功。"（《中国人民政治协商会议全国委员会第一届第二次会议闭幕词》）"我国有五亿多农业人口，农民的情况如何，对于我国经济的发展和政权的巩固，关系极大。"（《关于正确处理人民内部矛盾的问题》）只要重温毛主席的教导，就可清楚了解农民实际上在这场运动中所做出的牺牲和付出的代价。正如范家进指出："放在一个较长的历史时期来观察，小说中所写各式人物在合作社和公社体制下所遭受的心理与精神创伤将是旷日持久的，而且显然无法像这种合作化和公社制的消亡那样很快加以弥合和抚平，……或许我们不妨将此称为中国农民所受的新一轮精神创伤。对此，我们的当代文学作品至今还缺乏真正有力的正视和表现。"[①]

著名经济学家、"三农问题"专家温铁军如此评价那段历史进程："为了国家工业化而由执政党以政治方式短期推行的农村集体化，属于强制性制度变迁，尽管这种制度的收益表现为有效地降低了政府与小农经济之间的交易费用，保证了城市工业从农村提取积累，农业主产品的总产量也仍然维持增长。但另一方面的制度成本是，农民收入和农业经济发展长期徘徊。"[②] 历史在今天似乎又进入了新一轮的循环：如果说毛泽东时代的"农业题材"小说所力图完成的，正是将"外在"于"历史"的农村（诸如鲁迅笔下凋敝苍凉的"故乡"）带入"历史"的"发展过程"之中——如火如荼的革命、建设之中；如果说在"革命政治"的支撑之下，"乡土中国"曾经被表征为不仅是"乡土"

① 范家进."互助合作"的胜利与乡村深层危机的潜伏：重读三部农村"合作化题材长篇小说"：中国现代文学研究丛刊. 2011（4）. 56.

② 温铁军."三农"问题与制度变迁. 中国经济出版社. 2009. 159.

的，而且还是"现代"的、"革命"的，那么如今，"革命政治"（尽管有"社会主义新农村建设"）的退场，也迅速抽空了"乡土中国"的"现代""革命"义涵，现在我们看到的，是农村的逐渐与"历史"相脱离、与进步社会相断裂，并再次堕入无"发展"的"静止状态"。如果说当年梁生宝们立志扎根农村，是因为他们将农村的社会主义现代化视为经过努力即可实现的远景（愿景）；那么现在，当这一远景（愿景）变得不再那么具有吸引力，而新一轮以城市为中心的"现代化"想象逐渐占据强势时，"乡土中国"蜕变成为让人爱恨交织的符码，也就并不令人感到惊奇了。

二

毛泽东始终坚持将工人阶级定位为中国社会的领导阶级，在发表于 1949 年 6 月的《论人民民主专政》一文中，他指出："人民民主专政需要工人阶级的领导。因为只有工人阶级最有远见，大公无私，最富于革命的彻底性。整个革命历史证明，没有工人阶级的领导，革命就要失败，有了工人阶级的领导，革命就胜利了。"这一不可动摇的"领导"地位在宪法中得到确认：新中国是"工人阶级领导的以工农联盟为基础的人民民主专政的中华人民共和国"。非常明显，从建立新中国那一天开始，对工人阶级这一新的历史主体的认同与塑造，就成为当代文学最重要也是最自觉的使命，大量的文学文本，从《乘风破浪》《百炼成钢》到《乔厂长上任记》，都可以见到工人阶级主体形象的高耸、历史意识的自觉和责任意识的担当，轰轰烈烈的工业化进程是如此紧密地楔入中国革命的内里，与现代化建设相伴相生。其实，工业主义、现代化不仅是今天的全球共识，也是共产党甫一执政后就厉行的基本政策，迈斯纳曾指出："在工业化进程中，马克思主义理论所宣布的目标逐渐变成一种仪式化的东西。虽然中国共产党人依然热情地主张社会主义与共产主义的目标，并且毫无疑问热烈地信奉这些目标，但是他们实际的活动目标是迅速发展工业，实际居于统治地位的价值观念是那些最有助于工业化的观念——经济的合理性与管理的有效性观念。"[①]

———————————

　　① 莫里斯·迈斯纳. 毛泽东的中国及后毛泽东的中国：人民共和国史. 杜蒲译. 成都：四川人民出版社，1990. 172.

除了前述以农业反哺工业，付出了巨大的"制度成本"之外，执政党还始终面对"工业化"与"社会主义"这两种现代性之间的冲突与悖论。李杨认为："现实显然比小说要严酷得多。社会主义与工业化之间的矛盾，自由理想与科层制之间的矛盾，乃至更为深刻的效率和公平之间的矛盾，不仅内在于社会主义的历史，同时也与全部的人类历史如影随形。"① 在这一条迤逦而下的革命道路中，工业化的"两难"曾先后被转喻为工业题材里的管理机制问题、生产效率问题、科层制度问题以及新世纪以后的劳资纠纷、反腐败故事乃至阶级话语。《乔厂长上任记》是较早触及这个历史性"悖论"的，只不过在它那里，"两难"隐身为科层制度与生产效率的矛盾，到了《那儿》等一系列反映国企改革的小说里，"两难"不可避免地浮出历史地表，随即被表征为革命的、阶级的话语，即工人阶级对新兴的资本家、跨国资本的斗争，其内里虽为工业主义与社会主义的纠葛，但往往被指认为市场化所带来的后果。正如有学者指出："中国的市场化带来了举世瞩目的经济繁荣和文明进步，但其经济转轨也产生了严重的问题，中国自此进入利益分化和阶级分化的风险社会"。② 因此，在这个关键问题上，既有探讨管理机制的，有直陈市场化弊端的，也有深究劳资纠纷的，批评劳动生产率的，还有论证如何改革的。学者李云雷认为"《那儿》与 20 世纪 80 年代的《乔厂长上任记》《新星》不同，也与 20 世纪 90 年代的《大厂》《车间主任》等小说不同，如果说后面这些小说描述改革必要性，那么《那儿》则以新角度去关注改革，提出要怎样改革的问题。他关注的不是胸怀壮志的改革者，而是那些付出代价的'被改革者'，它使这些人的生存窘境呈现出来，也对新时期以来的主流意识形态提出反思。"③ 因此，在这个聚讼纷纭的问题上，不能简单以制度成本、两难处境就否定改革的合理性，相反，探索"双赢"之路，重建与重申改革的正当性，显得极端重要。

在众多的工业改革文学中，首先是许多对国企改革、加速工业化的反思，主要集中在"人"的层面上，即经济主义、效率优先与公平正义的矛盾书写

① 李杨. 工业题材、工业主义与"社会主义现代性"：《乘风破浪》再解读：文学评论. 2010（6）. 77.

② 许纪霖. 启蒙的自我瓦解：20 世纪 90 年代以来中国思想文化界重大论争研究. 长春：吉林出版集团，2007. 194.

③ 李云雷. 底层写作的误区与新"左翼文艺"的可能：文艺理论与批评. 2006（1）. 77.

上。近几年，反映国企改革、改制的小说不绝如缕，从谈歌的《大厂》到曹征路的《那儿》；从孟兆友的《女工会主席》到杨刚良的《白乌鸦》，这类小说与现实层面具有高度关联，它的谱系烙上几代人的集体记忆，是工业化、国企改革进程的见证与缩影，刻骨铭心又五味杂陈，有人概括为"国企职工的苦难叙述经历了四个阶段，从当代激进政治制造的历史性苦难，经过了个体生存意义放逐、陷落于日常生活困境的世俗性苦难和现代转型社会价值冲突、道德重建中的社会性苦难之后，最后是工人群体或者说是作为人的主体性苦难"[①]。其实，不论是"矛盾"还是"苦难"，说到底，就是梳理出了一个亟待克服的、悖论性的命题：工业主义对人的"异化"问题。这就是为什么在众多的文本中，读者看到的"普通工人的形象更多的是婉约的、困惑的、忧伤的、疲倦的，甚至吊儿郎当的，这是个值得关注的文学现象，更是个值得关注的社会问题"[②]。时至今日，普通工人的形象却多演变为抗争的、不平的、无助的、怨羡的——同样值得重视。在此两难与困惑间，强国复兴与群体代价、工业主义与人道主义、科层管理与民主平权、工业生产与人性压抑、减员增效与共同致富……都如此深刻、复杂地纠缠和充塞在现代化、改革开放这样宏大的历史、革命命题中，成为时代嬗递的巨大线索之一。

其次，对"工业化"的反思，集中在由改革引发的对两种不同制度与机制的思考。曾经的各种朗朗上口、极富魅惑力和现代化色彩的工业化改革名词：技术比武、岗位练兵、优化组合、竞争机制、全员工效、减员增效、关停并转、换代升级、结构调整、股份制、现代企业制度……轮番登场，不仅高频率出现在政府的文件和企业改革、改制方案里，真真切切发生在工人阶级的现实生活中，还进入各类文学文本里，成为这个时代工业化的标志性关键词。有意思的是，孙少平——这位刚从人民公社挣脱出来的农民，到了煤矿当"揽工汉"，这位农民工的先驱者艰难困苦仍惦记"全员工效"：

> 就我所知，我们国家全员工效平均只出 0.9 吨煤左右，而苏联、英国是 2 吨多，西德和波兰是 3 吨多，美国 8 吨多，澳大利亚是 10 吨多，同

① 沈红芳. 三十年一场国企梦：从《乔厂长上任记》到《那儿》：晋阳学刊. 2008 (4). 119.

② 李海霞. 新的科学与人性信条的诞生：新时期改革文学再认识：文学评论. 2010 (6). 69.

样是开采露天矿，我国全员效率也不到 2 吨，而国外高达 50 吨，甚至 100 吨，在西德鲁尔矿区，那里的矿井生产都用电子计算机控制。

在《乔厂长上任记》中，乔厂长大刀阔斧改革，将日立公司电机厂的劳动生产率、年产值作为追赶工业现代化的具体目标：

> 首先把九千多名职工一下子推上了大考核、大评议的比赛场。通过考核评议，不管是干部还是工人，在业务上稀松二五眼的，出工不出力的……全成了编余人员。留下的一个萝卜一个坑，兵是精兵，将是强将。这样，整顿一个车间就上来一个车间，电机厂劳动生产率立刻提高了一大截。群众中那种懒洋洋、好坏不分的松松垮垮劲儿，一下子变成了有对比、有竞争的热烈紧张气氛。

这就是工业化带来的逼人形势。如果说乔光朴是四化建设的闯将，是国家的脊梁，那么，为什么他在社会主义制度和工厂管理机制下能够创造的速度与产值，日后会被无情委弃，以致成为改革的藩篱呢？待到 20 世纪 90 年代，企业改制、减员增效成为新时髦，乔光朴的国企已然落入他人囊中，工人主人翁地位荡然无存，《女工会主席》（刘晓珍《延河》2006 年第 5 期）这样描写：

> 米总说："这厂子现在是我私人的，工人听我的，好好干，那么好，我发给你工资，不好好干，偷奸耍滑，那么好，走人好了，这么简单的问题，我闭着眼都能处理，要什么工会夹在里面碍手碍脚做什么呢？"

接下来，米总解聘 400 个年纪稍大的国企工人，跟着招了 400 个民工：

> 富姐看着院子里站的满地年轻力壮的民工，对米总说你这样不符合当初订的合同的，合同里规定得明明白白，优先使用原来的老工人，没有意外不得解雇他们。米总歪着头看着富姐，说老工人今天这个待遇明天那个福利的，麻烦事太多，民工就不同了，什么福利都不敢要求，就连工资都是年底才结，平时高兴了预支给他们三十五十的，高兴地跟过年似的好使。富姐说工人阶级是国家的主人，他们不应该被这么随随便便就解雇的，他们享受劳动法的保护的……

正如合作化运动有宋老定式的农民，在工业化进程中，工人群体里也有不按照"既定路线"走的人物。新世纪初，一篇引起文坛轰动的小说《那儿》，塑造了三类工人群体的形象，一是以厂领导为代表的，与跨国资本结盟的主张改制的少数既得利益者——他们处于绝对的主导与强势地位，并依据工业化方针制定改革方案；二是以小舅为代表的，为维护国家、集体利益旗帜鲜明进行斗争的群体——处于弱势和无助地位；三是绝大部分工人群体，他们"看不到"工业化、改革所承诺的美好图景，只关注眼前：不情愿工厂被贱卖，担心自己的后半生没有着落，但不管他们是否理解或自愿，在工业化、国企改革作为新时期最核心、最强势的话语前，这一部分人的命运其实早已决定。这即是现代话语、经济话语宰制了革命话语；反过来，阶级、革命话语又强烈质疑经济中心主义。正如学者李海霞指出："改革与改革文学真正的问题，是在过了30年之后的今天，由工人阶级的恶劣处境而引发的。因此，如果今天的文学要接续改革文学的大旗——不论是现实主义的冲击波还是底层文学的热潮——就应该避免再陷入改革文学的怪圈：反映了现实，却把握不到现实的问题。说到底，文学的处境就是现实的处境，文学的出路也就是现实的出路。我们只能期望真正的文学，能够帮助我们深刻认识，为什么改革表面上的必要性和不可避免性在后来却带来了一系列负面后果。为什么社会主义曾经发展起来的一套与资本主义完全不同的生产关系与生产制度，在改革的强大洪流中，变成了现代化发展的绊脚石？而这些，又不是狭义上的改革文学所能承担得了的。因此反思改革文学，首先需要引起我们思考的，就是这样一类与政治意识形态高度一致的文学创作，在发挥其宣传功能的同时，流露了哪些社会政治的无意识。正是这些无意识的暗流，构成了今天社会意识的主流，而这，可能是比宣传更为强大的文学功能的体现。"①

文学是作家对现实思考的一种方式。从《乔厂长上任记》到《女工会主席》《那儿》等作品的出现，并非偶然的，这与我国社会现实的变化息息相关，也与思想界、文艺界的讨论与思考相关。如今，工业化、改革文学已走到反思阶段，重读这类作品是要从文学镜像中看到这些过程中的问题与两难，厘清内在的悖论、张力与活力，伸张执政合法性、改革正当性。因此，面对发展壮大工业、国企改革、改制所造成的两难，需不需要，或者能不能够将其中的问题破解，重新追寻一个既可以让国企重生的机制，有可以令所有的工人及其阶级继续保有革命——建设的热情与主人翁地位，这既是政治家的问题，也是困扰文学家的问题。

---

① 李海霞. 新的科学与人性信条的诞生：新时期改革文学再认识：文学评论. 2010 (6). 69.

三

无论是合作化，还是工业化；无论是互助组，还是国企改革、改制，主导者可谓用心良苦。在这条革命的道路时空里，合作化、工业化的悖论先后成为革命者苦苦追索实现现代化路上亟待破解的难题。在这一巨大的历史过程中，不可避免出现革命乌托邦色彩的激进、跃进、冒进，以及空想、理想主义、宗教般的热情，甚至一厢情愿的做法等等，这是革命乌托邦本身固有的属性所决定的。按蔡翔的说法，由于"革命中国"（革命话语、阶级话语）与"现代中国"（现代话语、经济话语）内蕴着诸多的矛盾、冲突，包括"现代中国"的科层制与"革命中国"的"平等"承诺间的矛盾；革命的动员模式对群众日常生活世界的干预，这种干预和侵犯达到一定程度（以"文革"为最），则导致群众对政府的不信任，而这种不信任演化为政治冷漠，则使工农的主人的阶级整体意识崩溃。蔡翔不无感伤地说，我亲眼看见这一阶级的历史命运的浮沉，而阶级意识的最终崩溃导致这个阶级的所属个人的尊严的丧失殆尽！①

由此可见，"革命中国"与"现代中国"的冲突与悖论构成当代工农业题材文学的基本模式与内在线索。"革命中国"不仅仅是一个曾经存在过的国家实体，更是一个想象中的伟大的共同体。这两个概念由于在其意义展开的理念前提、历史逻辑、价值旨归、制度设计、实际运作中的目标取向不同时而构成紧张，因此可以把这一悖论概括为十七年语境中更为常见的"社会主义"与"资本主义"的冲突。新世纪以来，工业主义、经济主义与社会主义的两难。这些丰富的文本除了表面上关注"社会主义"或者"资本主义"，不但在实际"怎样"的层面，而且还将更多的历史痕迹安顿在"应该怎样"的层面，提供后来者爬梳研究，其意义似乎并不仅在亦步亦趋地追寻历史真实，而是让它重新回到我们的思想视野、情感世界与学术空间，并努力抵达历史逻辑深处，在那份"乌托邦"中找到批判现实与设计未来的资源——这也是我们必须有的严肃姿态。由此，"革命乌托邦"重新获得正面意义：只有乌托邦的存在，或者因了这一乌托邦的存在而确立的面向未来的态度，才构成了当代文学最为重要的想象动力、思想资源与彼岸世界！

---

① 蔡翔. 革命/叙述：中国社会主义文学—文化想象（1949—1966）. 北京：北京大学出版社，2010. 321.

第三辑

作品解析

伊托邦①的生活殖民与
赛博空间②的宰制
——当代文学文本的未来学解读

　　2010 年，由著名作家刘震云长篇小说《手机》改编的同名电视连续剧在全国各大电视台上演，"正在四大卫视联袂热播的 36 集电视连续剧《手机》已经逐渐接近尾声，相比同期播出的《三国》，收视率还是不错的，而且网络视频播出《手机》独拔头筹，稳站第一把交椅"③。有作家认为，与葛优主演的电影版《手机》相比，"电视剧对小说的内容有更完整的表达。电视剧在结构、节奏、人物关系的铺排设定上，情节和细节的运用上跟长篇小说很像，电影则更像短篇小说。电影讲究快节奏，像奔腾的大河，流速有落差，水砸下去就是瀑布。长篇小说是海，表面是不重要的，重要的是海底深处的东西以及潮涨潮汐和月亮的关系。电视剧可以有大海一样的篇幅和容量把长篇小说从表面到本质的内涵都展现出来，创造性地发挥出来"④。在当今"娱乐至死"的时代，围绕关于这部连续剧的讨论正热络展开，其中不乏真诚的探讨与严肃的思考。刘震云认为，"中国正从严肃社会转向娱乐社会，……电视剧版主要讲述了由现实社会中人与人的互不信任而引起的种种误会和变化，电视剧《手机》最大亮点之一就是表现了城乡之间的勾连和含混不清。"有人认为它揭示出了"中

　　① 伊托邦：E-topia.

　　② 赛博空间：Cyberspace.

　　③ 大洋网. 沈严执导电视剧《手机》剧中揭示中年男人危机，http：//www. dayoo. com/roll/201005/27/10000307_102156050. htm.

　　④ 燕赵都市网. 刘震云《手机》再版发布会大谈，http：//ent. yzdsb. com. cn/system/2010/05/13/010485990. shtml.

年男人的危机"刘东超从思想的角度，认为文本是当代中国欲望化的表征，主人公严守一是色欲放纵的标本，批判了爱情伦理的错位①；严冰认为："它通过逗乐的形式传递的内容是：比'做人要厚道'还重要的'做人要实诚'。"而且"'手机'在剧中不过是一个道具，通过它，现代人从城市到乡村的挣扎、奋斗、真诚、虚伪、困惑、觉悟尽显其中"②。常玉荣则指出"作家对手机这个信息恐龙的嘲讽，对技术理性暴政下人们荒诞生存境遇的戏谑表达。如果说手机在缩短人类物理距离领域具有存在价值的话，那么同时它也在加大人类的心灵和情感距离。……反抗的是手机背后那个强大的被现代人顶礼膜拜的技术理性世界，及这个世界的对人的'非人'统治。"③ 这些众说纷纭都有道理，颇能够切中肯綮。但从严守一《有一说一》电视栏目的噱头，和科技进步对人生活的全面入侵两个角度切入，我觉得《手机》还讲述了两个大家熟视无睹或者尚未察觉的社会发展趋势，即"生活世界的殖民化"与"控制社会的形成"。

在此，笔者用私人生活/殖民入侵、赛博空间/社会控制两组词，来厘清隐含在文本下基于科技革命、社会批判角度的另一层意蕴。

一

哈贝马斯深刻指出"生活世界的殖民化"问题。他以"系统——生活世界"的双层架构去理解、分析和批判现代社会理性化的发展过程和现代社会的结构，其中，"系统"主要指现代社会中的市场和国家机关这两种科层架构组织。"生活世界"则主要指私人领域的核心——家庭、单位与公共空间的各种传播介质，它体现个性、意义与象征，从而为人类生活提供内在价值支撑。而当作为经济和行政调节机制的金钱与权力媒体，不断侵入生活世界并破坏其结

① 刘东超. 当代中国欲望的文学例证——《手机》的当代思想史解读：理论与创作. 2004（2）.

② 严冰. 人民日报海外版. 2010 年 05 月 21 日第 8 版，http：//paper. people. com. cn/rmrbhwb/html/2010-05/21/content_523044. htm？div=-1.

③ 常玉荣. 技术理性世界遭遇言说的尴尬：解读刘震云长篇小说《手机》主题意蕴：河北建筑科技学院学报. 2006（6）.

构时，"生活世界的殖民化"问题便产生了。① 严守一的《有一说一》电视栏目即是"生活世界的殖民化"的隐喻和表征。严守一的蹿红，表面上看是他在谈话过程中所表现出的机智、诙谐、幽默、亲和；深层看，是《有一说一》这类电视栏目制造的噱头极大地满足了观众的"窥视欲"，并与其生活世界产生谐振和共鸣。现实生活中，又以早先中央电视台的《小崔说事》和晚近的上海东方卫视的《幸福魔方》《金牌调解》、山东卫视的《情动八点》、江苏卫视的《非诚勿扰》栏目为最，这些栏目以对私人生活的"爆料"和"抖包袱"为能事，屡屡创下收视率之最。正是媒体权力对私人生活的全面介入，型塑了一个看（被看）的世界认知结构，人们的私人生活和"绝对隐私"被公开展示，兴致勃勃的看客怀着各种各样的心态，有滋有味地鉴赏他人的幸福或痛苦。在这里，不仅个人隐私被展示，观众也被全方位地占有，正如凯尔纳所言："通过编码和解码，媒体文化的文本可能被编制成最粗糙、最意识形态化和最陈腐的东西，而受众则完全可能从这一材料中寻找到属于自己的意义和快乐。"② 此时，媒体实现了"统治——霸权性立场"。

费尔克拉夫认为，"话语技术化"是实现"生活世界殖民化"的根本，因为"话语技术在有关语言和话语的知识与权力之间确立了一种紧密的联系"。在消费主义社会，"话语技术化"似乎正在延伸，即"从诸如访谈这样的文体——在其与一系列公共机构的功能相关联的意义上，这些文体具有某种公共的特性——向私人领域的核心文体延伸，这里的核心文体就是谈话"③。在某种程度上，这反映了谈话为机构所占用，而机构又是带着特殊的政治和意识形态内容介入其中。以谈话的方式进行的绝对隐私话题，被现代媒体（受政治和意识形态操控的机构）利用，一个貌似"私人领域"向"公共领域"转型的民主化过程，实质上却是生活世界逐渐被体系殖民化的过程，作为私人的隐私，已经被当作一种商品和卖点，在引导一种消费，在重新制造一种"生活"假象，其中更掺杂着各种巧妙的微观的操控手段。如果说早在2003年，严守一的《有一说一》电视栏目率先开始了对私人生活的入侵，那么今天的生活世界

　　① 阮新邦. 批判诠释与知识重建：哈伯玛斯视野下的社会研究. 北京：社会科学文献出版社，1999. 73.
　　② 费尔克拉夫. 话语与社会变迁. 殷晓蓉译. 北京：华夏出版社，2003. 168.
　　③ 道格拉斯. 凯尔纳. 媒体文化. 周宪等译. 北京：商务印书馆，2004. 185.

的殖民化是如此的全面、深刻、精妙和"润物无声"，它们时时处处在改变着我们的精神、心理、时空、生活、文化，甚至于理解世界的方式。在这个消费主义至上的时代，经济利润最大化就是媒体最大的意识形态，炒作是实现目的的不二法门。

现在，以媒体为代表的新型权力正在日益俘获我们及生活世界。今天，无孔不入的媒体使得我们无处逃遁。看电视时，频道在过分上演类似的节目以争夺观众，性与暴力无不在吸引大众的眼球。唯此，才能解释为什么严守一的情人伍月一定要在电视台众多的栏目里，非得争抢严守一的主持人位置，并不惜反目成仇。因为，《有一说一》电视栏目的收视率最高，收益最大，在大众文化场域真正实现了"经济资本"和"象征资本"的双赢。换而言之，就是对观众生活世界最成功和彻底的殖民。如今，"严守一们"的大规模殖民正在以各种形态向人们生活世界的纵深方向推进。在互联网，同样的花边新闻在大肆传播，各大论坛里人头攒动、唾沫四溅、板砖横飞，一个在现实生活中五谷不分的"80后"正彻夜不眠地守护在"QQ"农场里侍弄"作物"、并强睁睡眼伺机偷菜；在广播电台，卖药的广告不绝如缕，与此同时，"午夜悄悄话"已经就有关性话题展开热烈的讨论，听众参与讨论的电话络绎不绝……在平面媒体，如大走煽情路线，专门炮制充满戏剧性夸张、情感大起大落的传奇人生故事的国内著名《知音》杂志，更以缠绵悱恻、跌宕起伏的情感故事加上纪实特写的噱头、一韵三叹式的醒目标题（被批为"知音体"），炮制了无比煽情的"催泪弹"，而其读者则像靶子，一弹即中，应声就范，并易成瘾。有网友以古代故事为由头戏拟了"知音体"标题，如《铸成大错的逃亡爱妻啊，射击冠军的丈夫等你悔悟归来》（嫦娥奔月）、《苦命村娃高干女——一段被狠心岳母拆散的惊世恋情》（牛郎织女）、《我那爱人打工妹哟，博士后为你隐姓埋名化身农民工》（三笑）、《三载漫漫上访路，结发妻终将重婚丈夫拉下马》（铡美案）、《公爹变丈夫，一缕香魂散——妖媚贵妇命断情孽纠缠》（马嵬坡）。在此，笔者愿意引用伊格尔顿评论文化研究的一段话来喻示媒体对人们的精神"控制"与生活殖民，他说："在今天，真正性感的话题是'性'。……对法式接吻的兴趣已经超过了对法国哲学的兴趣。在某些文化圈子中，关于自慰的政治比中东的政治更加吸引人的注意。性虐待取代了社会主义。……身体是永不变色的主题。但是……焦点通常是情欲的身体，而不是饥饿的身体。他们感兴趣的是交媾中的身体，而不是劳动的身体。图书馆里勤奋的轻声细语的中产阶级学生努力研究煽情的主题，如吸血鬼、挖眼睛、机器人或色情电影。"①

正是在媒体的掌控下，极具个人化的生活空间被大众文化产品充塞，我们对自己的生活版图不再具有自主性，而是随波逐流地追逐着媒体宣扬和主导的议题。这个时候，我们被自觉地内化为殖民的"帮凶"。不管我们是否意识到，或者还在极其投入地参与媒体操纵的各种话题的讨论，我们实际上部分地成为生活世界殖民化的有力助手。更有甚者，将自己完全曝光于媒体和公众的凝视之下，尽情地展示并推销自己的隐私，制造一个又一个神话。从木子美、芙蓉姐姐到罗美凤，从苏紫紫到干露露，每一个网络人物的崛起，表面上是幕后推手的运作或者是新人的发现，实际上就是自我的殖民与内化。严守一最后拒绝使用手机，不仅因为这个现代科技的恐龙搅乱和击溃了他的谎言和生活，更是痛感于他的生活完全被殖民和占有。电影结尾处，当侄女高兴地将一部具有GPRS（通用分组无线服务技术）全球卫星定位功能的手机展示给他看时，严守一在手机屏显上看到了自己惊恐万状的眼神。这个细节真实而先在地预示了作为高科技、新媒体等为代表的权力正在逐渐瓦解人们幸福而平静的私生活，从离我们远去的"我时代"，到今天的"E时代"，从生活对人的涵养包容，到现代化对人性的磨损，人们的私人生活领域已经毫无保留地奉献给了日益平面化、娱乐化、游戏化、公开化的社会；田园生活早已被现实中的心浮气躁与急功近利所取代。这时，我们就会无限留念一家人围炉夜话，彼此分享亲情、温暖和思想的简单的时代和生活。那时，无论是仰望星空还是共剪窗烛，我们的心是宁静与平和的，我们的生活是属于我们的，我是属于我自己的。伯曼在叙述"大街上的现代主义"时特别提到20世纪城市规划中的大街（公路）对于人性的侵犯："科比西最直接地感受自己受到了威胁，易于受到伤害：'离开自己的房屋意味着，只要我们一跨过门槛，我们就处于被过往的汽车杀死的危险之中'。……'我回想到20年前自己还是一个青年学生的时候：那时马路属于我们；我们在马路上唱歌、争论，马车在我们身旁轻轻驰过。……但现在这种田园诗的图景已成为过去，大街属于车流，这种图景必定逃命去了。"②

---

① ErryEa-letonAfterTheoryLondon：AllenIAne. 2004. 3.

② 马歇尔·伯曼. 一切坚固的东西都烟消云散了. 徐大建等译. 北京：商务印书馆，2003. 213.

其实不仅是生活世界的殖民，随着科技、信息的发展与发达，赛博空间正在形成，而由它宰制的社会已经初现端倪。

赛博空间这一术语是由加籍美国裔科幻作家威廉·吉伯森在他的科幻小说《神经漫游者》中提出的。小说描写一个网络黑客凯斯受命于某跨国公司，被派往全球电脑网络构成的空间之中，执行一项极其危险的任务。进入这一空间既不需乘坐飞机火箭，也无需进入时空隧道，只要在大脑神经中植入插座，接通电极，当网络与人的思维意识合为一体后，即可遨游其中。吉伯森将这一虚拟空间称为"赛博空间"。该术语糅合了"控制论"与"空间"的蕴涵，此后这个词语得到广泛认同，"赛博"也衍生出电脑和数字网络的含义。正是基于"控制"加上"空间"，人们在生活中的位置、轨迹、行为才变得可以掌控与清晰可辨，使讲究"个人隐私"的现代社会，个人无处遁形。有感于近期媒体曝光的苹果手机制造商在手机终端和软件系统中留下后门，便于苹果公司对用户实行跟踪定位，而这个跟踪已得到某些政府的"默认"，并与之共享用户信息的报道。[①] 由此可见，一个由赛博空间建构的信息化——控制社会正进入我们的生活。同样是手机，在严守一时代，功能更多定位在通讯方面，主要是通话、收发短信、拍照、录音等，而时至今日，以苹果手机为代表的通讯终端，则是一个功能齐全和强大的集成体，除了传统通讯功能，几乎将现有一切可实现的操作都位列其中：上网、全球定位、车辆导航、看电视、浏览新闻、玩游戏、电子书、货币支付、预订票务、个人信用记录、劳保号甚至身份识别等等，人们其实忘记或忽略，在他们尽情享受手机及其功能带来的便利与快捷时，他们的个人信息、活动和行踪正被监控。在这个赛博空间里，几乎所有的个人化信息都毫无秘密可言，个人不由自主地同时成为手机的附属物。对监控

---

① 2011 年 4 月 25 日，有媒体称："苹果 iPhone 智能手机被爆出泄露用户隐私。美国两名研究人员阿拉斯代尔·艾伦和皮特·沃顿发现，iPhone 会定期收集用户的地理位置信息并保存一份有关手机位置信息的记录。此前就有报道指谷歌 Android 也有类似的行为，对此欧美多国政府称将就苹果存储位置信息展开"。http://business.sohu.com/20110425/n280407484.shtml.

场域的角力：文学及其周边

者来说，人不成为特定的个人，而成为犹如监狱囚徒的代码——一个个由手机号码而确定的数码人。严守一所担心的事件正日益成为现实，与其说是人携带并使用手机，不如说手机在支配并宰制人的生活，人成为手机的"囚徒"。

德勒兹被视为资本主义全球化发展第四波"金融资本"时代的理论代表人物。他认为我们正在离开规训社会，进入控制社会，在当代"控制社会"里，全景规训的监控已经变成了一种新的、甚至更为无从捉摸因而也更有效的形态；你的网络浏览器、你的DNA（脱氧核糖核酸）、你的银行卡、你的地铁月票，或者你的信用记录，全都提示了你所留下的踪迹……正如屡屡遭人诟病甚至起诉的、但功能强大的谷歌街景地图，更让彼此的空间距离近在咫尺，时时处处处于被曝光和被监视的境况中，不管你是否同意。因此，我们应当深入研究三种权力的运作——绝对统治权、惩戒权和正在变得"霸道"的信息传播控制权。他的"控制社会"论是福柯"生态权力"规训论的逻辑发展。即当代社会文化"经历了一种全面的转型"——这就是从（福柯的）规训——生态权力世界到（德勒兹的）控制社会的转型。控制社会本身是一个无形的帝国，其重要的特征包括功能强大的全息编码，瞬息同步的数字化刻录，无孔不入的信息控制等等。规训社会的主要技术是建筑空间的禁锢和书面文字的登记，全景敞视理论即其发展；而控制社会已不再通过地理空间的禁锢来运作，而是通过赛博空间与日常生活空间持续的虚拟与现实的交织的信息控制而运作，犹如一个万能变形器，可转换和可并置（或许可以借用德勒兹"无器官身体"的概念来表达这种貌似"空无"，实纳"万有"的形态）。资本主义全球化的强势发展，导致文化权力模式和内在机制的嬗变。詹姆逊、福柯、德勒兹等人清晰地描述了一种轨迹：资本主义的规训形态从阶段性的外在、有形的模式日益变成当代社会文化内在的、无形的控制形态。他们对西方资本主义不同阶段的发展特点提出了各自的社会文化理论图式，从不同角度指向了一个共同的趋势：当代控制社会。

上述这些理论对于我们理解媒体、高科技全面介入的信息传播控制权有一定帮助，正是这样无处不在、无从捉摸的控制，入侵到人们日常生活的方方面面，不仅《手机》《神经漫游者》在诉说，越来越多的文学、影视文本也不约而同指证这一隐秘现实的存在。这里有必要提及人们已经逐渐遗忘的电影《黑客帝国》以及《生化危机》《侏罗纪公园》《异度空间》《奇异的日子》《捍卫机密》等作品。这些先知先觉的作品以各种方式的叙事，讲述了基于信息传播技术、矩阵、黑客、高仿真、拟像、虫洞、远程操控、时空隧道等数字技术，人类社会产生极大的混乱，或被机器人控制，或招致生化危机，或引来真实与虚拟的倒置，等等。特别在现实中，人类既是符号的动物也是游戏的精灵。在互联网、消费社会主导下，我们的世界观也在符号化、信息化、图像化、游戏化。图像和游戏通过插图出版物、电影、电视尤其是电脑网络大量播散，促使图像文化不断增殖，致使"读图时代"的突显，这是与当代日益加快的生活节奏和信息内爆的符号消费世界密不可分的。在很大程度上，我们的文化已经变成一种影像文化。通过大众传媒和日益普及的互联网，我们每天都会受到千千万万影像的轰击。现代主体不仅被卷入无数的数字成像的艺术创造和文化拟像中，同时也陷入几乎可以无限链接的影像网络之中，总之，我们无时无刻生存于赛博空间。

美国电影《一级戒备》中的故事叙述令人印象深刻：彼得·加里森20多年的特工生涯中出色的表现为他赢得了声誉，为总统挡下致命一枪的英勇事迹更让他成为特工们崇拜的偶像。彼得做梦也没想到，有一天自己因遭到前克格勃和恐怖分子的陷害竟成为同僚竞相追捕的叛徒。他被怀疑为企图暗杀总统的"新纳粹"，百口莫辩的他唯有逃亡。但是，他无论身处何处，都无法逃脱，只要开机5分钟、登录赛博空间片刻，马上就会有追敌逼近，他的信用卡、手机等等都被监控。一句话，只要还生活在这个世界，就会不由自主地受到某种控制，不论是有意识还是无意识的。此时，"异化"变得不可避免。"美丽新世界"是人们对于科技文明给力人类前途，抱持着天真的乐观所发出的一句赞叹。赫胥黎《美丽新世界》（1932出版，曾被评为20世纪十大小说之一，与乔治·奥威尔的《1984》、扎米亚京的《我们》并称为"反乌托邦"的三大经典。），预言了科技计划控制人性的世界，如何摧毁自然生存的故事，作者以一个女子琳达和她的儿子约翰为中心，从文化大冲突宏观布局，引经据典，有时甚至优雅地铺陈和预测一个科技控制的未来乌托邦，写人性的挣扎和失败，但这个美丽新世界、未来乌托邦却是讽刺地呈现负面意义；1959年他又写了《重访美丽新世界》。检视27年间世界的变化和隐忧，指出在他的新世界里，政府并非暴力控制，而是运用科学与技术，有系统地达成宰制全民的政权。赫胥黎在这两本著作里预示，无孔不入的科技不但没有使人类社会文明发生质的飞跃，反而使社会倒退几百年，人类实际是退化了。文本用明喻与暗喻结合的方式写出将来的"现代人"面对"新世界"文明畸形发展时的无助与绝望。赫氏对人类生活中的矛盾具有超人的预见力和敏锐的观察力以及胜人一筹的想象力。诚然,人类不能毁灭在自己手中,在科学列车以恐怖的速度向前飞驰时,科技的进步是否真的能够拯救人类,而不是让人类在科技社会中逐渐僵化、腐化、被宰制而变成行尸走肉,还要有《美丽新世界》这样的不朽之作时刻敲响警钟。

总之,新传媒高度控制的时代开始出现,具体表现为,一是整个监控体系的实时性。虚拟的赛博监控网络的实时信息交换,使被监视者的"监控意识内在化"根植意识深处,制约人们的行动。二是单向度监控的局面出现变化,从中心向外围的单向度监控转化为非中心化和弱中心化监控体系。提升后的监控系统,即使某个监控环节出现问题也不会影响整体信息的畅通和可控,避免了单个环节出问题而导致大面积管理瘫痪和监控失灵。第三,新媒体监控的视觉化效果更明显。图像的实时监控取代了抽象性,监控效果更加直观、有效。

结语

哲学人类学教授约斯·德·穆尔认为,在后现代时期,由于精神载体的变化和技术政治的发展,以及虚拟现实日益与我们的日常生活时空互相缠绕,一种具有后地理、后历史特征的迷宫式的后现代空间正在形成,而且意义益发显豁。[①] 因此,赛博空间正在向日常生活"大规模殖民",将成为当代控制社会的主导空间,就在本文行将完成的时候,中央电视台报道,在民众的公共领域或私人生活空间,惊现"X卧底软件",这些旨在窃取人们私密及商业机密信息的软件不仅十分有效,而且已经开始大行其道,着实令人胆战心惊,而手机就是其载体,这说明,生活世界的殖民与赛博空间的控制已经初步完成,正在深入。今天,不论是生活世界的殖民化,还是赛博空间的全面控制,都以无可辩驳的事实确证了人类的前景,即人类要祛除异化的可能,作为万物的灵长以保持身心与灵肉的自由,就务须摆脱工具理性的束缚,克服科技中心主义、消费主义带来的负面效应,在娱乐至死和规训泛滥的同时,坚守与保持自我警觉和精神超越,唯此,才得以进入自在的彼岸。

----

① 参见德·穆尔.赛博空间的奥德赛:走向虚拟本体论与人类学.麦永雄译.桂林:广西师范大学出版社,2007.

论金庸小说重道轻器的思想倾向

中国传统文化中，"道"与"器"是一对哲学概念，"形而上者谓之道，形而下者谓之器"，老子云，"道生一，一生二，二生三，三生万物"，还说，"道可道，非常道"——"道"不能用通常的语言描述，但仍可看出，"道"是先天地而生的万物本源，或一切事物永恒规律的代表，发展到后世就形成体系严密的道统；对于万事万物，则有为学之道，为官之道，武学之道，逐渐演绎为根本原则、最高准则和遵循的规律。"器"作为"道"的他者，指各种派生的、有形或是具体的事物。如果说"道"存乎法则，思想境界层面，那么"器"则属于器物层面。中国传统文化主张"道本器末"，强调"以道御器"，要让器服从于道，服务于道。关于"道"与"器"的关系，近代学者郑观应的解释较有代表性，他指出："所谓'道'，即'形而上者'，是万事万物与人性之本源，是治理国事之本；作为一种学问，'道'是'一语已足包性命之源而通天人之故'的原理之学；所谓'器'，即'形而下者'，是万物，是有利于物质发明和实际生活之末的后天形器之学。"①

道本器末的观点流播千年，深入传统文化的各个方面，影响中国人的思维方式和看待事物的方式，理解社会人生的方法，自然也渗透到文学创作中，变形为小说中各种形象和场景，其中金庸的小说秉承传统哲学关于道器的阐释，颇具代表性。本文拟从中国传统文化、哲学的角度，探讨金庸小说重道轻器的思想倾向。

---

① 李德顺，孙伟平，孙美堂著. 家园——文化建设论纲（第七章）. 哈尔滨：黑龙江教育出版社，2000.

一、金庸小说重道轻器思想的表现类型

中国文学素有载道的传统，它是以儒家思想、礼法、行为准则为核心的道统。本文阐述的道，在哲学框架内展开。在老子看来，道是无形无象，不可名状的本体，但就是这无形无象的道产生了宇宙万物，因此道类似于"绝对精神"（黑格尔），传统的道器观体现了中国人的宇宙观和时空意识。如前所述，道是非常玄奥的道理，是带有本质性的原则、准则和规律，作为一种观念形态，必须借助某种实实在在的载体而具化。在金庸小说的特殊语境中，"道"主要指由内功、气功、武德等为载体，决定侠客武功强弱，武学修为、武学境界高低，人格高下的带有根本性质的原则、规律、观念等；而"器"主要指由技艺、器物、兵器、财富权利等为基础的形而下的次要的东西。金庸小说重道轻器的思想继承中国传统文化中重视人的主体地位和根本精神，讲求形而上，追求明德悟道以驾驭器物，轻视外在器艺层面，鄙视形而下的道器观。因而在中国文化的谱系里，金庸小说的道器观与老庄重道轻器的思想一脉相承，"贯穿了重视保护人的生命，把人放在物之上，认为物是比人低级的、为人服务的东西。因此庄子说'贱而不可不任者，物也'（《原宥》）"①，认为人要达到自由，就须不以物役。作者认为物本低于人，却成为支配人、统治人的力量。人时时处处成为物的奴隶，丧失了应有的一切欢乐。当然，金庸小说中重道轻器思想并非抽象的道器关系的探讨，而转化对武林江湖及社会人生的具体描述，使其道器观有所寄寓。如小说中反映的人在江湖，身不由己；武林世界中的穷通、荣辱、贵贱等正是为名利、器物所累。恩格斯指出："人最初为自然的异己力量所支配，后为社会的异己力量所支配"②。因此，金庸小说隐含了对器物的排斥、犹疑。

1. 从道器关系看，重内功、心法、武功秘籍之"道"，轻外在之"器物"。

金庸小说中，内功、心法等武功秘籍正属"道"的范畴，是用来驾驭、指

---

① 李泽厚，刘纪刚主编. 中国美学史（第六、七章）北京：中国社会科学出版社，1990.

② 李泽厚，刘纪刚主编. 中国美学史（第六、七章）北京：中国社会科学出版社，1990.

导修炼武功的根本准则，最高原则和基本规律。没有内功、心法的武学秘籍，这样的武功难以登堂入室，等同武夫家丁；内功心法和武学秘籍不完备，则限制武功上层次。西毒欧阳锋因修炼抢来的半部假九阴真经而导致精神失常；铁尸梅超风仅凭九阴真经的只言片语炼得出神入化的武功，令江湖侠客闻风丧胆。金庸小说中，无数的江湖侠客为争夺武功秘籍，如"易筋经""九阴真经""九阳真经""葵花宝典"等武学秘籍而命丧黄泉，江湖的血雨腥风大多由此而生。《射雕侠侣》中，九阴真经关于内功修炼心法的"总纲"被抬高到提纲挈领，乘一总万的地位；极富于强调意味的是，少林秘籍易筋经甚至被神化到至高无上、起死回生的功效。可见武学之"道"的厉害。

与此相对应，作为工具的兵器则被加以排斥和贬抑。小说描述的种种因争夺武功第一、权利地位、秘籍宝藏而导致的杀戮暴力，从一个侧面说明人在天地间产生后就一刻也离不开器物，受物的支配折磨，终身处于身不由己的劳苦奔波。"所以庄子说：一受其成形，不忘以待尽。与物相刃相靡，其行尽如驰而莫之能止，不亦悲乎！"（《齐物论》）① 金庸小说表达的不是要否定物，而是要摆正道器的位置，校正人们的认识，达到人与物的和谐。如《神雕侠侣》中独孤求败大侠随着武学修为越来越高，从使用神器（宝剑）到铁剑再到木剑；从有剑到无剑，剑—兵器—工具"在实践中所发挥的作用越来越被淡化了"②。吊诡的例子见诸《倚天屠龙记》，正邪两派殊死争夺倚天剑、屠龙刀，欲从中得到关于"号令天下，莫敢不从"的秘密。结果出乎意料，天机藏于刀剑内部——仍然是作为"道"层面的九阴真经。倚天剑、屠龙刀互斫断为两截，可指证为对"器"的贬抑和排斥，实质构成对"器"的一种解构和反讽。这些说明"器"无论多么有效、实用，仍旧要服从于"道"的管理，道胜于器。

2. 从内外关系看，重内轻外，重内功轻外功，重气轻剑。

熟悉武侠小说的人都知道中华武功被作家划分为内家功夫和外家功夫。

① 李泽厚，刘纪刚主编. 中国美学史（第六、七章）. 北京：中国社会科学出版社，1990.

② 金庸小说的工具意识：晋阳学刊. 2004（5）. 83.

"金庸小说描写武功全以内功为基础，所有超人武功均为内功与武艺的结合。"① 因而其小说有一种总体倾向：重内轻外。这种倾向传达出一种深层次的中国知识分子的集体无意识，即重道轻器的思想。学者王一川指出："在文化价值层面上，中国人认为文化可以分为两个层面：一是器，二是道。器又称为器具、器物、器用或器艺，被视为文化的外在的低级层面，指人们生活的物质、用具、技术等工具方面。……道是文化的内在的高级层面，指由上述器的层面所呈现出来的根本性精神、规律、理念或本质等。在中国人看来，器虽然是日常生活所必需的用具，都是低级的，有待于上升到道的层次；只有道才是至高的精神境界，它代表文化的最高价值，所以道支配或制约器，器是载道、体道或明道的工具。"② 重道轻器观念不仅表现在传统哲学文化里，也渗透于民间运动中，指导人们的行动。如义和团对西方洋枪洋炮的极度轻视和对中国功夫的盲目信从，点出了中西文化差异，说明西方人重视技艺、器物，信奉工具理性、实用科学，团民深信中国的拳道、气功、符咒等"神道"，绝对能战胜西方洋枪洋炮等"器物"。

　　金庸小说也恰隐含了这样一种重内轻外、重道轻器的倾向。金庸确乎偏爱内功，因而其小说中几乎没有纯粹外家功夫的武林高手，即使洪七公和郭靖刚猛无俦的外家绝顶功夫——降龙十八掌，也要依托实施者的内功修为和内功的纯正。洪七公遭遇欧阳锋的毒蛇袭击而丧失内功，降龙十八掌遂成花拳绣腿。"金庸笔下所有的外功都必须依靠强大的内功才能发挥出功效，外功仅仅是攻防格斗的方法，而内功则是实战中实施外功的能力。如果没有深厚的内功，外功招式再精湛也无济于事"③，可见，武功的强弱都依赖于内功修为的高低。内功修为高，哪怕平常器物也能发挥非凡的威力，如劈空掌、摘叶伤人、隔物传功；一柄木剑、一枝柳条胜于神兵利刃；内功修为低，不仅神兵利器、武功秘籍、财富地位保不住，还可能丧失性命。又如《笑傲江湖》中华山派剑宗与气宗的分裂，就源自双方对各自代表的外（剑术、技艺）与内（紫霞功、心法）的推崇，斗争的结果当然是气宗占了上风。令狐冲虽从剑宗传人风清扬处

　　① 金庸小说的工具意识：晋阳学刊. 2004（5）. 82.
　　② 王一川. 中国现代性体验的发生. 北京：北京师范大学出版社，2002. 49—50.
　　③ 金庸小说的工具意识：晋阳学刊. 2004（5）. 84.

学得"独孤九剑"名扬武林，一旦丧失内力，剑术就是花架子，而让他起死回生，称雄武林的却是少林易筋经和来自他人的内力。至于张无忌、萧峰、虚竹、郭靖、杨过等均是以内功为根底而造就的武林英雄。代表器艺的外家功夫、剑术、刀剑等则被置于从属、次要的地位。

尽管作者也认为内家、外家功夫最终殊途同归，但从那似乎是二元论的思维定式中，我们不难得出内功胜于外功，道胜于器的优胜劣汰的"江湖法则"。因此金庸小说这种重内轻外、重道轻器的总体倾向实际上正是重道轻器观念在小说中的自然流露、迁延和转换。

3. 从道和武功的关系看，重武学之道、重悟道、重武德和侠义之道，轻武功。

金庸小说的道器观还表现在重武学之道。因此小说中常出现"无招胜有招""以柔克刚""以慢制快"等技击格斗的道理。风清扬传授令狐冲剑术，全真七子群斗黄药师，杨过飞瀑学剑等场面就蕴涵着深奥而有意味的武学道理；又如《神雕侠侣》中的重剑无锋，大巧不工，《天龙八部》中的武功越高越要用佛法化解；《笑傲江湖》中以无招破有招等都表现出推崇武学之道而轻视工具的观念；其次，金庸小说还强调悟道。这里的道，多指纯粹的武学原理、人格修养、佛法禅意、人生价值等形而上的道理。《天龙八部》中鸠摩智幡然悟道，慕容博、萧远山放下屠刀，立地成佛，玄慈方丈对恶业追悔，重点都放在对道的探求感悟，而从某种意义超越了对器（如一味贪求武功而走火入魔，为一统江湖而滥杀无辜）的过分追求；再次，从最本质层面看，金庸小说的重道与重武德、正义、侠义、民族大义之道血脉相连，反对过分执着于器物（如武功）而导致人的异化，贯穿了学武必须行侠仗义，为国为民高于习武的道理。如"《射雕侠侣》系列中主人公郭靖把为国为民，侠之大者的信念置于学武之上"[①]。在道与武功高下轻重的比较中，作家最终将武功归入器物层面予以排斥，武功仅仅是实现道——道义、正义、侠义、民族大义的器具；为国为民，实现人的自由才是最大的道。《鹿鼎记》塑造了主人公"武盲"韦小宝，有学者阐述了该文本的"反武侠"性，其实《鹿鼎记》反武并不反侠，不妨看成是

---

① 石岩. 笑傲江湖——金庸小说的文化韵味：硕士学位论文：中国学位论文全文数据库.

"反武功"性。或者说武功与道、武功与韦小宝背负的中华民族传统文化相比，轻重立判。因为韦小宝身上的流氓气质、自在无赖、机智权谋、忠诚信义、顽强生存、平民性等等诸多特质，"蕴含了对中国社会体制和国民性的深刻批判"①，是中华民族传统文化的精魂——道的外化。

二、金庸小说中道与器的内涵层次

金庸武侠小说中"器"的内涵较稳定：一是纯粹的器物；二是功名利禄、地位、财富；三是把武功本体也视为器物进行贬抑。作品中随处可以看到作家对器物的排斥。一言蔽之，对于器物的孜孜以求导致人的不和谐与悲剧。如《连城诀》中对财富的争夺使兄弟反目、父女成仇；《天龙八部》中慕容复对虚妄皇帝梦的热望，引发精神失常和人性变态；《笑傲江湖》中为争夺武林盟主和一统江湖，众多侠客扭曲人性，命丧黄泉。某种意义上作家把对"器"的欲望膨胀当成人生悲剧的根源，自然也就轻视器物。与此同时，金庸小说又对传统的"道"加以改造，并注入异于封建道统的新质，形成了具有人文关怀的叙事伦理。所谓叙事伦理，是在讲述现代个体生命故事中，通过叙事提出关于生命的种种问题，从而"营构具体的道德意识和伦理诉求"②，也就是说，叙事伦理是以具体价值观念为脉络，它具有语言层面的道德感，并通过深沉的伦理询唤，相应地在读者中产生一定的意识形态后果。正如弗雷德里克.詹姆逊所指出的："因此，小说具备伦理意义。人类生活最终的伦理目的是乌托邦，意即意义与生活的再次不可分割，人与世界相一致的世界。……伟大的小说家以自己的物体和情节本身的形式组织，对乌托邦的问题提供一种具体展示，而乌托邦哲学家则仅只是提供一场苍白而抽象的梦，一种虚幻的愿望满足。"③ 因此小说叙事的意义绝不是仅仅在讲故事，它还应该沉入人性的深渊，探究心灵的内在

① 孔庆东著. 金庸评传. 郑州：郑州大学出版社，2005.

② 刘小枫著. 沉重的肉身——现代性伦理的叙事纬语. 上海：上海人民出版社，1999. 153.

③ 弗雷德里克. 詹姆逊. 马克思主义与形式. 李自修译. 百花洲文艺出版社，1995. 147.

事件，并"负有重整生活信念的现代使命"①。这正是小说叙事的伦理意义之所在。

1. 从文化层面看，贯注了传统文化儒、释、道杂糅相济兼具"出世"与"入世"的精神。

金庸小说包含中国传统文化中的诸多元素，修复了传统知识分子的记忆。如以"仁""义""信"为核心，倡导积极进取、建功立业以及"为国为民、侠之大者"强国富民的儒家道统，郭靖就是杰出代表；如宣谕因果相陈，善恶报应的佛家思想，在《倚天屠龙记》《天龙八部》《书剑恩仇录》中就渗透佛家义谛；又如追求逍遥自在，清静无为的归隐主题，明显是道家的思想。《笑傲江湖》的令狐冲、《神雕侠侣》的杨过则是道家之侠。

因此，作家重视"对传统价值观和当代价值观的确认，将理想主义精神取向转化为当下具有最大涵盖面和渗透力的形而下普遍理想"②，重视文化对人物的浸润与制约作用，重视这种"道"对人物性格的形成和塑造作用。

2. 从现实层面看，贯注了为实现人间正义、百姓福祉和民族大义的兼济天下的情怀。

对人间正义、百姓福祉、民族大义的关注，对英雄主义的礼赞，对人的优秀品质的肯定，宣扬惩恶扬善，正义战胜邪恶是武侠小说永恒的主题。金庸小说的"道"继承旧武侠小说的精髓，强化对国家、民族、黎民百姓的博大深沉之爱，并将此作为"侠"的基本尺度和最高标准，进而升华到"道"的层面加以把握和思考，"达到了理想主义取向和建立在可读性基础上的独创性"③；同时它剔除了旧武侠小说的糟粕，如因果报应、神魔、色情和封建思想意识，"所以说，金庸小说的主题……既有朴素的爱国主义，又有深沉的人道主

① 刘小枫著. 沉重的肉身——现代性伦理的叙事纬语. 上海：上海人民出版社，1999. 153.

② 刘小枫. 沉重的肉身——现代性伦理的叙事纬语. 上海：上海人民出版社，1999. 153.

③ 弗雷德里克·詹姆逊. 马克思主义与形式. 李自修译. 百花洲文艺出版社，1995. 147.

义"①，小说中对国家、民族、百姓的关爱是最大的"道"。

3. 从哲理层面看，贯注了对社会人生、人性、人的情感的哲理思考。

对人的价值、人性、人的情感的思考无疑是金庸小说超越雅俗、胜出旧武侠小说的高明之处。"生亦何欢、死亦何苦""问世间情为何物？直教人生死相许""情深不寿、强极则辱""因爱故生忧因爱故生怖"等等都熔铸了作家对社会人生、人性、人情的深沉思索。又如大侠郭靖力战襄阳为国捐躯；岳灵珊与林平之的感情错位；东方不败、任我行、岳不群等人性扭曲、人格变态；陈家洛、程灵素的情感挣扎；令狐冲、风清扬的不以物役；莫大先生、周芷若的患得患失，如此这些都寄寓了作家对于人性、人生深层次的探求。

① 刘小枫. 沉重的肉身——现代性伦理的叙事纬语. 上海：上海人民出版社，1999. 153.

学士、谋士、隐士与士人身份的三维结构

——以《沧浪之水》为例对当代官场小说中知识分子的身份谱系学分析

阎真是当代官场小说的旗手，"通过一部《沧浪之水》在官场小说写作中力拔头筹"①。该小说以某省卫生厅的官场博弈为背景，通过主人公池大为从知识精英到官僚的身份转变，揭示了官场文化对精英知识的腐蚀，抒写了知识精英身份认同的焦虑和人格分裂痛苦的心灵历程。有评论家指出，《沧浪之水》"用细腻的笔触，探幽发微，深入官场权力斗争，人性变异和思想灵魂的拷问，深刻地刻画了权力和金钱对精神价值的败坏。有一种道破天机的意味……"②以"池大为的个人经历，写出时运转移中的人性百态与人情翻覆，官场之波诡云谲，反腐之惊心动魄"③，指出"中国知识分子历来就是一个矛盾的群体，在传统文化不断被重构、整合的今天，知识分子的道路仍然是一个问题"④，学者批评家的评论从多角度精彩地诠释和解读作品，深化了我们对文本的认识。但笔者认为在显文本的话语叙事下潜伏着另一套知识分子的价值符码和人生指向，透过作者、叙述人暧昧叙事的内在经验和文化立场，我们可以"找出文本意指结构下的内在力量的冲突"以及文本缝隙突现出的人物身上的象征和隐喻：池大为、晏之鹤等人以及《中国历代文化名人素描》等物喻示着传统士

---

① 唐欣. 权力镜像——近 20 年官场小说研究. 北京：社会科学文献出版社，2006. 121.

② 雷达. 沧浪之水. 评论. 北京：人民文学出版社，2001. 528.

③ 白烨. 沧浪之水. 评论. 北京：人民文学出版社，2001. 528.

④ 孟繁华. 沧浪之水. 评论. 北京：人民文学出版社，2001. 528.

人追求的完整人格和身份在当代的裂变,池大为(学士)、晏之鹤(隐士、谋士)、马厅长(大学士)分别代表了知识分子人格分裂状态下的身份碎片,暗含了历代士人在追求为学、做官、归隐之间的矛盾,折射出官场文化与精英文化冲突中知识分子的困惑与尴尬,突显出知识分子在社会转型期和官场权力结构中的身份焦虑和人格分裂。潜文本展示了知识分子"学士、谋士、隐士"三维结构的身份变化。换言之,谋求这"三位一体"已成为中国知识分子的集体无意识,是传统知识分子的记忆和理想在当代的复活与自我想象、自我定位,更是他们顽强诉说的"心语星愿"。本文以《沧浪之水》为例试论述当代官场小说展现的知识分子的身份焦虑和身份认同。

一、庙堂文化与精英文化冲突中知识分子身份结构的分裂

中国官场是特殊的制度性存在,其成员构成、生存状态、生存方式、环境氛围、游戏规则等与其他阶层(级)迥异,进而产生不同的"场效应";所形成的官场文化也源远流长。李宗吾的《厚黑学》对此做了相当精辟而系统的解说。所谓官场文化是以政治权力为中心,在官场游戏规则下以权力运作为基本内容,以集团利益、个人利益为核心,通过权力博弈而形成的文化形态。展现在现实中就表现为官场哲学,《沧浪之水》等当代官场小说对此做了细微而令人惊悚的描绘,如:首先要有强烈的权势欲;要善于投机钻营,损公肥私;要不惜降低人格,卑躬屈膝;要敢于欺下瞒上,不择手段;要能装聋作哑,难得糊涂;要为了个人利益会吹嘘,善推诿……这些官场哲学腐蚀着民族的文化。因此,当代官场小说塑造了一个欲焰炎炎,奉行着潜规则和负道德人生哲学的群体,刻画了官场人物双重人格的恶劣道德状态。一言蔽之,官场奉行的是优胜劣汰的"丛林法则",这里没有道德良心和价值判断,满足私欲和权力欲是官场斗争的唯一标准和动力机制。这些构成官场文化的核心部分。

这样的文化场域自然与士大夫(知识分子)形成的精英文化构成抵牾。

传统意义的知识分子,即文化人的代表形态是古代社会的"士",两千年儒家文明培养出的是具有文人"士大夫"传统的封建知识分子。他们的知识伦理是"学而优则仕",道德情怀是独具儒家入世精神的"达则兼济天下,穷则独善其身",人生理想是"为天地立心,为生民立命,为往圣继绝学,为万世

开太平"，终极价值是"内圣外王"的圣王伦理。士与近现代知识分子有深厚的精神渊源和文化传承。"士人所身负的文化内涵，如理想信仰、道德品性、人格特质乃至思维定式等，在长期的历史嬗递中已经融入了文化传统而被符码化，而并未随古代士人阶层的消亡而寂灭，而是偕裹于传统文化中延传下来"①，"知识分子"的源头可上溯到古希腊哲学家，但"知识分子"一词却是19世纪在俄国出现的，指的是那些带有十分突出的反传统批判精神的知识者。托马斯·梅兹格认为，知识分子是不断批判社会和自我批判的人，不管处境如何，皆会因对现实的不满而继续批评下去。赛义德认为知识分子分两类："有机知识分子"即具有专业知识的技术人才，以知识技能谋生，是职业知识分子，占知识者的绝大多数；作为"社会良心"的知识分子，他们是社会精英，不以狭隘的专业为思想界限，不以职业为"稻粱谋"，而以广泛的"业余"态度看待整个社会的发展，不为任何利益和奖赏所动；只关注远大的价值景象，超越各种人为的界限和思想障碍，对人类发展的新征兆和危机，对社会的进步表明自己的态度。知识分子的使命就是独立思考，如果脱离独立思考，就意味着让度了对时代、社会和人生的参与。所以，知识分子的突出特点就是以强烈的责任感自觉关心社会，进行社会批评和文明批评，大胆针砭时弊，揭露社会痼疾，这必然引起官场集团的警惕，引发统治阶层对知识精英的钳制和打压。安东尼奥·葛兰西在其《狱中札记》中指出"同化和驯服知识分子"是统治阶级牢固建立文化领导权的关键手段之一。

综上所述，知识分子的个体担当与官场文化有截然不同的精神向度，在价值取向、是非评判、道德准则、行为规范等方面形成级差，并诱发官场文化与精英文化的冲突。《沧浪之水》中池父被赋予古君子式的人格特征，成为知识分子精神传统的象征，这深刻影响池大为的价值取向，他曾长期不无悲壮地为之坚守："要走自己认定的道路，哪怕孤独，哪怕冷落，因为，我是一个知识分子。"② 但中国传统士人自古就背负沉重的精神包袱，有根深蒂固的政治情节。钱穆先生指出："中国的读书人无有不乐于从政的。做官便譬如他的宗教。

① 葛荃. 立命与忠诚——士人政治精神的典型分析. 杭州：浙江人民出版社，2000. 1.

② 阎真. 沧浪之水. 北京：人民文学出版社，2001.

因为做官可以造福人群，可以发展他的抱负与理想。只有做官，最可以造福人群。"①

众所周知，官场文化与精英文化既冲突又结盟，形成相互倚重、彼此对抗的复杂关系。一方面，庙堂集团通过选仕，将精英知识分子网罗门下；另一方面，知识精英只能通过科举选仕跻身统治阶层，实现政治抱负和人生价值。汉代以降，儒家传统成为知识分子最重要的精神资源，"修齐治平"更是历代士人的理想。相反，西方知识分子更具独立性和公共性，在"公共空间"代表民众和社会良心发言。中国传统知识分子虽具有报国参政的情怀，但几千年的封建专制统治和科举选拔制度，使他们形成更多的人身依附和软弱的文化人格。唐太宗在创立科举制度以后，得意地说："天下英雄入我彀中矣。"可见科举制度作为选拔官吏，知识分子得以跻身庙堂的唯一通道是成功的。它使"以文乱法"的儒生套上笼头，使绝大多数知识分子"朝为田舍郎暮登天子堂"成为一种心结和思维定式，"书中自有黄金屋，书中自有颜如玉"成为人生的最高追求，也使知识精英被纳入"体制"，作为权力的附庸，难以产生独立人格、独立精神和独立思想。精英荟萃的官场中知识者成为权力的奴隶。

步入当代，随着"启蒙时代"的逝去和市场经济的确立，知识分子那种作为承担灵魂救赎、终极关怀使命的角色意识和自信力量日益衰落。他们在剧变的现实面前显示出巨大的惶惑：不仅可能失去世界，也可能失去自我，失去"指路特权"。在这样的迷失中，精神承担有落空的危险，其身份构成也显得暧昧不定。20世纪90年代后，部分知识分子开始主动将自己转化为商品，自觉谋求知识与权力、资本的结盟。"按说每个朝代知识分子都是社会的最后一道道德堤坝，可今天这个堤坝已经倒了，连他们都在以利润最大化的方式操作人生，成了操作主义者"②，《沧浪之水》中展示某中医学院博士招生舞弊案：招的是市委书记、老板——被戏称"为三次博士"③，揭示了权力、知识、资本掠夺有限的公共资源无耻的共谋关系。此时，知识分子出现分化和大规模溃败，边缘化、世俗化、犬儒化、粗鄙化成为知识分子的新景观和世纪症候。学者王一川指出："知识分子从20世纪80年代的思想启蒙的中心被抛到边缘，

---

① 钱穆. 中国文化史导论. 上海：上海三联书店，1988. 103.

② 阎真. 沧浪之水. 北京：人民文学出版社，2001.

③ 阎真. 沧浪之水. 北京：人民文学出版社，2001.

其启蒙者地位受到深刻挑战。一个富有中国特色的世俗化社会从官方到民间对那些惯于编织理想主义、英雄主义、精神主义、奉献主义神话以启蒙领袖和生活导师自居的人文知识分子形成双重挤压。"① 正是这种社会现实、文化转型的官场中，势必引发知识分子普遍的身份焦虑。

二、为学、做官与归隐的身份谱系：
当代知识分子的身份焦虑与多维想象

1. 焦虑——文化溃败时代的生命体验。

焦虑首先是一个心理学的概念，它是"在知觉到危险后产生的无方向的唤醒状态"，简言之，焦虑是一种意识到威胁性刺激却又无能为力去应付的痛苦反应，也是个体内心因恐惧而产生的一种无方向性情绪。它既是一时的状态，也可以成为人格特性，进而导致精神分裂。现代社会中焦虑已越来越成为普遍的社会情绪，从而具有特定的文化含义。"著名心理学家罗洛·梅从本体论的角度指出：造成现代人焦虑增多的最重要因素是现代社会价值观的丧失。具体言之：首先，我们失去健康的个体竞争的价值观念，一种掠夺似的竞争方式使每个人深感丧失了个体自主性；其次，我们失去了理性功效的信念，人们陷入理性与非理性的分裂中；再次，我们失去了人的价值感和尊严感。而这三点正是属于自我感的核心范畴。罗洛·梅还进一步指出：产生焦虑的原因还在于我们失去了两种重要的关系：一是失去了与大自然的和谐关系，另一个是失去了以成熟的爱的方式与别人建立联系的能力。"② 一般而言，一个稳定的社会或文化环境中，道德象征和文化价值观可以得到广泛认同，从而给人们提供心理保障，焦虑可以成为个体实现自己潜能的重要心理内容，但在分甭离析、危机四伏的当代社会，文化的象征和神话，以及人们以前所依赖的价值观都受到怀疑，焦虑就成为对个体存在的一种威胁，进而成为我们这个时代的心理和社会现实。

如前所述，当代知识分子既有着沉重的精神包袱，又在当下遭受严重的角色错位和身份认同危机，而且知识精英身处官场有着更强烈的丧失感、迷失感

① 王一川. 中国镜像——90 年代文化研究. 北京：中央编译出版社，2001. 126.

② 蔡小刀. 焦虑体验中的诗性关怀——刘继明小说创作论. 故乡博客网.

和裂变感，这无疑是产生心理焦虑的动因。仿佛驻足"旷野上的废墟"无所适从，遂产生了"我是谁"的追问，其身份至此也一裂为三：学士、谋士、隐士。他们就徘徊和游走于这三维结构的空间，于漂泊中执着地寻找精神的归依。

知识分子对身份体认从来按照优选学进行：学而优则仕——从政为官；为官不成或者不得志亦可成为官僚集团的幕僚和谋士，从而得以从权力的角逐中分一杯羹，或以"军师"之便间接表达自己的政治诉求，实现自身的人生价值。如果二者皆不成不如归去，成为在野的异己性批判力量，成为现代隐士或如《废都》中精神之废的都市嬉游者。这样的文化逻辑和人生理路是现代知识分子追求三位一体的身份梦想破灭后的最佳选择和生命参与的不二法门。

2. 学士、隐士、谋士：知识分子身份的自我定位和想象。

（1）身份的维度之一：作为儒家知识分子的学士（仕）。

学士，有两层含义：一是作为知识精英掌握知识话语权，以区别于市井走卒、贩夫。池大为研究生毕业来到省卫生厅后，依然坚守着这样的信念："尽管现实中有很多不动声色的力量在笼罩我，推动着我，似乎无可抗拒，我还是要走自己的道路……我想坚守那一份平民的高贵，独立的高贵，如果领导觉得我可以呢，我愿意做一番事业，否则我宁愿寂寞，要我像丁小槐那样是不可能的。"[①] 做"民间"知识分子固守心灵，这是传统士人的身份本位。其意义在于：知识者位列"士农工商"之首，有着天然的精神优越感，他们站在民间立场拒绝与世俗同流合污。"贫贱不能，富贵不能淫，威望不能屈"是他们的写照。学士以高洁的人格、良好的道德修养和学识，成为万众景仰的偶像。君子"立德""立言"，其实就是知识分子的工作和精神本位，透过传道、授业与著书立说，像老祖宗孔子、朱熹一样成为"万世师表"。在《沧浪之水》中"中国历代文化名人素描"喻示了中国知识分子的精神传统，并在人格高尚和个体担当两方面成为后继者的精神资源。池父"高山仰止，景行行止，虽不能至，心向往之"的座右铭表达了知识者坚守民间岗位的人生坐标。因此恪守身份本位是学士的本能，是他们赖以立身安命的宗教。年轻时的池大为单纯正直，但在复杂的权力斗争和"闲人"晏之鹤的启发指点下，逐渐悟出了官场生存的奥

① 阎真. 沧浪之水. 北京：人民文学出版社，2001.

妙，放弃了人格操守。随着宦海的摸爬滚打和青云直上，他变成一个擅弄权术的政客。池大为的蜕变是知识分子心灵的蜕变，灵魂的出卖和精神的沦落，至此他的身份由纯粹的知识精英成为政治动物。他并不像同僚丁小槐一开始就有实现身份转变的悟性和自觉意识，在这一过程池大为产生过裂变的困惑痛苦、自责自省。《沧浪之水》中的《中国历代文化名人素描》是小说中的"文眼"，其所列举的孔子、孟子、屈原、司马迁、嵇康等是知识分子，是主人公心仪与效仿的对象。这件物事在文本的数次出现和伏笔照应，隐喻池大为身份的变化。池大为内心的反复拷问，在父亲墓前的忏悔，既是对自身沦落的自责，也是对丧失知识分子品格，异化为政治动物的痛苦反思，而在父亲墓前焚毁画册，说明他完全从身份焦虑中摆脱，彻底与"士"决裂，完成了脱胎换骨的转变。学士还有另一含义：在政治参与中充当内阁大"学士"且"列六部之上"。千年来知识分子埋藏着一个心结：学而优则仕。福柯指出：权力和知识是共生体，前者利用知识来扩张社会控制；知识的构形、产生与传播也楔入权力关系。一切知识都是权力的形式，官场就是知识与权力交互建构的产物。因此，知识又是士人的晋升之阶。小说中的舒少华就是一个典型。他的学问使他在业界颇有声誉因而从政，却最终迷失于自我膨胀，毁灭在篡权夺位的行动中，这进而说明官场知识分子容易发生身份错乱患上政治幼稚病，在政治斗争中显得虚弱和不堪一击。在中国，儒家思想作为非制度性文化遗传，强调知识者的特殊地位与使命担当，强调士人智力的优越与显赫的名望地位，士人由此产生普遍的身份自觉，同时儒家积极主张士人从政。孔子曾一再表示有用世之志，而孟子将知识分子从政看作其专业的分内之事。他"已在主张一种普遍性的士人政治"[①]，总之，儒家所倡导的积极入世精神和参与意识，严格规约了传统文人的心态模型与行为模式，发展到后世被片面地理解为读书纯粹为了做官，积极入世的倡导被衍化成对功名利禄、享乐人生的追求，这些都培育了士人孜孜以求的千年心结——从政为官成为位列六部之上的"大学士"。池大为最开始是作为学士出场的，他愿意搞专业，因为知识分子的耿介不阿，被赋闲在中医学会；残酷现实和谋士晏之鹤的点拨唤醒了池大为的官本位意识，激发了他向上爬的潜能。其实池大为与大多数传统知识分子一样，有着本能的积极进取的

① 余英时. 中国传统思想的现代诠释. 南京：江苏人民出版社，2003. 49.

政治抱负，渴望通过掌握权力"建功立业，造福百姓"。小说中反复出现"内视角"叙事：即主人公的心理活动，表明了池大为在身份转换中彷徨自省和不甘沦落，随着的"仕"的身份确立他却多少有了某种自觉意识和"自甘堕落"的愿望。与池大为相对照的是晏之鹤，即便这么一个官场斗争的失意者、旁观者，他对自己年轻时的"清高""倔强"其实不无追悔之意。因此，晏之鹤是池大为的"镜像"和"他者"，池大为通过晏之鹤的人生经历和指点得以确认自己。

（2）身份的维度之二：作为庙堂集团的幕僚与智囊的谋士。

知识分子有"很强的依附性"，池大为对此有清醒的认识。如果官场失意或与官无缘，又不甘老死于陇亩之中，那么作为权力的"智库"——成为一个幕僚、谋士也是知识分子不错的选择。中国的谋士古已有之，从孔子、孟子游学列国，诸子百家游说列强间，到孟尝君蓄士、诸葛亮扶汉再到民国文胆陈布雷……历代以来，充当利益集团、统治者谋士的知识分子不在少数。由于他们的"幕后性"和配角身份，往往湮没在历史的长河中。

《沧浪之水》中的晏之鹤就是一个典型的谋士，是池大为官场进步的导师和指路人。晏本身是官场角逐的失败者，正所谓"谋而仕，隐而未仕"，唯其如此，他才更加悟透官场权力运作的深层机制、权力结构下的潜规则与人情本相，从而不断以道家、法家韬光养晦、屈伸有据、阴柔练达、两个凡是、两面三刀等权术思想点拨池大为。他虽然不能位登厅长，但池大为正是通过他的指点和帮助而一步步谋取高位，而从某种意义上实现他在现实中未曾实现的愿望，也反映了作者、知识分子们对自我身份安排的替代满足和自我陶醉。

知识分子充当谋士有深层的内外部因素和传统文化的影响。首先，传统文化中"学成文武艺，货与帝王家"的心结禁锢了士人的思想。在传统士人看来，知识的奉献和人生价值的实现不在于在哈贝马斯所说的公共领域对包括政治在内的社会文化问题进行理性批判，而根本在于售与帝王将相，通过入仕的渠道部分地实现其政治抱负和人生理想。如果不能科举而仕，那么充当幕僚也多少可以满足这个愿望。因此，学优则仕和充当谋士实际上在价值功用和现实效应上是异构同质的。当然，谋士发展到极致就容易形成人身附庸和臣妾人格。书中的丁小槐就是生动的例子。其次，士人为谋还源于直接的实利原则。"海尔特·霍夫斯泰德在跨文化交际理论中，曾就北欧文化和东亚文化提出个人主义和集体主义的概念。个人主义表示一种组织松散的社会结构，这个结构中，人们自己照顾自己和直系的家庭。集体主义以紧密的社会结构为其特征，这个结构中，人们对内外群体加以区分，期待内群体（亲属、氏族、组织）照顾他们，作为这种照顾的交换，他们对内群体拥有绝对的忠诚。中国历经漫长的宗法制社会，孕育出的是以宗族为单位的宗法集体主义文化，实行的是封建家长制，认同长幼尊卑和等级秩序，讲究内外有别的人际关系，形成以家庭亲疏远近为组织结构的圈子，扩展到社会则形成霍夫斯泰德所说的内群体。内群体的特殊关系就形成了人际圈子。圈子里大家彼此关照，结成同盟，相互利用，心照不宣，为享受圈子带来的利益和好处，彼此间十分爱护，达成不一定具有真情实意的亲密关系，而具有普遍意义的制度、规则被架空，真正的组织规范和做人原则被抛弃，圈子遵循一些彼此认同的不成文的游戏规则，奉行的是实利原则。"① 可以说，圈子之重要直接关涉人们的生存样态。文本中，池大为、晏之鹤、省委组织部钟处长、朱秘书甚至董柳、驾驶员大徐都不同程度地扮演谋士的角色，并努力跻身圈子，池大为进入由高官组成的同乡圈子和卫生厅的权力核心圈子，晏之鹤跻身以池大为为中心的个人私密圈子。池大为成为马厅长的"忠臣"和谋士，获得直上青云的机会；晏之鹤隐身为现代谋士、军师，对池大为的命运改变实居首功，作为回报，女儿的工作得到更好的安排。

再次，作为"士"这一阶层，随着士人身份的沦落和在当下地位的变化，知识分子阶层出现分化。有的知识分子作为"断裂社会"（孙立平语）的领跑者成为知识新贵；有的则惶惑于这种变化，急于在阶层变迁和重组中残守优势，利用专业知识为庙堂、利益集团、跨国资本充当谋士，可以说，权力、资本和知识的结盟在当下随处可见，士人为谋已经超出单纯的官场领域，成为广泛的专业职位和重要的输出基地。总之，谋士的身份是知识者的无奈之选，通过它，知识分子既能一定程度"自慰式"地满足当官从政的愿望，又能从中获取实利。

（3）身份的维度之三：作为学院派和归隐于市的现代隐士。

做闲云野鹤般的隐士是知识分子的最后选择，在"达""穷"之间，士人

---

① 杨爱芹.《沧浪之水》的文化意蕴：理论与创作. 2005（2）. 92.

本可进退有据，取舍自如。但深深入世，报效国家和君王，是中国知识分子埋藏很深的情结。这种感时忧国的情怀，从屈原的"哀民生之多艰"到顾炎武的"天下兴亡，匹夫有责"再到周恩来的"为中华之崛起而读书"，其间文脉深远。而真正能跻身庙堂的士人毕竟身在少数，绝大多数读书人只能怀着怨羡的情结，到文化传统中去找寻自我慰藉的精神资源，所以就有我们耳熟能详的"终南捷径""隆中问策"的故事。中国传统文化的另一面——隐逸文化可谓源远流长，知识分子除了充当学士（仕）以外，还有当隐士的无奈和自诩。时至当代，由于专业分工越来越精细，许多知识分子沉潜到学术专业中做学院派"隐士"，并以此立身安命。雅各比认为，"学院化是新一代知识分子的主要特征，这与上一代知识分子处于社会边缘的情形很不一样。学院化意味着这一代知识分子选择的是一条'笔直而又狭窄的学术之路'。由于学院的体制，注定了学院化的知识分子少了批判意识，多了服从意识。这部分知识分子的目光更多地盯在了发表论文、学位和职称评定上面，很少将目光投放到大学之外"[①]。《沧浪之水》已经开始关注这类隐士的"出路"，我们可从赖子云、许小虎等人的身上和未来看到学院派隐士的影子。

此外《沧浪之水》中的晏之鹤是一个意味深长的人物，一个深谙官场潜规则与权力运作方式、洞悉道家权术的"现代隐士"。正如池大为的看法："如此有悟性的人，一辈子只当了一个办事员，完全是被自己那点清高和那点倔强毁掉了呀。"[②] 可见，晏之鹤不是不懂为官之道，而是知识分子内心固有的"清高""倔强"阻碍了他的进步。因此，他只能成为一个远离权力中心的隐士，一个坐山观虎斗，冷眼看世界的智者。晏之鹤的这一姿态彰显了中国士人的"出世"情结和身份定位。其次，晏之鹤这一姓名蕴含了作者复杂的寄寓。众所周知，"鹤"是中国传统文化中的一个特有的文化符码，常见于古典诗词和文化典籍中，如"骑鹤下扬州""松鹤图"等。中华文化中，鹤总与美好的期望相伴，是吉祥、长寿、忠贞、仙雅、健美的象征，到了唐宋时期，不少文人雅士、高僧道士借鹤抒怀，鹤的形象艺术，则出现了一些与朝廷对峙的流派，表现出独有的隐逸文化内涵。隐士与鹤的结缘，更为后人留下了千古美谈和佳篇。"梅妻鹤子"是至今广为流传的故事，说的是宋朝诗人林逋种梅养鹤的痴

---

① 拉塞尔·雅各比. 最后的知识分子. 洪洁译. 南京：江苏人民出版社，2002. 172.

② 阎真. 沧浪之水. 北京：人民文学出版社，2001.

迷。林逋隐居西湖孤山，种梅养鹤，吟诗作赋。他所养的鹤名叫"鸣皋"。每当林逋外出时，倘若家中来客，家中仆人即开笼放鹤，传导讯息。林逋见到"鸣皋"在空中盘旋，便知有客来访，欣然而归。对此，他曾挥笔作诗曰："皋禽各只有前闻，孤影圆坑夜正分。一唳便惊寥穴破，亦无闲意到青云。"诗中"无意到青云"语带双关地表达士人高洁的志趣。"鹤"除了"闲云野鹤"外，也有孤高自诩、清雅高洁、不与权贵、俗世同流合污之意，显示了传统知识分子对自我身份的确认和期待。从李白到陶潜，虽名曰隐士，实则多少有些牢骚满腹和愤世嫉俗，有怀才不遇和报国无门的激愤。因此，晏之鹤的归隐也暗含了看破官场，不向权贵低头的意味。此外，书中还有一个常易被读者忽略的"隐士"——戴妙良，这是一个被官场流放和贬谪的悲剧人物。贬谪是中国官场的常态，将士、谋士排斥到边缘，暴露了权力之间的斗争以及强权与知识的冲突，并由此产生贬谪文学。中国传统文化中，隐士原本是高洁雅致的象征，但延续到当代，却成了士人难以言传的精神隐疾，成为被权力圈子贬抑化、市场边缘化的代码。戴妙良的被迫归隐，从另一侧面说明学士、隐士、谋士三者之间并没有不可逾越的鸿沟，相反它恰恰表明隐士、谋士、（大）学士的身份呈现出一种阶梯式上升的轨迹，隐士居于知识分子身份等级结构的最底层，三者存在一个互动升降的流动变化过程；也进而表明士人隐逸文化的虚伪性、实用性。中国古代不乏真正的隐士，然而社会现实，物质主义、消费主义泛起知识分子浮躁的心态，在当下，一如"竹林七贤"式的真正隐士再也不易找寻。

家国史诗人生悲歌
——评齐邦媛文学回忆录《巨流河》

读完《巨流河》，才能以陈寅恪"理解之同情"之心看待齐邦媛一生的坎坷与追求。

《巨流河》是台湾著名文学教育家和翻译家齐邦媛先生，在 86 岁高龄时完成的呕心沥血的文学自传，写尽父女两代从辽宁巨流河到台湾哑口海的事，成就一部丧乱无常中波澜不惊的心灵史诗。2011 年是辛亥革命 110 周年，海峡两岸都以不同方式纪念中华民族史上这一大事。上述两部作品都是纪念感怀之作，引起两岸四地乃至华文学界的重视。《巨流河》甫一面世，就受到海峡两岸出版界（2009 年 9 月台湾出版，2010 年 10 月大陆三联出版）的追捧热议。因此，《巨流河》是融汇作者的家国情仇、人生感怀、历史思考、宗教哲思、政治识见、学术理想、教书育人、为学做人等各方面的成功结合，是人文精神、悲悯情怀、书生意气、感时忧国以及文学之美的回忆录的典范。王德威指出："《巨流河》最终是一位文学人对历史的见证。随着往事追忆，齐邦媛在她的书中一页一页地成长，终于有了风霜。但她的娓娓叙述却又让我们觉得时间流淌，人事升沉，却有一个声音不曾老去。那是一个'洁净'的声音，一个跨越历史、从千年之泪里淬炼出来的清明而有情的声音。……如此悲伤，如此愉悦，如此独特。"① 总之，《巨流河》以其特有的灵魂深度和史诗气魄，为中华民族保留一部具有独特视角的精神实录。

---

① 王德威. 巨流河·后记. 北京：三联书店，2010. 388.

《巨流河》写尽了中华民族饱受异族凌辱、战乱与分离之苦。

巨流河是辽宁的母亲河，也喻示以齐邦媛为代表的中华儿女历经离乱，从巨流河迤逦而下，到达台湾南部恒春哑海口的人生漂泊流浪之路。自日寇入侵，随之东北沦陷、"伪满洲国"成立、九·一八事变、七七事变、淞沪会战、南京大屠杀、武汉会战……14 年抗战伏尸千万，血染河山；人民流离失所、悬挂于城墙抗日志士的头颅、日寇轰炸重庆校场口大隧道窒息惨案……中华民族百年苦难在齐邦媛眼里一一呈现。这一切国恨家仇岂能言说，成长的亲身经历塑造了她坚贞不屈、爱国爱乡的品格。书中，齐邦媛援引国民党孙元良将军真切的回忆，让读者震撼于乱世之恸：

> 抗战初起时鼓励撤退疏散，然而对忠义的同胞没有作妥善的安置，对流离失所的难民没有稍加援手，任其乱跑乱窜，自生自灭，这也许是我们在大陆失却民心的开始吧。我从汉中长途行军回援贵州时，发觉满山遍野都是难民大军——铁路公路员工及其眷属，流亡学生与教师，工矿职工和家眷，近百万的军眷，溃散的散兵游勇及不愿做奴隶的热血青年，男女老幼汇成一股汹涌人流，随着沦陷区的扩大，愈裹愈多……道路上塞了各式各样的车辆——从手推车到汽车应有尽有，道路两旁的农田也挤满了人，践踏得寸草不留，成为一片泥泞。车辆不是抛了锚，就是被坏车堵住动弹不得。难民大军所到之处，食物马上一空，当地人民也惊慌地加入逃难行列。入夜天寒，人们烧火取暖，一堆堆野火中夹杂着老弱病人的痛苦呻吟与儿童啼饥号寒的悲声，沿途到处是倒毙的肿胀尸体，极目远望不见一幢完整的房屋，顿生人间何世之感，不由得堕入悲痛惊愕的心境，刚劲之气随之消沉，对军心士气的打击是不可低估的。[①]

这从一个侧面展现当时国破家亡的悲愤、人民的苦难。齐邦媛在身经逃难、流亡、重庆沙坪坝数年日寇轰炸，目睹"漆着红太阳的日本轰炸机"夺去无数平民生命的同时，面对死亡的惊惧，同仇敌忾的勇气，更激发了建设强大

---

① 齐邦媛. 巨流河. 北京：三联书店，2010. 58.

国家的愿望与渴求。同为"自叙传",齐氏回忆录的纪实笔法,较之郁达夫《沉沦》里的悲呼:"祖国,我的死是你害的!"来得更加强烈与真实,而留学生文学则更带着文艺青年的"夸张""移情"与"发泄"——他在日本饱受白眼与歧视,与青少年时代的齐邦媛在国内遭遇的诉说不尽的惊魂人生不可同日而语。国家积贫积弱的动荡时代、民不聊生的蝼蚁运命,没有亲历的留学生自是无法感受的。有学者征引史料指出,1942 年夏,日寇进犯金华、兰溪、衢州,仅衢州一地,

> 环城三四十里内,一日可以往还者,莫不遍及,米盐牛畜、日常用品扫地以尽。有不满其欲,则全村焚毁,杀人如麻;城郊各处,大火连续,经月不熄。参天树木及握把小株,炮轰斧斫,无一幸免。当时有"十无"之谣,谓市无人,田无谷,山无木,村无屋,食无粮,着无衣,病无药,死无棺,家无丁男,室无贞妇。

> 士兵死亡,约万余人;民众被杀害者,二万余人;被掳而失踪者,三万余人;房屋被焚者,十余万架。[①]

以上两段史料当可互证,共同见证中华民族的血流历史。《巨流河》写中华民族苦难,不是空泛回忆和控诉,而是史实与亲历结合,它以知名或不知名的个人、家庭、学校等鲜活形象映照家国之悲,以东北沦陷、中山中学西迁、齐家逃难、齐世英等仁人志士积极抗日、教育救国、南开求学为经纬,绵密编织入血泪历程,头绪众多却不蔓不枝,事件纷呈而要言不烦。文中着墨最多的是在陪都重庆,当时寄寓所有国际、国内人民的重托,在战火纷飞极端困难情况下,西南联大等学校弦歌不辍办学兴学,为国家和抗战培养大量人才,齐邦媛从历史深处探幽发微解读中国教育史的奇迹,南开大学、北京大学、清华大学、武汉大学、中央大学等在中国现代大学史上声名显赫的名字至今回响;中华民族不可战胜、中国人民威武不能屈;无论在怎样艰难困苦境况下都能赓续民族命脉,继承文化血脉的事实得到诠释。因此,个人命运成长与国家兴亡血肉相连,个人价值、家庭幸福取决于民族的兴衰荣辱,这本回忆录以最素朴的方式告诉读者这一颠扑不破的真理。覆巢之下安有完卵?这既是先贤智慧总结,也是中华民族历尽劫难得出的血泪经验。《巨流河》将几近被遗忘和丢失

---

① 苍野. 大江大海笔记(1). 美君离家和应家的私盐. http://lt. cjdby. net/thread-1068968-1-1. html.

的历史细节再次祭上神坛，供后来者勘悟，叙事从容淡定，情感凝重克制，既有人生历练，又有儿女情怀，更多风云气象，创造了开阖有度、收放自如、统摄全景的史诗风格。

《巨流河》后半部详细记叙了迁台后的种种情形，为大陆读者了解20世纪50年代台湾建设之初的政治、经济、社会状况打开一扇窗子。娓娓道来中，作者蕴含了很深的离愁别绪，这种挥之不去的乡愁、离散心结是齐家两代人在遥远南方眺望广褒东北平原的郁集和啼血呼唤，是"千年之泪"，齐世英夫妇去世后，子女物色靠海朝北的墓地，齐邦媛伉俪也为自己预留——因为在这，可以聆听从母亲河巨流河辗转千里奔流而来的问候与讯息，身盖居留60余年台湾热土头枕宝岛可北眺苍茫中的东北故土。这无疑使人想起于右任临终诗《国殇》曰："葬我于高山之上兮，望我故乡；故乡不可见兮，永不能忘。葬我于高山之上兮，望我大陆；大陆不可见兮，只有痛哭。天苍苍，野茫茫，山之上，国有殇。"两年前，一本《我们台湾这些年：1977至今》在大陆热畅，以成长视角讲述祖国宝岛台湾不同阶段的发展变迁，颇为生动有趣。此二者可互证互补，加深读者对台湾的认知。

二

《巨流河》写尽了家的颠沛流离和生离死别。

在动荡年代，齐家是中国千百万饱受苦难家庭的缩影，齐家本属国民党高官眷属，在重庆拿高薪，生活无虞安全无忧，齐家丧乱如此，反观普通百姓，生活安得泰平?! 首先，齐氏笔下的家，是她一生无法割舍的东北老家，也就是齐母无时无刻念叨，齐父把一茬又一茬年轻人接出关外，给予培养和擢拔的东北老家。在齐家眼里，东北人的强悍、血性、义气；东北的肥沃、富庶永远都有超乎其他地域的人文意义、原乡情怀；在齐邦媛眼里，东北人爱国爱乡、精忠报国、刚正不阿、宁死不屈。东北不仅是家的寄托，也是中华民族抗击日寇的根据地，是一辈子"返乡"的期盼。与齐氏交会的乡党中，有的一生再也未回到东北，或战死沙场，或孤悬海外。在军阀割据，国内混战之时，东北人又是桀骜不驯、骁勇善战的表征，以至于蒋介石在接见齐世英，看到这位儒雅温文，留学德国、日本，精通哲学、教育，立志报国的青年时竟说：你不像是东北人。在此，齐世英将豪迈忠勇与书生意气统一，在他身上，炽热的报国情怀奔涌心间，未尝一日稍歇。

其次，齐邦媛笔下的家即校，学校即大家庭。这是大革命时代立志投身革命的家庭的真写观照。齐家教育报国，创办"国立东北中山中学"。抗战爆发后，几百名东北籍学生随同全校教师带着几十车图书资料、仪器设备等物品举校西迁，齐世英在前探路，后面一路形容枯槁、衣衫褴褛的师生就是20世纪90年代在沈阳复办的名校中山中学的先行者。途中，齐家人与师生同甘共苦，到九江、转武汉、进湘南、抵重庆，以校为家，共克时艰，在战争之余抓紧上课补习。在从桂林到怀远，走了760公里，27天抵达。"母亲每天到镇前公路等待中山中学徒步的队伍——我哥哥随学校队伍步行。当我母亲看到董修民挑着行李，破衣草鞋，走近叫她，'齐大婶'时，她不禁放声大哭。那数百个十多岁的孩子，土黄色的校服多日未洗，自离开湘乡后没睡过床铺，蓬头垢面地由公路上迤逦而来。"① 此间，父亲抗日救国、爱家乡子民、教育兴学的坚忍顽强，母亲护犊情深、大爱无疆的形象跃然纸上，更令人徒生家国之感。除了大量招收东北学生，中山中学流亡后招收江西、湖南、湖北、四川学生数百人，努力培养学生自尊与自信，重建民族信心，日后学生进入职场以军政、文化界最多，校友包括吉林省长、辽宁省委书记、沈阳市长等，中山中学因此有了光荣的历史。在台湾则有时任警官学校校长的李兴唐、《传记文学》创办人刘绍唐、华航总经理张麟德及作家赵淑敏等校友。

再次，家是亲人的依托与港湾，而战乱时代，何以家为？人生最大的痛苦莫过于生离死别，正如《大江大海1949》所说："这个世界上所有的暂别，碰到乱世，就是永别。"《巨流河》以异常细腻、锥心的苦痛诠说这一经验。文中写到妹妹的死。齐家二妇女儿静媛出生18个月患急性肠炎，在逃难途中，"我伏在妹妹床边睡了一下，突然被姑妈的哭声惊醒：那已经病成皮包骨的小身躯上，小小甜美的脸已然雪白，妹妹死了。在我倦极入睡前，她还曾睁开大眼睛说：'姐姐抱抱。'如今却已冰冷"②。为救国，也为逃难，齐家三代四分五散，颠沛流离。祖母孤独死于北平，一年后，齐世英才知道，不仅无法在膝前承欢尽孝，死后也只能将灵柩暂厝寺庙，待抗战胜利后扶灵返乡；齐家还有一个

① 齐邦媛. 巨流河. 北京：三联书店，2010.56.
② 齐邦媛. 巨流河. 北京：三联书店，2010.47.

"儿子"——齐邦媛少女时代爱恋的张大非，他参加陈纳德飞虎队，1945 年 6 月死于信阳空战。张大非父亲积极抗日，时任沈阳警察局长，因接济且放走不少地下抗日同志，被日本人在广场上浇油漆烧死。文中写到张大飞在繁忙的战时抽空去南开中学看望齐邦媛，其情其景令人感伤叹惋：

> 我跟着他往校门走，走了一半，骤而落下，他拉着我跟到门口范孙楼，在一块屋檐下站住，把我拢进他掩盖全身戎装的大雨衣里，搂着我靠近他的胸膛。隔着军装和皮带，我听见他心跳如鼓声，只有片刻，他松手叫我快回宿舍，说："我必须走了。"雨中，我看见他半跑步到了门口，上了车，疾驰而去。这一年夏天，我告别了一生最美好的生活，溯长江远赴川西。一九四三年春风远矣。今生，我未再见他一面。①

等到齐邦媛再"见"他时，已是 1999 年 5 月，半个世纪以后，在南京"抗日航空烈士纪念碑"前凭吊。曾经鲜活的生命、温和的面庞已化作简单的几行铭文，镌刻在石碑上，人事沧桑、生命易逝令人不胜感慨，生前的盟约今时得以以阴阳两隔的方式续接。台湾作家钟丽慧认为"刻骨铭心 70 年的不是儿女私情，而是其患难时代的深沉关怀相知相惜之情"②。而这样的别离却是那个的时代的常态！齐氏记录自己与父母亲、同学朋友在一起的点滴往事，那些记忆让人深感温暖，即使在黑暗、痛苦的年代，他们永远生活得清洁与高贵，内心始终充满希望、光明与温和的色彩，他们从没有忘记自己晶莹璀璨的本色，这是那个时代的真实一面。她回忆中青春时代那些温煦的往事，即使如此微小，却使人感觉生活还存在微茫的希望，因为这也是那个时代的一部分。她笔下的往事并非想象的那么黑暗与压抑；既有温暖的往事，也有惊惧的梦魇，既有欢快的回忆，也有铭心的伤痛。但她写得真实而客观，笔触冷静而温柔，甚至带着基督徒的虔敬和悲悯。

家是这样，人亦如此，被战争和时局摆弄，回不到过去轨道。齐氏把自己和家比作"永远回不了家的船"。她在台湾结婚、生子，成家立业 50 年，仍是"外省人"，在海浪间望回不去的土地。这样的怅惘与离散，情何以堪?!

---

① 齐邦媛. 巨流河. 北京：三联书店，2010. 96—97.
② 钟丽慧. 永恒的芍药花：读齐邦媛先生与《巨流河》. 文讯. 2010 (11). 34.

三

《巨流河》写尽人事沧桑与人生感怀，是"人生的悲壮歌"。此处之"悲"，并非个人悲剧，而是"人个卷入历史洪流，随风飘零的'悲'"①。

齐邦媛一生的成长，伴随国破家亡、流离失所，她的一生可分为：流亡、病痛、求学、恋爱、结婚生子、教书、留学、工作等阶段，齐邦媛超越政治意识形态的藩篱，追求教育救国和学术报国理想。无论她身在南开中学、武汉大学；在台湾的中兴大学、台湾大学；还是在年届四旬二度赴美执行交流计划，在印第安纳大学学习；无论她在"国立编译馆"从事编修翻译，一度卷入教科书改革风波；还是回到学院从事喜欢的教学、学术工作，她的一生展示了大时代知识分子报效国家的另一种风骨。是她，将西方文学引介入台湾，把台湾文学译介引入西方世界；是她，努力深耕台湾文学田亩，鼓吹设立"国家文学馆"，与钟肇政、纪弦、余光中、周梦蝶、洛夫、痖弦、杨牧、张晓风、琦君、席慕蓉、白先勇、林海音等人共同灌溉培植了台湾文学的土地，而今，台湾文学作为中国文学的一环，已然丰美厚实，粲然有成。

这是一条艰辛的书生报国的路。在齐邦媛的身上，读者当可看到多个侧面的齐邦媛：教学上，永远紧跟时代前沿，身体力行，教学相长，秉持传道、授业、解惑的师风师德，培养了台湾各界的中坚力量，文史领域如黄俊杰、陈昌明、林瑞明、陈万益等人。师生交谊长久，互动热络，令人羡慕；学术上，永不止步，独立思考，个人见地深刻，在翻译、评论、编选等方面堪称台湾文学界的翘楚。编修国文教科书期间，她顶住各方压力，以"文学性""审美性"置换政治说教过多的编目，回归文学与审美本位，培育孩童清明的人文情怀，至今仍为人称道，也矫正了特殊年代教育的偏向，赢得各界人士与学生、家长的真正认同，她也由此结识了名满天下的钱穆先生及历史、文学各领域的专家，为日后治学为人打下坚实的基础，树立了学术许国的理念。在赓续中国新文学传统，争取台湾文学应有地位方面，齐邦媛认为，台湾文学是"自有记载以来，凡是在台湾写的，写台湾人和事的文学作品，甚至叙述台湾的神话和传

---

① 钟丽慧. 永恒的芍药花：读齐邦媛先生与《巨流河》：文讯. 2010 (11). 34.

说，都是台湾文学，世代居住台湾之作家写的当然是台湾文学；中国成史之大变动时，漂流来台湾的遗民和移民，思归乡愁之作也是台湾文学"①。这就为台湾文学的定位摆脱促狭的意识形态，汇入中国文学的大海发出清音。正是齐先生这样历经民族劫难的知识分子，才深刻恳切了解台湾文学的前世今生，将之编织入中国文学经纬万端的脉络结构中。

最值得赞许和向往的是齐邦媛一生追求读书向学。青少年时代，动荡漂泊的她，如饥似渴汲取知识滋养，发奋学习哲学、外文，虽遇名师指点，但偌大的中国放不下一张平静的书桌；赴台后忙于教职，往返台中、台北，尽妻子、母亲、女儿职责，读书要花比男人数倍的努力与付出，这是这个时代"女性的宿命"②，她直到44岁才有机会考取"傅尔布莱特交换计划"赴美进修留学。那是她一生中最云淡风轻，自由自在且系统地学习、学术训练的黄金时期，她尽情徜徉在知识的花海，采花酿蜜为甜蜜的事业，学习虽累苦，却甘之如饴，但父亲一封信"家里需要你回来"却无情中断了求学梦，放弃了唾手可得的硕士学位，而重返中兴大学后，繁重的教学及系主任岗位、逼仄的家庭空间，她仍无法拥有一个独立的书房，平静的书桌，直到1985年，齐邦媛在柏林作访问教授，终得圆此梦想，"第一眼看到一张大大的真正的书桌！桌旁全扇的窗户，外面是一座花树环绕的真正的庭院！那四个月间，我每天看着全街不同的花圃由含苞到盛放；从树荫走进来走出去，忧患半生，从未有过如此长时期的悠闲境界"③！

书生报国、教育兴学、学术许国虽无父辈的轰轰烈烈，但传播知识、传承文化、乐育英才、撒播智慧种子直至开花、结果，无疑也是知识分子的别样选择，正如齐邦媛夫君罗裕昌作为工程师，终身投入台湾铁路建设，得到社会的尊敬与嘉许，齐邦媛印证今生的努力，为后来者树立向学为人、报效国家的榜样。

① 齐邦媛. 巨流河. 北京：三联书店，2010. 308.
② 钟丽慧. 永恒的芍药花：读齐邦媛先生与《巨流河》：文讯. 2010 (11). 34.
③ 齐邦媛：巨流河. 北京：三联书店，2010. 317.

四

《巨流河》是"一个人的民国史"，是"第三只眼看世界"。历史的撰述多帝王将相的历史，《巨流河》却以一个智性的知识女性的人生历程为经，以时代风云为纬，用其纤细、温婉、善感和聪慧的眼来记录这段几近尘封的历史，这种以小博大、由内而外、以己及人的历时性视阈，托衬出个人（国家）抗战（读书）、工作（家庭）、学术（政治）等的反差，它真实再现一段民族的丧乱史、秘史；也以亲历者身份叙述了成功女性、文学名家追求人生价值的奋斗史、成长史，此间，个人与家国是如此紧密地缠绕与纠结，个人的渺小、人生的宿命与无力感油然而生。有关中华民族屈辱历史的回忆不在少数，《巨流河》是少有的另类历史。

《巨流河》是"History"（大写历史）与"his-stories"（复数历史）的结合体，既有史诗风格，又有个人私语，两者完美交融。由于齐氏家庭及特殊的人生际遇，她的一生与蒋介石、周恩来、张作霖、张学良、郭松龄、陈纳德、朱家骅等政界要人，张伯苓、钱穆、胡适、朱光潜、闻一多、台静农等学术界、教育界，乃至台北故宫博物院、"中研院"知名学者专家都有过直接或间接的交会，与陈若曦、林文月、亮轩、王德威、李欧梵、乐黛云、阿城、张贤亮也实现了"海峡两岸的文学相逢。"特别是郭松龄率兵起事的历史公案，由亲历者齐世英之女叙述，无形中多了逼近历史的真切，让读者对此次兵变的动机、过程有大致了解，还原了一段历史。因此，这种"大人物"与"小人物"共生互动的历史，并置的写法，在《巨流河》中成为鲜明亮点；这种史实与史识交集，远距离梳理与近距离铺陈的笔法，打开了不同的视界。

《巨流河》是情感充沛丰盈的人生悲歌，满溢人道与悲悯的情愫，写尽了战争与和平、永恒与短暂、虚空与无穷、个人与家园、奋斗与宿命的大思考、大智慧。在这个多棱的情感世界里，去国怀乡的热爱，基督教的悲悯、平和的神性圣洁辉光、人道主义的关怀、女性的天然慈爱、90岁人生的豁达真诚、沧桑宁静、为人女为人妻为人师的人性之爱、俗世情感，功成名就后复归的虚空平静等等，都化作印证今生的感悟、夕阳红的绚烂之美，这些多元的情愫犹如汩汩流淌的清流，铿锵有力又静默无声，滋润心田而绵绵不绝，令人潸然泪下又掩卷长思。

　　当然，《巨流河》作为一本个人自传，由于两岸长期隔绝，也由于作家家世出身，有一些政治歧见，这是读者在阅读时需要甄别的。此外，在回忆录后半段，作者过多地引用或诠释英文作品，虽有即兴发挥的认识价值，但大段此类描述，可能会冲淡读者特别是非文学工作者的阅读兴趣。

十年学术路，三个关键词

◎ 袁勇麟

一

廖斌是我指导的第一个博士，他本科就读于福建师范大学中文系 89 级，虽然我教过这个年级，但当时与他交往不多。他在工作多年之后，抱着改善知识结构和继续充电的想法，经过 4 次考试，最终于 2006 年以在职研究生的名义考到我门下，展开了 3 年紧张而充实的博士研究生学习生涯。

平心而论，他的学习比一般脱产的全日制研究生努力且刻苦。他担任一定的行政工作，在学校升本期间一边工作一边学习，繁忙地奔波于武夷山和福州两个城市之间。那时的火车最快的也要运行将近 6 个小时，可以说他就经常辛苦地辗转于两地，书写着人生短暂而又值得纪念的"双城记"。由于密集地乘坐火车出行学习，以至于后来他对火车的汽笛声有着异乎寻常的敏感和恐惧。记得一次聊天，他告诉我曾经拜读我在复旦大学博士后流动站的合作导师、著名学者和散文家潘旭澜先生的一部著作，最为印象深刻和感同身受的是其中的后记。潘先生早年从福建泉州到上海求学，一路跋山涉水，其间辛劳自不待言，而那划破夜空、雄浑深沉的汽笛声则每每入得游子的梦乡来，让他忘不了故乡的召唤和亲人的牵挂。廖斌的求学心路历程就是在如此般的繁忙辛苦、压力山大和经济困窘中完成的。

记得刚刚完成博士一年级的学业，博士论文选题尚未确定，廖斌就匆匆忙忙来找我商量。对于一个较长时期在山区专科学校从事教学，科研刚刚起步且又未经过正规严格学术训练、缺乏理论储备的青年教师来说，选择一个合适于他、难度适中、便于展开的博士学位论文选题，是一件令人颇费思量的事情。经过反复考虑，我向他建议以台湾著名文学期刊《文讯》为研究对象，旁及台湾的文学生态、读者接受、期刊出版、编辑策划、文学史评价、文学传播等文学周边关系，他欣然接受。坦率说，一开始我对廖斌能否驾驭这个选题心存疑虑，担心他无法很好地胜任研究工作。因为一是众所周知的原因，缺乏第一手资料；二是文学与传播学的结合，对于他而言，似乎有些"越界"；三是来自他的工作、家庭牵累。但是，后来的结果证明我的担心是多余的。他一边收集有关台湾文学，特别是台湾战后文艺期刊、文学发展的史料，一边急切地"恶补"台港澳暨海外华文文学的相关理论知识。并且在我的帮助下，他不仅到台湾出席《文讯》主办的青年文学会议，而且对《文讯》前总编辑李瑞腾教授和台湾知名文学史料专家应凤凰教授做了近5万字的访谈录，这些都为博士论文的顺利完成打下坚实的基础。就这样，"文学传播"成为廖斌初入学术殿堂，开展文学研究的第一个关键词。

2009年，廖斌如期毕业，获得了珍贵的博士学位，为他的学习生涯画上了一个句号。他的博士学位论文《〈文讯〉杂志与台湾当代文学互动关系研究》，在答辩中得到著名学者汪毅夫、李继凯、陈国恩、周宁教授等人的一致好评，还获得了福建师范大学优秀博士学位论文一等奖。论文中的部分章节分别被《台湾研究集刊》《当代文坛》《福建师范大学学报》《广西大学学报》《福州大学学报》《浙江师范大学学报》等选用刊发，引起学术界的关注。该论文后改名为《台湾当代文艺传媒〈文讯〉研究》，于2012年1月由复旦大学出版社出版。《文讯》总编封德屏评价说："翻读此书，《文讯》近三十年所坚持的文学观，编辑理念，以及所呈现的内容，都被客观的评析……"该书最大的特点，正如我所合作的第一个博士后、闽南师范大学向忆秋教授刊发于《中国现代文学研究丛刊》2013年第6期的书评所指出："《文讯》是台湾文化场域中发挥着重要影响的文艺刊物，廖斌的《台湾当代文艺传媒〈文讯〉研究》是第一部对其进行系统研究且极有特色的学术著作。······第一，全书总体架构收放有度，在具体论说《文讯》的运作及其在台湾文化场域的价值时，此书有'理'有'据'、层层深入。······第二，它以《文讯》的'文学'研究为重心，较全面、综合性地论述了《文讯》25年在文学史料保存、文学史建构、文艺批评、文化建设、文艺伦理建构，乃至传播、出版、地方文史等各方面的重要作用和价值。······第三，廖斌的著作科学地揭示了《文讯》的'长寿'秘诀。"

近些年来，从文学期刊的角度探讨中国现当代文学的生成、发展与建构等问题，一直是现当代文学研究的一个热点。对于台湾文学期刊的研究，在中国大陆还不多见，也具有一定的难度，特别是对于当代台湾文坛的把握、历史感、现场感的体验、相关资料的收集，总显得"隔膜"，从这一点来说，廖斌从"文学传播"角度切入，具有一定的创新性和理论自觉。在华文文学研究和中国当代文学研究的视域中，把文学期刊与当代文学的互动关系作为研究对象，具有文学传播与文学形态本体的双重性研究价值。他选取当代台湾具有典型性、代表性特点的期刊，以颇具文化和文学特质的文本作为个案，既对地域性文学及其传播进行开掘和梳理，尝试确认其"互动关系"的模式，又为中国当代文学研究提供参照系，为华文文学研究提供了范例，这样的研究具有突出的文学传播和台湾当代文学的学术研究价值，对中国当代文学总体研究及华文文学研究具有启示性意义。

二

在攻读博士学位期间，廖斌勤于著述，发表了十来篇学术论文。尽管选题多样，有华文文学研究，有名家作品分析，有文学现代性研究······林林总总有些杂乱，但已经显示出他强烈的现实关怀。在后续阶段，廖斌又将他的学术目标转移到"政治文化"，这是他学术研究的第二个关键词。据他介绍，这种学术转向得益于两本书的影响。一本是南京师范大学朱晓进教授的《政治文化与中国二十世纪文学关系研究》，另一本是北京大学李杨教授的《50—70年代中国文学经典再解读》。前者基于"政治文化对中国文学的影响"的特殊学术定位，后者深厚的理论学养和磅礴大气，都极大地启发了初窥学术堂奥的廖斌。特别是李杨对中国当代文学红色经典运用自如的细读分析和抽丝剥茧的"发现",诸如红色文学经典教育对于"文化领导权"的确立、"虐恋"和"向死而生"之于肉体苦难的超越、言情小说与政治叙事夹缝中的民族寓言、等等,其在理论运用上、在论证方式上、在缜密逻辑上,都强烈地吸引了他,激发了他学术进取的动力。他试图从当代文学史的脉络中,找到政治文化的特征,进而爬梳出"文化领导权"的构建与当代文学或隐或显的关系,勾连出文化领导权的运作及其对当代文学的影响……为此,他成功申报了福建省省级社科项目并着手研究。

可以说,廖斌的"政治文化"路径研究是从所谓的"官场小说"研究开始的,带有明显的生涩痕迹和仿写味道,这与他对当代文学发展"前史"的"陌生"以及当代文学史料的缺乏不无关系。在其一系列的此类文章中,他尝试以"政治文化"为切入点,从点线面分头入手,选取代表作家作品进行研究,既有对官场小说在 21 世纪初期变化发展的宏观总体探究,也有对作品人物的类型如知识分子三维人格等的分析,更有对具体文本的微观解剖。但是,这条研究路径并未持续多久,随着官场小说发展的退潮以及雷同化书写、类型化人物塑造等等广为批评家诟病的不足开始蔓延,廖斌对这一课题的研究渐渐停滞下来。其实,我以为,这一停留,无论是学术思维的枯竭还是研究方向的调整,对于一个学者的思想沉淀与反思、稍事歇息和再出发,都是极其重要和弥足珍贵的。

三

大约在 2012 年前后,廖斌的学术兴趣转向了对于"三农"问题,特别是对于大时代社会转型时期,农村(乡土)的裂变及农民心理状态的嬗变的研究,我称之为"现代体验"——这是第三个关键词。对于这样一个课题的研究,我觉得是深具其社会现实意义和认识价值的,为此,廖斌大约撰写了十几篇的系列论文,来阐发他之于此的"发现"与"评价"。

大概因为廖斌是生于农村、长于农村,并依靠读书从农村走出来的"知识分子",深谙"知识改变命运"之道,所以,他对农村充满了感情——一种复杂且难以言说的情愫。当下农村的变革不仅眼花缭乱,而且深刻广阔,令人无所适从,我们可以从贾平凹的众多书写中,看到相似的感觉;

而且，由于城镇化、"乡下人进城"以及其他的一些因素，正日益加剧了乡村的"炸裂"，正是在这个意义上，乡村的变革能够反观中国的巨大变化和现代化进程。我觉得，要试图去梳理和研究这样一个庞大的、充满枝枝蔓蔓的选题，不仅需要长时间的投入，更要冒着某种"风险"——比如说"误读"乃至"曲解"。但是，恰恰是这个充满挑战性的课题，彰显了廖斌的"乡土情怀"和"人文关怀"。

在一篇文章中，廖斌征引了马克斯·舍勒的观点，用于考察中国当代农民的情感和生命体验后面的历史、文化与命运的内涵，反思中国式现代化境遇的特殊性，并将"现代性体验"作为与现代化建设相伴相生、互为表里的时代嬗递的巨大线索之一，加以探究。正如刘小枫在马克斯·舍勒《资本主义的未来》中译本导言中所指出：

> 体验问题在西方现代性问题中具有重要地位，对体验的关注是马克斯·舍勒对现代性的'独特性'思考，他企图通过建构'哲学人类学'以解决现代人的生命价值问题。

> 舍勒首要关注的是现代精神气质的品质及其体验结构……生活世界的现代性不能仅从社会的政治——经济结构来规定和把握，也必须通过人的体验结构来把握和规定。现代现象是一场'总体转变'，它包括社会制度层面（国家组织、法律制度、经济体制）的结构转变和精神气质（体验结构）的结构转变。在这一视角下，现代现象应理解为一种深层的'价值秩序'的位移和重构，现代的精神气质体现了一种现代型的价值秩序结构，它改变了生活中的具体的价值评价。现代性的转变作为一场'总体转变'，归根到底要体现为人的'体验'的结构性转变。

> 舍勒的一个基本论点是：心态（体验结构）的现代转型比历史的社会政治经济制度的转型更为根本……就现代学的任务来讲，重要的是，从知识学的角度审视心态的形式结构。

正是基于上述体认，廖斌以为，体验在中国的现代转型过程中同样具有重要作用，它表现在中国现代转型本身也呈现为体验的转型。体验的转型恰是现代转型过程的一个根本层面。体验的转型或现代性体验的发生涉及现代转型的根本，这种根本在于，现代性转型作为一种"总体转变"，归根结底要在农民的生存境遇或生活方式的转型上显示，而农民内里的情感嬗变与生命体验，无疑正是现代性转型的基础。在随后的几年里，廖斌申请并获批了福建省社科规划一般项目《乡村现代性转型与新时期文学经验》（2013 年）、国家社科基金一般项目《转型视阈下新世纪乡土文学与农民现代体验研究》（2015 年），均以"社会转型"和农民的"现代体验"为突破口，来比较系统地研究这一重要的文学课题。从这一篇篇灌注着温度与情感的学术论文中，我们或许可以以此为"镜像"，窥见中国乡村社会的由里而外、全面且深刻的结构性转型与农民心理变化。在这一系列文章中，廖斌抓住"现代性""转型理论""心理结构"等要素，以"情感体验""时间""空间""农二代""村干部谱系""乡村小历史""身份嬗变""文化认同"等关键词为引领，提纲挈领，勾连内外，并以问题为楔入点，通过文本细读和文学社会学的批评方法，得出了不少较为令人信服的结论。

当然，廖斌的这种"乡土情怀"，细细读来，读者会发现他常常把自己不自觉地代入文章的论述中，或者说，读他的论文，会感知他有一种强烈的对消逝的恬静乡土中国和淳朴乡风民情的感伤和"悼挽"倾向。这是土地的孩子站在 21 世纪的城市回望凋敝的乡村时发出的真情喟叹，是与他生于斯长于斯的无法割舍的牵挂分不开的。某种意义上，与其说廖斌在进行学术研究，不如说他在进行一次精神的返乡之旅。在众人对现代化的到来热情拥抱并鼓与呼的时候，他选择了驻足停留，这种踟蹰不前的犹疑与反思，正表征了一种乡村知识分子的心态。其实，正是这样的"现代体验"，诠释了转型时期农民的若干心理，二者是高度耦合的。因此，当代乡村的现代化进程史，就是时下农民隐秘的精神体验史，它们异质同构。

如今，廖斌又对地域文学研究产生了浓厚的兴趣，他主编的《武夷文学读本》于 2017 年获得"福建省本科高校优秀特色教材"称号，我想或许是人到中年，都有一种强烈的使命意识——对脚下土地的体认、发掘，其实，这正接续上了前述的三个关键词：对于地域文学的传播，对于乡土文学的揭示。且让我们拭目以待他的新成果，希望廖斌在自己的学术道路上越走越宽阔！

（作者系福建师范大学社会科学处处长、教授、博士生导师）

场域的角力：文学及其周边

廖斌学术简表

一、著作

《台湾文艺传媒〈文讯〉研究》，复旦大学出版社出版 2012 年版

《武夷文学读本》，厦门大学出版社出版 2016 年版

二、主要论文

2003 年

试论公文语言的表征形象. 应用写作. 2003（11）.

2004 年

论当代公文语言雅俗交融的美学特征. 秘书之友. 2004（09）.

2005 年

重读《人生》——言情小说、乡土叙事中的现代性追求. 广西青年干部学院学报. 2005（06）.

2006 年

游走于历史与文学之间——论金庸武侠小说的新历史主义叙事策略. 理论与创作. 2006（02）.

2007 年

大众传播学与期刊编辑学视野中《文讯》的专题策划. 华文文学. 2007（04）.

学士、谋士、隐士与士人身份的三维结构——以《沧浪之水》为例对当代官场小说中知识分子的身份谱系学分析. 社会科学论坛（学术评论卷）. 2007（06）.

从《官场》到《沧浪之水》——论官场小说在新时期的深化与发展. 文艺理论与批评报. 2007（02）.

论金庸小说重道轻器的思想倾向. 世界华文文学论坛. 2007（02）.

2008 年

现代性怨恨（羡）的嬗递：20 世纪中国留学生文学的主情主义. 长江师范学院学报. 2008（01）.

重建文艺伦理薪传文学智慧：论《文讯》的办刊策略及对台湾文学场域文艺伦理的建构. 台湾研究集刊. 2008（01）.

台湾文艺期刊《文讯》的文学史料保存与文学史建构（上）. 广西社会科学. 2008（01）.

台湾文艺期刊《文讯》的文学史料保存与文学史建构（下）. 广西社会科学. 2008（02）.

2009 年

论《文讯》"艺文月报""文学出版"等资讯报道的文学史意义. 新疆大学学报（哲学人文社会科学版）. 2009（01）.

台湾《文讯》杂志的文学角色担当与刊物的品牌化活动. 广西大学学报（哲学社会科学版）. 2009（01）.

《文讯》书评：传媒时代的文学领航与大众文艺批评. 当代文坛. 2009（01）.

2010 年

文化建设与统制：论《文讯》"文化领导权"的建构与传播. 武夷学院学报. 2010（06）.

承认政治、革命暴力、反腐镜像：以《饭事》为中心的考察. 太原师范学院学报（社会科学版）. 2010（06）.

论《文讯》的媒介型文学史书写. 吉林师范大学学报（人文社会科学版）. 2010（03）.

《文讯》杂志与台湾当代文学互动关系考察. 华文文学. 2010（01）.

2011 年

圣徒殉道、强人治村、多元致富——当代文学中的村干部形象谱系考察. 哈尔滨师范大学社会科学学报. 2011（01）.

心灵窗口与"公共空间"：论《文讯》的"编辑室报告"栏目．大连大学学报．2011（01）

生活世界的殖民与赛博空间的控制——从《手机》等几部作品谈起．昆明理工大学学报（社会科学版）．2011（04）．

《文讯》对台湾区域文学文化的发掘与传播．福州大学学报（哲学社会科学版）．2011（05）．

文化·空间·实践：《文讯》"公共论域"的建构与消解．湖南第一师范学院学报．2011（05）．

革命偏航与小林的前世今生——从《组织部来了个年轻人》到《单位》．淮北师范大学学报（哲学社会科学版）．2011（05）．

论杨少衡"党校"小说系列：兼及近期官场小说的限度与可能．西南科技大学学报（哲学社会科学版）．2011（05）．

文学与文化的轮回：论改版前后《文讯》的编辑立场和办刊方向．福建师范大学学报（哲学社会科学版）．2011（05）．

办刊实践与品格凝练：以《文讯》杂志为中心的考察．浙江师范大学学报（社会科学版）．2011（05）．

出版传播与文坛镜像：以《文讯》杂志为中心的考察．大庆师范学院学报．2011（05）．

《文讯》杂志的文学传播实践与学科理论建设．重庆文理学院学报（社会科学版）．2011（05）．

家国史诗人生悲歌——评齐邦媛文学回忆录《巨流河》．沈阳大学学报．2011（06）

圣徒、家长、新乡绅：中国当代文学村干部形象考察．温州大学学报（社会科学版）．2011（06）．

论《文讯》杂志的儒家思想传承与文化性格．当代文坛．2011（06）．

农民进城的情感嬗变与生命体验．重庆社会科学．2011（09）．

新时期小说"乡下人进城"形象的社会学解读．中国现代文学研究丛刊．2011（10）．

世变缘常：新世纪文学中的乡村现代性转型．贵州师范学院学报．2011（11）．

2012 年

文学现代转型语境中的农民国民性考察. 重庆社会科学. 2012（02）.

现代性焦虑：当代文学视阈中乡村转型期的农民"心灵史". 哈尔滨师范大学社会科学学报. 2012（03）. 38.

台湾当代文评杂志的传播及启示. 武夷学院学报. 2012（03）.

熟悉的陌生人：现代性转型的返乡"新农民"形象谱系. 海南师范大学学报（社会科学版）. 2012（03）.

留守与断裂：现代化转型的乡土叙事. 阜阳师范学院学报（社会科学版）. 2012（03）.

面向与特质：论《文讯》杂志的文学研究. 新疆大学学报（哲学·人文社会科学版）. 2012（06）.

代际差异中的现代性追求：新时期文学乡下人进城再解读. 文艺争鸣. 2012（08）

被压抑的现代性：新时期文学中乡村妇女的微观表达与叙说结构. 创作与评论. 2012（09）.

乡村现代性转型的"科学"形象与话语. 玉溪师范学院学报. 2012（10）.

异形空间：新时期文学农民进城的现代转型与空间转换. 兰州学刊. 2012（10）.

2013 年

新时期文学中农民进城的现代转型与时间转换. 沈阳师范大学学报（社会科学版）. 2013（01）.

新世纪文学现代性转型视阈中的留守儿童及其留守经验. 临沂大学学报. 2013（01）.

革命/现代中国的冲突与融合：当代工农业题材小说的政治经济学考察. 文艺争鸣. 2013（02）.

论方方《涂自强的个人悲伤》的社会意义. 南京师范大学文学院学报. 2014（03）.

现代性焦虑：当代文学视阈中乡村转型期的农民"心灵史". 佳木斯大学社会科学学报. 2013（04）.

文讯小史：2013 年世界华文文学年鉴. 古远清主编. 汕头大学出版社，繁花似锦的文学花园：论《文讯》的专题策划：刊登于台湾：文讯. 2013（7）.

2014 年

武夷文学论纲：一种文学地理学的观照. 武夷学院学报. 2014（03）.

新世纪乡土文学的身份认同、出走模式与乌托邦叙事——以《寻根团》为中心的思考. 广西社会科学. 2014（08）.

2015 年

传媒现代性：新时期乡土文学中的风景发现、现代启蒙、人格塑造与消费导向. 佳木斯大学社会科学学报. 2015（03）.

后　记

　　这本小书是我一个阶段学术生涯的回顾与检视。这本论文集挑选了大约从 2007 年至 2015 年十年间的近 20 篇论文，绝大部分已经在各类学报、专业杂志上发表过。其中有两个"访谈录"却是多年后方孕育出，于今日呱呱坠地。它们是我异常珍惜的两篇文章。那是 2007 年夏天，我正在攻读博士研究生，怀着怯弱和崇拜的心情，在福州于山宾馆，采访台湾知名学者、编辑家、时任《文讯》杂志顾问的李瑞腾教授；在风景秀丽的武夷山，采访台湾知名文学史料专家、台北教育大学的应凤凰教授。他们均是《文讯》办刊的亲历者、台湾文学发展的见证者，那种现场感、历史感浓缩了台湾文坛活色生香的秘密与吉光片羽。对于这两篇采访稿，我花了很多时间和心血，利用复读机反反复复且逐字逐句辨听，随后校对，最后才成稿的。至今，录音磁带仍放在书房。它们原来被商定作为附录，置于 2012 年由复旦大学出版社出版的我的博士论文《台湾文艺传媒〈文讯〉研究》一书中，但因字数过多，责任编辑建议撤下，遂忍痛割爱。谁知一晃又是多年。期间，还曾经投稿到东北某知名文艺批评杂志社，以为已到了呼之欲出的境地，最后也无疾而终。今天，它们终于面世了，此前的遗憾和亏欠感，也随着这本小书的出版而渐渐释怀了。

　　这本论文集所分的三辑，大略是从纵向时间来划分，也适当地从研究畛域进行了归类，代表了青葱岁月的我，从刚入学术殿堂的幼稚与奋发，到中年后历经磨难的沧桑与沉寂。恩师袁勇麟先生以《十年学术路，三个关键词》，对我的所谓学术生涯，做了精当的描述，此不赘言，敬请各位读者多多批评指正。感谢恩师袁勇麟教授在学术路上的一路扶持，感谢海峡文艺出版社林滨先生将本书纳入"闽派批评新锐文丛"出版，感谢责编林颖辛劳编辑工作！

2019 年开年之初，看到知名学者赵稀方的一篇文章，突然产生很强烈的共鸣，在此摘录下来以飨读者："有时候，早晨醒来看到满地的积雪，或者从书桌上抬头面对正午的阳光，我常常会有老之将至的感觉，刹那间心灰意懒。"（赵稀方：《翻译与现代中国·自序》）不知为何，我喜欢上了这种真诚的表述，因为它代表此时我的心情。是的，人到中年万事休，这几年，迟暮之感不时爬上心头，就有歇息、退缩与逃避的心思。可是，生活在别处，何日才是归途呢？

2019 年 1 月 21 日

武夷山了凡斋

附录　廖斌学术简表